DROEMER ✱

**ANDERS DE LA MOTTE
& MÅNS NILSSON**

DER TOD MACHT URLAUB IN SCHWEDEN

KRIMINALROMAN

Aus dem Schwedischen von
Marie-Sophie Kasten

Die schwedische Originalausgabe erschien 2021 unter dem Titel
»Döden går på visning« bei Forum, Stockholm.

Besuchen Sie uns im Internet:
www.droemer.de

Aus Verantwortung für die Umwelt hat sich die Verlagsgruppe
Droemer Knaur zu einer nachhaltigen Buchproduktion verpflichtet.
Der bewusste Umgang mit unseren Ressourcen, der Schutz unseres Klimas
und der Natur gehören zu unseren obersten Unternehmenszielen.
Gemeinsam mit unseren Partnern und Lieferanten setzen wir uns
für eine klimaneutrale Buchproduktion ein, die den Erwerb von
Klimazertifikaten zur Kompensation des CO_2-Ausstoßes einschließt.
Weitere Informationen finden Sie unter: www.klimaneutralerverlag.de

Deutsche Erstausgabe Mai 2022
Droemer Taschenbuch
© 2021 Anders de la Motte und Måns Nilsson
© 2022 der deutschsprachigen Ausgabe Droemer Verlag
Ein Imprint der Verlagsgruppe
Droemer Knaur GmbH & Co. KG, München
Alle Rechte vorbehalten. Das Werk darf – auch teilweise – nur
mit Genehmigung des Verlags wiedergegeben werden.
Published by agreement with Salomonsson Agency.
Redaktion: Viola Eigenberz
Covergestaltung: Nicole Pfeiffer, Hamburg
Coverabbildung: Collage von Nicole Pfeiffer unter
der Verwendung von Motiven von Getty Images
Satz: Adobe InDesign im Verlag
Druck und Bindung: GGP Media GmbH, Pößneck
ISBN 978-3-426-30876-9

2 4 5 3 1

Wir lieben Österlen und haben uns bemüht, die Geografie und die Geschichte der Region so korrekt wie möglich zu beschreiben. In manchen Fällen haben wir uns allerdings zugunsten der Handlung gewisse Freiheiten erlaubt.

Die Zitate aus William Shakespeares Stück *King Lear* sind in der Übersetzung von W. Schlegel, Dorothea Tieck, Wolf Graf Baudissin und Nicolaus Delius, Artemis & Winkler Verlag, wiedergegeben.

PERSONENGALERIE

Peter Vinston, 49: Kriminalkommissar bei der Mordkommission Stockholm
Tove Esping, 28: Kriminalassistentin bei der Polizei Simrishamn
Jessie Anderson, 42: Promimaklerin und TV-Star
Elin Sidenvall, 25: Jessies Assistentin
Christina Löwenhjelm, 49: Psychologin und Peter Vinstons Ex-Frau
Poppe Löwenhjelm, 54: Herr auf Schloss Gärnäs und Christinas neuer Ehemann
Amanda Vinston, 16: Peters und Christinas Tochter
Lars-Göran Olofsson, 60: Bienenzüchter und Polizeichef von Simrishamn
Thyra Borén, 52: Chefkriminaltechnikerin
Joanna Osterman, 44: Reporterin und Chefredakteurin beim *Cimbrishamner Tagblatt*
Felicia Oduya, 33: Betreiberin von *Felicias Kaffeehaus* in Komstad
Sofie Wram, 63: Pferdezüchterin und Reitlehrerin
Jan-Eric Sjöholm, 72: pensionierter Schauspieler und Künstler
Alfredo Sjöholm, 61: Kostümassistent und Designer
Niklas Modigh, 33: Hockeyprofi in Los Angeles
Daniella Modigh, 31: Influencerin und Springreiterin
Margit Dybbling, 75: Vorsitzende des Ortsvereins Gislövshammar
Svensk und Öhlander: Polizisten bei der Polizei Simrishamn
Fredrik Urdal, 36: Elektriker aus Tomelilla
Hasse Palm, 57: Elektriker aus Sjöbo
Hund Bob: Felicias Collie, der im Kaffeehaus herumhängt
Katze Pluto: langhaarige Hofkatze, die bei der Bäckastuga herumschleicht

PROLOG

So lange wie möglich hatte sich die Sonne am Frühlingshimmel gehalten, aber jetzt versank sie allmählich im Bornholmer Seegatt. Möwen segelten über den Dünen im Wind, während das tief stehende Abendlicht das Meer in Quecksilber verwandelte. Das Wasser war noch kalt, es war erst Mitte Mai, und der Strand lag verwaist da. Einen halben Kilometer entfernt gingen in dem pittoresken Fischerdorf Gislövshammar die Lichter an, und am Horizont sah man die graue Silhouette eines Frachtschiffes, das langsam westwärts steuerte.

Früher einmal hatten Seeräuber die Gegend unsicher gemacht, indem sie falsche Leuchtfeuer an den Stränden entzündeten, um Schiffe in seichte Gewässer zu locken und die Besatzung zu töten. Heute ruhten immer noch Wracks und Knochenreste dort draußen, tief unter den verräterischen Sandbänken. Vielleicht hatte der schöne Platz daher auch etwas Unheilvolles an sich. Ein letzter Hauch der bösen Taten hing noch in der Luft.

Der Umzugswagen, der sich näherte, hatte gerade die Hauptstraße verlassen und war in einen namenlosen Schotterweg eingebogen, der sich zwischen gelben Rapsfeldern und dunklen Waldabschnitten hindurchschlängelte. Das Sträßchen endete an einer Wendeplatte direkt oberhalb der Dünen, so nah am Meer, dass die beiden Männer im Führerhaus Tang und Salzwasser riechen konnten.

Neben dem Lastwagen erhob sich ein hoher, neu errichteter Stahlzaun mit einem massiven motorbetriebenen Tor und der Aufschrift *Gislövsstrand. Nicht nur ein Wohnort, sondern ein Lebensgefühl.* Darunter hing in grellen Farben ein wesentlich unfreundlicherer Hinweis: *Zutritt für Unbefugte verboten!*

Der Fahrer, ein vierschrötiger Kerl mit Nackenwulst, fuhr bis zur Gegensprechanlage vor. Dort ließ er das Seitenfenster herunter, beugte sich hinaus und erreichte mit Mühe die Ruftaste. Bei der Bewegung quoll sein Bauch zwischen Hosenbund und Pullover hervor.

Ein Kreis aus LED-Lampen leuchtete auf, und der Mann geriet ins Visier eines Kameraauges.

»Jessie Anderson«, ertönte eine schneidende Stimme mit amerikanischem Akzent aus dem Lautsprecher.

»Hallo, hier ist Ronny von Österlen Umzüge«, sagte der Fahrer im breiten schonischen Dialekt. »Wir kommen mit …« Ronny brach kurz ab und suchte nach dem richtigen Wort. »Mit dem Haken.«

Langsam glitt das Metalltor auf.

»Come on in!«

Das Grundstück hinter dem Zaun war zum größten Teil ein Bauplatz, samt Aufenthaltsbaracke, Abfallcontainer und einigen Maschinen. Geradeaus sah man eine Reihe identischer, neu gegossener Fundamente, aus denen Plastikrohre in den Abendhimmel ragten. Links, Richtung Meer, lag das bisher einzige fertiggestellte Haus. Ronny pfiff durch die Zähne.

»Was für ein Hammergrundstück!«

Das Haus bestand aus Beton, Stahl und Glas. Gerade Linien, scharfe Ecken, kein Dachvorsprung oder anderes, was die quadratische Form durchbrach.

»Sieht aus wie ein Riesenbunker. Muss mindestens fünfhundert Quadratmeter haben, oder was denkst du?«

Sein Kollege Stibbe nickte stumm.

In der Einfahrt standen zwei Autos, eines davon ein weißes Porsche-Cabrio. Ronny stellte den Motor ab, und die beiden Männer schlugen gleichzeitig die Lastwagentüren hinter sich zu.

Eine Frau kam ihnen mit hohen, klappernden Absätzen entgegen. Sie musste knapp über vierzig sein, hatte langes blondes Haar, trug eine großzügig aufgeknöpfte Bluse und einen engen Rock.

Bevor Ronny etwas sagen konnte, hielt sie verärgert einen Finger in die Luft und sprach weiter in ihr Handy.

»Can I put you on hold for just a minute, James?«

Ronny und Stubbe tauschten einen vielsagenden Blick, wie immer, wenn sie eine attraktive Kundin vor sich hatten.

»Sind Sie Jessie Anderson?«, fragte Ronny, obwohl er das Gesicht der Frau schon aus Zeitschriften und dem Fernsehen kannte.

»Sie kommen zwei Stunden zu spät«, erwiderte Jessie streng.

Ronny zuckte mit den Achseln.

»Der Künstler, Olesen, hatte das Teil nicht richtig verpackt. Stibbe und ich mussten ihm dabei helfen. Das hat länger gedauert als …«

»Das ist nicht mein Problem«, unterbrach ihn Jessie. »Zeiten sind dafür da, dass man sie einhält. Ich werde Ihren Chef morgen früh anrufen und verlangen, dass er das von der Rechnung abzieht. Laden Sie jetzt ab, wir haben es eilig. Elin wird Ihnen zeigen, wo die Skulptur stehen soll.«

Sie winkte eine jüngere dunkelhaarige Frau mit Brille heran, machte dann auf ihren schwindelerregend hohen Absätzen kehrt und trippelte ins Haus zurück, während sie ihr Telefonat wieder aufnahm.

»Sorry for that, James. As I was saying, don't pay any attention to the rumors. The market in Skåne is booming and Gislövsstrand is an excellent investment opportunity …«

»Ich bin Elin Sidenvall, Jessie Andersons Assistentin«, stellte sich die junge Frau vor. Sie war etwa fünfundzwanzig Jahre alt und sprach Stockholmerisch. Ihr Hemd war bis zum Hals zugeknöpft, und ihre Absätze waren deutlich praktischer als die ihrer Chefin. In der einen Hand hielt sie ein Klemmbrett.

»Die Skulptur kommt nach unten ins Wohnzimmer.«

»Runter?«, fragte Ronny. »In der Arbeitsbeschreibung steht nichts von irgendwelchen Treppen.«

Elin sah in ihren Unterlagen nach.

»Wird im Wohnzimmer im Erdgeschoss platziert«, las sie vor.

»Genau. Keine Treppe«, konstatierte Ronny.

»Das Haus befindet sich in Hanglage«, korrigierte Elin trocken. »Eingangshalle, Küche, Gästezimmer, Ankleidezimmer und einige andere Räume sind hier im oberen Stockwerk. Die Gesellschaftsräume, das Spa und das Schlafzimmer liegen unten, mit Zugang zum Garten und zum Meer. Die Skulptur soll im Wohnzimmer stehen, genau unter der Küche. Hier steht es, sehen Sie!«

Sie hielt den Männern das Klemmbrett hin und klopfte mit dem Finger darauf.

Normalerweise hätte Ronny protestiert, aber ihr Chef hatte ihnen ausdrücklich die Order gegeben, diese Kundin mit Samthandschuhen zu behandeln.

Elin Sidenvall hob fragend eine Augenbraue.

»Also, wie machen wir es?«

Ronny seufzte resigniert und schlurfte zur hinteren Wagentür.

»Das sind ja ganz schöne Drachen, oder was denkst du, Stibbe?«, brummte er, als Elin außer Hörweite war.

Nach einer knappen Stunde hatten es die beiden Umzugsleute geschafft, die Skulptur die Treppe hinunterzutragen und sie an der vorgesehenen Stelle im Wohnzimmer zu platzieren. Elin überwachte sie dabei streng und unterbrach die Arbeit, sobald auch nur das kleinste Risiko bestand, gegen eine Wand oder das Treppengeländer zu stoßen. Dann holte sie ein Metermaß, um zu kontrollieren, dass die Skulptur an exakt der richtigen Stelle stand. Und trotzdem war Jessie Anderson nicht zufrieden. Ronny und Stibbe mussten die Skulptur noch dreimal hin und her schieben, bevor Jessie sie endlich gehen ließ.

Elin begleitete sie nach draußen. Vielleicht lag es an seinem niedrigen Blutzuckerspiegel oder an der unerwarteten Schlepperei, jedenfalls missachtete Ronny die Anweisungen seines Chefs.

»Heute stand was in der Zeitung über Sie«, sagte er. »Dieser Nicolovius hat Sie in seinem neuesten Leserbrief ziemlich übel beschimpft.« Ronny merkte zu seiner Zufriedenheit, dass das Thema der Assistentin peinlich war.

»Wer auch immer dieser Kerl ist, hasst er Ihre Chefin auf jeden Fall ordentlich. Aber da ist er nicht der Einzige, oder?«

Elin reagierte nicht.

Ronny zwinkerte ihr zu, bevor er seinen Lastwagen bestieg.

»Machen Sie das Tor auf?«, fragte er durch das geöffnete Seitenfenster.

»Fahren Sie einfach vor, es öffnet sich automatisch«, erwiderte die Assistentin kurz angebunden.

Elin Sidenvall blieb stehen und sah zu, wie sich das Tor wieder schloss, während die Rücklichter des Lasters vom Wald verschluckt wurden. Eine einsame Lampe bildete einen Lichtkreis auf dem asphaltierten Vorplatz, aber drum herum wurde die Dunkelheit immer dichter. Die Möwen waren verstummt, irgendwo in der Ferne rief ein Käuzchen.

Der schaurige Laut ließ Elin frösteln und erweckte das ungute Gefühl wieder zum Leben, das sie verfolgte, seit sie heute Morgen den unangenehmen Leserbrief gesehen hatte.

Österlen wird diese Freveltat niemals vergessen, hatte dieser Nicolovius geschrieben.

Der Tag der Abrechnung naht, an dem die Schuldigen teuer für ihre Gier bezahlen werden.

Die Worte ließen sie nicht los. War sie eine der Schuldigen, und was meinte der anonyme Schreiber damit, dass sie teuer bezahlen müssten?

Plötzlich, ohne genau zu wissen, warum, fühlte sich Elin beobachtet. Als gäbe es da draußen in der kompakten Finsternis außer dem Käuzchen noch jemanden.

Jemanden, der ihr und Jessie Böses wollte.

Wieder rief das Käuzchen.

»Blödsinn«, murmelte Elin vor sich hin. Sie durfte sich das nicht zu Herzen nehmen, genau wie Jessie gesagt hatte, und sich nicht von irgendeinem rückwärtsgewandten Feigling Angst machen lassen, der sich auch noch hinter einem Pseudonym versteckte.

Sie holte ein paarmal tief Luft, dann ging sie ins Haus zurück und schloss die Tür hinter sich.

Hinter dem geräumigen Eingangsbereich breitete sich die riesige Küche aus rostfreiem Edelstahl und glatten Steinarbeitsflächen aus. Aus den versteckten Lautsprechern hörte man leise Musik.

Elin betrat den Treppenabsatz, der über dem Wohnzimmer schwebte. Dort unten stand Jessie und bewunderte die soeben gelieferte Metallskulptur – sie war rund zwei Meter hoch, dick wie ein Oberarm und stellte einen Angelhaken dar. Das Fundament hielt den Haken in aufrechter Position, wobei der Griff Richtung Meer zeigte und die Spitze zum Treppenabsatz, auf dem Elin stand, ungefähr wie ein großes zurückgelehntes J.

»Magnificent, nicht wahr?« Jessie ließ ihre Hand über das Metall gleiten: von der Öse, an der man die Angelschnur befestigte, schräg hinunter in die Beuge und wieder hinauf zur Spitze mit den kräftigen Widerhaken.

»*The Hook!* Bereit, unsere Kunden zu ködern und das Interesse der Medien zu fangen.«

Trotz Jessies spaßhaftem Ton musste Elin ein Schaudern unterdrücken. Sie fand, dass die Skulptur unheimlich aussah, aber behielt es lieber für sich.

»Bist du dir wirklich sicher, dass es funktionieren wird?«, fragte sie stattdessen.

»Wie oft soll ich dir das noch erklären?«, schnaubte Jessie. »Das gehört zu den Basics der Maklerstrategie. Der Haken ist eine Ablenkung, damit verändern wir den Fokus.«

Sie ließ die Hand mit den langen, blutroten Nägeln auf dem Widerhaken liegen.

»Statt *Die Lokalbevölkerung protestiert weiterhin gegen das Millionenprojekt* werden die Zeitungen schreiben: *Star-Maklerin schenkt Skulptur eines lokalen Künstlers.*«

Sie ließ die Hand sinken.

»Sind wir *all set for tomorrow?*«

Elin nickte.

»Der Vorsitzende des Kulturausschusses kommt um zehn.«

»Und die Zeitungen?«

»*Cimbrishamner Tagblatt, Ystads Allehanda, Skånska Dagbladet* und *Sydsvenskan* sind dabei. *Di Weekend* will auch etwas bringen, aber sie können erst nächste Woche jemanden schicken.«

»Okay. Nicht gerade *Vanity Fair* …« Jessie grinste schief. »Aber gut gemacht. Du siehst, die Skulptur zahlt sich schon aus. Dieser scheußliche Haken wird den Einheimischen ihren lang ersehnten Stopp auf der regionalen Kunstroute verschaffen. Simsalabim, kein Gemecker mehr! Und auch keine anonymen Leserbriefe oder Petitionen. Die Kunden werden zurückkommen, das Geld wird fließen.«

Jessie strich noch einmal mit der Hand über das glatte Metall.

»Wir haben sie am Haken«, murmelte sie. »Alle.«

Von draußen war ein plötzlicher Knall zu hören.

»Was war das?«, fragte Elin.

»Sicher die Umzugstypen, die zusammenpacken«, meinte Jessie.

»Nein, die habe ich schon vor einigen Minuten wegfahren sehen!«

»Dann sollten wir wohl rausgehen und nachschauen?«

Jessie stieg die Treppe hinauf, ging mit Elin im Schlepptau durch die Küche und die Eingangshalle und riss die Haustür auf.

»Was zum Teufel!«

Ein gespenstisch flackerndes Licht bei den Baucontainern warf lange Schatten über den Platz.

»Es brennt!«, schrie Elin.

Ungleichmäßige Flammen schlugen aus dem Müllcontainer, als wäre das Feuer gerade erwacht und suchte nach einer Angriffsfläche.

»Sieh mal!« Elin zeigte auf Jessies Porsche.

Das Wort SAU prangte in roten Buchstaben auf dem weißen

Lack. In der Luft hing noch der Gestank der Sprayfarbe und vermischte sich mit dem Brandgeruch.

Jessie stand einen Moment stumm da, die Kiefer angespannt, während sie den Blick über den Platz schweifen ließ.

»*Fucking cowards!*«, rief sie. »Zeigt euch!«

Der Ruf hallte laut zwischen den Baucontainern, dann war alles wieder still. Das Einzige, was man hörte, war das Prasseln des Feuers, das langsam zunahm. Dann war plötzlich eine Bewegung neben dem brennenden Container zu sehen. Elin schnappte nach Luft.

Eine dunkle Gestalt trat halb aus den Schatten. Sie trug schwarze Kleidung, der Kopf war von einer Sturmhaube bedeckt. Die Person zeigte auf die beiden Frauen und strich sich in einer Drohgebärde mit der anderen Hand über den Hals.

Vom Feuer ertönte ein Knall, ein Funkenregen stieg in den Himmel auf. Die Flammen flackerten auf, wodurch die Schatten dichter wurden. Als das Feuer wieder Fahrt aufnahm, war die schwarz gekleidete Figur verschwunden.

»Der Tag des Jüngsten Gerichts«, flüsterte Elin. »Genau wie Nicolovius geschrieben hat.«

Jessie drehte sich zu ihr um. Ihre Stimme war ruhig und eiskalt.

»In der Waschküche steht ein Feuerlöscher«, sagte sie. »Beeil dich, bevor sich das Feuer ausbreitet! Sobald es gelöscht ist, suchst du einen Autolackierer, der gleich morgen früh diesen Scheiß da übermalen kann.«

»A-aber«, protestierte Elin. »Wir müssen die Feuerwehr rufen. Und die Polizei! Er kann noch da draußen sein.«

»Wir rufen niemanden«, unterbrach Jessie sie. »Sonst landen wir morgen im *Cimbrishamner Tagblatt*, was genau das ist, was diese feigen Mistkerle erreichen wollen!« Sie wies auf den brennenden Container. »Wer auch immer dieser Saboteur war, er ist längst weg. Jetzt hol schon den Feuerlöscher, mach den Brand aus und kümmere dich um meinen Wagen! Und kein Wort zu irgendjemandem. Das hier ist nie passiert, verstanden, Elin!«

1

SECHS WOCHEN SPÄTER

Es war Ende Juni, und der schwedische Hochsommer lugte vorsichtig um die Ecke.

Kriminalkommissar Peter Vinston saß seit fast drei Stunden am Steuer, eigentlich sogar sieben, wenn man die gesamte Reise von Stockholm mitzählte.

Er war ein groß gewachsener Mann, knapp über eins neunzig, hatte aber nichts von jener gebeugten Haltung, wie man sie oft bei großen Menschen sah. Das rotblonde Haar war kurz geschnitten, die Wangen glatt rasiert, und obwohl er noch keine fünfzig war, waren seine Koteletten schon lange ergraut. Einige seiner Kolleginnen behaupteten, dass ihn das, in Kombination mit den dreiteiligen Anzügen, die er immer trug, distinguiert aussehen ließ – eine Aussage, die in ihm gemischte Gefühle hervorrief.

Vinston fuhr einen schwarzen Saab, einen der allerletzten, die in Trollhättan vor Stilllegung der Fabrik vom Band gekommen waren. Er hatte nie etwas anderes als einen Saab besessen, und dieser hier würde aller Wahrscheinlichkeit nach sein letzter sein, was ihn mit Wehmut erfüllte. Deshalb pflegte er sein Auto pedantisch. Er ließ es regelmäßig warten und jeden kleinsten Fehler sofort beheben, wusch und polierte es, bis er sich im Lack spiegeln konnte.

Vinston rutschte auf dem Fahrersitz herum. Sein letzter Halt war bei Gränna gewesen, und sein langer Körper brauchte langsam ein bisschen Bewegung und einen anständigen Kaffee. Aber jetzt war er fast da. Oder, besser gesagt, müsste er fast da sein.

Das Handy, dessen GPS ihm 600 Kilometer lang den Weg gewiesen hatte, von der schnurgeraden Autobahn zu immer kurvigeren Landstraßen, schien plötzlich unsicher zu sein.

»Bitte wenden«, teilte es ihm mit, änderte dann aber seine Anweisung zu »weiter geradeaus«, nur um kurz darauf wieder zu verkünden: »Bitte wenden«.

Vinston war so auf die widersprüchlichen Instruktionen konzentriert, dass er die gitterartige Viehsperre am Boden nicht sah und von der Erschütterung überrascht wurde, als die Reifen gegen den Weiderost stießen.

Leise fluchte er vor sich hin und suchte nach Hinweisen darauf, dass die Federung beschädigt worden war, bemerkte allerdings nichts. Durch den Weiderost schien dafür das GPS endgültig die Orientierung verloren zu haben. »Straße nicht bekannt«, meldete es aufgeregt. »Straße nicht bekannt, Straße nicht bekannt!«

»Ich hab's ja gehört«, brummte Vinston verärgert und stellte den Ton ab.

Er ließ den Wagen einige Hundert Meter weiterrollen, aber da sich sein digitaler Wegweiser nicht erholte, blieb er am Straßenrand stehen. In allen Richtungen waren grüne Felder zu sehen, hier und dort von Weidenalleen oder kleinen Waldungen unterbrochen. Vinston kramte im Handschuhfach und holte seine treue Straßenkarte hervor, aber nicht einmal der Kartenzeichner des Königlichen Automobilklubs schien zu wissen, dass dieser Schotterweg existierte.

Da blieb ihm nur eine Möglichkeit.

Obwohl sie seit fast sieben Jahren geschieden waren, stand Christinas Nummer immer noch als erste Kurzwahl in seiner Kontaktliste. Eigentlich hätte er sie schon längst durch eine andere ersetzen müssen, das Problem war nur: Es gab keine andere.

Sie hatten sich vor bald achtzehn Jahren kennengelernt, kurz nachdem er bei der Kriminalpolizei in Stockholm angefangen hatte. Sie waren sich ausgerechnet im Waschkeller begegnet.

»Ich hätte nicht gedacht, dass jemand unter siebzig Laken mangelt«, hatte eine spöttische Stimme hinter ihm bemerkt, und als er sich umdrehte, stand sie da. Groß, dunkel und mit einem geflochtenen Zopf. Eine Brille, von der sie später erklären würde, dass sie

sie eigentlich nicht brauchte und nur benutzte, damit ihre Patienten sie ernster nahmen, saß auf ihrer Nasenspitze.

»Ich heiße Christina und werde weder Tina noch Chrissie genannt, okay?«

Es zeigte sich, dass sie in der Wohnung über ihm wohnte, und noch in derselben Woche führte er sie aus.

»Eigentlich sollte ich Nein sagen«, hatte sie erklärt. »Du bist es etwas zu gewohnt, dass Frauen Ja sagen, stimmt's?«

Dann hatte sie kurz geschwiegen, wie um zu sehen, ob er widerspräche, was er nicht tat. Ihre Analyse war vollkommen richtig. Irgendwas an seinem Aussehen reizte die Frauen.

»Aber ...«, hatte sie weitergeredet, während sie den Kopf schief legte, »dieses eine Mal werde ich eine Ausnahme machen. Kino und Abendessen, aber nichts Teures.«

Sie hatten sich einen französischen Film angesehen, und kurz vor dem Abspann hatte sie seine Hand genommen. Ein halbes Jahr später waren sie zusammengezogen, nach einem weiteren halben Jahr war sie schwanger, und einen Monat vor Amandas Geburt heirateten sie im Stockholmer Rathaus.

Christina war Psychologin, aber als Amanda klein war, begnügte sie sich damit, halbtags in einer Praxis am Mariatorget zu arbeiten und nebenher an einem Buch und einer Abhandlung zu schreiben. Vinston hingegen machte Karriere bei der Polizei. Er wurde vom Dezernat für Gewaltverbrechen zur Mordkommission befördert, reiste quer durchs Land, war an der Lösung einiger viel beachteter Fälle beteiligt und erwarb sich einen bemerkenswerten Ruf. Irgendwo auf halber Strecke, unklar wo, wann oder warum, verlief ihre Ehe im Sand. »Manche Dinge hören einfach auf, ohne dass jemand Schuld daran hat«, fasste Christina die Lage zusammen.

Als ihr eine Forschungsstelle in Lund angeboten wurde, widersprach Vinston nicht, zumindest nicht sehr heftig. Er fragte Amanda auch nicht, ob sie bei ihm in Stockholm bleiben wolle, denn obwohl er seine Tochter sehr liebte, war Christina ein besserer Elternteil, als er es jemals sein könnte. Das Beste für Amanda war, bei ihrer Mutter zu wohnen.

Also half er ihnen beim Umzug, schraubte mit gewissen Schwierigkeiten ihre neu gekauften Möbel zusammen und besuchte sie dann, so oft er konnte, in Lund.

Als Amanda alt genug war, selbst mit dem Zug zu fahren, war es meist sie, die zu ihm nach Stockholm kam. In den letzten Jahren waren die Reisen aber immer seltener geworden, und der Kontakt zwischen Vater und Tochter bestand hauptsächlich aus Textnachrichten und Videogesprächen, was Vinston in der Seele wehtat. Aber, redete er sich ein, jetzt tat er ja etwas dagegen.

Christina antwortete wie immer beim ersten Klingeln.

»Bist du angekommen?«

»Hallo, ich bin's, Peter«, sagte Vinston völlig unnötigerweise, weil er fand, das gehöre sich so bei einem Telefonat.

»Bist du da?«, wiederholte Christina, ohne auf seine Begrüßung einzugehen.

»Nicht ganz. Das Navi hat irgendwo hinter Sankt Olof angefangen zu spinnen. Ich stehe mitten zwischen Feldern.«

»Siehst du den Milchtisch?«

»Was?«

»Den Milchtisch. Ein Holzgestell mit ein paar alten rostfreien Milchkannen drauf.«

»Ich weiß, was eine Milchrampe ist«, erwiderte Vinston gereizt. »Ich bin in der letzten Viertelstunde bestimmt an zehn solchen Dingern vorbeigefahren. Werden die immer noch genutzt?«

»Nein, natürlich nicht. Aber die Touristen lieben sie. In Schonen sagt man übrigens Milch*tisch*. Lustig, oder?«

Wie gewöhnlich fiel es Vinston schwer, auszumachen, ob Christina ihn auf den Arm nahm.

»Ich bin gerade über so ein Viehgitter gefahren«, sagte er.

»Ah, dann bist du auf dem richtigen Weg. Und im Übrigen bin ich ziemlich sauer auf dich.« Der blitzschnelle Themenwechsel war auch eine von Christinas Spezialitäten. »Ich habe heute Vormittag mit Bergkvist gesprochen.«

»Wirklich? Warum denn?«, fragte Vinston beunruhigt. Bergkvist war sein Chef bei der Kripo. Ein cholerischer Typ mit rotem Gesicht, Unterbiss und schweren Tränensäcken unter den Augen, wodurch er an eine Bulldogge erinnerte.

»Weil du erst gesagt hast, du würdest nicht zu Amandas Geburtstagsparty kommen, wie schon in den letzten drei Jahren«, erwiderte Christina. »Und dann meldest du dich vor ein paar Tagen plötzlich und willst spontan herkommen und hast sogar mehrere Wochen frei. Du weißt sonst noch nicht einmal, wie man Spontanität buchstabiert, Peter. Also habe ich Bergkvist angerufen, um herauszufinden, ob du krank bist. Und das bist du offenbar?«

Vinston seufzte.

»Wann gedachtest du, mir von deinen Ohnmachtsanfällen zu erzählen?«, wollte Christina wissen.

»Es geht mir gut, ich wollte euch nicht beunruhigen …«, wich Vinston aus, was zumindest teilweise der Wahrheit entsprach. Die Anfälle machten ihm in Wirklichkeit mehr Sorgen, als er zugeben wollte.

Eine Bewegung im Rückspiegel ließ ihn den Kopf heben. Ein Stück weit entfernt wiegte sich ein Busch im Wind.

»Das ist nur der Stress«, wiegelte er ab. »Ich habe zu viel gearbeitet, schlecht gegessen und zu wenig geschlafen, genau wie du immer sagst. Der Arzt hat behauptet, dass nach ein paar Wochen Urlaub alles wieder gut ist. Frische Luft und Ruhe sind die einzige Medizin, die ich brauche.« Er bemühte sich, die Worte glaubhaft klingen zu lassen, nicht nur Christinas, sondern auch seiner selbst wegen. In Wahrheit wusste er nicht genau, was ihm fehlte. Der Arzt hatte einen Haufen Proben genommen, aber die Ergebnisse ließen auf sich warten.

Wieder bemerkte er eine Bewegung, diesmal im Seitenspiegel. Vinston drehte den Kopf. War jemand am Auto?

Christina schimpfte noch ein bisschen weiter, erinnerte ihn daran, dass er bald fünfzig wurde und auf sich achten müsse. Dann, ohne Vorwarnung, war plötzlich Amanda am Telefon.

»Hej, Papa, hast du's noch weit bis zum Ferienhaus?«

»Hallo, Schatz. Ich glaube nicht …«, antwortete er ausweichend. Er hoffte, dass Amanda das Gespräch über seine Gesundheit nicht mitbekommen hatte. Er wollte nicht, dass seine Tochter glaubte, er sei aus einem anderen Grund hier als wegen ihres Geburtstags, weshalb er schnell das Thema wechselte.

»Alles Gute zum Geburtstag! Bist du bereit für die große Party?«

»Ja, es wird total cool! Poppe und Mama haben ein riesiges Partyzelt organisiert, eine Band, Feuerwerk und lauter andere Sachen. Es kommen über hundert Gäste. Du wirst es *lieben*.«

Die letzte Bemerkung war ironisch gemeint, dessen war sich Vinston ziemlich sicher. Er hasste Small Talk, sah überhaupt keinen Sinn darin, Plattitüden mit Leuten auszutauschen, die er aller Wahrscheinlichkeit nach nie wiedersehen würde.

Poppe war Christinas neuer Mann und damit Amandas Stiefvater. In Wirklichkeit hieß er natürlich nicht Poppe, sondern hatte einen sehr viel adligeren Namen, den Vinston sich allerdings absichtlich nie gemerkt hatte. Poppe verdiente sein Geld mit verschiedenen Investitionen und besaß unter anderem das schonische Schloss, in dem Christina und Amanda jetzt wohnten. Ein Fasanenjagd-Golf-und-rote-Hosen-Typ, so beschrieb Vinston ihn die wenige Male, die er in die Verlegenheit kam, dies tun zu müssen. Aber da sowohl Christina als auch Amanda ihn mochten, musste er Qualitäten besitzen, die Vinston bisher entgangen waren.

»Ich höre gerade einen True-Crime-Pod über einen von deinen Fällen«, erzählte Amanda weiter. »Der Uppsala-Würger. Superspannend! Du hast ihn mit einem kaputten Schnürsenkel überführt, stimmt's?«

In letzter Zeit hatte Amanda begonnen, sich für Vinstons Arbeit zu interessieren, was ihn sehr freute.

»Ja, das stimmt, wobei noch andere beteiligt waren außer mir, und es war nicht nur der Schnürsenkel ...«

Irgendetwas brachte Vinstons Wagen zum Schaukeln, und durch das Seitenfenster glotzte ihn plötzlich ein Paar großer Augen an. Fast hätte er aufgeschrien.

Eine Kuh. Oder besser gesagt: viele Kühe.

Sein gesamter Wagen war von Kühen umringt.

»Entschuldige, Amanda, aber ich muss jetzt auflegen. Wir sehen uns heute Abend«, beendete er das Gespräch mit möglichst fester Stimme, während die Kuh am Seitenfester ihn weiter mit glasigem Blick und langsam mahlendem Unterkiefer beobachtete. Die Tiere waren braun und weiß, und nach einigen Sekunden erkannte Vinston, dass er sich geirrt hatte. Das hier waren überhaupt keine Kühe, das waren Stiere. Zehn Stück, vielleicht sogar fünfzehn, waren aus dem Nichts aufgetaucht und blockierten nun seinen Wagen in beide Fahrtrichtungen.

Er startete den Motor und drückte vorsichtig auf die Hupe. Die Tiere reagierten kaum. Vinston versuchte es noch einmal, diesmal sehr viel energischer, aber ohne Erfolg. Die Bullen blieben um den Saab herum stehen und glotzten.

Einen Augenblick lang überlegte Vinston, ob er aussteigen und versuchen sollte, sie wegzujagen. Aber zum einen bezweifelte er, dass er die Autotür überhaupt würde öffnen können, und zum anderen – was an seinem Selbstwertgefühl nagte – traute er sich nicht. Vinston hatte es generell nicht so mit Tieren, er fand sie unberechenbar und aufdringlich, und von einer ganzen Bullenherde umringt zu werden, änderte an seiner Überzeugung nicht gerade etwas.

Er konnte weder fahren noch aussteigen. Die einzige Alternative, die ihm blieb, war, im Wagen sitzen zu bleiben und darauf zu hoffen, dass die Tiere irgendwann die Lust am Glotzen verlieren würden.

Wieder schwankte der Saab. Einer der Bullen kratzte sich, indem er seinen Körper an der einen Hintertür des Wagens rieb.

Vinston meinte dabei fast zu hören, wie die kleinen Dreckkörnchen im Fell gegen den Lack schabten. Er ließ das Fenster ein wenig herunter und versuchte, den Stier wegzuschieben, aber da schob ein anderer das Maul vor und versuchte, seine Zunge durch den Spalt zu stecken, was Vinston erschrocken veranlasste, das Fenster sofort wieder zu schließen. Es blieb ihm also nichts anderes übrig, als den Tatsachen ins Auge zu sehen – er steckte hier fest, bis die Bullen es leid wurden oder jemand ihn rettete. Aber wer sollte das schon sein?

Tove Esping war auf dem Weg zurück zur Polizeistation in Simrishamn.

Das einzige Zivilfahrzeug der Wache war in der Werkstatt, daher fuhr sie ihren eigenen Volvo Kombi. Der war innen und außen verdreckt, und im Coupé hing ein interessantes Duftgemisch aus Pferd und Hund, das Esping schon lange nicht mehr wahrnahm.

Sie hatte den Vormittag und einen Teil des Nachmittags mit verschiedenen Verhören zugebracht. Zuerst mit einem Bauern, dem Diesel gestohlen worden war, dann mit einem Rentner, dessen Briefkasten zum dritten Mal von Jugendlichen mit selbst gebauten Traktoren umgefahren worden war, und zum Schluss hatte sie mit einem Sommergast gesprochen, der zwei kommunale Bäume umgesägt hatte, um eine bessere Aussicht zu erhalten. Das konnte man kaum als schwere Verbrechen bezeichnen und war nicht gerade das, wovon sie geträumt hatte, als sie auf die Polizeihochschule gegangen war. Aber nach fünf Jahren im Streifenwagen war sie zumindest endlich Ermittlerin. Kriminalassistentin stand auf ihrer noch sehr neuen Visitenkarte. Sie war erst seit einem halben Jahr in dieser Position und konnte das Gefühl noch nicht richtig abschütteln, dass ihre Beförderung vor allem dadurch zustande gekommen war, dass es keinen anderen Kandidaten gegeben hatte. Deshalb hatte sie beschlossen, schnell den Stapel unbearbeiteter Fälle abzuarbeiten, den ihr dienstmüder Vorgänger zurückgelassen hatte, als er in Rente ging. Sie wollte keine Polizistin werden, die in Birkenstock herumlief, in der einen Hand eine Zeitung, in der anderen eine Kaffeetasse, während sich die Ermittlungen erst mal »setzten«. Ihre Samstagsrunden hatten sich als gute Idee erwiesen, denn die Leute waren meistens zu Hause, und so konnte sie mehrere Befragungen in einem Aufwasch machen.

Heute würde sie drei weitere Akten schließen können, insgesamt acht diese Woche, was für die Polizei von Simrishamn sicherlich ein Rekord war.

Esping trommelte zufrieden auf dem Steuer herum und gab ein bisschen Gas, wodurch der Kies gegen die Kotflügel prasselte. Die Abkürzung, die sie benutzte, existierte auf keiner Karte, es war ein typisch schonischer Feldweg, den nur ein paar Einheimische kannten.

Ein Stück weiter vorn sah sie eine Gruppe Jungbullen mitten auf dem Weg stehen und fuhr langsamer. Als sie näher kam, sah sie, dass die Tiere einen Autofahrer umringten, der dumm genug gewesen war, auf der Weide anzuhalten. Der Fahrer saß noch am Steuer, und es war deutlich zu sehen, dass er sich nicht traute auszusteigen. Esping musste lachen. Offenbar ein verirrter Tourist mit Angst vor Kühen, der Hilfe brauchte. Was für ein Glück, dass der lange Arm des Gesetzes zu Hilfe geeilt kam.

Vinston bemerkte, dass ein anderer Wagen hinter ihm auf dem Weg auftauchte. Ein roter, klappriger alter Kombi mit schwarzer Tür. Der Fahrer blieb ein Stück entfernt stehen, stieg aus und ging, ohne zu zögern, auf die Stiere zu. Beim Näherkommen erkannte Vinston, dass es eine Frau war. Sie war mittelgroß und wahrscheinlich knapp dreißig Jahre alt, trug einen Regenmantel und Gummistiefel und hatte das blonde Haar zu einem Pferdeschwanz gebunden.

Als sie auf die Bullen zulief, breitete sie die Arme aus.

»Verzieht euch!«, sagte sie in bestimmtem Ton.

Die Tiere standen ganz still da. Das Einzige, was sich bewegte, waren die Schwänze, die gereizt hin und her schlugen. Vinston hielt die Luft an.

Die Frau ging einfach weiter und zeigte keinerlei Anzeichen von Angst. Als sie nur noch ein, zwei Meter vom nächsten Stier entfernt war, rückte dieser zur Seite, erst mit langsamen Schritten, dann mit ein paar Galoppsprüngen. Die Bewegung setzte eine Kettenreaktion in Gang, und innerhalb weniger Sekunden hatte sich die Herde zwanzig Meter wegbewegt.

Vinston ließ das Seitenfenster herunter. Die Frau hatte Sommersprossen auf ihrer spitzen Nase, und ihre blauen Augen schauten intelligent und wachsam.

»Danke für die Hilfe!«, sagte Vinston so unbeschwert wie möglich.

»Kein Problem. Das sind nur Jungtiere. Neugierig, aber ungefährlich, solange man streng mit ihnen ist.«

Sie sprach Schonisch mit einem rauen R-Laut, die Variante, die Vinston am schlechtesten verstand.

Esping betrachtete den Mann im Auto. Er war um die fünfzig und sah, abgesehen von seiner geplagten Miene, ziemlich nett aus. Er war rotblond, groß und trug Hemd, Krawatte und Weste. Das Jackett hing auf einem speziellen Bügel an der Rückseite des Fahrersitzes, der Wagen war strahlend sauber. Tove Esping beugte sich vor und schaute neugierig durchs Wagenfenster. Helle Ledersitze ohne den kleinsten Schmutzfleck, nichts lag herum, nicht einmal ein alter Parkschein oder ein Pappbecher zwischen den Sitzen. Nichts, was darauf hindeutete, was der etwas zu gut gekleidete Mann beruflich machte. Oder was ihn hierher in die Pampa führte.

»Sie sehen so aus, als hätten Sie sich verfahren«, sagte sie. »Aus Stockholm?«

Der Mann nickte.

Esping versuchte, ein Lächeln zu unterdrücken, und wollte noch eine Frage stellen, aber der Mann war schneller.

»Sie wissen nicht zufällig, wo das Ferienhaus Bäckastuga liegt?«

»Bäckastuga? Doch.« Sie zeigte den Weg entlang. »Fahren Sie einfach ein paar Hundert Meter weiter und dann links, direkt nach dem Milchtisch. Sie wissen, was ein Milchtisch ist?«

»Ja, das weiß ich«, brummte der Mann überraschend gereizt.

Er startete den Motor und nickte kurz zum Abschied, bevor er davonfuhr.

Esping bliebt stehen und sah dem Wagen nach.

Irgendetwas war an diesem mürrischen Kerl und seinem klinisch reinen Auto seltsam, weshalb sie beschloss, sich ihn und sein Nummernschild zu merken.

Das Ferienhäuschen lag genau da, wo die neugierige Frau mit dem schmutzigen Volvo gesagt hatte. Ein kleines weißes Fachwerkhaus mit Strohdach und Sprossenfenstern, von üppigem Grün und einer Steinmauer umgeben. In der Mauer befand sich ein Bogentor, um das sich Kletterpflanzen rankten und durch das man über einen Kiesweg, an hohen Stockrosen vorbei, zu der blauen Eingangstür gelangte. Das alles war so schön, dass man meinen konnte, es sei einem Urlaubsprospekt entsprungen.

Vinston zog sich sein Jackett an und holte seine Reisetasche aus dem Kofferraum. Wie gewöhnlich hatte er zu viel eingepackt, die Rollen seiner Tasche gruben sich tief in den Kies, und nach wenigen Metern sah er ein, dass es leichter wäre, sein Gepäck zu tragen. Die kleine Pforte quietschte leise, und um Vinston herum summten Bienen und Hummeln, ganz beschäftigt mit der Blumenpracht in den Rabatten und Töpfen. Die Junisonne schien warm, und als er die Haustür erreichte, klebte ihm schon das Hemd am Rücken.

Bäckastuga stand auf einem hübsch geschnitzten Holzschild.

»Was für eine Idylle«, brummte Vinston vor sich hin.

Er fand den ausgehöhlten Stein mit dem Schlüssel, von dem Christina gesprochen hatte, schloss auf und trat ein. Die Türöffnung war so niedrig, dass er sich bücken musste, um sich nicht den Kopf anzuschlagen.

Die Diele ging in eine Wohnküche mit weiß verputzten Wänden und sichtbaren Dachbalken über. Die Einrichtung war verhältnismäßig modern, und ein schwacher Farbgeruch deutete darauf hin, dass das Häuschen kürzlich renoviert worden war. Die Glastür auf der Rückseite führte auf eine Terrasse und eine Rasenfläche, an deren hinterem Ende ein Wäldchen und ein Bach zum Vorschein kamen. Es gab sogar eine gestreifte Hängematte, die zwischen zwei Apfelbäumen hing. Man konnte sich kaum einen schöneren Platz zum Wohnen vorstellen, das musste sogar ein Stadtmensch wie Vinston zugeben.

Er hängte sein Jackett in der Diele auf und zog seine Reisetasche hinter sich her zu der Tür, hinter der vermutlich das Schlafzimmer lag. Der Raum war hell, einzig möbliert mit einem kleinen Schreibtisch und einem Bett.

Am Fußende lag etwas.

Einen Augenblick lang dachte Vinston, es sei ein Schaffell, aber dann bewegte es sich, und er erkannte, dass es eine große, langhaarige Katze war. Vinston erstarrte. Die Katze schaute ihn verwundert und indigniert an, so als würde er in ihr Revier eindringen und nicht umgekehrt.

Der Gedanke an die vielen Katzenhaare ließ ihn schaudern. Er hatte nichts gegen Haare, solange sie fest an einem Tier oder einem Menschen hafteten, aber von ihrem Besitzer getrennt, bildeten sie seiner Meinung nach nur unangenehmen biologischen Abfall, mit dem man so wenig Kontakt wie möglich haben sollte.

»Schsch«, versuchte er die Katze zu verscheuchen, aber genau wie die Bullen war sie von seiner Autorität wenig beeindruckt. Sie starrte ihn nur weiter an.

Vinston ging zurück in die Küche, um nach etwas Brauchbarem zu suchen, womit er das Tier vertreiben konnte, und fand eine Zeitung, die auf dem Küchentisch lag. *Cimbrishamner Tagblatt* las er, während er sie zusammenrollte. Das musste eine altertümliche Schreibweise von Simrishamn sein.

Raschen Schrittes ging er ins Schlafzimmer zurück. Als er mit dem Kopf an den niedrigen Türrahmen stieß, war ein dumpfer Schlag zu hören.

»Verdammt!«, zischte er und ließ die Zeitung fallen. Entweder lag es am Knall oder am Schimpfwort, auf jeden Fall fuhr die Katze sofort vom Bett auf, schlich an ihm vorbei und stürzte durch eine Katzenklappe in der Haustür ins Freie.

Vinston rieb sich die Stirn, bis der Schmerz nachließ, öffnete dann die Reisetasche und kramte eine Fusselrolle hervor, die er mit Akribie über den Teil der Bettdecke rollte, wo die Katze gelegen hatte. Er hörte erst auf, als er sich ganz sicher war, dass sich kein einziges Haar mehr auf dem Überwurf befand. Anschließend nahm er auch noch seinen Anzug in Angriff, nur zur Sicherheit.

In der Abstellkammer fand er ein Fach mit Glühbirnen und ein wenig Werkzeug. Ganz hinten lag sogar eine Rolle Silbertape. Die nahm er mit in die Diele und klebte entschlossen die Katzenklappe zu. Zufrieden pfeifend packte er schließlich seine Tasche aus, und es schien, als ob diese kleine Auseinandersetzung seine gute Laune wiederhergestellt hätte.

2

Das Schloss Gärnäs lag in unmittelbarer Nähe des träge dahinfließenden Flüsschen Tommarpsån. Das Schloss sah aus wie aus einem Disney-Film, es war ein zweigeschossiges rosa Gebäude mit spitzem Kupferdach und einem hohen Turm obendrauf, umgeben von einem prachtvollen Park. Auf der großen Rasenfläche war ein enormes Zelt aufgestellt. Alle Seiten bis auf eine waren offen, der Holzboden war mit Teppichen bedeckt, und von der Decke baumelten Kristallleuchter. Mehrere runde Tische mit weißen Tischdecken und aufwendigen Blumenarrangements sowie ein ordentlicher Tresen vervollständigten die Einrichtung. Auf der einen Seite befand sich außerdem eine kleine Bühne, auf der ein Quintett Kaffeehausjazz spielte.

Christina schaute diskret auf die Uhr. Sie, Poppe und Amanda standen vor dem Zelt und hießen die Gäste willkommen. Poppe liebte diese Art extravaganter Veranstaltungen, während sie selbst etwas zurückhaltender war. Aber Amanda schien es sehr zu genießen, im Mittelpunkt zu stehen. Sie konnte kaum still stehen.

»Wann kommt Papa?«

»Ich habe ihm gesagt, dass das Fest um halb sieben anfängt statt um sechs«, erwiderte Christina. »Das bedeutet, dass er um Viertel nach sechs hier sein wird. Du weißt, wie dein Vater ist. Ich konnte wählen, ob ich ihn eine Viertelstunde zu früh hierhaben wollte oder eine Viertelstunde zu spät.«

Amanda antwortete nicht, sondern eilte auf eine Gruppe Freunde zu, die gerade eintraf. Diesmal waren es Schulfreunde, die Reitclique war schon vor ein paar Minuten gekommen. Es freute Christina, dass Amanda so viele Freunde hatte. Sie selbst war eher eine Einzelgängerin gewesen und erst an der Universität aufgeblüht. Aber Amanda schienen alle zu lieben. Nicht zuletzt Poppe, der sie wie eine Prinzessin behandelte.

»Peter hat das akademische Viertel offenbar missverstanden«, unterbrach Poppe ihre Gedanken.

Er war etwas über fünfzig und hatte die Statur eines Mannes, der die angenehmen Seiten des Lebens genoss. Gutes Essen, gute Weine und gute Gesellschaft.

»Möchte Peter eigentlich eine Rede halten?«

»Ich weiß, dass er das mit Sicherheit *nicht* möchte«, erwiderte Christina. »Aber ich finde, er kann es trotzdem machen.«

Poppe lächelte.

»Gefällt es ihm in der Bäckastuga? Hast du ihm von der Katze erzählt?«

Ohne zu antworten, zupfte Christina das Tuch in Poppes Brusttasche zurecht. Dann strich sie ihm über die kleine Narbe an der linken Wange, die, wie sie fand, zu seinen Lachfältchen passte. Poppes Lächeln wurde breiter.

»Du bist eine böse Frau, weißt du das?«, sagte er bewundernd.

»Es ist nur zu seinem Besten. Peter hasst Tiere, Natur, Wetter und alles andere, was sich nicht kontrollieren lässt. Aber er muss mal aus seiner engen Komfortzone herauskommen. Tatsächlich erweisen die Katze und ich ihm einen Dienst.«

Poppe schüttelte kichernd den Kopf.

Weitere Gäste waren im Anmarsch. Eine blonde Frau in einem roten, tief ausgeschnittenen Kleid und hohen Schuhen zog die Aufmerksamkeit auf sich. Dicht hinter ihr kam eine jüngere, zurückhaltender gekleidete Frau, die ein großes Paket trug.

»Aha, da haben wir die berühmte Jessie Anderson und ihre Assistentin«, flüsterte Poppe säuerlich. »Noch vor einem Monat dachte mindestens halb Österlen, sie sei der Teufel selbst. Tatsächlich kann ich nachvollziehen, warum die Leute so aufgebracht waren. Sie zerstört das kleine, hübsche Gislövshammar mit ihren schrecklichen Häusern und übernimmt den ganzen Strand.«

»Das ist doch nicht mehr aktuell«, sagte Christina. »Es war eine schöne Geste von Jessie, dem Dorf die Skulptur zu schenken, und sie zum Fest einzuladen ist eine Möglichkeit, ihr unsere Wertschätzung zu zeigen.«

»Außerdem möchtest du wahnsinnig gerne zu einer Hausbesichtigung eingeladen werden, oder?«, meinte Poppe. »Du willst unbedingt die Luxusvilla sehen, über die alle sprechen, und wissen, wer die übrigen Spekulanten sind.«

Christina musste eingestehen, dass Poppe nicht unrecht hatte.

»Tja, dazu wird es aber leider nicht kommen. Jessie öffnet das Haus nicht für Besucher. *By invitation only*, und nur seriöse Kunden.«

»Ich beginne schon zu bereuen, dass wir sie eingeladen haben«, sagte Poppe leise. »Es sind bei Weitem nicht alle so verständnisvoll wie du. Das könnte am Ende Ärger geben.«

Vinston parkte seinen Saab neben einem Seitenflügel des Schlosses und inspizierte seinen anspruchsvollen Krawattenknoten im Rückspiegel. Dabei stellte er fest, dass sein Zusammenstoß mit dem Türrahmen auf seiner Stirn glücklicherweise keine andere Spur hinterlassen hatte als eine leichte Röte.

»Österlen-smart« hatte Christina den Dresscode des Abends genannt, und Vinston, der selten etwas Dämlicheres gehört hatte, nahm an, dass dies Blazer, Hemd und originelle Hosen bedeutete. Vielleicht sogar so einen lächerlichen kleinen Schal um den Hals. Oder noch schlimmer: einen zerknitterten Leinenanzug.

Aus reinem Protest, und vielleicht weil Christina mit ihm geschimpft hatte, hatte er stattdessen einen hellgrauen dreiteiligen Anzug aus italienischer Seide gewählt, das weiße Hemd gegen ein hellblaues getauscht und eine einigermaßen sommerliche Krawatte angelegt, deren doppeltem Windsorknoten er jetzt den letzten Schliff gab. Die ganze Aufmachung wurde von einem Paar schwarzer, ordentlich geputzter englischer Halfbrogues vervollständigt, die er sich mit seinem Polizistengehalt eigentlich nicht leisten konnte. Andererseits gab es schlimmere Laster für einen Mann als ein Paar eleganter Schuhe, das würde sogar Christina zugeben.

Ihre Reaktion auf die Krankschreibung war übertrieben, redete er sich ein. Es waren nur ein paar Schwindelanfälle.

Ruhe und Erholung würden sicherlich Wunder bewirken, genau wie der Arzt gesagt hatte, und Vinston hatte vor, diese Aufgabe mit seiner üblichen Genauigkeit anzugehen. Er würde in der Hängematte unter dem Apfelbaum liegen und Bücher lesen. Außerdem lange Spaziergänge machen, die Sommertalks im Radio anhören und Zeit mit Amanda verbringen. Die Proben würden mit Sicherheit negativ zurückkommen, dann wäre das Problem gelöst, und eigentlich gab es nichts, worüber man sich aufregen musste. Außer vielleicht dieses Fest. Vinston holte tief Luft, öffnete die Autotür und stieg aus.

Am Eingang zum Garten stand ein muskulöser junger Mann mit Dutt und kabellosem Kopfhörer und strich die Gäste auf seiner Liste ab.

»Wie war der Name?«

»Vinston, Peter Vinston.«

Der Mann mit dem Dutt fuhr mit dem Finger über die Liste, bis ganz unten.

»Tja, ich finde hier keinen Winston.«

Vinston seufzte leise.

»Nicht Winston mit W., Vinston mit V.«

Der Mann versuchte es noch einmal. »Ach, da sind Sie ja. Peter Vinston. Willkommen! Das Festzelt ist geradeaus, folgen Sie einfach der Musik. Toiletten finden Sie hinten bei der Orangerie.«

Das Arrangement war so extravagant, dass es Vinston schwerfiel, es ernst zu nehmen. Ein riesiges Zelt, Kristalllüster und eine Band. Und das alles für eine Sechzehnjährige. Zugleich empfand er einen Anflug von schlechtem Gewissen. Es war das erste Mal seit Jahren, dass er und Amanda ihren Geburtstag nicht nachträglich bei ihm in Stockholm feierten. Er konnte sich also zumindest ein bisschen bemühen, es nett zu finden.

»Herzlich willkommen in Österlen, lieber Peter«, begrüßte ihn

Poppe, während er Vinstons Hand schüttelte und ihm gleichzeitig auf den Rücken klopfte, als wären sie alte Freunde.

»Hier ist es vielleicht nicht ganz so spannend wie bei der Kriminalpolizei, aber wir hoffen, dass es dir trotzdem gefällt, nicht wahr, Christina?«

Sie nickte und bedachte Vinston mit einem Blick, der klarmachte, dass er sich lieber benehmen sollte.

Poppe war einen Kopf kürzer als Vinston und ein paar Jahre älter. Sein Haaransatz zog sich langsam zurück, aber das schien ihn nicht zu bekümmern. Tatsächlich schien es nichts zu geben, was Poppe bekümmerte, er war der Typ, der immer gemütlich und mit dem Leben zufrieden wirkte, weshalb man ihn nur schwer nicht mögen konnte. Vinston versuchte in dieser Hinsicht dennoch sein Bestes. Dieses gigantische Festspektakel war garantiert seine Idee.

Genau wie vermutet, trug Poppe einen blauen, zweireihigen Blazer zu einem rosa Hemd, einer rosa Hose und einem hellblauen Schal, den er um den Hals geschlungen hatte und der farblich zu dem Einstecktuch in seiner Brusttasche passte. Am Revers trug er außerdem irgendeine Ordensnadel und an den Füßen braune Mokassins ohne Strümpfe. Vinston schüttelte sich innerlich, erinnerte sich aber zugleich daran, was er sich vorhin erst vorgenommen hatte.

»Danke«, sagte er so freundlich er konnte. »Ein bisschen Ruhe und Frieden sind genau das Richtige für mich. Und wie schön ihr hier alles vorbereitet habt.«

Der letzte Satz kostete ihn einige Überwindung, brachte ihm aber immerhin ein belohnendes Nicken von Christina ein.

»Papa!«

Amandas Kleid war weiß, ihr Haar elegant hochgesteckt, und sie war so gekonnt geschminkt, dass sicher ein Profi am Werk gewesen war. Sie umarmte ihren Vater nicht wie sonst, indem sie ihm um den Hals fiel, sondern erwachsener.

Vor Vinstons innerem Auge spielte sich ein ganzer Erinnerungsfilm aus einer Zeit ab, in der Amanda noch klein gewesen war. Wie er sie im Arm gehalten, ihr Gutenachtgeschichten vorgelesen, sie an ihrem ersten Schultag begleitet hatte. Und jetzt war sie sechzehn, fast schon eine erwachsene Frau.

»Hast du mein Geschenk bekommen?«, fragte er sie.

»Natürlich, es kam wie immer drei Tage zu früh. Es ist voll schön, danke!«

Vinston nickte zufrieden.

»Ich habe gelesen, dass man seinen Reiterhelm regelmäßig wechseln soll, weil das Plastik altert. Die Verkäuferin sagte, dass es der beste Helm auf dem Markt sei. Topnoten in allen Sicherheitstests.«

»Super. Ich habe wirklich einen neuen Helm gebraucht, nachdem ich so oft runtergefallen bin und mir den Kopf angeschlagen habe.«

Amanda klopfte sich leicht auf den Kopf, brach dann aber in Gelächter aus, als sie Vinstons entsetztes Gesicht sah.

»Ich mach doch nur Spaß, Papa. Ich falle fast nie runter.«

»Nein, klar.« Vinston versuchte so dreinzuschauen, als ob ihn die Worte »fast nie« nicht störten. Statistisch gesehen gab es beim Reiten die meisten schlimmen Unfälle von allen Sportarten, etwas, was er schon häufig beanstandet hatte.

»Da kommen noch mehr Gäste«, unterbrach Poppe sie. »Lussan und ihre Eltern.« Er zeigte auf eine gut gekleidete Familie, die über den Rasen auf sie zukam und enthusiastisch ein Geburtstagslied sang.

»Ich muss ihnen Hallo sagen«, sagte Amanda. »Aber wir sprechen nachher weiter. Ich freue mich so, dass du den Sommer über hier wohnst, Papa.«

Sie küsste ihn auf die Wange und lief mit Poppe im Schlepptau zu den neuen Gästen.

Christina blieb bei Vinston stehen.

»Also, dann: willkommen«, sagte sie. »Schön, dass du dich endlich hierher traust.«

»Danke. Eine nette kleine Party habt ihr da arrangiert«, erwiderte er. »Ich bin schon gespannt darauf, wie ihr ihren achtzehnten Geburtstag feiern werdet. Vielleicht mit dem Cirque de Soleil? Oder kann man die Globe Arena in Stockholm mieten?«

»Hör auf.«

Christina schlug ihm leicht auf den Arm. Einen Moment lang standen sie still da und sahen zu, wie Amanda mit ihren Freunden herumalberte.

»Das haben wir gut gemacht«, sagte Christina schließlich. »Schon sechzehn, kannst du das glauben?«

»Mm.« Vinston räusperte sich. Seit wann war er denn so sentimental?

»Und, was hat sie von euch zum Geburtstag bekommen?«, fragte er, um zu einem neutraleren Thema überzugehen.

»Das ist eine Überraschung, das erfährst du bald. Gefällt es dir eigentlich im Ferienhaus?«

»Ja, das Haus ist entzückend. Nur die Türen sind etwas niedrig.«

Christina lachte. »Ja, das habe ich Poppe auch gesagt, aber dann waren wir uns einig, dass du eben lernen musst, dich an den richtigen Stellen zu bücken. Ansonsten gibt es hier bestimmt noch irgendwo einen TÜV-geprüften Reiterhelm, den du ausleihen kannst. Du sollst schließlich nicht bewusstlos werden.«

»Cool!« Vinston verzog den Mund zu einem Grinsen. »Du, es tut mir leid, dass ich dir nichts von der Krankmeldung gesagt habe«, fuhr er fort. »Es ist wirklich nichts Ernstes. Ich bin bei der Arbeit ein paarmal ohnmächtig geworden. Das ist alles.«

»Aber was sagt der Arzt?«

»Er hat einen Haufen Tests gemacht. Jetzt warte ich auf die Ergebnisse.«

»Und wie gehst du damit um?«

»Was meinst du?« Vinston versuchte, unberührt zu wirken.

»Peter«, sagte Christina vorwurfsvoll. »Du bist ein Kontrollfreak. Das Schlimmste für dich ist Ungewissheit.«

»Ach, nein. Es ist alles in Ordnung. Ich brauche nur ein bisschen Ruhe, dann bin ich wieder in Topform.«

Er bemühte sich, überzeugend zu klingen, aber Christinas skeptischem Blick nach zu urteilen, gelang ihm das nicht ganz.

»Hast du vor, Amanda etwas zu sagen?«, fragte er.

Christina legte den Kopf schief.

»Nicht, solange du versprichst, die Anweisungen deines Arztes zu befolgen und wirklich Zeit mit deiner Tochter zu verbringen.«

»Selbstverständlich«, sagte Vinston erleichtert.

»Komm, dann führe ich dich herum.« Christina hakte sich bei ihm ein und zog ihn in das riesige Zelt. »Die halbe High Society von Österlen ist hier, plus einige nationale Berühmtheiten. Aber bevor ich dich vorstelle, brauchen wir einen ordentlichen Drink.«

3

Während sich der Barkeeper um ihre Bestellung kümmerte, wies Christina auf einige Gäste. Viele waren entweder alte Studienfreunde von Poppe aus seiner Zeit in Lund oder Leute, mit denen er Geschäfte machte, und die hakte Christina sehr schnell ab.

»Die beiden da drüben sind spannender.« Christina zeigte auf ein Paar, beide um die dreißig, das von einer Schar anderer Gäste umringt war. »Niklas und Daniella Modigh. Niklas spielt in den USA in der National Hockey League, Daniella ist hier in Österlen aufgewachsen. Sie ist Influencerin und hat eine ziemlich erfolgreiche Karriere hingelegt, indem sie halb nackt in irgendwelchen Infinitypools posiert und auf Instagram Rabattcodes verteilt.«

»Aha.« Vinston kamen die Gesichter bekannt vor, aber das lag vielleicht auch nur daran, dass das Paar unglaublich gut aussah. Niklas war durchtrainiert und bewegte sich wie ein Mensch, der es gewohnt war, bewundert zu werden. Daniella war groß und schlank und sah aus wie ein arrogantes Fotomodell.

»Und warum wollen sie mit euch alten Leuten umgehen?«, fragte Vinston spöttisch.

»Wegen meiner fantastischen Persönlichkeit natürlich«, erwiderte Christina, ohne mit der Wimper zu zucken. »Wir haben uns beim Reiten kennengelernt. Daniella nimmt an Springreitturnieren teil, wenn sie in Schweden ist, wir treffen uns immer wieder auf Wettkämpfen. Ob du es glaubst oder nicht, aber sie sind richtig nett. Niklas' Vertrag läuft jetzt aus, es wird gemunkelt, dass sie aus L. A. zurückkommen.«

Eine blonde Frau in einem roten Kleid ging auf das Ehepaar Modigh zu und verteilte zur Begrüßung Küsschen. Die Begegnung wurde von einer jüngeren Frau fotografiert, die erst ihr eigenes Handy und dann Daniellas benutzte. Den Blicken der anderen Gäste nach zu urteilen, ging hier etwas Bedeutsames vor sich.

Vinstons Beobachtung wurde von einer kräftigen Stimme gestört.

»So, wer ist denn dieser elegante Kerl, den du da bei dir hast, liebe Christina?«

Ein älterer Herr mit weißem Anzug, Panamahut und einem langen Seidenschal stand plötzlich vor ihnen. Er war kräftig gebaut, sein Doppelkinn hing ihm fast auf die Brust, und er stützte sich auf einen Stock.

»Das ist Peter Vinston, Amandas Vater und mein Ex-Mann.«

»Oh, dann hast du diesen Adonis im bloßen Adamskostüm sehen dürfen, du Glückliche!«, rief der Mann allzu laut, woraufhin sich einige andere Gäste zu ihnen umdrehten.

»Jan-Eric Sjöholm. Schauspieler, Sänger, Künstler. In der Reihenfolge.« Der Dicke lüftete mit einer theatralischen Geste seinen Hut.

»Ah, ich habe Sie schon einmal auf der Bühne gesehen«, sagte Vinston.

Jan-Eric strahlte. »In welchem Stück denn? Nein, nein, sagen Sie nichts. Strindberg oder Molière? Oder vielleicht mein King Lear? *Derweil enthülln wir den verschwiegnen Vorsatz ... während wir zum Grab entbürdet wanken. Sohn von Cornwall!*«

Jan-Eric fuhr mit der Hand durch die Luft, was mit seinem neuerlichen Ausruf die Leute wieder dazu brachte, sich umzudrehen.

Vinston schüttelte den Kopf.

»Nein, es war ein Musical. *La Cage aux Folles,* glaube ich.«

»Ah!« Jan-Eric schloss enttäuscht den Mund. »Nun ja, es hätte schlimmer sein können. Ich habe drei Staffeln in einer Soap Opera mitgespielt, was ich am liebsten vergessen würde.«

Er zwinkerte Vinston zu und sah sich dann um. »Alfredo! Wo ist er nur geblieben? Alfredo!« Jan-Eric stieß mit seinem schwarzen Stock auf den Boden. Dieser endete in einer Metallzwinge und hatte einen verschnörkelten silbernen Handgriff, der einen Widderkopf darstellte.

Ein kleiner Mann, ungefähr zehn Jahre jünger als Jan-Eric und nur halb so groß, tauchte wie aus dem Nichts mit zwei Champagnergläsern in den Händen auf. Er war genauso gekleidet wie der Schauspieler, sogar bis ins kleinste Detail, und seine Wangenknochen waren so hoch, dass sein Gesicht fast dreieckig aussah.

»Alfredo, das ist Peter Vinston. Christinas mystischer Ex-Mann.«

Jan-Eric legte den Arm um den kleinen Mann. »Alfredo ist mein Assistent, Kostümbildner und Ehemann. Meist in dieser Reihenfolge.« Er zwinkerte Vinston wieder zu.

Alfredo musterte Vinston von Kopf bis Fuß.

»Schöner Anzug. Savile Row?«

Bevor Vinston die Vermutung bestätigen konnte, strich Alfredo mit der Hand über sein Revers. Seine Hände waren erstaunlich kräftig.

»Italienische Seide, gute Wahl.« Alfredo schnalzte anerkennend mit der Zunge. »Und hübsche Schuhe. Er hat einen guten Geschmack!«

Der letzte Satz war offensichtlich an Christina gerichtet.

»Zumindest wenn es um Kleider und Schuhe geht«, erwiderte sie. »Und Ex-Frauen natürlich.«

In der Mitte des Zelts versammelten sich die Leute weiterhin um die Modighs. Aber nicht nur um sie. Die blonde Frau schien genauso populär zu sein, es wurden massenhaft Selfies mit ihr gemacht, wie Vinston bemerkte.

Alfredo flüsterte Jan-Eric etwas ins Ohr, und die beiden Männer starrten zu der Gesellschaft hinüber. Ihre Blicke waren alles andere als freundlich.

»So, ihr habt also Jessie Anderson eingeladen«, konstatierte Jan-Eric und verzog den Mund, als hätte er in eine Zitrone gebissen. »Oder ist die Botoxhexe ungebeten hier aufgetaucht, um unter den ahnungslosen Gästen Kunden einzufangen? Das würde mich nicht wundern. Jessie ist zu allem fähig.«

»Zu allem!«, pflichtete Alfredo ihm bei. »Und wie sie aussieht! Jessie hat so viele Schönheitsreparaturen an sich machen lassen, dass sie die Renovierungskosten wahrscheinlich steuerlich absetzen kann.«

Vinston verschluckte sich fast an seinem Champagner.

»Amanda wollte sie einladen«, sagte Christina. »Sie und ihre Freundinnen sehen sich immer Jessies amerikanische TV-Show an.«

Vinston schielte zu seiner Ex-Frau hinüber. Sie hatte diesen leicht rauen Tonfall, den sie bekam, wenn sie log. Warum tat sie das?

»Welche Show?«, wollte Jan-Eric wissen, der langsam ein rotes Gesicht bekam. »Die, in der dieser blondierte Aasgeier geschmacklose Häuser für unverschämt hohe Summen verkauft, oder die andere, in der sie mit einem Haufen anderer Schnepfen herumstreitet? Hast du Peter schon erzählt, was Jessie hier unten so treibt, Christina? Wie sie buchstäblich halb Österlen am Haken hat?«

Alfredo zupfte ihn warnend am Arm.

»Hör auf, Jan-Eric, wir sind auf einer Party. Das ist weder der rechte Ort noch die rechte Zeit ...«

Der Schauspieler holte tief Luft, wodurch seine Gesichtsfarbe wieder von Rot zu Rosa wechselte. Er nickte seinem Mann kurz zu und lüftete dann entschuldigend den Hut.

»Ich bitte um Verzeihung«, sagte er zu Christina und Vinston. »Mein hitziges Temperament geht manchmal mit mir durch. Mein Leib mag nordisch sein, aber mein Blut wallt südländisch heiß. Doch wie Alfredo bereits erkannt hat, ist das hier der falsche Moment, um Unheil zu wittern.«

»Das macht doch nichts«, beruhigte ihn Christina. »Peter und ich müssen uns jetzt ein bisschen unter die Leute mischen, es gibt noch ein paar Gäste, die ich ihm gern vorstellen möchte. Und ihr versprecht, dass ihr euch benehmt, ja? Keine Szene.«

Jan-Eric machte eine beschwichtigende Handbewegung. »Die ganze Welt ist eine Szene, und wir, die wir sie bevölkern, sind nur Akteure.«

Christina führte Peter von den beiden Männern weg.

»Worum ging es denn da gerade?«, wollte Vinston wissen, als sie außer Hörweite waren.

»Ach, nur ein kleines Österlen-Drama. Nichts Wichtiges«, sagte Christina in einem Ton, der deutlich machte, dass sie nicht weiter über das Thema sprechen wollte.

»Jetzt schalte mal eine Weile auf Small Talk und versuche zumindest so auszusehen, als würdest du dich amüsieren!«

Christina führte Vinston herum und stellte ihn einer Reihe von Leuten vor, die er sich kaum merken konnte. Amanda und die jüngeren Gäste hatten sich vor dem Zelt versammelt, aber als Vinston nah genug war, versuchte er vergebens, einen Blick von ihr zu erhaschen. Sie war vollauf mit ihren Freunden beschäftigt und sah aus, als hätte sie viel Spaß.

»Peter, das ist L-G Olofsson, unser örtlicher Polizeichef.«

Christina präsentierte Vinston einem rundlichen Mann um die sechzig, der einen zerknitterten Leinenanzug über einem schreiend bunten Hawaiihemd trug. Der Mann war oben auf dem Kopf kahl, was er zu kompensieren versuchte, indem er das graue Haar an den Schläfen in den Bart übergehen ließ.

»Peter Vinston, wie schön, dich kennenzulernen. Ich darf doch du sagen, oder? So unter Kollegen.« L-G schüttelte Vinston enthusiastisch die Hand. »Der Meister über den Uppsala-Würger. Du hast dieses Jahr bei einer Konferenz in Göteborg einen Vortrag gehalten. Über Beweissicherung am Tatort und die Wichtigkeit korrekter erster Maßnahmen.«

Bergkvist, Vinstons Chef, zwang ihn manchmal dazu, einen Vortrag zu halten. Er selbst zog richtige Polizeiarbeit vor.

»Ja, stimmt«, sagte er. »Ich hoffe, es war nicht allzu langweilig?«

L-G hob abwehrend die Hände.

»Überhaupt nicht. Unerhört interessant. Der Höhepunkt der Konferenz!«

»Ich lasse dich mal hier, Peter«, sagte Christina, während sie auf ihre Armbanduhr schaute. »Ich muss mich eine Weile um die Gäste kümmern. Aber du bist ja in guten Händen, nicht wahr,

L-G? Du kannst Peter doch von den hiesigen Verbrechen erzählen.«

Christina gab dem Polizeichef einen aufmunternden Klaps auf die Schulter und verschwand in Richtung Bühne. Vinston schaute ihr lange nach. Er hasste Small Talk, aber Christina hatte immerhin die Freundlichkeit besessen, ihn bei einem Polizeikollegen abzuliefern.

»Tja, hier in Österlen haben wir weder Serienmörder noch Drogenbarone«, sagte L-G lächelnd. »Wir sind nur eine kleine Wache. Etwa zehn Beamte im Außendienst und eine Ermittlerin. Jetzt während der Sommersaison sind Autodiebstähle und falsch parkende Touristen, die die Zufahrtswege zu den Badestränden blockieren, unsere größten Sorgen.«

»Also keine gröberen Verbrechen?«, fragte Vinston.

L-G schüttelte den Kopf. »Ein paar einzelne Fälle von Körperverletzung im Zusammenhang mit dem Rummel oder dem Apfelmarkt in Kivik. Letztes Jahr hatten wir eine Taschendiebbande, die auf den Flohmärkten ihr Unwesen trieb. Aber ansonsten nichts Dramatisches. Wir hatten hier seit Jahren keinen Mord mehr. Alles ist ruhig und friedlich, genau wie wir es haben möchten!«

Der Polizeichef schaute zufrieden drein. »Magst du eigentlich Honig?«

Bevor Vinston antworten konnte, verstummte die Musik, Poppe griff zum Mikrofon, und er und Christina baten zu Tisch.

Vinston saß am Ehrentisch neben einer strammen, sehnigen Frau im Alter des Polizeichefs, die in einem knarrigen, schonischen Oberschichtdialekt sprach.

»Sofie Wram«, stellte sie sich vor. »Sie sind also Amandas Vater. Ich gratuliere, sie ist ein tolles Mädchen.«

Sofie Wram erzählte, dass sie ein paar Kilometer entfernt eine Stutenzucht betrieb und außerdem die Reitlehrerin und eine Art Mentorin Amandas war.

»Wenn sie sich weiter so entwickelt, kann sie es in ein paar Jahren in die Nationalmannschaft der Springreiter schaffen. Aber dafür muss sie hart trainieren, den Fokus behalten.«

Vinston nickte, als wüsste er genau, wovon seine Tischdame sprach. Sofie Wram war offenbar eine wichtige Person in Amandas Leben, obwohl er noch nie von ihr gehört hatte.

Er bemühte sich, ungezwungen zu plaudern und weitere Details aus Amandas unbekanntem Leben aufzuschnappen, aber das Einzige, was er sich bei dem vielen Gerede über Pferde und Reiter merken konnte, war, dass Sofies Tochter und Enkelkinder in der Schweiz lebten.

Die Stimmung im Zelt stieg im Laufe des Essens, nicht zuletzt dank des Weins, der regelmäßig nachgefüllt wurde.

Amanda saß zwischen Poppe und Christina, aber sie stand immer wieder auf und verbrachte die meiste Zeit mit ihren Freunden am Jugendtisch.

Vinston verstand sie gut, das Fest schien vor allem etwas für die Erwachsenen zu sein. Er selbst hätte sich nicht vorstellen können, seinen sechzehnten Geburtstag zusammen mit seinen Eltern und deren Freunden zu feiern. Andererseits lag dieser Geburtstag auch schon dreißig Jahre zurück.

Nach der Vorspeise griff Poppe noch einmal zum Mikrofon.

»Liebe Freunde. Christina und ich freuen uns sehr, dass so viele gekommen sind, um den sechzehnten Geburtstag unserer wunderbaren Amanda zu feiern. Und wir freuen uns natürlich besonders darüber, dass Amandas Papa Peter hier ist …« Poppe hob das Glas in Vinstons Richtung und machte eine kurze Pause. »Obwohl er Stockholmer ist.«

Dem Kommentar folgten die zu erwartenden Lacher, und Vinston zwang sich zu einem Lächeln.

Poppe war in seiner Jugend in Lund im Karnevalsverein gewesen. Er konnte das Publikum gut für sich einnehmen und sagte so viele schöne Dinge über Amanda, dass manche Gäste feuchte Augen bekamen. Am Ende seiner Rede verriet er ihr Geschenk.

»Deine Mutter und ich möchten dir ein neues Pferd schenken.

Sofie hat bereits ein paar passende Kandidaten ausgewählt.« Er deutete auf Vinstons Tischnachbarin. »Zum Wohl, liebe Amanda, und alles Gute zum sechzehnten Geburtstag!«

Amanda sprang auf und warf sich erst Poppe und dann ihrer Mutter an den Hals.

»Ein großzügiges Geschenk«, bemerkte Sofie Wram. »Es sind nicht gerade billige Pferde, die ich ausgesucht habe. Aber Poppe schaut nicht aufs Geld. Amanda ist fast wie eine eigene Tochter für ihn. Dieses ganze Fest ist doch ein bisschen …« Sie beugte sich näher zu Vinston. »Übertrieben, oder nicht?«

Vinston verzog den Mund. Er konnte nicht wirklich widersprechen.

»Poppe hatte schon immer eine Schwäche für Luxus«, fuhr Sofie fort. »Sein Vater war genauso. Er hat ständig irgendwelche Feste veranstaltet, er wollte immer gesehen und gehört werden. Halten Sie eigentlich keine Rede?«

Die plötzliche Frage überraschte Vinston. Er sah zu Amanda hinüber. Sofie Wram hatte recht, er sollte ein paar Worte sagen, wahrscheinlich wurde es sogar von ihm erwartet. Natürlich hätte er früher daran denken und irgendetwas vorbereiten sollen, dann hätte er auf der Autofahrt üben können. Er musste einen Moment nachdenken.

»Sicher«, murmelte er. »Entschuldigen Sie mich.« Er stand auf, verließ das Zelt und ging zunächst Richtung Toilette. Aber ungefähr auf halbem Weg bog er nach rechts ab und fand einen kleinen Pfad, der zu einem Rhododendrongarten führte, wo er auf ein wenig Abgeschiedenheit hoffte. Unterwegs traf er auf einen von Amandas geschniegelten Freunden, der offensichtlich ein paar Gläser zu viel getrunken hatte und würgend hinter einem Baum stand. Vinston blieb kurz stehen, aber der junge Mann schien die Sache einigermaßen überstanden zu haben, was man von den armen Schuhen des Jünglings leider nicht sagen konnte.

Vinston ging weiter in das Halbdunkel des Rhododendrongartens, bevor er stehen blieb und einige Male tief Luft holte. Er musste dem Unausweichlichen ins Gesicht sehen: Er würde gezwungen sein, in einem Zirkuszelt voller fremder Menschen unvorbereitet eine Rede für seine Tochter zu halten.

Ein Geräusch ließ ihn aufschauen. Jessie Anderson, die Blondine in dem roten Kleid, die das Ehepaar Sjöholm ganz offensichtlich verabscheute, tauchte auf einem Weg auf, der zwischen den dichten Büschen kaum zu sehen war. Sie schien über die Begegnung mit ihm genauso überrascht zu sein wie er selbst, brachte aber ein Lächeln zustande und nickte freundlich. Nachdem sie verschwunden war, hing der Duft ihres schweren Parfüms noch eine Weile in der Luft.

Vinston versuchte sich zu sammeln. Was konnte er als Aufhänger für seine Rede nehmen? Er kramte in seiner Erinnerung nach einer passenden Anekdote, wurde aber von einem neuerlichen Geräusch unterbrochen.

Noch eine Person erschien auf dem Trampelpfad.

Niklas Modigh, der Hockeyprofi. Der Mann starrte so konzentriert auf sein Handy, dass er beinahe mit Vinston zusammengestoßen wäre.

»Oh, Gott!« Niklas blieb abrupt stehen und riss erschrocken die Augen auf. »Entschuldigung! Ich habe Sie überhaupt nicht gesehen.«

»Nichts passiert«, sagte Vinston, während sie einen Moment ratlos voreinander standen.

»Peter Vinston, Amandas Vater.«

»Ah, wie nett.« Der Hockeyspieler gewann seine Fassung wieder und schüttelte Vinston ein wenig übereifrig die Hand. Er ging wohl davon aus, dass Vinston wusste, wer er war, denn er stellte sich nicht vor.

»Tolles Fest haben Sie da arrangiert.«

»Danke, aber das Lob gebührt Amandas Mutter und Poppe. Ich bin nur zu Besuch.«

»Ach so.« Es wurde still, bevor Niklas einsah, dass die Situation noch ein paar Sekunden Small Talk nötig machte.

»Und was machen Sie so beruflich?«

»Ich bin Polizist.«

»Ach, wie spannend.« Niklas' Gesicht sah auf einmal angespannt aus, sein Blick flackerte unruhig. »War nett, Sie kennenzulernen, ich muss jetzt …« Er deutete auf das Festzelt und verschwand dann den Weg entlang.

Vinston blieb zurück und dachte darüber nach, was soeben passiert war.

Vielleicht lag es an seiner bald dreißigjährigen Erfahrung als Polizist, aber er wurde das Gefühl nicht los, dass sich hinter den Festlichkeiten, der Musik und der Partystimmung etwas ganz anderes verbarg.

Etwas sehr viel Düstereres.

Vielleicht sogar Unheilvolles.

4

Das Fest wurde immer ausgelassener, das Stimmengewirr der Gäste lauter, je mehr Weingläser geleert wurden. Die munteren Festgeräusche stiegen in den Abendhimmel auf, wo der Vollmond nur als blasses Gesicht zu sehen war. Amanda ging von Tisch zu Tisch, sie schien die allermeisten Gäste zu kennen, sowohl die jungen wie die alten, was Vinston sehr imponierte. Sechzehn Jahre alt und schon ein selbstsicherer Partyprofi. Ganz im Gegensatz zu ihm. Er hielt nach Niklas Modigh, Jessie Anderson und den Eheleuten Sjöholm Ausschau, aber erhaschte nur mal einen kurzen Blick auf sie. Trotzdem verließ ihn das ungute Gefühl nicht ganz.

Es dauerte bis zum Kaffee, bis Vinston an der Reihe war, seine Rede zu halten. Zu dem Zeitpunkt hatte er bereits ein gemeinsames Absingen schonischer Lieder durchlitten sowie einen äußerst unbequemen Wettstreit im Armdrücken mit Sofie Wram, das Ganze angeleitet von einem enthusiastischen Poppe, der ganz in seinem Element war.

»Verehrte Gäste! Jetzt ist es endlich an Amandas Papa Peter, einige Worte über seine bezaubernde Tochter zu sagen. Heißen wir ihn mit einem herzlichen Österlen-Applaus willkommen.«

Poppe reichte das Mikrofon hinüber. Vinston stand auf, spürte, wie das Metall an seinen Handflächen klebte. Alle Blicke waren auf ihn gerichtet. Er schaute zu Amanda hinüber, dann zu Christina.

»Liebe Amanda.« Vinston räusperte sich. »Liebe Amanda«, versuchte er es noch einmal. Plötzlich kam ihm sein Hemdkragen eng vor. »Ich erinnere mich, wie du das Fahrradfahren gelernt hast.«

Sein Herz klopfte laut, ein Schweißtropfen lief ihm zwischen den Schulterblättern hinunter. »Also, eigentlich war es so gedacht, dass ich es dir beibringe. Aber ehrlicherweise muss man sagen, dass du es dir eher selbst beigebracht hast.«

Freundliche Gesichter und leises Gelächter aus dem Publikum. Vinston atmete schwer. Der Hemdkragen scheuerte, und sein Kopf rauschte, als wäre er voller Sprudelwasser. Er kannte die Symptome nur allzu gut.

»Und man kann wohl sagen, dass das für dich ziemlich typisch ist, Amanda …« Er machte eine Pause, holte tief Luft. Das Rauschen in seinem Kopf nahm zu, die Blasen stiegen zu seinem Stirnlappen auf, schwappten in sein Sichtfeld, wo sie sich in kleine weiße Flecken verwandelten.

»Du bist … sehr tüchtig und … selbstständig.« Er beugte sich vorsichtig Richtung Tischkante, um nicht ins Wanken zu geraten.

»Zusammenfassend …« Vinston griff nach seinem Glas und verschüttete dabei etwas von dem Inhalt. »Prost, liebe Amanda!«

Er nahm einen Schluck, legte das Mikrofon mit einem dumpfen Knall weg und sank schwer auf seinen Stuhl.

Höflicher, verhaltener Applaus war vom Publikum zu hören.

»Danke, Peter«, sagte Poppe, der schnell das Mikrofon genommen hatte. »Das kam direkt von Herzen, das hat man gemerkt. Und jetzt, meine Freunde, ist es Zeit, sich ein wenig die Beine zu vertreten.«

Die Gäste standen nach und nach auf, während Vinston ein paar Minuten sitzen blieb, bis das Rauschen in seinem Kopf abnahm.

Christina tauchte neben ihm auf.

»Wie geht es dir?«

»Gut!«, behauptete er bestimmt. »Die Gefühle haben mich nur ein bisschen übermannt.«

Sie schaute Vinston misstrauisch an, aber bevor sie etwas sagen konnte, erschien Amanda und umarmte ihn.

»Danke, Papa! Ich bin so froh, dass du hier bist. Komm, ich stelle dich meinen Freunden vor. Sie sind schon total neugierig.«

Vinston sah Christina an und machte eine entschuldigende Handbewegung, während ihre gemeinsame Tochter ihn mit sich zum Jugendtisch zog.

Jessie Anderson hatte an einem der Tische in der Nähe des Ausgangs gesessen, zwischen einem nach Kohl riechenden Großbauern und einem schwerhörigen Aquarellmaler. Ärgerlicherweise wusste keiner von beiden, wer sie war. Aber jetzt war es endlich Zeit aufzustehen, und sie bedeutete Elin, ihr zum Ausgang zu folgen.

Das Jazzquintett auf der Bühne hatte auf Partyband umgeschwenkt, und einige Partygäste fingen an zu tanzen, während andere sich an die Bar stellten. Aber genau wie Jessie vermutet hatte, gingen die meisten Gäste hinaus, um ein wenig frische Luft zu schnappen, und innerhalb weniger Minuten war sie von Menschen umringt, die ein paar Worte mit ihr wechseln oder ein Selfie mit ihr machen wollten. Elin stand die ganze Zeit mit gezücktem Handy hinter ihr, um alles zu dokumentieren, was vor sich ging.

»Wir sehen Sie immer im Fernsehen«, sagte ein Gast bewundernd. »Ihre beiden Shows. Sie machen das so gut.«

»*Thank you, darling*«, lachte Jessie. »Und verpassen Sie nicht meinen Sommertalk morgen! Er beginnt um eins. Da bekommen Sie alle meine Geheimnisse zu hören.«

Jessie wandte sich an eine neue Schar Bewunderer.

»Sollen wir ein Gruppenfoto machen, Mädels? Gebt eure Smartphones einfach Elin, sie macht das. Und vergesst nicht, mich zu taggen!«

Plötzlich verstummte die Musik im Zelt, und der Bandleader ergriff das Wort.

»Für unseren nächsten Song haben wir einen Gastsänger, den ich Ihnen wohl kaum vorstellen muss. Meine Damen und Herren, Jan-Eric ›Zaza‹ Sjöholm!«

Bei dem Namen zuckte Jessie zusammen. Sie ging näher zum Zelteingang heran, um besser sehen können.

Jan-Eric stieg, auf seinen Stock gestützt, mühsam auf die Bühne. Mit seiner freien Hand winkte er, gespielt demütig, den Applaus des Publikums ab. Aber sobald er hinter dem Mikrofon stand, fiel er sofort in die Rolle des Entertainers. Er richtete sich auf und sah auf einmal zehn Jahre jünger aus. Die Band spielte das Intro zu »The Best of Times«, und Jan-Eric begann mit zitterndem Vibrato zu singen. Die Gäste scharten sich um die Bühne, und schnell hatte sich die Menschenansammlung um Jessie und Elin zerstreut.

»Hör nur diese alte Tunte«, schnaubte Jessie. »Er tut alles für ein bisschen Aufmerksamkeit. Ist dir klar, wie sauer er morgen sein wird, wenn mein Sommertalk gesendet wird? Er wird am Radio kleben, während sein kleiner Toyboy versuchen wird, ihn zu beruhigen. *Reg dich nicht auf, Jan-Eric*«, sagte sie mit gespieltem Akzent. »*Du bekommst noch einen Blutsturz.*«

Elin lachte, schlug aber schnell die Hand vor den Mund.

Auf der Bühne hatte Jan-Eric gerade sein Lied beendet und nahm den Jubel des Publikums entgegen.

»Das nächste Lied«, sagte er, als sich der Applaus gelegt hatte, »ist allen hier im Publikum gewidmet, die wie Alfredo und ich unser Österlen lieben und es genauso bewahren möchten, wie es ist.« Er warf Jessie einen Blick zu und fügte mit Nachdruck hinzu: »*Genau*, wie es ist.«

Die Band stimmte Evert Taubes »Änglamark« an, und Jan-Eric forderte alle zum Mitsingen auf, indem er das Publikum mit seinem Stock dirigierte.

»Wie pathetisch«, zischte Jessie. »Begreift er nicht, dass der Krieg vorbei ist? Dass seine Partei die Schlacht verloren hat?«

Elin hörte ihrer Chefin nicht zu. Stattdessen starrte sie auf ihr Handy, das angefangen hatte, Alarmsignale von sich zu geben.

»Was ist denn?«, wollte Jessie wissen.

»Auf dem Baugrundstück ist die Alarmanlage angegangen«, erklärte Elin beunruhigt.

»Man sieht auf der Kamera nichts, aber der App nach hat jemand versucht, in den Baucontainer zu kommen.«

»Wirklich?« Jessie hob die Augenbrauen die wenigen Millimeter, die ihre starre Stirn es zuließen. »Worauf wartest du? Fahr raus und schau nach!«

»Ich? A-aber der Wachdienst ist doch auf dem Weg.«

»Ich will, dass du auch hinfährst. Es kann derselbe Idiot sein, der neulich da rumgeschlichen ist und den Container in Brand gesetzt hat. Sieh zu, dass der Wachdienst das gesamte Gelände zweimal durchkämmt. Wir können uns vor morgen keine unangenehmen Überraschungen mehr leisten.«

Elin wurde blass, nickte aber mit zusammengepressten Lippen. »Natürlich, ich verstehe. Ich kümmere mich um alles.«

Als es auf Mitternacht zuging, fing das Spektakel an, Vinston zu gefallen. Die Band war gegen einen DJ ausgetauscht worden, der sowohl das Tempo als auch die Lautstärke erhöht hatte, sodass viele Gäste inzwischen verschwitzte Gesichter und glänzende Augen hatten.

Gleichzeitig spürte Vinston, dass im Zelt eine eigentümliche Erwartung in der Luft lag. Immer mehr Leute gesellten sich an die Bar, als warteten sie darauf, dass etwas Besonderes passierte.

Vinston bewegte sich ebenfalls Richtung Tresen, er glaubte, Christina im Gewimmel gesehen zu haben, und lenkte seine Schritte dorthin. Als er die Bar fast erreicht hatte, hörte er über der Musik aufgeregte Stimmen, und eine davon war Jan-Erics. Ihm gegenüber am Tresen stand Jessie Anderson.

»Du bist eine verdammte Vandalin!«, schrie Jan-Eric. Sein Gesicht war hochrot, seine Bewegungen übertrieben. »Eine Botoxbarbarin, eine Plastikpuppe ohne Geschmack oder Klasse.«

Jessie verzog wütend das Gesicht. Um sie herum holten die Leute mehr oder weniger offen ihre Handys hervor, als wäre das die Auseinandersetzung, auf die alle gewartet hatten.

»*Oh, stop being such a drama queen, Janne!*«, sagte Jessie, ebenso zu den Leuten um sie herum wie zum Schauspieler.

Die Ermahnung hatte einen gegenteiligen Effekt.

»Dir sollte mal jemand Manieren beibringen!«, brüllte Jan-Eric und hob seinen Stock, wie um Jessie einen Schlag zu versetzen. Einen Augenblick lang sah die blonde Frau fast verängstigt aus.

Vinston machte einen raschen Schritt nach vorn und packte den Arm des Schauspielers.

»Ich glaube, es reicht jetzt.«

Jan-Eric wandte sich halb um, seine Augen waren hasserfüllt, und einen Moment lang sah es aus, als wollte er Widerstand leisten. Aber dann zwinkerte er ein paarmal, die Luft entwich ihm, und der kräftige Mann schien kurz vor einer Ohnmacht zu stehen. Doch Alfredo, der aus dem Nichts zwischen den gezückten Handys aufgetaucht war, stand ihm rettend zur Seite.

»Aber Jan-Eric, was machst du denn?«

»Ich bitte vielmals um Verzeihung«, murmelte Jan-Eric. »Ein Lapsus. Ich vertrage Alkohol schlecht.«

»Zeit, nach Hause zu fahren.«

Irgendwie schaffte es Alfredo, seinen Mann zu stützen und gleichzeitig von der Bar wegzuführen, wobei es ihm auch noch gelang, einen wütenden Blick über seine Schulter zu werfen, während die Zielscheibe seines Ärgers auf Vinston zukam.

»Ich glaube, wir haben uns noch gar nicht kennengelernt?« Sie streckte ihm eine Hand mit langen, blutroten Nägeln entgegen. »Jessie Anderson.«

Vinston stellte sich vor, ohne zu erwähnen, dass sie sich vor ein paar Stunden bereits im Rhododendrongarten begegnet waren. Dabei bemerkte er, dass sich Christina schräg hinter ihn stellte. Das Gedränge um die Bar hatte nachgelassen, die Handykameras waren verschwunden, nachdem die Gäste ihren dramatischen Auftritt bekommen hatten.

»Ah, der Vater des Geburtstagskindes«, sagte Jessie. »Sie sind wie ein Ritter aufgetaucht. Vielen Dank!«

»So schlimm, wie es aussah, war es wohl nicht. Worum ging es denn?«

Jessie lächelte schief.

»Neid. Jan-Eric versucht sicher seit zwanzig Jahren, zu einem Sommertalk eingeladen zu werden. Das ist schon ein Running Gag bei Radio Schweden. Ich habe wohl so ganz nebenbei bemerkt, dass mein Sommertalk morgen gesendet wird.«

Jessie zeigte so weiße und symmetrische Zähne, dass es Porzellanfassaden sein mussten.

Vinston sah, wie sie ihn musterte und ihr offenbar sein maßgeschneiderter Anzug und seine Schuhe in die Augen fielen.

»Wo wohnen Sie, wenn Sie in Österlen sind?«, fragte sie. »Hier im Schloss?«

»Äh, nein. Ich miete in der Nähe ein Ferienhaus.«

»Ah, Sie mieten. Dann sind Sie vielleicht auf der Suche nach etwas Festem? Etwas Standesgemäßem?« Jessie lachte wieder und kam näher. »Ich führe morgen ein ganz besonderes Objekt vor, nur für ein paar ausgewählte, wohlsituierte Kunden. Gislövsstrand – vielleicht haben Sie davon gehört? Es wäre fantastisch, wenn Sie kommen könnten.« Sie berührte seinen Arm. »… Peter.«

Der Duft ihres Parfüms war fast überwältigend. Vinston schielte zu Christina, die offensichtlich ungeniert ihr Gespräch belauschte, noch dazu mit einem amüsierten Gesichtsausdruck.

Vinston öffnete den Mund, um zu erklären, dass er absolut nicht nach einem Haus suchte und außerdem nur ein Beamter ohne größeres Einkommen war, aber Christina kam ihm zuvor.

»Er kommt gerne! Peter sucht schon lange nach etwas Passendem, hat aber bisher noch nicht wirklich das richtige Objekt gefunden. Stimmt's, Peter?«

Sie warf ihm einen vielsagenden Blick zu.

»Äh … sicher«, sagte er nach kurzem Zögern.

»Gut!« Jessie freute sich. »Dann passt Gislövsstrand perfekt zu Ihnen. Das exklusivste Objekt in Österlen. Buchstäblich *to die for!*«

5

Elin Sidenvall stellte den Wagen am Sonntagmorgen vor dem Tor zu Gislövsstrand ab. Es war erst neun Uhr, aber die Sonne stand schon hoch am Himmel. Am Horizont sammelten sich ein paar Quellwolken, die vielleicht, vielleicht aber auch nicht Richtung Landesinneres ziehen würden.

Der Ort war wie immer betörend schön, aber Elin zögerte.

Sie hätte schon gestern Abend hierherfahren sollen, als der Alarm losging, so wie sie es Jessie versprochen hatte. Stattdessen war sie im Wagen auf dem Schlossparkplatz sitzen geblieben und hatte die Fotos der Überwachungskamera auf ihrem Handy angestarrt, bis sie den Mann vom Wachdienst vor dem Haus hatte auftauchen sehen. Sie war überrascht gewesen, wie ruhig er gewirkt hatte.

Falscher Alarm, hatte er am Telefon gesagt.

Aber Elin hatte ihm nicht geglaubt. Die schwarz gekleidete Gestalt mit der Sturmhaube auf dem Kopf tauchte immer noch in ihren Träumen auf, obwohl der Zwischenfall sechs Wochen her war. Sie sah sie vor sich, wie sie auf sie zeigte und sich drohend über den Hals strich, bevor sie von den Schatten verschluckt wurde.

Wenn sie aufwachte, glaubte sie sogar noch den Brandgeruch vom Container wahrzunehmen.

Dass die Alarmanlage ausgerechnet am Tag vor ihrer ersten Hausführung losgegangen war, konnte kein Zufall sein.

Elin holte tief Luft und drückte auf ihrem Handy erst auf das Icon, das das Tor öffnete, und anschließend auf ein zweites, das den Alarm ausschaltete. Dann fuhr sie langsam auf das Grundstück.

Auf dem Bauplatz war alles ruhig. Die einzige Bewegung war ein leichter Wind, der jenseits des Zauns durch das Gehölz am Strand fuhr.

Elin blieb vor ihrem Wagen stehen, das Handy noch in der Hand.

Sie sah zu der Kamera am Laternenmast hoch und wünschte sich, die anderen Kameras wären auch angeschlossen, damit sie sich vergewissern könnte, dass sie wirklich allein war. Aber alles, was sie auf dem Handydisplay sehen konnte, war eine Miniversion ihrer selbst.

Jessie hatte recht. Jetzt war nicht der Moment, um Angst zu haben.

Denn heute war ein großer Tag, ein wichtiger Tag. Der Tag, auf den sie allzu lange gewartet hatte.

Der Tag, an dem alles perfekt sein musste. An dem alles perfekt sein würde.

Sie hob das Kinn. Auf dem Display tat ihre Miniatur dasselbe. Dann schloss sie die Tür auf und betrat das Haus.

Jessie tauchte erst kurz vor elf Uhr auf. Wie gewöhnlich telefonierte sie, wobei ihre Stimme scharf und ungehalten klang.

»Glauben Sie ja nicht, dass Sie mir Angst machen, Urdal. Wenn Sie noch mal anrufen, verständige ich die Polizei. Sie können froh sein, dass ich das nicht schon längst getan habe!«

Jessie beendete das Gespräch.

»Schon wieder der Elektriker?«, fragte Elin.

»Ja, er nervt weiter mit dieser verdammten Rechnung und droht mir. Er ist wohl ziemlich sauer, dass wir ihn gegen einen seiner Konkurrenten eingetauscht haben, dieser Idiot!«

Jessie tippte noch eine Weile auf ihrem Handy herum, bevor sie es einsteckte. Sie schien von dem unangenehmen Zwischenfall völlig unbeeindruckt zu sein.

»Ist alles bereit?« Sie sah sich um.

Elin hatte den Boden gesaugt, die Küchenarbeitsplatte gewischt, Champagnergläser auf einem Silbertablett bereitgestellt und ein paar strategisch gut platzierte Armani-Duftkerzen verteilt, die Jessies Lieblingsduft verströmten. Aus den versteckten Lautsprechern an der Decke erklang leise Frank Sinatra.

Jessie nickte zufrieden.

»Sieht gut aus!«

Ihr Gesichtsausdruck trübte sich allerdings, als ihr Blick auf den Treppenabsatz fiel, wo eine triste Spanplatte die Glasscheibe zum darunterliegenden Wohnzimmer ersetzte.

»Der Glaser hatte versprochen, das Geländer fertig zu bekommen. Du hättest ihn anrufen sollen!«

»Das habe ich«, verteidigte sich Elin. »Er hat behauptet, dass er nicht das richtige Glas bekommen hat. Es gab Probleme mit irgendeiner Lieferung. Das habe ich dir schon am Freitag gesagt.«

Jessie wedelte abwehrend mit der Hand.

»Wir müssen was anderes organisieren als diese furchtbare Spanplatte. Etwas, das nicht auf den ersten Blick nach unfertig und provisorisch aussieht. Wie wäre es mit einem hübschen Seil?«

»Okay.«

Elin wusste, dass es am besten war, sich zurückzuhalten, wenn Jessie in dieser Stimmung war. Also ging sie zu ihrem Wagen hinaus und öffnete den Kofferraum.

Nach einer Weile kam sie mit einem grauen Stoffband in der einen Hand und einem Akkuschrauber in der anderen zurück.

»Geht das? Das ist eine Stoffprobe für den Verdunklungsvorhang im Heimkino.«

»Es muss reichen. Wir haben nur noch eine halbe Stunde Zeit, also nimm diese hässliche Platte weg und befestige das Band.«

Mit dem Akkuschrauber löste Elin die Spanplatte, hob sie beiseite und knotete das Band fest.

Jessie zog prüfend daran.

»Viel besser, findest du nicht?«

Jessie blieb auf dem Treppenabsatz stehen, während Elin die Platte hinaustrug. Vor allem dank ihrer Gabe, sich blitzschnell anpassen zu können, war sie so weit gekommen, dachte sie. Jessie Anderson sah Lösungen, wo andere Probleme sahen. Sie ließ niemals zu, dass etwas oder jemand sie aufhielt. Weder beleidigte Landeier noch untaugliche Handwerker. Nicht einmal Feiglinge, die in Sturmhauben herumschlichen und versuchten, ihr Angst zu machen.

Zufrieden schaute sie auf die Skulptur im Wohnzimmer hinunter. Das war ein Geniestreich gewesen, anders konnte man es nicht nennen. Nach all den Schwierigkeiten stand sie jetzt kurz davor, ihr bisher größtes Projekt abzuschließen, das Projekt, welches sie zur erfolgreichsten Maklerin Schwedens machen würde. Jetzt blieb nur noch ein kleines Problem, das bald gelöst sein würde. Jessie schaute auf die Uhr, während Elin in die Küche zurückkam.

»Sie kann jeden Moment hier sein. Müssen wir den Plan noch einmal durchgehen?«, fragte Jessie.

Ihre Assistentin schüttelte den Kopf.

»Gut«, nickte Jessie. »Du musst die Alte nur ordentlich mit Champagner abfüllen, dann kümmere ich mich um den Rest. Okay?«

»Okay!«

»Prima. Wir bringen die Sache mit Sofie Wram hinter uns, dann essen wir zu Mittag. Niklas und Daniella kommen erst um halb zwei, wir haben also dazwischen Zeit, den Anfang von meinem Sommertalk zu hören. *Aren't you excited?*«

»Doch, sehr!« Elin lächelte verbissen.

Da klingelten fast gleichzeitig ihre Handys.

»Das Tor«, sagte Jessie. »Ich übernehme es!«

Sie hielt das Handy hoch, auf dessen Display ihnen Sofie Wrams missmutiges Gesicht entgegenstarrte.

»*Welcome to Gislövsstrand, Sofie.*« Jessie drückte auf das Icon, das das Tor öffnete.

»*It's showtime*«, flüsterte sie Elin zu.

6

Punkt zwei Uhr am selben Nachmittag fuhr Vinston vor Schloss Gärsnäs vor.

Er hatte lange geschlafen, auf der Terrasse gefrühstückt und im *Cimbrishamner Tagblatt* geblättert. Danach hatte er in der Hängematte gelegen und versucht, die Biografie von Feldmarschall Montgomery fertig zu lesen, die zu Hause auf seinem Nachttisch Staub gefangen hatte. Die Sonne schaute ab und an zwischen den Wolken hervor, die Vögel zwitscherten, und der Wind war voller sommerlicher Verheißungen.

Trotzdem war es Vinston schwergefallen, sich zu entspannen. Das Buch war langweilig, die Hängematte längst nicht so bequem, wie sie aussah, und außerdem war es ihm nicht geglückt, eine einzige Kaffeetasse im Küchenschrank zu finden, die nicht so aussah, als habe sie eine schieläugige Keramikerin ohne Sinn für Symmetrie getöpfert.

Wobei seine Frustration in Wahrheit von etwas sehr viel Ernsterem herrührte. Er war gestern während seiner Rede schon wieder kurz davor gewesen, ohnmächtig zu werden, was er gelinde gesagt beunruhigend fand. Sein Arzt hatte klar gesagt, dass es wegen der Ferienzeit dauern würde, bis die Ergebnisse der Proben kamen, und die Unwissenheit, die permanent an ihm nagte, beeinträchtigte effektiv das Urlaubsgefühl, auf das Vinston gehofft hatte.

Schließlich war es aber an der Zeit gewesen, in den Wagen zu steigen und langsam Richtung Schloss zu fahren.

Obwohl Vinston seiner Unart entsprechend früh dran war, stand Christina schon in der Einfahrt und wartete auf ihn. Sie war kaum wiederzuerkennen. Sie hatte einen Schal um den Kopf geknotet, trug einen langen Sommermantel und eine große, dunkle Sonnenbrille.

»Ich wusste nicht, dass ich Greta Garbo abholen sollte«, bemerkte Vinston, als sie sich auf den Beifahrersitz setzte.

»Schön.« Christina schlug die Tür zu. »Fahr unten an der Hauptstraße rechts, Richtung Simrishamn.«

»War Amanda mit ihrem Fest zufrieden?«, fragte Vinston, während er den Anweisungen folgte.

»Ich denke schon. Der DJ hat erst um vier aufgehört, und sie ist erst vor Kurzem zum Frühstück heruntergekommen, aber ich glaube, sie hat sich schon wieder hingelegt.«

Christina drehte am Autoradio herum.

»Wäre es nicht an der Zeit, dass du mir erzählst, worum es hier geht?« Vinston hatte schon am Abend versucht, eine Erklärung zu bekommen, aber ohne Erfolg. »Warum bin ich auf dem Weg zu einer Hausbesichtigung, obwohl ich das Haus weder kaufen will, noch es mir leisten kann?«

Christina suchte den Sommertalk auf dem Sender P1. Johnny Cash ertönte aus den Lautsprechern, bevor sie den Ton leiser drehte und sich zurücklehnte.

»Also, es ist so.« Sie holte tief Luft. »Wie du schon weißt, ist Jessie Anderson Promimaklerin. Aber sie findet anscheinend, dass es nicht reicht, für andere zu verkaufen, sie wollte ein ganz eigenes Immobilienprojekt starten. Also hat sie vor knapp zwei Jahren Sofie Wram ein Stück Strand bei Gislövshammar abgekauft.«

Vinston runzelte die Stirn. »Meiner Tischnachbarin gestern?«

»Genau. Gislövshammar ist ein winziger, pittoresker Fischerort an der Spitze von Österlen. Das Grundstück, das Sofie verkauft hat, liegt am Sandstrand hinter dem Örtchen, genau zwischen Wald und Meer. Hübsch, aber es ist völlig unmöglich, dort eine Baugenehmigung zu bekommen. Zumindest dachten die Leute das.«

»Aber?«, hakte Vinston nach, denn ein Aber musste jetzt noch kommen.

»Aber – dann hat Jessie eine Baugenehmigung beantragt, um direkt am Ufer ein paar Luxusvillen hinzustellen. Und entgegen allen Erwartungen hat sie die Erlaubnis in Rekordzeit erhalten. Der Dorfverein war außer sich, genau wie die Nachbarn.« Christina zeigte auf die Straße. »Da an der Kreuzung musst du rechts abbiegen.«

»Die Häuser wurden trotzdem gebaut?«, vermutete Vinston.

»Das erste zumindest. Mit den anderen wurde gerade erst begonnen, glaube ich. Das war eine langwierige und unschöne Geschichte. Petitionen, wütende Leserbriefe, Aktionsgruppen auf Facebook. Man legte Einspruch gegen jedes kleinste Detail ein, bis hin zur Farbe der Klobürste. Es gab einen Haufen Gerüchte um Schmiergelder und so weiter. Jessie ließ daraufhin einen hohen, hässlichen Stacheldrahtzaun um das Grundstück setzen, und man munkelte, dass sie sogar die Absicht hatte, den ganzen Strand zu sperren und den Bereich in eine Gated Community wie in den USA zu verwandeln.«

»Aber das darf man doch gar nicht?«, wandte Vinston ein.

»Richtig, aber die Leute behaupteten, Jessie hätte alle möglichen Kontakte. Dass ihr nicht einmal der Schutz des Strandes heilig sei. Sofie Wram musste sich ziemlich viel anhören, weil sie das Grundstück verkauft hat, aber die meiste Wut richtete sich natürlich gegen Jessie. Eine Großstädterin und Dokusoap-Darstellerin kommt hierher und zerstört den Strand mit Stacheldraht und hässlichen Betonklötzen, die sich kein normaler Mensch leisten kann. Verschandelt Österlen mit unpassender Architektur. Da hörst du übrigens ihren Sommertalk.«

Sie drehte den Ton des Radios lauter.

»*Ich fühle mich viel mehr als Amerikanerin denn als Schwedin*«, hörten sie Jessie sagen. »*Diese Gleichmacherei und der Neid in Schweden sind nichts für mich.*«

Vinston, der sein Fernsehprogramm mit Sorgfalt wählte, hatte vor dem gestrigen Abend noch nie von Jessie Anderson gehört. Aber offenbar war sie so bekannt, dass sie im Radio Plattitüden von sich geben durfte, wie er feststellte.

»Wie passt Jan-Eric Sjöholm ins Bild?«

»Er und Alfredo sind unmittelbare Nachbarn des Neubaus«, antwortete Christina. »Sie haben ein schönes, altes Haus im Wäldchen oberhalb der Dünen. Vor dem Neubau wohnten sie abgeschieden und hatten hundert Meter zum Strand. Aber seitdem der Zaun an ihrer Grundstücksgrenze errichtet wurde, haben sie einen weiteren Weg zum Meer. Und Jan-Eric ist nicht mehr so gut zu Fuß, deshalb hat er es sehr persönlich genommen.«

Sie deutete auf eine Abfahrt. »Da drüben rechts und dann ungefähr fünf Kilometer geradeaus.«

»*Erfolgreich sein kann jeder*«, verkündete Jessie im Radio. »*Es geht nur darum, zielgerichtet zu handeln.*«

»Der Konflikt hat zu ziemlichen Spannungen unter unseren Bekannten geführt. Deshalb versuchen Poppe und ich, neutral zu bleiben«, setzte Christina fort. »Und daher haben wir auch beide Seiten zum Fest eingeladen, wenn man so will.«

»Aber weil du ständig auf irgendwelchen Immobilienseiten im Internet unterwegs bist, bist du neugierig auf das Haus. Und dank mir hast du plötzlich die Gelegenheit, es dir anzuschauen«, resümierte Vinston. »Deshalb sollte ich gestern Interesse heucheln. Hätte Poppe das nicht machen können?«

»Nein, darum möchte ich ihn lieber nicht bitten«, sagte Christina, ohne näher darauf einzugehen. »Und außerdem bin ich nicht nur auf das Haus neugierig. Im Frühling, als die Proteste und Leserbriefe am schlimmsten waren, hat Jessie einen klugen Schachzug gemacht. Sie hat herausgefunden, dass der Dorfverein von Gislövshammar schon lange eine Skulptur von einem recht bekannten lokalen Künstler kaufen wollte, um sie im Ort aufzustellen. Aber der Verein hatte nicht genug Geld. Also hat Jessie die Skulptur gekauft, um sie ins Musterhaus zu stellen, und versprochen, sie dem Dorf zu schenken, sobald das Haus verkauft ist. Es ist ein enormer Angelhaken aus Messing und heißt *The Hook*.«

»Ganz schön clever. Hat jemand angebissen?«

»Raffiniert.« Christina grinste. »Und, ja, definitiv. Ein paar Zeitungen haben hübsche Artikel darüber gebracht, und das Projekt erntete viel Wohlwollen.«

»Aber nicht alle haben sich überzeugen lassen.«

»Nein, wie du gestern gemerkt hast, sind Jan-Eric und Alfredo und einige andere immer noch sauer.«

»Okay.« Vinston dachte nach. »Wir sind also auf dem Weg in ein Wespennest. Und was soll ich machen, wenn wir dort sind?«

Er war nicht ganz glücklich darüber, Theater spielen zu müssen. Seine Schauspielerfahrung beschränkte sich auf die Rolle des hinteren Teils eines Kamels bei einer Weihnachtsaufführung in der Grundschule, und er machte sich keinerlei Illusionen bezüglich seiner Kompetenz auf diesem Gebiet.

»Geh einfach ein bisschen rum, schlürfe Champagner und tu so, als seiest du steinreich«, erwiderte Christina. »Du siehst doch aus wie ein verirrter britischer Lord, das dürfte dir also nicht so schwerfallen. Ich meine, wer trägt schon mitten im Sommer einen dreiteiligen Anzug mit Krawatte?«

Vinston ignorierte den Kommentar, so wie immer, wenn Christina etwas über sein Aussehen sagte.

Sie holte einen Zettel aus ihrer Handtasche und faltete ihn auseinander. Im Hintergrund gab Jessie immer noch ihre Erfolgsstory zum Besten.

»Ich habe hier den Prospekt. Damit Lord Peter weiß, was ihn erwartet. Hör zu: *Gislövsstrand ist nicht nur ein Ort zum Wohnen, sondern ein Lebensstil. Das Haus befindet sich am Hang und besitzt eine innen liegende Galerie, die förmlich über dem großzügigen Wohnbereich schwebt. Die Architektur ist feinfühlig im Einklang mit der Natur gestaltet. Große Glasfronten verwischen die Grenzen zwischen außen und innen, wodurch das Licht vom Meer über den italienischen Marmorboden fließen kann. In wenigen Minuten gelangen Sie barfuß durch den Garten und am luxuriösen Poolbereich vorbei zum feinkörnigen Sandstrand.*«

Vinston musste bei Christinas Tonfall grinsen.

»Makler haben schon eine Sprache für sich, findest du nicht

auch?«, sprach sie weiter. »Hier geht es nach links, dann sind wir gleich da.«

Vinston bog von der Landstraße ab und fuhr erst zwischen Feldern hindurch und dann in ein kleines Kiefernwäldchen in Strandnähe.

Im Radio gab Jessie weiter Banalitäten von sich.

»*Schweden ist zu eng für große Träume. Aber das möchte ich ändern, Bauprojekt für Bauprojekt.*«

Sie kamen an einem Fachwerkhaus vorbei, das zwischen den Bäumen versteckt stand. *Villa Sjöholm* war auf einem Schild neben dem Tor zu lesen. Direkt daneben hing außerdem ein Plakat.

Stoppt die Verschandelung von Gislövshammar!

»Das Haus von Jan-Eric und Alfredo«, stellte Vinston fest.

»Richtig, Sherlock! Du hättest Polizist werden können.«

Vinston seufzte übertrieben über den Scherz seiner Ex-Frau. Er hatte ihre Neckereien vermisst, und zwar mehr, als er zugeben wollte.

»Wo wir gerade von unserer Arbeit sprechen«, sagte er. »Zu welcher psychologischen Analyse würdest du bei Jan-Eric Sjöholm kommen?«

Christina lachte. »Ah, das alte Spiel. Na ja, immerhin habe ich dich mit hier rausgeschleppt, also ist es nur fair, wenn ich mitspiele.« Sie dachte ein paar Sekunden nach.

»Jan-Eric hat ein riesiges Ego. Er ist ein Narziss, aber von der ungefährlichen Sorte.«

»Danach sah es gestern nicht aus.«

»Komm schon, du glaubst doch nicht ernsthaft, dass er Jessie mit seinem Stock geschlagen hätte? Jan-Eric ist brav wie ein Kätzchen. Er liebt nur die Dramatik und steht gerne im Mittelpunkt.«

»Und Alfredo?« Vinston wusste nicht genau, warum er nach ihm fragte.

Christina legte den Kopf schief.

»Gute Frage. Alfredo ist schwerer zu deuten. Er hält sich im Hintergrund, aber ich bin mir ziemlich sicher, dass ihm nichts entgeht. Und dann hat er die fast unheimliche Gabe, plötzlich aus dem Nichts aufzutauchen, ist dir das aufgefallen? Alfredo kommt mir wie ein Mann vor, der Geheimnisse hat. Vielleicht sogar eine düstere Seite.«

Sie verließen den Wald und erreichten eine Wendeplatte. Der Sandstrand und das Meer lagen direkt unter ihnen. Es war hier bewölkter als im Landesinneren, und vom Meer zog Wind auf.

Hinter der Wendeplatte ragte ein Stacheldrahtzaun samt motorgetriebenem Tor in die Höhe.

Vinston fuhr bis zu einer Sprechanlage vor und drückte auf den Knopf.

»Jessie Anderson«, sagte die Stimme aus dem Lautsprecher.

»Hallo, hier ist Peter Vinston.«

»Willkommen! Parken Sie gleich neben meinem Wagen!«

Ein kurzes Piepsen war zu hören, dann glitt das Tor auf. Vinston stellte den Wagen vor dem Haus ab, neben einem weißen Porsche-Cabrio, das laut Christina Jessie gehörte. Im Radio war dieselbe Jessie dabei, ihren Talk zu beenden, was seltsam wirkte. Als würde sie an zwei verschiedenen Orten zugleich existieren.

»*Wir nähern uns langsam dem Ende meines Sommertalks. Bald ist es an der Zeit, sich zu verabschieden, aber wie einer meiner Lieblingskünstler zu sagen pflegt ...*«

Vinston stellte den Motor ab, wodurch Jessies Stimme mitten im Wort abgeschnitten wurde.

Noch bevor sie das Haus betreten hatten, öffnete Christina vor Staunen den Mund.

»Was für eine Hütte! Hier will ich wohnen, Peter«, sagte sie, als sie vor der Tür standen.

»Sagt die Frau, die schon in einem Schloss wohnt«, spottete Vinston.

Er selbst war weniger enthusiastisch. Trotz des Meeres, des hohen Himmels und der idyllischen kleinen Fischerhütten, die weiter hinten am Strand zu sehen waren, hatte der Ort etwas Karges und Unwirtliches an sich. Ein leichtes Unbehagen überkam Vinston, das von dem Zaun, dem Stacheldraht und der Betonfassade noch verstärkt wurde.

»Ich hätte eigentlich erwartet, dass uns jemand in Empfang nimmt«, brummte Christina, während sie Vinstons Krawatte zurechtrückte.

Vinston drückte auf die Klingel, aber nichts passierte. Vielleicht war sie noch nicht angeschlossen? Er klopfte. Immer noch keine Reaktion. Aber als Christina die Klinke drückte, glitt die Tür auf.

Von drinnen war Jessies Stimme zu hören.

Sie betraten den geräumigen Eingangsbereich, wo auf einem Tisch zwei Champagnerflaschen und sowohl benutzte wie unbenutzte Gläser standen. Daneben lag ein Klemmbrett mit einem Terminplan. Vinston konnte ganz unten seinen eigenen Namen erkennen, allerdings mit W geschrieben.

»Nicht sehr einladend«, stellte Christina trocken fest.

Jessies Stimme hallte durch das Haus und schien von überallher gleichzeitig zu kommen. Es dauerte einen Moment bis Vinston realisierte, dass die Stimme von eingebauten Lautsprechern an der Decke kommen musste und dass das, was man hörte, das Ende des Sommertalks war.

»Hallo!«, rief er ins Haus. »Hallo?«

Keine Antwort. Christina war vollauf damit beschäftigt, die letzten Tropfen aus einer der Champagnerflaschen zu leeren.

Vinston ging währenddessen weiter ins Haus hinein, wobei sich das Unbehagen, das er schon vor dem Gebäude verspürt hatte, wieder bemerkbar machte und noch stärker wurde, als er in die Küche kam. Alles roch neu und frisch. Nach Malerfarbe, Sägespänen, neuen Möbeln. Aber er verspürte auch einen dunkleren, metallischen Geruch, den er nur allzu gut kannte.

Hinter der offenen Küche sah man einen Treppenabsatz und darunter das geräumige Wohnzimmer. Aber mit dem Geländer stimmte etwas nicht. Eine Glasscheibe fehlte, und ein abgerissenes Stoffband hing zwischen den Pfosten. Auf dem Absatz lag ein einsamer hochhackiger Damenschuh.

Voll böser Vorahnung ging Vinston ein paar Schritte auf das Geländer zu.

»*Das wäre es von meiner Seite*«, verkündete Jessie über die Lautsprecher. »*Danke fürs Zuhören!*«

Die rührselige Schlussmusik des Sommerprogramms ertönte exakt in dem Moment aus den Lautsprechern, als Vinston über die Absatzkante schaute.

Dort unten im Wohnzimmer lag Jessie Anderson. Ihre Augen starrten ihn leer an, das Gesicht war zu einer Miene verzogen, die erschrocken und überrascht zugleich wirkte. Jessie sah aus, als sei sie rückwärts vom Treppenabsatz gestürzt. In jedem Fall war sie auf der großen Skulptur gelandet. Der mächtige Widerhaken hatte ihren Brustkorb durchbohrt, und der weiße Marmorboden unter ihr war dunkel von Blut.

»Oh, mein Gott«, keuchte Christina auf, die hinter Vinston getreten war. »Ist sie …«

»Tot«, sagte er. »Ohne den geringsten Zweifel.« Er führte Christina in die Küche zurück. »Wir müssen hier raus und die Polizei informieren.«

»Hier kommt mehr Champagner«, hörten sie jemanden rufen, und im nächsten Augenblick stand Jessies Assistentin mit einer Flasche in der Hand vor ihnen.

»Wo ist Jessie?«, fragte sie. Doch dann bemerkte sie das abgerissene Band, und bevor Vinston sie daran hindern konnte, war sie an der Kante.

»Jessie?!«

Die Assistentin gab einen gellenden Schrei von sich, stolperte zurück und verlor die Champagnerflasche, die in einer Kaskade aus Kohlensäure und Glassplittern zerschellte.

7

Tove Esping fuhr durch das offene Tor von Gislövsstrand und ließ den Wagen bis zu dem großen Betonhaus rollen.

Vor einer knappen halben Stunde hatte sie den Anruf bekommen. Wie an fast allen arbeitsfreien Sommertagen hatte sie sich in Felicias Kaffeehaus befunden, wo sie so damit beschäftigt gewesen war, belegte Brote zuzubereiten und durstigen Sommergästen Getränke zu servieren, dass sie das Klingeln ihres Handys fast überhört hätte. Die Streifenpolizisten Svensk und Öhlander waren dran gewesen.

»Entschuldige, dass wir an einem Sonntag anrufen, aber es ist etwas passiert.«

Esping hatte sich nicht die Zeit genommen, an der Polizeiwache vorbeizufahren, obwohl sie Jogginghose und T-Shirt trug. Auf dem Weg zum Unfallort hatte sie L-G angerufen und das Wenige berichtet, was sie wusste.

»Ein tödlicher Unfall draußen in Gislövsstrand, drei Zeugen.«

Als sie preisgegeben hatte, dass es sich bei dem Opfer um Jessie Anderson handelte, hatte sie geglaubt, ihren Chef nach Luft schnappen zu hören.

»Am besten komme ich auch dazu, Tove«, hatte er gesagt. »Das wird ein ziemliches Aufsehen erregen, da müssen wir uns auf einiges gefasst machen: Die Zeitungen, vielleicht sogar das Fernsehen, werden berichten. Ich rufe von unterwegs in Ystad an und schaue, ob sie jemanden schicken können, der mehr Erfah…«

L-G war abrupt verstummt, aber Esping hatte schon verstanden. Die restliche Fahrt über nagten seine Worte an ihr.

Jemand, der mehr Erfahrung hatte.

Sie stieg aus ihrem Auto und bemerkte die parkenden Fahrzeuge. Ein weißes Porsche-Cabrio, ein silbergrauer Polo und ein dritter Wagen, den sie sofort wiedererkannte: ein schwarzer, gut erhaltener Saab mit weißen Ledersitzen und fast klinisch sauberem Inneren.

Ein Stück weiter standen zwei Frauen, von denen die jüngere verweint aussah und ein Taschentuch umklammert hielt. Die ältere wirkte gefasster.

Unmittelbar vor der Haustür befanden sich Svensk und Öhlander in einer hitzigen Diskussion mit dem mürrischen, übertrieben eleganten Saab-Fahrer, den Esping am Vortag auf der Ochsenweide getroffen hatte.

»So, was ist hier los?«, wollte Esping wissen.

»Der Zeuge hier mischt sich in unsere Arbeit ein«, sagte Öhlander, ein großer, grobschlächtiger Polizist mit kurz geschorenem Haar und Kinnbärtchen, der seit sicher zwanzig Jahren Streife fuhr.

»Aha«, erwiderte Esping säuerlich. Solche Typen hatte sie schon öfter erlebt. Typen, die zu viele Krimis geschaut hatten, sich für Kalle Blomquist hielten und glaubten, alles über Polizeiarbeit zu wissen. Sie spürte die Blicke der Streifenpolizisten und wusste, dass sie auf eine Reaktion von ihr warteten.

»Sie«, sagte sie bestimmt und zeigte mit der Hand auf den Saab-Fahrer. »Seien Sie so nett und stellen Sie sich dort hinten zu den anderen Zeugen, dann spreche ich mit Ihnen, sobald ich die Lage überblickt habe.«

Vinston biss sich auf die Lippe. Er hatte sich geschworen, sich nicht einzumischen. Oder besser gesagt: Er hatte Christina versprochen, es nicht zu tun. Aber nachdem sie die Leiche gefunden hatten, war Christina damit beschäftigt gewesen, die arme Assistentin zu trösten, während er nichts anderes zu tun gehabt hatte, als mit anzusehen, wie diese beiden klumpfüßigen Uniformierten zwischen Glasscherben und Champagner herumgestiefelt waren. Und jetzt tauchte auch noch diese nervige junge Frau von der Kuhweide auf und versuchte, ihn zurechtzuweisen.

Natürlich sollte ihm einfach alles egal sein. Das hier war schließlich nicht sein Tatort, nicht sein Problem.

»Komm, Esping, dann zeige ich es dir.« Der eingebildetere der beiden Ordnungshüter hielt die Haustür auf.

»Dieser TV-Star ist vom Treppenabsatz gefallen. Sie wurde von ihrer eigenen Skulptur aufgespießt. Es sieht furchtbar aus.«

Vinstons Schläfen begannen zu pochen.

»Idioten!«, dachte er, und offenbar sprach er es auch aus, denn sowohl die Frau, die also Esping hieß, als auch die beiden Uniformierten drehten sich zu ihm um.

»Was haben Sie gesagt?«, knurrte der Polizist, der die Tür hielt.

Vinston spürte Christinas bösen Blick. Er sollte den Mund halten, aber das konnte er einfach nicht.

»Sie kontaminieren den Tatort«, sagte er so ruhig wie möglich. »Jessie Anderson ist tot. Es gibt dort drinnen nichts mehr zu tun, bis die Techniker kommen. Sie müssen vielleicht einen Blick auf die Tote werfen«, sagte er an Esping gewandt, »aber die beiden anderen sollten draußen bleiben«, fuhr er fort und wies auf die uniformierten Männer. »Sie haben ihre Neugier schon befriedigt und können zu nichts mehr beitragen.«

Esping hob eine Augenbraue. Dieser arrogante Anzugfuzzi hatte sie gestern schon aufgeregt, und jetzt stand er hier, an ihrem Tatort, und wollte ihr ihre Polizeiarbeit erklären.

»So, so, was Sie nicht sagen … Ich muss Sie jetzt zum letzten Mal bitten, sich dort zu den anderen zu stellen und sich nicht einzumischen. Ansonsten lasse ich Sie im Streifenwagen auf die Wache bringen, verstanden?«

»Mit welcher Begründung?«, wollte Vinston wissen.

»Verhinderung der polizeilichen Ermittlung.«

»Dieses Vergehen existiert in Schweden nicht.«

Svensk machte einen Schritt auf Vinston zu und öffnete dabei den Verschluss des Handschellenetuis an seinem Gürtel. Dann schaute er zu Esping, als würde er auf ein Zeichen warten.

Bevor sie etwas sagen konnte, wurde die Diskussion von einem dunklen Volvo unterbrochen, der so schnell angefahren kam, dass der Kies aufspritzte. Auf dem Dach blinkte ein Blaulicht.

Der Wagen bremste vor Esping, den Polizisten und Vinston jäh ab und blieb mit frenetisch blinkendem Blaulicht stehen. Dann wurde die Tür aufgestoßen, und L-G sprang vom Fahrersitz.

»Ich habe mit Ystad gesprochen«, keuchte der Polizeichef. »Der Gerichtsmediziner und die Techniker sind unterwegs. Aber sie können frühestens morgen einen freien Ermittler herschicken. Wir müssen also allein zurechtkommen …«

Plötzlich verstummte L-G. Für einen kurzen Moment sah er überrascht aus, dann breitete sich auf seinem Gesicht ein Lächeln aus.

»*Du* bist hier, Peter? Das ist ja wunderbar, absolut wunderbar!« L-G schüttelte eifrig die Hand des Anzugtypen.

»Dann kannst du uns vielleicht mit deinem Expertenwissen zur Seite stehen? Wie ich gestern schon sagte, haben wir nicht gerade viel Erfahrung mit solch hochgradigen Fällen. Wir benötigen jede Hilfe, die wir bekommen können!«

Esping hatte den Eindruck, sie müsste etwas sagen, allerdings verstand sie nicht genau, was hier vor sich ging. Warum scharwenzelte ihr Chef so um diesen dummen Wichtigtuer herum?

»Ihr habt euch einander sicher schon vorgestellt?«, redete L-G weiter.

Niemand reagierte.

»Nicht?« Der Polizeichef hob die Augenbrauen. »Peter, Tove Esping hier ist unsere lokale Ermittlerin. Tove, das ist Peter Vinston vom Reichskriminalamt in Stockholm. Einer der besten Mordermittler des Landes.«

Es entstand eine kurze, peinliche Stille, gefolgt von einem leisen Klicken, als Svensk sein Handschellenetui schloss.

Esping kannte Vinstons Namen und musste sich beschämt eingestehen, dass sie ihn eines Verbrechens bezichtigt hatte, das es gar nicht gab.

»Aha, hallo …«

Mit heißen Wangen schüttelte sie schnell Vinstons ausgestreckte Hand.

»Sollen wir reingehen und es uns ansehen?«

L-G drehte sich um und bedeutete den Streifenpolizisten vorzugehen.

Eigentlich hatte Vinston vorgehabt, das Angebot des Polizeichefs abzulehnen. Schließlich war er krankgeschrieben, und das hier war nicht sein Fall. Aber als ihm klar wurde, dass die Anzahl an Polizisten, die am Tatort herumstolpern würden, noch gestiegen war, konnte er nicht mehr an sich halten.

»Warten Sie!« Vinston hob die Hand. Die vier anderen blieben stehen.

»Zunächst einmal sollten diese beiden, wie schon gesagt, draußen bleiben.« Er zeigte auf die Streifenpolizisten. »Das Haus ist als Tatort anzusehen, niemand, der nicht unbedingt muss, sollte hineingehen. Und diejenigen, die hineingehen, brauchen Schuhüberzieher. In einem Ihrer Fahrzeuge liegen bestimmt welche, sie gehören zur Standardausrüstung.«

»Aber es war doch ein Unfall«, protestierte einer der Uniformierten. »Sie ist gestürzt.«

»Gut möglich«, entgegnete Vinston. »Aber bis wir die Bestätigung dafür bekommen, muss die Angelegenheit als mutmaßliches Verbrechen betrachtet werden. Nichts darf berührt oder kontaminiert werden, und Sie sollten das ganze Areal absperren. Am besten jetzt gleich!«

Die Streifenpolizisten schauten L-G fragend an.

»Genau das wollte ich auch sagen«, behauptete der Polizeichef. »Svensk und Öhlander, ihr kümmert euch sofort um die Absperrung.«

»Vielleicht können Sie auch das Blaulicht abstellen«, fügte Vinston hinzu und zeigte auf L-Gs Wagen, auf dem immer noch die Lampe blinkte. »Das hat bereits Zuschauer angelockt.«

Drüben an der Straße stand Alfredo Sjöholm. Er führte zwei kleine Hunde an der Leine und reckte den Hals.

»Selbstverständlich«, sagte L-G. »Wie dumm von mir. Stellt das sofort ab, Jungs, und schaut, ob ihr das Tor schließen könnt.«

Als sie endlich Überzieher an den Füßen trugen, führte Vinston Esping und L-G ins Haus. Sie gingen durch die große Küche und näherten sich vorsichtig dem Treppenabsatz.

»Oh, pfui Teufel«, entfuhr es L-G, als er Jessies Körper auf der Hakenskulptur aufgespießt sah.

Fast im selben Moment begann eine leise, aber dennoch deutlich vernehmbare Alarmglocke in Vinstons Hinterkopf zu läuten.

Esping schwieg. Abgesehen von dem makabren Anblick unten im Wohnzimmer versuchte sie immer noch, über die Tatsache hinwegzukommen, dass Vinston nicht nur derjenige war, der er war, sondern dass er auch noch das Kommando über ihren Tatort übernommen hatte. Ihren ersten *richtigen* Tatort.

»Es sieht aus, als würde dort unten ein zerbrochenes Champagnerglas liegen.«

Esping folgte Vinstons Zeigefinger und entdeckte einige Scherben weiter hinter im Raum.

»Möglicherweise hielt Jessie Anderson es in der Hand, als sie über die Kante fiel«, fuhr er fort. »Und an der Tür stehen zwei leere Champagnerflaschen, also muss bei den Besichtigungen einiges getrunken worden sein, bevor wir kamen. Im Klemmbrett, das dort drüben liegt, scheint es einen Terminplan zu geben. Die Assistentin von Frau Anderson kann sicher noch Informationen zu den Personen beisteuern, die hier gewesen sind.«

L-G machte einen Schritt zurück, offenbar wollte er die Leiche nicht länger anstarren müssen.

»Also«, der Polizeichef zeigte auf den einsamen Damenschuh, der noch an der Kante lag. »Jessie Anderson war betrunken, stolperte auf ihren hohen Absätzen, versuchte, sich am Geländer abzustützen, hatte aber vergessen, dass es nur ein Stoffband gab, sie stürzte rücklings hinunter und landete auf die schlimmstmögliche Art. Klingt das plausibel?«

Zu ihrem Ärger merkte Esping, dass die Frage nicht an sie gerichtet war.

»So kann es gewesen sein«, antwortete Vinston. »Aber bevor

die Techniker nicht ihre Arbeit erledigt haben, wäre ich vorsichtig mit Theorien. Fangen Sie damit an, die Zeugenaussagen von mir, Christina und der Assistentin aufzunehmen. Danach müssen die Besucher befragt werden, die heute vor uns da waren.«

Die Anweisungen waren offensichtlich an Esping gerichtet, die zu ihrem Chef hinüberschielte.

»Gut, gut, so machen wir es, Tove!«, nickte L-G. »Möchtest du etwas hinzufügen?«

»Da liegt ihr Handy.« Esping deutete auf eine der steinernen Arbeitsplatten in der Küche, wo das schwarze iPhone auf dem dunklen Untergrund kaum zu erkennen war. Zu ihrer Genugtuung hatte Vinston es wohl nicht gesehen, denn sie ahnte eine unzufriedene Falte auf seiner Stirn.

»Ich beschlagnahme das Telefon und schicke es zur Analyse, sobald die Techniker hier fertig sind«, fuhr sie fort, während sie ein Paar Gummihandschuhe anzog. »Ein Typ von der IT-Abteilung ist mir etwas schuldig, ich werde ihn also bitten, sich zu beeilen.«

Als sie aus dem Haus kamen, hatten Svensk und Öhlander es geschafft, das Tor zu schließen. Svensk sprach gerade mit Christina und der noch immer schniefenden Elin Sidenvall, Öhlander war mit seinem Handy beschäftigt.

»Also, es gibt einen Zaun um das gesamte Grundstück, deshalb ...«

»Haben Sie das kontrolliert? Sind Sie den Weg abgelaufen, um zu sehen, ob es wirklich keine Öffnungen gibt?«

»Nein ...«, murmelte Öhlander. »Ich dachte nicht, dass sich das lohnt.«

»Kommen Sie!«, forderte Vinston ihn und Esping auf. »Und nehmen Sie das Absperrband mit.«

Dann ging er in Richtung des Baucontainers auf dem asphaltierten Vorplatz und weiter bis zum Zaun. Auf der anderen Seite wuchsen dichte Büsche und Gestrüpp, die den Blick auf die Villa Sjöholm verbargen.

Vinston lief die Umzäunung entlang, dicht gefolgt von Esping und Öhlander.

Nach einigen Minuten Fußmarsch waren sie unten am Strand, wo der Zaun an einem besonders dicken Pfosten endete. Zwischen Pfosten und Meer lagen einige Dünen und ein Streifen feinkörniger, weißer Sand.

»Offen«, konstatierte Vinston. »Also kann jeder hier an dieser Stelle auf das Grundstück gelangen. Sehen Sie zu, dass Sie hier alles absperren!«

Öhlander seufzte, tat aber, wie ihm gesagt worden war.

Vinston blickte den Strand hinunter. Das Fischerdorf befand sich nur knapp fünfhundert Meter entfernt. Die pittoresken alten Häuschen standen in jähem Kontrast zu der kalten Betonfassade des Musterhauses.

»Sehen Sie mal!« Vinston rief Esping zu sich und deutete auf eine Stelle zwischen zwei Dünen, wo der Sand platt gedrückt war. »Reifenspuren. Jemand hat erst kürzlich hier zwischen den Dünen, wo niemand ihn beobachten kann, geparkt.«

»Woher wissen Sie, dass das erst kürzlich war?«, fragte Esping schnippisch. »Die Spur kann doch sonst wann entstanden sein?«

»Nein, sie muss neu sein. Sehen Sie, die Abdrücke sind schon dabei zu verwischen, wo die Dünen keinen Windschutz bieten.« Vinston zeigte den Strand entlang, wo einige schwache Furchen schnell vom Wind zugeweht wurden.

Er ging in die Hocke und entdeckte unmittelbar neben der Reifenspur eine leichte Halbmondform.

»Die Reste eines Schuhabdrucks«, erklärte er. »Fotografieren Sie alles mit Ihrer Handykamera ab, sonst ist es weg, bevor die Techniker hier sind.«

Esping tat, was er sagte, diesmal ohne zu protestieren. Sie kniete sich hin und zoomte den schwachen Schuhabdruck so nahe heran, wie es mit dem Handy ging. Eine grobe Sohle, vielleicht von einem Stiefel?

Dann sah sie sich um.

Es herrschte nicht gerade Badewetter, der Himmel war bewölkt und das Meer jetzt im Juni noch kalt. Warum fuhr also jemand mit dem Wagen hierher und blieb direkt vor dem Zaun des Baugrundstücks stehen, an einem Platz, der weder vom Musterhaus noch vom Dorf aus einsehbar war? Und noch dazu am selben Vormittag, an dem eine Frau eines gewaltsamen Todes starb?

Natürlich konnte das Zufall sein, aber gute Polizisten glaubten nicht an Zufälle. Sie warf Vinston einen Blick zu. Seiner selbstgefälligen Miene nach zu urteilen, hatte er sich vor ein paar Minuten genau die gleichen Fragen gestellt.

Das ärgerte sie ziemlich.

8

Es war später Nachmittag, als Vinston und Christina schließlich wieder beim Schloss eintrafen. Vinston hatte eigentlich vor, sich in sein Ferienhäuschen zurückzuziehen, aber sowohl Poppe als auch Amanda bestanden darauf, dass er hereinkam. Sie führten ihn und Christina in die Schlossbibliothek, wo eine mit belegten Broten üppig beladene Platte auf sie wartete, zusammen mit einem dampfenden *Whisky Toddy*.

»Setz dich, Peter«, sagte Poppe und wies auf einen Ledersessel, der eine Patina besaß, wie sie nur nach Jahrzehnten liebevoller Benutzung entstand. Er selbst setzte sich neben Christina und Amanda auf das Sofa.

Die Schlossbibliothek war groß und roch nach Staub, Leder und Zigarren. Spezialangefertigte Eichenregale voll dunkler Buchreihen erstreckten sich von dem dicken Teppich bis fast hinauf zur gewölbten Decke. Vinston hatte Hunger und ließ sich die Sandwiches schmecken, während Christina von ihrem dramatischen Erlebnis im Musterhaus erzählte.

»Was für eine schreckliche Geschichte. Und welch furchtbare Art zu sterben.«

Poppe schüttelte mitfühlend den Kopf. Er schien ernsthaft betroffen zu sein, was es in Kombination mit dem Toddy für Vinston noch schwerer machte, ihn nicht zu mögen.

»Ist es sicher, dass es ein Unfall war?«, wollte Amanda wissen.

»Natürlich war es ein Unfall«, beeilte sich Poppe zu sagen. »Was sollte es sonst gewesen sein?«

Vinston nahm einen langen Schluck von seinem Toddy, um nicht antworten zu müssen, aber Amanda ließ ihn nicht so davonkommen.

»Was glaubst du, Papa? War es ein Unfall?«

Er seufzte lautlos.

»Es ist zu früh, um sich dazu zu äußern. Wir werden mehr wissen, wenn die technische Untersuchung abgeschlossen ist.«

»Wir?«, fragte Christina spitz.

»Die Polizei«, berichtigte sich Vinston, aber es war zu spät.

»Sollst du bei den Ermittlungen helfen?«, erkundigte sich Amanda. »Cool!«

»Nein, das wird er nicht«, unterbrach Christina. »Dein Vater ist …« Sie unterbrach sich und tauschte einen Blick mit Vinston. »Hat … Urlaub. Das hier schafft die Polizei vor Ort wunderbar allein, nicht wahr, Peter?«

Vinston atmete tief aus.

»Ich habe ihnen nur ein paar kleine Ratschläge gegeben«, erklärte er.

»Aber du hast ihnen geholfen, richtig?«, ließ Amanda nicht locker.

Vinston versuchte, Christinas Blick auszuweichen.

»Das war keine große Sache«, murmelte er. »Die lokale Ermittlerin brauchte nur ein bisschen Anleitung.«

Amanda fragte weiter: »Habt ihr irgendwelche Spuren gefunden? Gibt es Verdächtige? In den Krimi-Pods sagen die Polizisten immer, dass die ersten achtundvierzig Stunden bei einer Mordermittlung am wichtigsten sind.«

Vinston wurde von seinem Handy erlöst. Eine ziemlich lange SMS.

»Entschuldigt mich, ich muss kurz antworten«, sagte er und widmete sich eine Weile seinem Bildschirm.

»Schreckliche Geschichte«, wiederholte Poppe. »Was wolltet ihr überhaupt dort draußen, Christina? Weder du noch Peter sucht doch ein Haus. Habe ich nicht gesagt, dass diese Sache ein böses Ende nehmen würde?«

»Stellt euch vor, sie wurde umgebracht?«, unterbrach ihn Amanda. »Wenn nun jemand Jessie auf die Skulptur geschubst hat? Es gibt schließlich viele, die sie wirklich gehasst haben.«

»Jetzt wollen wir nicht unserer Fantasie freien Lauf lassen«, sagte Poppe. »Du hast selbst gehört, was dein Papa gesagt hat. Es ist viel zu früh für irgendwelche Schlussfolgerungen. Oder nicht, Peter?«

»Mm.«

Vinston sah von seinem Handy auf. Dann steckte er es weg und klopfte übertrieben deutlich auf seine Armbanduhr.

»Es ist schon spät. Ich werde langsam nach Hause fahren. Danke für die Brote und den Toddy.«

»Ich bringe dich raus«, sagte Christina.

»Nein, nein, bleib sitzen, ich finde den Weg. Wir hören uns morgen.«

Vinston rannte fast aus dem Zimmer und die Treppe hinunter. Er hatte gerade seinen Wagen erreicht, als er hinter sich im Kies Schritte hörte.

»Papa, warte!«

Er drehte sich um und sah seine Tochter an.

»Du glaubst nicht, dass Jessies Tod ein Unfall war, oder?«

»Es ist wie gesagt zu früh, um irgendwelche Schlussfolgerungen zu ziehen.«

»Aber was *denkst* du?«

Amanda hatte sich bisher nie besonders um Vinstons Arbeit gekümmert, und ihr neu erwachtes Interesse machte ihn ziemlich glücklich. Er warf einen kurzen Blick auf das Schloss, um sich zu vergewissern, dass Christina außer Hörweite war.

»Es gibt tatsächlich ein paar Dinge, die seltsam sind«, flüsterte er.

»Ich wusste es!«, triumphierte Amanda. »Was geschieht dann jetzt? Du musst der Polizei von Simrishamn anbieten, ihr bei der Ergreifung des Mörders zu helfen.«

Vinston schaute noch einmal zum Schloss hoch. Amanda musterte ihn ein paar Sekunden lang. Ihre Augen wurden schmaler, dann verzog sich ihr Gesicht zu einem Grinsen.

»Ahh. Er war es, der dir gerade eine Textnachricht geschickt hat, stimmt's? Der Polizeichef? Er will, dass du den Fall übernimmst!«

Ohne es zu wollen, war Vinston von Amandas Beobachtungsgabe beeindruckt.

»Ich soll nicht übernehmen, nur ein paar Tage helfen, bis die Dinge klarer sind. Als eine Art Berater. Sag bitte Mama und Poppe nichts davon. Deine Mutter will nicht, dass ich während meiner … Ferien arbeite.«

»Keine Sorge«, lachte Amanda. »Aber dafür musst du mir alle Details erzählen. Versprochen?«

Natürlich sollte Vinston Nein sagen, Amanda erklären, dass bei den Vorermittlungen Geheimhaltungspflicht galt und er nicht gegen die Regeln verstoßen durfte. Aber er wollte diesen Moment nicht kaputt machen. Er war so stolz auf seine Tochter.

»Wir werden sehen«, entgegnete er daher lächelnd.

9

Vinston begann seinen Montagmorgen damit, in Morgenrock und Pantoffeln das *Cimbrishamner Tagblatt* aus dem Briefkasten zu holen. Die Luft war klar, Bienen summten zwischen den Stockrosen. Einen Moment lang blieb er draußen stehen, streckte die Arme über den Kopf und holte tief Luft, hielt aber inne, als er einige wohlbekannte Gestalten entdeckte. Auf dem Feld genau gegenüber standen die jungen Ochsen von neulich. Die Tiere starrten Vinston in seiner morgendlichen Aufmachung neugierig an. Ein paar von ihnen sahen aus, als würden sie ihn gerne genauer unter die Lupe nehmen, weshalb er sich schnell hinter dem Gartenzaun in Sicherheit brachte.

Während er am Küchentisch Toast mit Käse und Marmelade aß und aus einer schief getöpferten Tasse seinen Kaffee trank, las er die Zeitung.

Jessie Andersons Tod hatte es natürlich auf die erste Seite geschafft.

Promimaklerin tot nach Sturz. Polizeiliche Ermittlung eingeleitet.

Wenn man bedachte, welche Details der Artikel hätte aufgreifen können, war er erstaunlich zurückhaltend geschrieben. Die Tote wurde weder beim Namen genannt, noch wurden Spekulationen hinsichtlich der genauen Umstände betrieben. Wahrscheinlich war die Internetausgabe der Abendzeitung weniger maßvoll, aber Vinston wollte nicht nachschauen.

Warum hatte er diesen unkonventionellen Auftrag angenommen?, fragte er sich unterdessen. Fiel es ihm wirklich so schwer zu akzeptieren, dass er ein wenig kürzertreten musste? Oder beruhte sein Engagement lediglich auf dem Gefühl, das ihn bei der Begutachtung des Tatorts beschlichen hatte? Da war dieser schwache Alarm in seinem Hinterkopf losgegangen. Denn irgendetwas an Jessie Andersons Tod stimmte nicht.

Sollte er seinen Chef in Stockholm anrufen und ihm die Sachlage erklären? Der Gedanke daran war nicht sonderlich verlockend. Die Gefahr war groß, dass Bergkvist, der zu Hitzköpfigkeit neigte, ihm in deutlichen Worten klarmachen würde, wie unpassend es war, während seiner Krankschreibung zu arbeiten. Nein, lieber bat er um Entschuldigung als um Erlaubnis. Der Rüffel, den er bekommen würde, wäre wohl ohnehin der gleiche.

Zufrieden mit seinem Beschluss beendete Vinston sein Frühstück und zog sich an: dreiteiliger Anzug, weißes Hemd und diskrete Krawatte. Zum Schluss polierte er die rahmengenähten Oxford-Schuhe, die er immer im Dienst trug, bevor er um Punkt Viertel nach acht aus der Tür des Ferienhauses trat.

Er schaute mindestens fünfmal auf seine Armbanduhr, bis Espings Volvo endlich den Schotterweg entlanggeholpert kam. Der Wagen war genauso schmutzig wie beim letzten Mal.

Als Vinston die Beifahrertür öffnete, zeigte es sich allerdings, dass die Außenseite des Fahrzeugs im Vergleich zum Inneren geradezu sauber war. Ein strenger Geruch schlug ihm entgegen, der Beifahrersitz war voller Haare und die Fußmatte so dreckig, dass man kaum erkennen konnte, welche Farbe sie ursprünglich einmal gehabt hatte.

Allein der Gedanke daran, was das Auto aus seinem Anzug machen würde, ließ Vinston zweifeln.

Tove Esping trug eine dünne Regenjacke, ein Polohemd, Jeans und an den Füßen knöchelhohe Stiefeletten. Für eine Kriminalpolizistin war sie absolut nicht passend gekleidet, zumindest nicht in Vinstons Augen.

»Guten Morgen!«

Esping hatte die ganze Autofahrt über die Begrüßungsfloskel geübt, trotzdem musste sie sich wirklich bemühen, nicht unfreundlich zu klingen.

»Peter hat versprochen, uns ein paar Tage zu helfen«, hatte L-G erklärt. »Nur bis die ersten Befragungen erledigt sind und wir Unterstützung aus Ystad bekommen. Es ist wichtig, dass alles korrekt vonstattengeht.«

Esping wusste nicht, über welche der drei Aussagen sie sich am meisten ärgern sollte. Sie starrte Vinstons dreiteiligen Anzug an. Glaubte er, sie würden zu einer Dinnerparty gehen?

»Hübsches Haus!«, sagte sie eilig und deutete auf die Hütte. »Die reine Idylle. Sind Sie sicher, dass Sie Ihre Ferien nicht lieber in der Hängematte verbringen wollen?«

Vinston antwortete nicht. Er war vollauf damit beschäftigt, ins Auto zu kommen, ohne mehr zu berühren als unbedingt notwendig.

»Ja, Sie müssen entschuldigen«, sagte Esping, ohne es tatsächlich zu meinen. »Das ist mein privates Auto. Das von der Wache ist in der Werkstatt. Wir haben einen Hund, der ein bisschen haart.«

Vinston versuchte die langen, glänzenden Hundehaare wegzubürsten, die schon an seiner Anzughose hingen.

»So, wo stehen wir bei den Ermittlungen?«, wollte er wissen.

Esping tat ihr Bestes, um das ärgerliche »Wir« zu ignorieren. Als ob es ihre *gemeinsame* Ermittlung wäre.

»Die Leiche befindet sich in der Rechtsmedizin, die Techniker sind seit gestern im Musterhaus. Sie rufen mich an, sobald sie fertig sind. Außerdem habe ich Jessie Andersons Handy zur Analyse geschickt.«

»Okay, gut«, sagte Vinston. »Und was machen wir, bevor wir den Tatort aufsuchen können?«

Wieder dieses »Wir«. Esping biss sich auf die Lippe.

»Jessie Anderson und ihre Assistentin Elin Sidenvall haben ungefähr zehn Autominuten von Gislövsstrand entfernt ein kleines Haus gemietet. Das Haus dient als Wohnung und Büro. *Ich* ...«, sie machte eine kurze Pause, »wollte dort vorbeifahren und Sidenvall eingehender befragen, jetzt wo sie sich wieder gefasst hat.«

Vinston nickte abwesend, während er ein weiteres Hundehaar von seiner Hose zupfte.

»Haben Sie sich schon den Hintergrund des Opfers angeschaut?«

Esping hatte den Großteil des gestrigen Abends sowie einen Teil der Nacht damit zugebracht, Informationen zusammenzutragen.

»Jessie Anderson, Maklerin und TV-Prominente. Zweiundvierzig Jahre alt, amerikanische und schwedische Staatsbürgerin. Geboren als Jessica Andersson, aufgewachsen in Småland. Mit achtzehn zog sie nach Stockholm, wanderte ein, zwei Jahre später in die USA aus und machte eine Ausbildung zur Immobilienmaklerin. Heirat mit einem der Besitzer des Maklerbüros in Los Angeles, in dem sie arbeitete. Er war nicht gerade arm …«

Auf der schmalen Straße kam ihnen ein Traktor entgegen, und Esping unterbrach ihre Ausführungen, um an die Seite zu fahren. Zum Dank winkte ihr der Fahrer zu.

»Vor fünf Jahren ließ sich Jessie scheiden und startete ein eigenes Unternehmen«, fuhr sie fort.

»Kinder?«, unterbrach Vinston sie.

Esping schüttelte den Kopf. »Jessie hat in mehreren Interviews ihre Kinderlosigkeit erwähnt, auch im Sommertalk gestern.«

»Also keine direkten Nachkommen. Sonstige Familie?«

Vinston schien es überhaupt nicht zu imponieren, dass Esping die Informationen alle auswendig kannte, was sie ein bisschen ärgerte.

»Die Eltern leben nicht mehr, keine Geschwister. Die nächsten Angehörigen sind ein paar Cousins.«

Sie versuchte, den Faden wieder aufzunehmen, dem sie gefolgt war, bevor Vinston sie unterbrochen hatte.

»Nach der Scheidung machte sich Jessie selbstständig«, wiederholte Esping. »Sie wurde für eine schwedische Dokusoap gecastet, die in L. A. spielt. Ein paar Jahre Zickenkrieg mit anderen Hollywood-Schönheiten verschafften ihr genug Aufmerksamkeit, damit sie eine eigene Show über ihre Maklerfirma bekam. *Jessie's Luxury Listings*. Sie haben sie vielleicht mal gesehen?«

Vinston schüttelte den Kopf.

»Typisches Reality-TV«, fuhr Esping fort. »Gefakte Streitereien, aufgebauschte Konflikte, scheinbare Dramatik. Keine richtige Handlung.« Sie verschwieg die Tatsache, dass sie selbst jede Folge von allen Staffeln angeschaut hatte.

»Vor ein paar Jahren beschloss Jessie, Schweden zu erobern. Die Hausführung in Gislövsstrand gestern war die erste auf heimatlichem Boden. Ihr eigenes Projekt, vom Entwurf bis zum Verkauf. Absolut exklusiv.«

»Ich habe im Eingangsbereich eine Liste mit meinem Namen gesehen«, sagte Vinston. »Wer war sonst noch eingeladen?«

»Nur drei Leute. Zuerst Sofie Wram, dann Niklas Modigh und seine Frau. Er ist Hockeyspieler, sie ist …«

»Influencerin«, ergänzte Vinston. »Ich habe sie alle am Samstag bei einem Fest getroffen. Sofie Wram war sogar meine Tischdame.«

»Aha.« Esping hob eine Augenbraue. »Dann kennen Sie ja schon alle, die involviert sind. Ich habe jedenfalls allen gesagt, dass sie heute zu Hause bleiben sollen, damit wir die Zeugenbefragungen so schnell wie möglich erledigen können.«

Und ich Sie loswerden kann, fügte sie im Stillen hinzu.

»Hier sind übrigens die Hintergrundinfos zur Assistentin.« Esping reichte Vinston eine zerbeulte Plastikmappe, die zwischen die staubigen Sitze geklemmt gewesen war. Sie hatte sich auch diese Informationen gemerkt, aber nach Vinstons schwacher Reaktion auf ihre Kenntnisse bezüglich Jessie Anderson konnte er sich die Sache ruhig selbst durchlesen.

Vinston schlug die Mappe auf, wobei er darauf achtete, dass der Ordner nicht seine Hose berührte.

»Elin Ulrika Sidenvall, fünfundzwanzig Jahre alt, wohnhaft in Stockholm, aber ursprünglich aus Västerås«, las er laut vor. »Sozialwissenschaftliches Profil auf dem Gymnasium, studierte Projektmanagement, außerdem frisch ausgebildete Immobilienmaklerin. Arbeitet seit ungefähr einem Jahr als Jessies Assistentin. Spricht Schwedisch, Französisch, Spanisch und Englisch.«

Jetzt war Vinston beeindruckt.

»Wie haben Sie das alles seit gestern herausgefunden?«

»Über ihre sozialen Medien«, entgegnete Esping zufrieden. »Elin spielt auch Golf und Padel-Tennis, sie ist ein Katzenmensch und trinkt gern Tee und liest. Als Jugendliche träumte sie davon, Schauspielerin zu werden, aber jetzt *brennt sie für den Immobilienmarkt*. Wie auch immer das möglich ist.«

»In der Tat.«

Vinston schüttelte leicht den Kopf, während er weiterlas. Er konnte sich ohne Ende über das Bedürfnis der Menschen wundern, ihr Privatleben im Internet zur Schau zu stellen.

»Hier ist es.«

Esping parkte vor einem unansehnlichen eineinhalbgeschossigen Haus, das genau zwischen einem Acker und einem Waldstück lag.

Vinston war ausgestiegen, noch bevor der Wagen gänzlich zum Stehen kam. Er klopfte die Vorderseite seiner Hose mit den Händen ab, holte dann eine zusammenklappbare Fusselrolle aus seiner Innentasche und strich damit vehement über seinen Anzug. Nach einer Weile zog er das Jackett aus, um auch den Rücken zu bearbeiten.

Esping drehte sich taktvoll um und tat so, als würde sie die beiden Milane mit ihren Y-förmigen Schwanzfedern studieren, die hoch über ihnen in der Thermik kreisten.

»Sollen wir reingehen?«, fragte Vinston, als er fertig war, ohne zu kommentieren, was sich soeben abgespielt hatte. Esping lächelte angestrengt und nickte kurz.

10

Das Haus war klein und hatte ebenso kleine Fenster. Der Linoleumboden und die gewebte Tapete, die an einigen Stellen Blasen warf, sowie das Parfüm von Duftkerzen konnten den unterschwelligen Geruch nach Feuchtigkeit nicht verbergen.

Elin Sidenvall sah immer noch verweint aus, schien ansonsten aber gefasst. Sie schenkte sich und Esping Tee ein und Vinston Kaffee.

»Wie geht es Ihnen?«, fragte Esping sie sanft, als sie sich an den Küchentisch setzten.

»Ich habe eine Schlaftablette genommen und heute Nacht den Fernseher und alle Lampen im Haus angelassen. Lächerlich, nicht wahr?«

Vom Dampf aus der Teetasse beschlug Elin Sidenvalls Brille.

»Ist es in Ordnung, wenn ich das Gespräch aufnehme?«

Esping zog ihr Handy aus der Tasche ihrer Regenjacke, während Vinston einen ledernen Notizblock hervorholte. Ein Moleskine in der gleichen Art, wie er sie seit fünfzehn Jahren benutzte.

Die beiden Polizisten schauten sich einen Augenblick lang an, als hätten sie Schwierigkeiten, die Wahl des jeweils anderen zu verstehen.

»Verhör mit Elin Sidenvall, Montag, der 29. Juni, 9:38 Uhr«, sprach Esping in ihr Telefon. »Das Verhör leitet Kriminalinspektorin Tove Esping. Außerdem anwesend …« Sie warf Vinston einen Blick zu und seufzte innerlich. »Kriminalkommissar Peter Vinston.«

Dann legte sie das Handy vor Elin Sidenvall auf den Tisch.

»Erzählen Sie vom gestrigen Tag. Beginnen Sie ganz am Anfang.«

»I-ich …« Elin schluckte. »Ich bin alles hundertmal im Kopf durchgegangen. Ich bin gegen neun nach Gislövsstrand gefahren, um die Hausbesichtigung vorzubereiten. Jessie schlief lange, sodass sie erst zwei Stunden später auftauchte.«

»Also gegen elf?«, vergewisserte sich Esping.

»Ja.« Elin nahm einen Schluck Tee. »Im Prinzip waren nur zwei Besichtigungen geplant, eine vor und eine nach dem Mittagessen. Aber dann wurde am Samstagabend eine für den Nachmittag hinzugefügt.« Elin deutete mit einem Nicken auf Vinston.

»Wir wussten nicht, dass Sie Polizist sind. Jessie dachte, Sie würden in der Finanzbranche arbeiten.«

Esping fiel es schwer, ein Grinsen zu unterdrücken.

»Sofie Wram kam gegen halb zwölf und blieb etwa vierzig Minuten«, fuhr Sidenvall fort. »Danach aßen Jessie und ich zu Mittag, das Essen hatte ich im Vorfeld besorgt. Dabei hörten wir uns den Anfang ihres Sommertalks an. Dann meinte Jessie, wir bräuchten mehr Champagner, und schickte mich hierher nach Hause, um eine zusätzliche Flasche zu holen. An der Tür stieß ich auf Niklas und Daniella Modigh, fuhr weg, holte den Champagner und kam dann zurück zum Haus. Da waren Sie bereits da.«

Wieder nickte Sidenvall Vinston zu.

»Und Jessie war schon …« Elin schluckte erneut und sah aus, als würde sie mit den Tränen kämpfen. »Das Schlimme ist, dass das Glasgeländer schon vor mehreren Wochen fertig montiert worden ist«, sagte sie leise. »Aber Jessie fand, dass das eine Glas schief saß. Sie hat den Glaser dazu gebracht, am Dienstag herzukommen, um es zu justieren, aber dabei ist die ganze Scheibe gesprungen. Deshalb hat der Glaser provisorisch eine Holzplatte angebracht, aber Jessie fand sie hässlich. Also sagte sie mir direkt vor der Besichtigung, ich solle die Platte abschrauben und sie durch ein Stoffband ersetzen. Ich habe sie noch gewarnt, habe ihr gesagt, dass das gefährlich sein könnte, aber sie wollte nicht auf mich hören. Wenn ich doch nur darauf bestanden hätte …«

Elin Sidenvall holte ein Taschentuch hervor, setzte die Brille ab und trocknete sich die Wangen.

»Wie viel Champagner hatte Jessie getrunken?«, fragte Esping.

»W-wir hatten heute Morgen zwei Flaschen im Kühlschrank.« Elin setzte sich die Brille wieder auf. »Ich habe die eine Flasche geöffnet und Sofie Wram und Jessie bei der ersten Besichtigung je ein Glas serviert. Jessie hat während des Mittagessens den Rest getrunken. Ich wollte nichts mehr, weil ich noch fahren musste. Jessie ging davon aus, dass die zweite Flasche leer würde, wenn Niklas und Daniella Modigh da wären, deshalb hat sie mich noch einmal losgeschickt.«

»Das heißt, dass Jessie Anderson fast eine ganze Flasche allein getrunken hat«, fasste Esping zusammen. »Trank sie immer so viel? Es war zwar Sonntag, aber für sie ein Arbeitstag.«

Elin war die Frage sichtlich unangenehm.

»Das kam schon vor«, sagte sie ausweichend. »Jessie liebte Champagner. Sie behauptete, das gehöre zum Beruf.«

»Wie war Jessie als Mensch?«, wollte Vinston wissen. »Sie haben zusammengearbeitet und zusammengewohnt. Ich kann mir vorstellen, dass man sich dabei nahekommt.«

»Also …« Elin Sidenvall schien nachzudenken. »Jessie war eine starke, erfolgreiche Frau in einem knallharten Job. Sie konnte natürlich manchmal kalt wirken, vor allem im Fernsehen. Aber das war hauptsächlich eine Rolle, die sie vor der Kamera spielte. Und man darf nicht vergessen, dass der amerikanische Führungsstil ganz anders ist als der schwedische«, fuhr sie fort. »In Schweden sind wir so empfindlich. Alle müssen sich immer einig sein, sonst ist gleich irgendjemand gekränkt. Und wenn Jessie ein Mann gewesen wäre, hätte sich niemand beklagt. Aber nicht alle können mit starken Frauen umgehen.«

Sie trank ein paar Schlucke Tee.

»Es gab einen Haufen Bewerber auf diesen Assistentenjob. Aber wir haben schon beim Vorstellungsgespräch gemerkt, dass die Chemie zwischen uns stimmte. Jessie war sehr viel mehr als meine Chefin. Sie war meine Mentorin. Mein großes Vorbild.«

Wieder tauchte das Taschentuch auf.

»Aber nicht alle kamen mit Jessie Anderson so gut zurecht wie

Sie«, konstatierte Vinston. »Es gab Menschen, die Jessie nicht mochten. Regelrecht verabscheuten.«

Esping gefiel es nicht, dass Vinston anfing, im Gespräch die Führung zu übernehmen.

»Ja, klar, die gab es bestimmt, aber …« Elin wurde blass. »Warum fragen Sie?«

»Reine Routine«, unterbrach Esping und warf Vinston einen bösen Seitenblick zu.

»Aha.«

Bei der Erklärung entspannte sich Elin Sidenvall wieder ein wenig.

»Wissen Sie, ob es ein Testament gibt?«, fragte Vinston mit sanfterer Stimme.

»Ich glaube schon, aber ich kenne die Details nicht. Wir arbeiten mit einer Anwaltskanzlei in Burbanks zusammen. Die Kontaktdaten sind im Büro. Warten Sie, ich hole sie schnell.«

»Ist es in Ordnung, wenn wir mitkommen?« Vinston hatte sich bereits erhoben, sodass Esping keine andere Wahl blieb, als ihm zu folgen.

Jessies Büro ging auf einen kleinen, überwucherten Garten hinaus.

Ein Schreibtisch, zwei Bücherregale mit Ordnern und ein paar Papierstapel. Auf dem Schreibtisch befand sich ein Laptop.

»Ist das Jessies?«, wollte Vinston wissen.

Elin schüttelte den Kopf.

»Meiner. Jessie hatte das meiste auf ihrem Handy. Ich habe mich um alles andere gekümmert. Sogar ihre E-Mails. Sie bezeichnete sich als *People Person*, zog es vor, direkten Kontakt zu den Leuten zu haben. Sie war ständig am Telefon.«

Elin schaltete den Computer an und scrollte durch einige Dokumente. Ein Drucker unter dem Schreibtisch erwachte zum Leben.

»Hier sind die Kontaktdaten der Anwaltskanzlei.«

Sie überreichte den Ermittlern einen Ausdruck.

»Wir würden uns auch gerne Jessies Schlafzimmer anschauen, wenn das geht?«, sagte Vinston.

Elin sah überrascht aus, protestierte jedoch nicht.

»Natürlich, es ist oben.«

Jessie Andersons Schlafzimmer lag rechts von der schmalen Treppe. Ein äußerst sorgfältig gemachtes Doppelbett, zwei Kleiderschränke, ein Nachttisch mit Lampe, eine Duftkerze und ein Buch.

»*The Secret*«, las Vinston den Titel vor und notierte ihn sich.

»Das hat sie von mir bekommen«, nickte Elin. »Ein fantastisches Buch. Es bringt einen wirklich dazu, darüber nachzudenken, was im Leben wichtig ist. Ich weiß, dass sie es mochte.«

Vinston blätterte durch die Seiten. Der Rücken war steif, das Buch fiel von allein wieder zu, als wäre es noch nie geöffnet worden.

Elin Sidenvalls Handy begann zu klingeln.

»Entschuldigen Sie, da muss ich drangehen.« Sie lief die Treppe hinunter.

Esping nutzte die Gelegenheit und schlich sich ins Bad. Vinston war nicht der Einzige, der herumschnüffeln konnte, dachte sie. Aber das Badezimmer bot zumindest auf den ersten Blick keine größeren Geheimnisse. Ein blauer Kunststoffboden. Toilette, Dusche, Waschbecken.

Auf einem Regalbrett stand eine Reihe von Hautcremes, Haarpflegeprodukten und Parfümflaschen neben einem halben Dutzend Lippenstiften von der gleichen teuren Marke, die Felicia benutzte. Esping schüttelte ein kleines Etui mit langen, künstlichen Wimpern, bevor sie in den Badezimmerschrank schaute. Eine orangefarbene Dose weckte unmittelbar ihr Interesse.

Währenddessen öffnete Vinston die andere Schlafzimmertür. Elins Zimmer war eine kleinere Kopie von Jessies. Ein paar Krimis, ein Brillenetui und einige Selbsthilfebücher lagen auf dem Nachttisch neben einem weiteren ungewöhnlich perfekt gemachten Bett. Vinston, der selbst ein Fürsprecher ordentlicher Betten war, bewunderte das Handwerk. Der Überwurf und die Decke waren mit fast militärischer Präzision geglättet, ohne den kleinsten Knick, ohne die geringste Falte.

Elin tauchte in der Tür auf, offenbar hatte sie ihr Gespräch beendet.

»Jessie sagte immer, wenn man einen richtig miesen Tag hatte, ist es schön, nach Hause zu einem gemachten Bett zu kommen. Das hat sie seit ihrer Kindheit begleitet.«

»Wie war der Kontakt zu ihrer Familie?«, fragte Vinston.

»Haben Sie ihren Sommertalk nicht gehört?«

»Nur das Ende.«

Elin seufzte.

»Jessies Familie gehörte einer freien Kirche an. Sie war extrem konservativ. Als Jessie volljährig wurde, brach sie den Kontakt zu ihr ab und zog nach Stockholm. Sie hasste ihre Familie, sie ging nicht einmal zur Beerdigung ihrer Eltern. Traurig, oder? Keine Verwandten zu haben.«

Esping kam mit der orangefarbenen Pillendose, wie man sie normalerweise nur in amerikanischen Filmen sah, aus dem Badezimmer.

»Jessie nahm Tabletten gegen Migräne«, stellte sie fest.

»Manchmal«, erwiderte Elin Sidenvall.

»Wissen Sie, ob sie gestern welche genommen hat?«

»Keine Ahnung.«

»Wäre es möglich? Sie war am Samstagabend bei einer Party. Da hat man am nächsten Tag gerne mal Kopfschmerzen.«

»Vielleicht«, sagte Elin Sidenvall. »Manchmal nahm sie auch schon vorbeugend eine Tablette. Jessie hatte furchtbare Migräneanfälle. Sie hat mal gesagt, diesen Fluch hätte sie von ihrer Mutter geerbt.«

»Hatte sie einen Freund?«, erkundigte sich Vinston. »Oder Partner, oder wie man das nun nennt?«

Die Assistentin errötete leicht.

»Nichts Festes. Aber sie traf verschiedene Männer.«

»Jemanden in Schweden?«

Elin zögerte einen Moment. Dann schüttelte sie langsam den Kopf.

»Soweit ich weiß, nicht. Jessie war vollauf mit Gislövsstrand beschäftigt, sie legte ihre gesamte Energie in das Projekt. Ich kann immer noch nicht fassen, dass sie tot ist ...«

Sie nahm die Brille ab, Tränen rannen ihr über das Gesicht, und sie wendete sich ab.

Die beiden Polizisten sahen sich an, sagten aber nichts.

Esping und Vinston warteten, bis Elin sich erholt hatte, bevor sie sich verabschiedeten. Auf dem Weg nach draußen schnappte sich Vinston ein altes *Cimbrishamner Tagblatt* von einem Stapel neben der Tür. Als sie zum Auto kamen, breitete er es über dem Beifahrersitz aus, bevor er Platz nahm.

»So, was wissen wir?«, begann er, ohne die Sache mit der Zeitung zu kommentieren.

Esping starrte ihn beleidigt an.

»Dass Elin Sidenvall ihre Chefin vergötterte«, brummte sie. »Dass sie am liebsten nichts über Jessie sagen will, auch wenn es sicher das eine oder andere zu erzählen gäbe.«

»Was noch?«

Esping holte tief Luft. Sie wollte Befragungen leiten, nicht selbst verhört werden. Aber zugleich wollte sie diesem eingebildeten Affen zeigen, dass sie ihren Job sehr gut meisterte und keine Unterstützung brauchte.

»Das Testament, die Migränetabletten, dass Jessie ein kontrollierter Mensch war, der für seine Arbeit lebte. Dass sie ihre Familie hasste, Männer mochte, sich aber nicht binden wollte.«

»Mm. Und was halten Sie von ihrer Wohnsituation?«

Esping überlegte einen Moment. Eine gute Frage, das musste sie zugeben.

»Überraschend einfach für jemanden, der millionenschwere Villen verkauft.«

»Finde ich auch«, stimmte Vinston zu. »Was mich zu der Frage führt: Wie gut laufen eigentlich Jessies Geschäfte?«

»Ich überprüfe das, sobald ich wieder auf der Wache bin«, nickte Esping.

Eine Weile saßen sie schweigend da. Vinston zupfte mal wieder ein Hundehaar von seiner Hose.

»Noch etwas«, sagte Esping, während sie links abbog und Richtung Gislövsstrand fuhr. »Es ist mehr ein Gefühl, nichts Konkretes.«

Im selben Moment bereute sie, etwas gesagt zu haben. Aber jetzt war es zu spät.

»Elin Sidenvall verbirgt etwas.«

Sie erwartete, dass Vinston verächtlich schnauben und ihre Überlegungen abtun würde.

Aber das tat er nicht, stattdessen nickte er.

11

Die Cheftechnikerin, die sie vor dem Musterhaus erwartete, hieß Thyra Borén. Sie war eine kurzhaarige, kurvige Frau knapp über fünfzig mit heiserer Stimme und intellektuell wirkender Brille. Sie trug einen weißen Schutzanzug, lila Gummihandschuhe und schwarze Schuhüberzieher.

»So, du hast also einen eigenen kleinen Stockholmer bekommen, Esping?«, lachte Borén, als sie sich vorstellte. »Welches Formular muss man ausfüllen, um so einen zu beantragen?« Sie betrachtete Vinston anerkennend und hielt seine Hand dabei ein bisschen zu lange.

»Sprich mit L-G, dann kannst du ihn dir sicher ausleihen«, erwiderte Esping.

Vinston lächelte höflich über den Scherz, er hatte schließlich keine andere Wahl. Normalerweise leitete er die Ermittlungen, und alle um ihn herum reagierten auf sein kleinstes Zeichen. Aber seine jetzige Rolle als Berater war schwammig, und Esping tat nichts, um daran etwas zu ändern.

»Ich habe nichts gefunden, was einem Unfall widersprechen würde«, fasste Borén zusammen. »Hohe Schuhe, Steinboden und ein paar Gläser Champagner im Blut. Sie stolpert, fällt Richtung Kante, das Band reißt, und sie stürzt ins Wohnzimmer, wo sie wie ein Angelwurm aufgespießt wird. Hätte der Haken nicht dort gestanden, hätte sie vielleicht überlebt …«

Borén zuckte bedauernd mit den Schultern.

»Sonst nichts?«, fragte Esping.

»Die Tür zum Garten war unverschlossen. Es gibt dort draußen eine Kamera. Ich habe mit dem Elektriker Hasse Palm gesprochen, und er will versuchen, die Bilder und die Daten des Sicherheitssystems zu finden. Ihr könnt ihn selbst danach fragen, er ist drüben in der Baubaracke.« Sie deutete über ihre Schulter. »Die

Reifenspur und der Fußabdruck vom Strand sind zu schwach, um einen Abguss zu machen. Aber es war clever von dir, sie abzufotografieren, Esping. Der Fußabdruck besteht nur aus einer halben Vordersohle, das macht es schwierig. Aber die Reifenspur lässt sich wahrscheinlich abgleichen.«

Esping schielte zu Vinston. Eigentlich hatte er ja die Spur gefunden und dafür gesorgt, dass sie ein Foto machte. Sie rechnete deshalb damit, dass er dies erwähnen und so ihre eigene Unerfahrenheit betonen würde, aber zu ihrer Verwunderung sagte er nichts. Vielleicht sollte sie die Sache selbst klarstellen – aber die Gelegenheit war vorüber, ehe sie sich durchringen konnte.

Sie folgte Borén die Treppe hinauf zur Haustür.

»Wie ist denn der Stockholmer so?«, wollte die Technikerin wissen.

»Ich werde nicht ganz schlau aus ihm«, seufzte Esping. »Er ist irgendwie eine Mischung aus Rechnungsprüfer und britischem Lord. Eigentlich macht er hier Urlaub, ich glaube also nicht, dass er lange bleiben wird.«

»Schade. Er ist ein hübscher Anblick. Weißt du, ob er Single ist?«

Esping lachte. »Keine Ahnung. Ist er nicht zu langweilig für dich?«

»Ach, ich will ihn ja nicht gleich heiraten.« Borén zwinkerte vielsagend. »Wenn er sich einsam fühlt, kannst du ihm gerne meine Nummer geben.« Sie warf sich ihre Technikertasche über die Schulter. »Du bekommst den Bericht in ein paar Tagen. Viel Glück bei der Ermittlung und Grüße an deinen Onkel!«

Vinston stand in dem enormen Wohnzimmer. Die Einrichtung, sowohl hier als auch im übrigen Haus, war eher spartanisch. Es gab fast keine Teppiche oder Vorhänge, die Möbel waren zum großen Teil aus Chrom oder schwarzem Leder, was den unpersönlichen, leicht unheimlichen Eindruck im Haus verstärkte.

Er ging zu der Metallskulptur, die Jessie Anderson das Leben gekostet hatte, und blieb ein Stück von dem großen Blutfleck entfernt stehen. Der Boden war voller Abdrücke von den Schuhüberziehern der Techniker. Sie hatten die Spitze mit dem kräftigen Widerhaken absägen müssen, um den aufgespießten Körper entfernen zu können, wie Vinston feststellte. Man konnte noch den Geruch des Winkelschleifers erahnen.

»Hatte die Technikerin noch irgendetwas hinzuzufügen?«, fragte er, als Esping die Treppe herunterkam.

»Nur, dass sie Ihnen gerne Gesellschaft leistet, falls Sie Österlen zu langweilig finden. Sagen Sie Bescheid, wenn Sie ihre Nummer möchten.«

Vinston tat, als hätte er die Bemerkung nicht gehört. Er schaute zum Treppenabsatz und zu der Lücke im Geländer hoch, wo immer noch das Band baumelte. Er versuchte sich vorzustellen, wie Jessie Anderson dort stolperte, ihren Schuh verlor, das Band zerriss und sie rückwärts auf den Haken fiel.

»Warum hat sie das Champagnerglas nicht losgelassen?«, murmelte er mehr zu sich selbst.

»Was?«

»Ja.« Vinston zeigte auf den verstümmelten Haken. »Die Skulptur steht ein Stück in den Raum hinein, wie Sie sehen. Jessie muss also mit ziemlich viel Schwung über den Absatz geflogen sein, nicht wahr?«

Esping zuckte mit den Schultern.

»Vielleicht war sie in Eile und stolperte deshalb auf ihren hochhackigen Schuhen? Immerhin war sie angetrunken.«

»Vielleicht. Aber da ist noch etwas.« Vinston machte eine Bewegung, als würde er ein Glas halten.

»Normalerweise hält man doch ein Glas in seiner geübten Hand, oder? Rechtshänder halten ihr Glas rechts, Linkshänder links.«

»Mm.«

»Aber wenn man fällt, versucht man dann nicht, sich mit beiden Händen abzufangen? Oder zumindest mit seiner starken Hand?«

Esping überlegte. »Doch, so ist es wohl.«

»Wenn Jessie Anderson also stolperte und fiel und sich an dem Geländer abstützen wollte, das es nicht gab …?«

»Dann müsste sie das Glas, das sie in der Hand hielt, losgelassen haben«, ergänzte Esping. »Und dann müssten da oben neben dem Schuh Glasscherben gelegen haben statt hier unten im Wohnzimmer. Folglich hielt Jessie das Glas in der Hand, als sie fiel.«

Ein paar Sekunden lang herrschte Stille.

»Oder gestoßen wurde«, fügte Esping hinzu.

Der Baucontainer gegenüber vom Musterhaus roch nach altem Kaffee und Kautabak. Links lag ein Umkleideraum, rechts eine unordentliche Kochnische, und hinten in der Ecke stand ein Schreibtisch mit einem Monitor darauf.

Hasse Palm saß am Schreibtisch und tippte am Computer. Er war zwischen fünfzig und sechzig, schmal und drahtig und trug einen ergrauten Pferdeschwanz im Nacken. *El-Hasse's Elektro und Sicherheit* stand quer über der Brust auf seinem T-Shirt sowie auf dem weißen Van, den man durch das Fenster sah. Der falsche Genitiv-Apostroph zwischen dem e und dem s verursachte ein Zucken in Vinstons Augenlid.

»Ich versuche gerade, die Informationen vom Sicherheitssystem zu kopieren«, sagte Palm. »Das ist ziemlich verzwickt. Ich habe diesen Job gerade erst übernommen und muss mich noch in alle Funktionen einarbeiten.«

»Die Kriminaltechnikerin erwähnte eine Kamera auf der Rückseite des Hauses?«, bemerkte Esping.

Der Elektriker brummte missmutig.

»Eine Reihe von Kameras ist zwar montiert, aber nur eine ist angeschlossen. Sehen Sie hier.« Er drehte den Computerbildschirm zu den Polizisten herum. Der Monitor war in acht Felder aufgeteilt, sieben davon waren schwarz, nur eine Kamera funktionierte. Sie zeigte die Vorderseite des Hauses, wo Espings Volvo parkte.

»Warum sind die anderen Kameras nicht an?«, wollte Vinston wissen.

»Es fehlen Teile. Unter anderem die Motherboards für das Kamerasystem. Ich muss neue bestellen.«

»Und was kann man auf der Kamera sehen, die funktioniert?«, fragte Esping. »Gibt es Material vom Sonntag?«

»Ja, das habe ich gerade kontrolliert.«

»Und wie steht es mit dem restlichen Sicherheitssystem? Kann man sehen, wer was gemacht hat?«

Hasse Palm nickte.

»Es gibt ein Aktivitätsprotokoll, wo alle Zugriffe mit Datum, Zeit und Benutzer vermerkt sind. Hier!«

Er klickte auf ein Icon und öffnete eine Liste.

»Ich habe heute Morgen das Tor aufgemacht.« Palm kreiste mit dem Cursor um einen Eintrag: *8:12 Uhr: Toröffnung via App, Benutzer Hasse Palm.*

»Bevor ich in die Baracke bin, habe ich den Alarm abgestellt.« Er bewegte den Cursor eine Zeile nach unten. *8:13 Uhr: Alarmanlage deaktiviert via App, Benutzer Hasse Palm.*

»Gegen halb neun meldete sich die Polizeitechnikerin über die Sprechanlage am Tor, und ich ließ sie rein. Die Sprechanlage wird direkt auf die App geleitet, mit Ton, Bild und allem. Sie sehen hier den Eintrag.«

Er deutete auf eine weitere Zeile auf dem Bildschirm.

»Und wer hat heute Morgen die Alarmanlage des Hauses deaktiviert?«, fragte Esping.

»Ich«, antwortete Hasse. »Das Haus und die Baracke sind miteinander verbunden, man deaktiviert beide gleichzeitig.«

»Und das hier?« Esping zeigte auf einen Eintrag ganz unten auf dem Bildschirm, der erst ein paar Minuten alt war.

11:36 Uhr: Toröffnung via Induktionsschleife.

»Das ist, wenn jemand von innen ans Tor fährt und den Kontakt im Boden aktiviert.«

»Boréns Technikbus auf dem Weg hinaus«, stellte Esping fest.

»Ja, das passt.« Hasse nickte ihr bekräftigend zu. »Sie scheinen sich mit Sicherheitssystemen auszukennen.«

»Wie lange dauert es, alles zu kopieren?«, unterbrach Vinston ungeduldig. Seine Erfahrung mit Technik war, dass sie ihn meistens im Stich ließ, und die nicht angeschlossenen Überwachungskameras bestätigten seine Auffassung.

»Ungefähr noch eine Viertelstunde. Ich übertrage alles auf eine tragbare Festplatte.«

»Wir warten draußen«, sagte Vinston kurz.

Sobald Vinston draußen war, ging er nach rechts und umrundete das Gebäude. Hasses großer Van mit dem falsch geschriebenen Firmennamen parkte zwischen der Baracke und dem Zaun.

Außer Sichtweite des Bürofensters blieb Vinston stehen.

»Fotografieren Sie die Reifen«, sagte er leise zu Esping. »Dann können wir sie mit den Reifenspuren vom Strand vergleichen. Mir gefällt das nicht, dass nicht alle Kameras angeschlossen waren.«

»Glauben Sie, Hasse Palm hat sie mit Absicht nicht angeschlossen?«

Vinston antwortete nicht, sondern drehte sich stattdessen um und inspizierte einen Müllcontainer, der direkt neben ihnen stand.

Esping presste die Lippen aufeinander. Sie verstand, wie Vinston dachte, aber die Art und Weise, wie er seine Ansichten kundtat, war durchaus verbesserungswürdig. Er war nicht ihr Chef und hatte daher kein Recht, ihr Anweisungen zu geben.

Widerwillig holte sie dennoch ihr Handy hervor und schlich zu dem parkenden Van. Durch das Fenster konnte sie Hasse vor dem Bildschirm sitzen sehen.

Sie bückte sich und fotografierte den Reifen, der ihr am nächsten war. Dann lief sie um den Wagen herum, bis sie Aufnahmen von allen vier hatte.

Kaum war sie fertig, hörte sie Hasses Telefon in der Baracke klingeln, gefolgt von einem leisen Gemurmel, als er antwortete. Instinktiv schlich sie näher an das Fenster heran.

»Hör auf, verdammt«, hörte sie Hasse ins Telefon sagen. »Du

hast dir das selbst eingebrockt, und jetzt muss ich deinen Mist aufräumen. Die Bullen sind hier und stellen einen Haufen Fragen nach den Kameras.«

Plötzlich drehte Hasse Palm seinen Stuhl zu dem Fenster, an dem Esping stand. Sie bückte sich, so schnell sie nur konnte, und drückte sich gegen die dünne Wand.

Der Stuhl quietschte, als Palm aufstand, dann hörte sie seine Schritte weiter hinten in der Baracke.

»Ich will nicht in deinen Scheiß mit reingezogen werden …«, waren die letzten Worte, die Esping aufschnappen konnte.

12

»Die Polizei ist unterwegs«, sagte Daniella Modigh und legte das Handy weg. »Ich mache Kaffee. Glaubst du, die Polizisten wollen Milch und Zucker, oder trinken sie schwarz wie in den Fernsehserien?«

»Bist du sicher, dass wir keinen Anwalt rufen sollen?«, fragte ihr Mann unruhig. »Nur zur Sicherheit.«

»Zum zehnten Mal: Wir sind jetzt in Schweden, Niklas, nicht mehr in den USA. Jessie hat gelebt, als wir das Haus verlassen haben, das ist alles, was wir zu sagen brauchen. Wenn wir einen Anwalt hinzuziehen, wird die Polizei denken, dass wir etwas zu verbergen haben. Dann fangen sie an herumzuschnüffeln. Und das ist das Letzte, was wir wollen, oder nicht?«

Niklas nickte, sah aber keineswegs überzeugt aus.

»Entspann dich«, sagte Daniella. »Setz deinen Charme ein und halte dich an das, was wir besprochen haben. In ein paar Stunden ist alles vorbei, und Jessie Anderson und ihr hässliches Haus sind nichts anderes mehr als eine unschöne Erinnerung.«

Niklas seufzte.

»Okay. Du hast sicher recht.«

Der Hof, auf dem Niklas und Daniella Modigh wohnten, lag ungefähr zwanzig Autominuten von Gislövsstrand entfernt.

Espings verdrießlicher Miene nach zu urteilen, vermutete Vinston, dass er zu wenig einfühlsam gewesen war, als er sie aufgefordert hatte, die Reifen abzufotografieren. Deshalb versuchte er, die Wogen mit etwas Small Talk zu glätten.

»Sie scheinen sich gut mit Computer und Technik auszukennen«, sagte er. Unter ihm raschelte das Zeitungspapier.

Esping holte tief Luft. Hasses Festplatte steckte in ihrer Jackentasche, aber sie hatte Vinston gegenüber noch nicht erwähnt, was sie kurz zuvor durch das Fenster gehört hatte.

»Mein Vater ist Ingenieur«, erzählte sie. »Er liebt es, Sachen auseinanderzubauen, um herauszufinden, wie sie funktionieren. Ich habe wohl seine Neugier geerbt.«

»Aha«, nickte Vinston. »Und Ihre Mutter?«

»Sie ist Ärztin, sie ist es also gewohnt, Dinge wieder zusammenzusetzen.«

Vinston entfuhr ein kurzes »Ha«, was Esping überraschte.

»Und war es die Neugier, die Sie Polizistin werden ließ?«, fragte er weiter.

Esping nickte.

»Ja, vielleicht. Oder mein Gerechtigkeitsgefühl. Schützen, helfen, richtigstellen und all so etwas.«

Vinston sah interessiert aus, fast freundlich. Esping wusste nicht genau, was sie davon halten sollte.

»Und Sie, wollten Sie immer Polizist werden?«, fragte sie mehr aus Höflichkeit.

»Ja, oder ...« Vinston bürstete ein paar Hundehaare von seinem Jackenärmel, die sich an seinem improvisierten Sitzschutz vorbeigemogelt hatten. »Als ich jung war, wollte ich Pilot werden. Mein Großvater war bei der Luftwaffe. Aber ich war zu groß.«

»Oh. Daran lässt sich nur schwer etwas ändern.«

Vinston zuckte mit den Schultern. »Na ja, Fliegen besteht sowieso hauptsächlich aus einem Haufen Checklisten«, sagte er, nicht ohne einen Anflug von Wehmut in der Stimme.

Zum ersten Mal, seit sie sich kennengelernt hatten, fand Esping, dass Vinston ein wenig menschlich wirkte. Sie dachte daran, ihm von Hasses Telefonat zu erzählen, beschloss dann aber, trotz allem noch zu warten. Menschlich oder nicht, es war ihre Ermittlung, und es gab immer noch kein *Wir*.

»Also, was wissen wir über das Ehepaar Modigh?«, fragte Vinston und bestärkte Esping damit unabsichtlich in ihrer Entscheidung. »Außer dass er Hockeyspieler ist und sie Influencerin.«

»Niklas stammt aus Dalarna, aber Daniella kommt von hier«, sagte Esping. »Sie ist auf einem kleinen baufälligen Hof ein wenig weiter nördlich aufgewachsen, mitten im Nirgendwo. Aber vor ein paar Jahren haben sie ihren Eltern einen großen, modernen Hof mit Maschinen und allem Drum und Dran gekauft. Dorthin fahren wir jetzt.«

Die Beschreibung passte ziemlich gut, wie Vinston feststellte, als sie den Hof erreichten. Alle Gebäude dort schienen entweder neu zu sein oder frisch gestrichen. Bei einer der Maschinenhallen stand das Tor offen, und Vinston sah eine Reihe verschiedener Landmaschinen, von deren Anwendung er keinen blassen Schimmer hatte.

Draußen vor der Halle standen zwei enorme Traktoren, daneben ein Pferdetransporter und ein dunkler SUV. Über dem Ganzen schwebte ein schwacher, aber unverkennbarer Geruch nach Kuh.

Der Hof besaß zwei Wohnhäuser, von denen das eine etwas abseits gelegen war und neu gebaut schien. Neben dem Eingang stand ein blitzender Tesla.

»Niklas' Wagen«, erklärte Esping, während sie ihr eigenes Auto parkte. »Er und Daniella wohnen im Gästehaus, wenn sie in Schonen sind. Wenn man das als Gästehaus bezeichnen kann. Für mich sieht es eher nach einem normalen Einfamilienhaus aus.«

Als sie ausgestiegen waren, inspizierte Esping kurz die Reifen des Tesla. Sie waren viel zu abgefahren, um zu den Abdrücken am Strand zu passen, aber sie machte trotzdem Fotos. Vinston nickte anerkennend.

Daniella Modigh öffnete die Haustür, noch bevor sie angeklopft hatten, und bat sie in das geräumige Wohnzimmer, wo Niklas schon wartete. Offenbar war ein Innenarchitekt involviert gewesen, denn der Raum war zwar schön, aber völlig unpersönlich. Schnittblumen, Obstschalen, Möbel, die alt aussehen sollten, obwohl sie direkt aus der Fabrik kamen.

Sogar die Fotografien auf dem Kaminsims wirkten gestellt. Als würden die Bilder keine echten Familienmitglieder darstellen, sondern wären mit den Rahmen gekauft worden.

Draußen vor dem Panoramafenster breiteten sich die Äcker aus, nur an manchen Stellen von Baumreihen, vermutlich Weiden, unterbrochen.

»Setzen Sie sich!« Niklas wies mit der Hand auf die Sofagruppe, vor der ein Tisch mit Kaffeegeschirr stand.

Er sah entspannt aus, hatte hellblaue Augen, gerade, strahlend weiße Zähne, sonnengebräunte Haut und trug T-Shirt und eine Leinenhose, die über seinen nackten Füßen hochgekrempelt war.

Vinston schüttelte sich innerlich. Wer empfing denn barfuß Gäste?

»Wie lange kannten Sie Jessie Anderson?«, begann Esping, nachdem sie die Aufnahmefunktion ihres Handys aktiviert und die einleitenden Floskeln aufgesagt hatte.

»Tja, wie lange wird das wohl sein …?« Niklas lehnte sich selbstsicher im Sofa zurück. »Vier, fünf Jahre, würde ich sagen. Wir haben uns kennengelernt, als sie uns beim Verkauf einer Wohnung in L. A. half, oder nicht, Liebling?«

»Fünf Jahre. Die Wohnung in Marina del Rey«, sagte Daniella bestimmt.

»Richtig. Wir waren nicht gerade eng befreundet, aber wir haben manchmal zusammen zu Mittag gegessen und sind auf dieselben Partys gegangen. Ich habe für ein paar ihrer VIP-Kunden Tickets für Finalspiele organisiert, und Jessie hat dafür gesorgt, dass Daniella in einigen Folgen von *Hollywoodfrauen* …«

»Dafür habe ich *selbst* gesorgt«, unterbrach Daniella ihn, »Jessie hat mich nur dem Produzenten vorgestellt.« Sie stand auf und versuchte wohl, den verärgerten Tonfall mit einem blendenden Instagram-Lächeln in Einklang zu bringen.

»Wir haben eine Weile nach einem Haus in Österlen gesucht«, fuhr Niklas fort. »Der Hof gehört ja Daniellas Eltern, und auch wenn das Gästehaus hübsch ist, würden wir lieber am Meer wohnen. Außerdem vertrage ich den Kuhgeruch nicht besonders. Der ist in L. A. eher selten.«

Er grinste breit, als hätte er einen tollen Witz gemacht.

»Jessie kontaktierte uns bereits, als das Projekt noch in Planung war«, sprach er weiter. »Strandlage, Abgeschiedenheit, amerikanischer Standard. Wir dachten, das klingt perfekt, nicht wahr?«

Daniella nickte, sah aber nicht so enthusiastisch aus wie ihr Mann.

»Was können Sie über den gestrigen Tag sagen?«, erkundigte sich Esping und beugte sich dabei vor, um den Ernst ihrer Frage zu unterstreichen.

»Wir hatten für halb zwei eine Besichtigung vereinbart«, sagte Daniella. »Jessies kleines Mädchen-für-alles empfing uns an der Tür.«

»Elin.« Niklas lächelte beschwichtigend. »Nettes Mädchen. Sehr hilfsbereit!«

»Und was geschah dann?«

Daniella zuckte mit den Schultern.

»Jessie führte uns im Haus herum. Es war ganz schön, aber Niklas und ich hatten etwas Größeres erwartet. Unser Haus in L.A. hat neunhundert Quadratmeter, wir sind also großzügige Räume gewöhnt.«

Esping unterdrückte den Impuls, mit den Augen zu rollen. Ihr eigenes kleines Haus hatte knapp über neunzig Quadratmeter, und sie fand nicht, dass sie beengt lebten.

»Wie wirkte Jessie Anderson auf Sie?«, fragte sie.

»Laut, draufgängerisch …«, antwortete Daniella. »Sie wollte unbedingt mit dieser hässlichen Skulptur angeben, für die sie einen Haufen Geld ausgegeben hatte.«

Niklas unterbrach sie mit einem angestrengten Lachen.

»Daniella macht Witze. Jessie wirkte so wie immer. Fröhlich, gut gelaunt.«

»Haben Sie dort etwas getrunken?«

»Je ein Glas Champagner. Nur so viel, dass man hinterher noch fahren konnte.«

»Und Jessie?«

»Zwei Gläser, während wir da waren«, bemerkte Daniella spitz. »Und sie hatte garantiert vorher auch schon ein paar Gläser gekippt.«

»Sie meinen, Jessie war betrunken?«, hakte Esping nach.

»Nein!« Niklas warf seiner Frau einen vorwurfsvollen Blick zu. »Vielleicht ein bisschen beschwipst.«

»Wie lange waren Sie im Haus?« Esping beugte sich noch etwas weiter vor. Dabei glaubte sie, einen dünnen Schweißfilm auf Niklas' sonnengebräunter Stirn zu entdecken.

»Ungefähr eine halbe Stunde«, entgegnete er. »Wir waren mit zwei Autos da, und anschließend fuhr Daniella nach Malmö zum Shoppen. Ich habe noch eine Runde gedreht, bevor ich wieder hierherkam. Keiner von uns beiden hat also ein Alibi, wenn Sie sich das fragen sollten.«

Niklas lachte wieder, vielleicht noch angestrengter als zuvor.

Vinston hatte bis jetzt still dagesessen und sich Notizen gemacht.

»Kennen Sie jemanden, der Jessie Anderson hätte schaden wollen?«, fragte er nun.

Das Ehepaar Modigh sah sich überrumpelt an.

»Nein ...«, erwiderte Niklas. »Herrgott, ich meine, am Anfang gab es eine ziemliche Aufregung über den Bau. Aber das hat sich doch inzwischen gelegt, dachte ich?«

»Mm.« Vinston schrieb sich etwas auf, was Niklas Modigh unangenehm zu sein schien.

»Also, Sie müssen entschuldigen, dass ich Witze über unsere Alibis gemacht habe«, sagte er dann in ernsterem Ton. »Aber Jessies Tod war doch wohl ein Unfall?«

»Das wissen wir noch nicht.« Vinston sah auf. »Tatsache ist, dass Sie wahrscheinlich die Letzten waren, die sie lebend gesehen haben. Somit kann uns alles helfen, was Sie erzählen können.«

Das Ehepaar Modigh sah sich wieder an.

»Alles, was Ihnen einfällt«, fügte Esping hinzu, hauptsächlich, weil sie das Gefühl hatte, auch etwas sagen zu müssen.

»Da ... gibt es tatsächlich eine Sache«, sagte Daniella nachdenklich. »Jessies Assistentin. Wir trafen sie wie gesagt an der Tür, sie ging gerade.«

»Stimmt. Sie sollte losfahren und mehr Champagner holen«, ergänzte Esping.

»Aha.« Daniella sah nicht überzeugt aus. »Also, als wir sie sahen, wirkte sie verzweifelt. Sie hat uns kaum gegrüßt, ist verweint an uns vorbeigerannt und hielt ihre Brille in der Hand. Jessie hat so getan, als wäre nichts passiert, aber sie hatte sichtlich schlechte Laune. Sie hat den Champagner nur so in sich hineingestürzt.«

Daniella beugte sich vor. »Ich bin mir ziemlich sicher, dass Elin eine ordentliche Abreibung bekommen hat. Vielleicht hat Jessie sie sogar rausgeschmissen. Wenn Jessie schlecht gelaunt war, mussten immer die Assistentinnen leiden. Sie hat manchmal mehrere pro Jahr abserviert. Ich persönlich bin überrascht, dass die kleine Elin sich so lange gehalten hat.«

Vinston machte sich in seinem Büchlein Notizen. Irgendwo im Haus begann ein Handy zu klingeln, aber weder Daniella noch Niklas reagierten.

»Aha, gut, dann sind wir wohl fertig«, sagte Esping, die gerne wieder die Kontrolle über das Gespräch gewinnen wollte. »Wenn Ihnen noch etwas einfällt, rufen Sie bitte an.«

Sie legte eine ihrer Visitenkarten auf den Couchtisch.

Die Modighs standen vor dem großen Fenster und folgten Espings Wagen mit Blicken, als dieser die Straße entlang verschwand.

»Warum musstest du die Sache mit Elin erwähnen?«, fragte Niklas.

»Warum nicht? Es stimmt doch«, entgegnete Daniella. »Außerdem musste ich ja etwas sagen, nachdem du etwas davon gefaselt hast, dass wir kein Alibi haben. Warum, verdammt noch mal, hast du das gesagt? Und dein bescheuertes Pseudolachen. Glaubst du, das nimmt dir jemand ab?«

Niklas drehte sich zu seiner Frau um. Seine Augen blitzten vor Wut.

»Ich bin nervös geworden, okay? Die Polizei glaubt an Mord. Unsere gesamte Zukunft steht auf dem Spiel ...«

»Und wessen Schuld ist das?«, zischte Daniella. »Erzähl doch mal!«

Ohne ein weiteres Wort wandte sich Niklas ab, ging zu einem Barwagen und suchte wütend zwischen den Flaschen herum. Während er sich ein ordentliches Glas Whisky einschenkte, blieb seine Frau am Fenster stehen und schaute gedankenverloren hinaus.

»Tatsache ist«, sagte sie, ohne sich umzudrehen, »dass, egal, wer Jessie umgebracht hat, dieser jemand uns einen Dienst erwiesen hat, nicht wahr, Liebling?«

Ohne zu antworten, hob Niklas das Whiskyglas an den Mund und leerte es in einem Zug.

13

»Und, wie finden Sie ihn?«, fragte Esping, nachdem Vinston den ersten Bissen zu sich genommen hatte. »Der beste Heringsburger in ganz Schonen.«

Vinston versuchte, eine zustimmende Miene aufzusetzen, während er mit diesem für ihn ungewöhnlichen Mittagessen kämpfte. Normalerweise verzehrte er nichts, was man nicht mit Messer und Gabel essen konnte.

Soße tropfte über seine Finger, die rohen Zwiebeln brannten ihm im Rachen und in den Augen, die vielen weichen Gräten blieben ihm überall im Mund hängen. Sie erinnerten ihn an die Hundehaare in Espings Auto.

»Sehr gut.«

Er zwang sich, noch einen Bissen zu essen, nur um festzustellen, dass Esping fast fertig war.

Sie saßen auf einer Bank am Hafen von Kivik. Die Sonne war zwischen den Wolken hervorgekommen und brachte das Wasser zum Glitzern, hungrige Möwen kreisten über ihnen. Die Gegend rund um das Hafenbecken war bereits voller Touristen, aber da Esping den Besitzer des Fischlokals kannte, hatte sie sich nicht anstellen müssen.

»Was halten Sie vom Ehepaar Modigh?«, wollte Esping wissen, sprach dann aber weiter, ohne die Antwort abzuwarten. »Mein Gefühl war, dass sie miteinander in einen Streit verwickelt waren und kaum versucht haben, das zu verbergen.«

Vinston wischte sich sorgfältig den Mund ab. Er hatte die gleiche Beobachtung gemacht.

»Am Samstag beim Fest bin ich erst Jessie und kurz darauf Niklas in einem abgeschiedenen Teil des Gartens begegnet«, sagte er. »Ich bin mir nicht ganz sicher, ob sie miteinander gesprochen haben, aber Niklas versuchte damals genauso wie heute, möglichst unbeschwert zu wirken. Als er erfuhr, dass ich Polizist bin, wurde er außerdem recht blass um die Nase.«

»Aha, interessant.« Esping entfernte eine Gräte von ihrer Zungenspitze. »Dann hat Niklas sich also mit Jessie vergnügt. Eine kleine Dreiecksgeschichte, die zu einem Mord führt. Das wäre nicht das erste Mal.«

Vinston setzte eine düstere Miene auf.

»Ich würde mit dieser Theorie noch warten.«

Esping, die eigentlich nur gespaßt hatte, wurde plötzlich ernst.

»Und warum?«

»Es ist noch zu früh für Spekulationen. Wir haben noch nicht einmal alle Zeugen befragt.«

»Aha.« Esping zerknüllte verärgert das Papier, in das der Heringsburger gewickelt gewesen war, und zielte mit einer schneidigen Handbewegung auf einen Mülleimer, der ein paar Meter entfernt stand. Der Papierball prallte vom Rand ab und fiel zu Boden, wo sich sofort eine Möwe darauf stürzte.

»Noch mehr Ratschläge?«

Die Stimmung war jetzt angespannt, Esping versuchte nicht einmal mehr, freundlich zu klingen.

»Man muss zuerst alle Beweise sammeln«, erklärte Vinston ernst. »Mit Theorien sollte man warten, bis man alle Fakten auf dem Tisch hat.«

»Oh, danke. Ich werde wirklich versuchen, das zu beherzigen«, erwiderte Esping sauer.

Vinston verpackte seine Essensreste ordentlich in sein Burgerpapier und trank eine Flasche Mineralwasser in einem Zug aus, um seine Kehle von Fischgräten zu befreien.

»Na, dann«, sagte er. »Sollen wir weiter zu Sofie Wram fahren?«

»Natürlich, das machen *wir*«, brummte Esping.

Wramslund, wie Sofie Wrams Hof hieß, bestand aus etwa zehn roten Backsteingebäuden, die sich um zwei kopfsteingepflasterte

Plätze gruppierten. Im unteren Bereich standen die Ställe, eine Scheune und eine Reithalle, die so groß war wie ein Flugzeughangar. Dahinter befanden sich Koppeln und Reitbahnen, so weit das Auge reichte. Am oberen Platz thronte das Haupthaus.

»Sofie Wram, dreiundsechzig Jahre alt. Geboren und aufgewachsen hier auf dem Gutshof«, fasste Esping zusammen. »Sie war es, die Jessie Anderson das Grundstück unten bei Gislövshammar verkauft hat. Sofie ist seit gut zwanzig Jahren Witwe. Sie hat eine Tochter, die in Österreich lebt.«

»Schweiz«, korrigierte Vinston.

»Bitte?«

»In der Schweiz. Nicht in Österreich. Das hat sie beim Fest erwähnt.«

»Aha.«

Einen kurzen Moment lang stellte sich Esping vor, Vinston eine Ohrfeige zu verpassen.

»Jedenfalls ...«, sagte sie stattdessen so beherrscht wie möglich, »betreibt Sofie seit vielen Jahren eine große Pferdezucht sowie eine Reitschule mit Internat und dem ganzen Brimborium. Aus dem ganzen Land kommen die Leute hierher.«

Vinston dachte an Amanda. »Meine Tochter trainiert bei ihr«, sagte er. »Wohl schon seit ein paar Jahren.«

Esping verzog schadenfroh das Gesicht.

»Dann können Sie nur hoffen, dass nicht Sie es sind, der die Rechnung bezahlt. Sofie ist dafür bekannt, dass sie ordentliche Preise hat und bei Verhandlungen knallhart ist.«

Vinston antwortete nicht.

»Aber sie ist eine fantastische Reittrainerin«, fuhr Esping fort. »Mehrere ihrer Schüler sind in die Nationalmannschaft aufgestiegen. Ich habe als Jugendliche auch bei ihr trainiert. Da ist sie übrigens.«

Sie stiegen aus dem Auto und gingen zum Platz vor dem Stall, wo Sofie Wram ein großes schwarzes Pferd am Halfter führte. Sie trug ein Polohemd, Reithosen sowie grobe Stiefel und lederne

Chaps statt Reitstiefeln, und auf ihrem Kopf saß eine grüne Kappe aus dem gleichen Stoff wie Espings Regenjacke. Zwei schwarze Labradore strichen um ihre Beine und warfen abwechselnd ängstliche Blicke auf ihr Frauchen und die beiden Polizisten.

Wie immer, wenn sie Sofie sah, fühlte sich Esping plötzlich unsicher. Sie versuchte, das Gefühl abzuschütteln und sich klarzumachen, dass sie kein kleines Reitmädchen mehr war, sondern eine Polizistin im Dienst.

»Ach, ist das nicht mein Tischherr, den du da mitbringst, Tove?«, fragte Sofie in ihrem knarrenden Schonisch.

»Doch, er ... hilft mir bei der Ermittlung.«

»Er hilft?« Sofie hob die Augenbrauen. »Soweit ich gehört habe, ist Jessie in ihrem eigenen Angeberhaus vom Treppenabsatz gefallen und auf ihrer vulgären Skulptur gelandet. Brauchst du wirklich Hilfe aus Stockholm, um das herauszufinden? Vertraut L-G dir nicht?«

Bevor Esping antworten konnte, hielt Sofie Vinston den Führstrick hin.

»Hier. Sie können mir mal kurz helfen!«

Vinston zögerte einen Moment zu lange.

»Halten Sie einfach den Strick«, sagte Sofie Wram mürrisch. »Ein fester Griff und keine plötzlichen Bewegungen. Karnac ist ein Vollblut und erschrickt schnell. Wenn man nicht aufpasst, kann er einem erwachsenen Mann den Schädel eintreten.«

Vinston gehorchte. Der große Hengst starrte ihn an, schien ihn mit den Blicken zu messen, während einer der Labradore an Vinstons Hosenbein schnüffelte. Aber er wagte er nicht, den Hund wegzujagen, aus Angst, das Pferd zu erschrecken.

»Ich hatte den Eindruck, dass Karnac humpelt, als ich ihn von der Koppel geholt habe«, erklärte Sofie Wram. »Es könnte am Hufeisen liegen.«

Sie beugte sich hinunter und hob das linke Vorderbein des Pferdes. Dort kratzte sie herum und rüttelte am Eisen, um zu kontrollieren, ob es lose war.

Esping bemerkte amüsiert, wie verängstigt Vinston aussah. Tiere waren offenbar nicht seine Sache.

»Also, was wollt ihr wissen?«, fragte Sofie Wram über die Schulter.

Esping holte ihr Handy heraus und drückte wieder einmal die Aufnahmetaste.

»Erzähl uns von der Hausführung gestern.«

»Da gibt es nicht viel zu erzählen.« Die Züchterin ließ den Huf los und richtete sich auf. »Ich kam gegen halb zwölf zum Haus. Jessie führte mich ungefähr eine halbe Stunde lang herum. Dann fuhr ich wieder nach Hause. Schöner Ort, aber für meinen Geschmack etwas zu protzig und unpersönlich. Ich hatte daran gedacht, eines der Häuser für Camilla zu kaufen. Ich wollte sie und meine Enkel damit aus der Schweiz herlocken. Deswegen war ich dort.«

Vinston hatte zu seinem Verdruss keine Möglichkeit, sich die Antwort zu notieren, er traute sich kaum, sich überhaupt zu rühren. Karnac schnaubte, als ob das große Tier seine Nervosität riechen könnte.

Sofie wechselte den Platz, klopfte dem Pferd auf den Rücken und hob nun einen Hinterhuf an.

»Kam dir Jessie wie immer vor?«, fragte Esping.

»Schwer zu sagen. Wir kannten uns nicht besonders gut.«

»Aber sie hat doch das Grundstück von dir gekauft?«

Sofie ließ Karnacs Huf los und schaute Esping verärgert an. »Ja. Aber das meiste lief über unsere Anwälte. Wie oft Jessie Anderson und ich uns getroffen haben, lässt sich an einer Hand abzählen, inklusive der Geburtstagsparty am Samstag.«

Das Letzte war an Vinston gerichtet.

»Was haben die Leute in der Gegend dazu gesagt, dass Sie ihr das Grundstück verkauft haben?«, wollte er wissen.

»Sie meinen diese Hinterwäldler vom Dorfverein?«, schnaubte Wram. »Haben Sie ihre Facebook-Gruppe gesehen? Die ist voller Blödsinn und Lügen. Ich habe sogar ein paar Hassbriefe bekommen, können Sie sich das vorstellen?«

»Haben Sie sie behalten?«

»Nein, die sind direkt im Kamin gelandet, wo sie auch hingehören. Ich lasse mir doch nicht von solchen Feiglingen Angst einjagen.«

Sofie Wram ging um Karnac herum und wiederholte die Prozedur von eben mit dem rechten Vorderfuß. Das Vollblut machte einen nervösen Seitenschritt mit den Hinterbeinen, wobei die Hufe über den Boden schabten.

»Halten Sie ihn richtig fest!«

Vinston gehorchte, so gut er konnte, und versuchte gleichzeitig, seine handgenähten Oxford-Schuhe so weit wie möglich von den Vorderhufen fernzuhalten.

»Ich bin in Österlen geboren und aufgewachsen«, fuhr Wram fort. »Es ist eine der schönsten Gegenden auf der Welt, aber man muss eine Balance zwischen Bewahren und Entwickeln finden. Wenn Margit Dybbling und die anderen Spinner bestimmen dürften, würden wir immer noch in Fischerhütten wohnen, Hering mit Kartoffeln essen und in der Pferdekutsche herumfahren.«

»Wer?«, fragte Vinston nach.

»Margit Dybbling. Sie ist die Vorsitzende vom Ortsverein Gislövshammar. Margit und die Sjöholms haben sich am allermeisten über das Projekt beklagt. Sie erinnern sich bestimmt an Jan-Eric und seinen kleinen Partner, sie waren auch auf der Party.«

Sofie Wram ließ Karnacs Vorderhuf los und streckte den Rücken.

»Glauben Sie, dass Jessie auch Hassbriefe bekommen hat?«, fragte Vinston.

»Keine Ahnung. Aber davon würde ich ausgehen. Sie war schließlich die Galionsfigur für das Projekt. Für manche sogar der Teufel in Person.«

Die Reittrainerin machte ein paar Schritte und hob zu guter Letzt Karnacs zweites Hinterbein an.

»Glauben Sie, dass jemand so weit gehen würde, Jessie Anderson zu schaden?«

Bevor Sofie antworten konnte, trat Karnac plötzlich aus, machte einen Satz nach vorne und rempelte Vinston mit der Brust an. Daraufhin verlor der Kommissar das Gleichgewicht, ließ den Führstrick los und fiel rücklings auf das Kopfsteinpflaster.

Der Hengst wieherte laut und stieg, sodass seine Hufe direkt über Vinstons Kopf in der Luft schwebten.

Esping eilte auf das Pferd zu, hängte sich an den Strick, zog Karnacs Kopf herunter und zwang ihn, zurückzugehen.

»So, so«, sagte sie mit überraschend ruhiger Stimme. »So, mein Guter, beruhige dich.«

Das Pferd tänzelte immer noch auf den Hinterbeinen, während Vinston wieder auf die Füße kam.

»Habe ich Ihnen nicht gesagt, dass Sie ihn ordentlich festhalten sollen!«, zischte Sofie Wram und half Esping, Karnac unter Kontrolle zu bekommen.

Vinston errötete und klopfte sich den Dreck von den Hosenbeinen. Dabei registrierte er, dass Esping seinetwegen weniger beunruhigt aussah als belustigt.

»Ein spitzer Stein unter dem Eisen, genau wie ich vermutet habe«, sagte Sofie. »Eine ärgerliche Kleinigkeit. Aber jetzt ist er weg. Hilf mir, ihn in seine Box zu bringen, Tove.«

Sie führten das Pferd langsam Richtung Stall, während Vinston draußen auf dem Platz stehen blieb und ihnen hinterhersah.

»Und, wie steht es mit dem Reiten?«, fragte Wram, als sie und Esping den Stall betraten.

»Geht so«, erwiderte Esping. »Mit der Arbeit und dem Café ist es schwer, Zeit dafür zu finden. Aber ich kann ein Pferd vom Hof Hallagård ausleihen, wenn ich will.«

»Du weißt, dass du hier immer willkommen bist, wenn du einen Knuff in die richtige Richtung brauchst«, sagte Sofie unerwartet sanft. »Kostenlos natürlich«, fügte sie schnell hinzu.

Esping musste sich anstrengen, um nicht ihre Verwunderung zu zeigen.

Sofie löste Karnacs Führstrick und gab ihm einen Klaps auf die Flanke, um ihn zu ermuntern, in die Box zu gehen.

»Wie lange denkst du, werden die Ermittlungen dauern?«

Esping musterte sie. Die Frage klang unschuldig, aber das war sie bestimmt nicht. Irgendetwas ging vor sich, etwas, was Esping nicht richtig greifen konnte. Jedenfalls noch nicht.

»Schwer zu sagen«, antwortete sie ausweichend. »Wir warten auf einige Berichte.«

Sofie Wram schloss die Tür der Box und drehte sich zu Esping um. Zwischen ihren Augenbrauen war eine unzufriedene Falte zu sehen.

»Aber es war doch ein Unfall, nicht wahr? Je schneller das klargestellt wird, desto besser für uns alle. Lass dir von diesem Stockholmer mit seinen dummen Fragen nicht einen Haufen Grillen ins Ohr setzen, Tove!«

Vinstons Beine zitterten, während er auf dem Vorplatz herumstand, und sein Herz pochte, aber er verspürte weder Schwindel noch dieses leichte Rauschen im Kopf, das einem Ohnmachtsanfall normalerweise voranging. Immerhin etwas. Vielleicht war er tatsächlich auf dem Wege der Besserung?

Er betrachtete seine in Mitleidenschaft gezogene Kleidung. Seine Schuhe waren verdreckt, und er vermutete, dass der unvermittelte Kontakt mit dem Boden nicht nur Spuren an seiner Würde hinterlassen hatte, sondern auch an der Rückseite seiner Hose. Der Stoff klebte an seinen Schenkeln, offenbar war er in etwas Feuchtem gelandet. Im besten Fall war es nur Wasser.

Vinston bereute in diesem Moment zutiefst, dass er der Bitte des Polizeichefs, den Beginn dieser Ermittlungen zu begleiten, nachgekommen war. Nun hatte er fast einen ganzen, schönen Sommertag damit zugebracht, mit einer mürrischen, undankbaren Kollegin in einem schmutzigen Wagen herumzukutschieren, wobei er sowohl gastronomischen als auch physischen Angriffen ausgesetzt worden war.

Jetzt musste er dringend in sein Ferienhaus fahren, duschen und trockene, frische Sachen anziehen. Vielleicht würde er sich sogar einen ordentlichen Cognac gönnen, um den Geschmack dieses scheußlichen Mittagessens hinunterzuspülen. Gleich morgen würde er L-G mitteilen, dass er zukünftig seine gesamte Zeit und Energie darauf verwenden würde, freizuhaben und Zeit mit seiner Tochter zu verbringen, genau so, wie er es Christina versprochen hatte. Und keine Alarmglocke der Welt würde ihn dazu bringen, seine Meinung wieder zu ändern.

Er wollte sich gerade umdrehen und zu Espings Wagen zurückgehen, als er einen grünen Range Rover bemerkte, der zwischen den Häusern stand. Es war ein älteres Modell mit großen, schweren Reifen.

Vinston trat näher heran. Im Kofferraum stand eine große Hundebox. *Labradore on tour* stand auf einem Aufkleber an der Rückscheibe.

Vinston ging in die Hocke, holte sein Handy hervor und fotografierte die Reifen ab.

Als er mit dem Zeigefinger an einem der groben Profile kratzte, bekam er ein paar helle, feine Sandkörner unter den Nagel. Körner, die sehr wohl von einem Strand stammen könnten.

14

Sowie Esping ihn vor der Bäckastuga abgesetzt hatte, eilte Vinston hinein. Er zog sich den Anzug aus und begutachtete den Schaden. Wie befürchtet, waren Jackett und Hose mit Pferdemist besudelt, den man nicht einfach abbürsten konnte. Er seufzte resigniert.

Die nächste chemische Reinigung befand sich wahrscheinlich in Ystad, aber er wollte nicht das Risiko eingehen, seinen Anzug einem unerfahrenen Fremden zu geben. Zum Glück hatte er zwei Ersatzanzüge dabei.

Die rahmengenähten Lederschuhe waren womöglich in einem noch schlechteren Zustand. Vinstons Großvater hatte ihm beigebracht, dass es zwei Dinge gab, die man niemals aufschieben durfte: die Steuererklärung und die Schuhpflege.

Also legte er zuerst eine Zeitung auf den Küchentisch, dann holte er ein Paar Gummihandschuhe aus einem Lederetui sowie mehrere unterschiedliche Bürsten, Döschen und Putzlappen. Anschließend verbrachte er rund eine halbe Stunde damit, seine Schuhe wieder präsentabel aussehen zu lassen.

Nachdem er fertig war, löste er seine Krawatte, ging Richtung Schlafzimmer und dachte im letzten Moment daran, den Kopf einzuziehen. Gerade als er sich auf die Bettkante setzte, läutete das Telefon.

»Peter Vinston.«

»Hej, Papa. Wie geht's?«

Auf einen Schlag waren die Ärgernisse des Tages beinahe vergessen.

»Hallo, Amanda!«

»Wie ist es heute gelaufen?«

»Gut …« Vinston sank auf den Rücken.

»Habt ihr mit allen Zeugen gesprochen?«

»Ja.«

»Und was denkst du? Mord oder Unfall?«

Natürlich sollte er nicht auf diese Frage antworten, aber gleichzeitig stellte er fest, dass er und Amanda dabei waren, sich im gemeinsamen Interesse für Recht und Gerechtigkeit wiederzufinden. Dieses Vertrauen war fragil, und er wollte nicht, dass es wieder verschwand. Und rein formell betrachtet, war er nicht im Dienst, was bedeutete, dass er sich nicht allzu viele Gedanken um die Schweigepflicht machen musste.

»Das wissen wir noch nicht«, antwortete Vinston. »Es gibt noch einiges herauszufinden.«

»Aber du hast doch ein Gefühl, oder nicht? Genau wie beim Uppsala-Würger. Was sagt deine Intuition?«

Vinston seufzte gespielt.

»Tja, wenn du mich so bedrängst … dann sagt mein Bauchgefühl, dass es sich um Mord handelt. Aber wir haben keine konkreten Beweise.«

Am anderen Ende des Hörers schnaubte Amanda exaltiert.

»Und die Polizistin, mit der du zusammenarbeitest, was sagt die?«

»Tove Esping?« Vinston dachte nach. »Sie ist vor allem anstrengend.«

»Dann müsstet ihr ja gut zusammenpassen«, lachte seine Tochter. »Mama sagt, dass du die nervigste Person bist, die sie jemals kennengelernt hat.«

Amandas Lachen wirkte ansteckend, sodass auch Vinston den Mund verzog. Ihm gefiel dieses Gespräch. Zum ersten Mal seit Langem kam es ihm so vor, als würden Amanda und er etwas miteinander teilen.

»Dann wirst du bei den Ermittlungen weiterhin helfen?«, fragte sie.

»Was denkst du?«

»Selbstverständlich! Du musst weitermachen, Papa. Stell dir vor, ein Mörder läuft frei herum!«

Genau in dem Moment bemerkte Vinston aus den Augenwinkeln eine Bewegung.

Die schwarze Katze saß auf dem Fenstersims vor seinem Schlafzimmer. Vinston fand, dass es so aussah, als würde sie sehnsuchtsvolle Blicke auf sein Bett werfen.

»Wir müssen abwarten«, sagte er ins Telefon. »Morgen sprechen wir mit dem Polizeichef über den Fall. Er entscheidet.«

Die Katze sprang vom Sims und verschwand außer Sichtweite, während Vinston den Hörer ans andere Ohr drückte.

»Und wie war dein Tag, mein Schatz?«, wollte er wissen.

15

Die Polizeiwache von Simrishamn, irgendwann in den Siebzigerjahren erbaut, war ein niedriges Backsteingebäude unweit des Bahnhofs.

Im Untergeschoss befanden sich Garage, Umkleide, Fitnessraum und Schießstand. Im Erdgeschoss gab es die Anmeldung, Räume für Befragungen und Besprechungen und ein Konferenzzimmer. Weiter hinten lagen noch die Arrestzellen, der Pausenraum und schließlich ein paar Büros.

Die Einrichtung war in amtlichem Beige gehalten, die Wände waren mit Auszeichnungen und verblichenen Fotos bedeckt. Über allem lag ein Geruch nach Kaffee, Desinfektionsmittel und langsamer Bürokratie.

Vinston parkte auf der Rückseite und sah, dass Espings mitgenommener Volvo bereits dastand. Zwischen den weißen Wattewölkchen schaute die Sonne hervor, und vom Meer wehte eine frische Brise.

Nach den Strapazen des gestrigen Tages fühlte sich Vinston wiederhergestellt und außerdem voller Energie. Der Gedanke daran, abzuspringen, war wie weggeblasen.

Das war Amandas Verdienst.

»Willkommen. Sie müssen Peter Winston sein«, begrüßte ihn die Frau an der Anmeldung.

»Vinston«, korrigierte er fröhlich. »Mit V.«

Esping war früh ins Büro gefahren, um vor ihrem gemeinsamen Treffen allein mit ihrem Chef sprechen zu können. Sie hatte einiges zu berichten, und außerdem wollte sie sich vergewissern, dass sie nicht noch mehr Zeit mit diesem selbstgefälligen Snob Peter Vinston würde verbringen müssen. Wenn sie daran dachte, wie er gestern ausgesehen hatte, als er vor seinem Ferienhaus aus ihrem

Wagen gestiegen war, würde es sie allerdings nicht wundern, wenn Vinston heute gar nicht auftauchte. Das war ein recht befriedigender Gedanke.

Leider war L-G nicht am Platz, weshalb Esping sich auf einen Stuhl setzte und wartete. Sie schlug ihren Laptop auf und ging noch einmal alles durch, was sie am Abend gefunden hatte.

L-G stürmte nur wenige Minuten vor ihrem geplanten Meeting atemlos in sein Büro, gekleidet in Gummistiefeln und einem weißen Baumwolloverall über der Uniform.

Er setzte einen Karton mit klirrenden Gläsern auf seinem Schreibtisch ab.

»Sommerhonig«, verkündete er aufgeregt, während er sich mühsam von Overall und Stiefeln befreite. »Apfelblüte, die erste Ernte in diesem Jahr. Der neue Platz erfüllt wirklich alle Erwartungen. Ein richtiger Volltreffer!«

»Der neue Platz?«, fragte Esping, hauptsächlich, um interessiert zu wirken.

»Ja, das heißt …« L-G verstummte mit einer Miene, die andeutete, dass er bereits zu viel gesagt hatte. »Eigentlich ist es geheim. Bienenzüchter können sehr wettbewerbsorientiert sein.«

Er hängte den Overall an einen Haken hinter der Tür und stieg in die Holzpantoffeln, die immer in seinem Büro standen.

»Nimm ein Glas mit nach Hause! Und wenn Felicia Honig für ihr Café möchte, bekommst du gerne noch mehr.«

L-G ließ sich in seinen Bürostuhl fallen, der unter seinem Gewicht ächzte. Esping wollte gerade etwas sagen, wurde aber durch Vinston unterbrochen, der an die geöffnete Tür klopfte. Einen Augenblick lang war sie enttäuscht, aber dann fiel ihr ein, wie angeschlagen Vinston nach dem Vorfall mit dem Pferd gewirkt hatte, und sie konnte nur mit Mühe und Not ein schadenfrohes Lächeln unterdrücken.

Österlen eins, Stockholm null.

»Peter, komm rein«, sagte L-G. »Hier, für dich!«

Der Polizeichef sprang vom Stuhl auf und drückte dem erstaunten Vinston ein Honigglas in die Hand.

»Ich bin Hobbyimker. Das ist sozusagen mein staatlich anerkannter Nebenerwerb.«

Vinston lächelte artig über den albernen Scherz. Dann drehte er das Glas um. *Echter Apfelblütenhonig aus Österlen* stand auf dem Etikett. *Imker 822.*

»Ich musste ganz schön kämpfen, um diese Nummer zu bekommen«, sagte L-G stolz. »Sie ist eine der beliebtesten unter den Imkern, wie du sicher verstehst.«

Das tat Vinston nicht.

»8–2–2 sieht aus wie B-z-z, wenn man es von Hand schreibt«, verdeutlichte der Polizeichef. »Bzz, verstehst du?«

»Raffiniert!« Vinston setzte sich auf den freien Stuhl neben Esping. Dabei nickte er ihr zur Begrüßung kurz zu und erhielt ein ebensolches Nicken zurück.

»Also, wie steht es mit den Ermittlungen?«, wollte L-G wissen. »Die ganze Zeit rufen Journalisten an, ich bekomme von überallher Anfragen.«

Er hielt sein Telefon hoch, das eine ärgerliche Anzahl von Nachrichten und Meldungen über verpasste Anrufe anzeigte.

»Ich habe allen gesagt, dass es zum jetzigen Zeitpunkt keine Anhaltspunkte für etwas anderes als einen tragischen Unfall gibt. Aber es wäre gut, wenn wir das so schnell wie möglich bekräftigen könnten, damit wir unnötige Spekulationen vermeiden.«

»Wir warten auf die Ergebnisse der Obduktion und des technischen Berichts«, sagte Esping rasch. »Bis dahin behandeln wir die Sache wie ein Gewaltverbrechen.«

»Aber ihr habt doch inzwischen mit allen Zeugen sprechen können?«, wandte L-G ein. »Gab es dabei irgendwelche Auffälligkeiten? Widersprüche oder so etwas? Jemanden, der ein Motiv haben könnte?«

»Nein, nicht direkt. Den Modighs zufolge hatte Jessie Anderson unmittelbar vor ihrem Tod eine heftige Auseinandersetzung mit

Elin Sidenvall. Ich kann verstehen, dass Elin uns das nicht erzählen wollte, als wir sie befragten. Und sie war zum Todeszeitpunkt ja auch unterwegs und besorgte Champagner.«

Esping schielte zu Vinston hinüber, um zu sehen, ob er vorhatte, sie zu unterbrechen.

»Und von denen, die das Haus besichtigt haben, waren Daniella und Niklas Modigh die Letzten, die Jessie lebend gesehen haben«, fuhr sie fort. »Daniella scheint die Maklerin nicht gemocht zu haben, aber als die Modighs gingen, lebte Jessie auf jeden Fall noch.« Sie wandte sich an Vinston. »Und Sie haben sie durch die Gegensprechanlage gehört, als sie Ihnen und Ihrer Ex-Frau das Tor öffnete, nicht wahr?«

»Das ist richtig«, bestätigte Vinston. »Jessie Anderson hat uns das Tor geöffnet.«

»Sofie Wram hatte keinen Grund, Jessie zu schaden«, referierte Esping weiter. »Sie standen, was das Grundstück und das Bauprojekt anging, quasi auf derselben Seite. Und Sofie war schon lange weg zu dem Zeitpunkt, als Jessie starb.«

»Dann deutet also alles darauf hin, dass es ein Unfall war, genau wie ich gesagt habe?« L-G klang erleichtert.

»Na ja. Wir haben unten am Strand frische Reifenspuren und Fußabdrücke gefunden, direkt am Zaun«, gab Vinston zu bedenken. »Jemand hat dort ungefähr zu dem Zeitpunkt geparkt, als Jessie ums Leben kam. Die Fußspur war zu schwach, aber der Reifenabdruck müsste sich mit einem Wagen abgleichen lassen.«

»Aber wir wissen nicht, ob die Person vom Strand oben am Haus gewesen ist?«, hakte L-G nach. »Nur, *dass* jemand am Strand war?«

»Das stimmt«, sagte Vinston. »Aber es ist schon verwunderlich, dass dieser Jemand genau zum Tatzeitpunkt dort war, oder nicht?«

L-G breitete die Arme aus.

»Vielleicht. Aber es könnte auch reiner Zufall sein. Es gibt viele Gründe, an den Strand zu gehen, auch wenn nicht gerade Badewetter ist.«

Esping war kurz davor, zu sagen, dass ein guter Ermittler keine Zufälle mochte, biss sich aber schnell auf die Zunge.

»Außerdem stimmte etwas mit der Platzierung von Jessie Andersons Sektglas nicht«, fuhr Vinston fort. »Es hätte oben auf dem Treppenabsatz liegen müssen, wenn sie einfach nur gestolpert wäre, nicht unten im Wohnzimmer, wo wir es gefunden haben. Und der Lage der Toten nach muss sie mit ziemlichem Schwung gestürzt sein. Zusammen betrachtet kann das sehr wohl ein Hinweis darauf sein, dass sie gestoßen wurde.«

L-G sah skeptisch aus. Er drehte an seinen Honiggläsern, bis alle Etiketten in dieselbe Richtung zeigten.

»Also, ich respektiere natürlich deine Erfahrung, Peter. Aber das klingt doch sehr nach Spekulation.«

»Wir müssen jedem Hinweis nachgehen«, ergänzte Esping Vinstons Ausführungen. »Und dürfen keine Fragen offenlassen.«

Sie versuchte, Vinston dabei nicht anzusehen. Seltsamerweise waren sie in dieser Auseinandersetzung auf derselben Seite gelandet, und sie wusste nicht so recht, wie sie damit umgehen sollte.

»Aha.« L-G trommelte mit den Fingern auf den Schreibtisch. »Dann warten wir das Obduktionsprotokoll und den technischen Bericht ab. Sonst noch etwas?«

»Die Überprüfung von Jessie Andersons Mobiltelefon müsste auch morgen kommen. Und dann gehe ich gerade noch die Videoaufnahmen und Log-ins des Sicherheitssystems durch.«

Esping überlegte, ob sie El-Hasses mysteriösen Anruf erwähnen sollte, aber L-G schien das Treffen beenden zu wollen, und sie hatte noch anderes, Wichtigeres zu berichten.

»Gut!« L-G schlug die Hände zusammen. »Dann machen wir es so ...«

»Eine Sache noch«, sagte Esping schnell. »Sofie Wram hat erzählt, dass sie Drohbriefe bekommen hat. Sie sprach von einer Protestgruppe auf Facebook und einer Frau namens Margit Dybbling.«

Sie schlug ihren Laptop auf und drehte ihn so, dass alle den Bildschirm sehen konnten.

Stoppt die Verschandelung von Gislövshammar! stand in krakeligen roten Buchstaben auf dem Profilbild.

Esping scrollte ein Stück hinunter.

»Die Gruppe entstand, kurz nachdem Sofie Wram das Grundstück an Jessie Anderson verkauft hatte. Administratorin ist Margit Dybbling. Die Mitglieder wollen untersuchen lassen, wie Jessie an die Baugenehmigung kam, es ist von Korruption die Rede, Berufungsverfahren und allem Möglichen. Außerdem gibt es natürlich eine Menge Beleidigungen und versteckter Drohungen.«

Esping klickte einen Beitrag an.

Man sollte dieser Schlampe geben, was sie verdient.

Dann einen anderen:

Wenn sie auf Grundstücke aus ist, gibt es sehr viel Platz auf dem Ravlunda-Friedhof.

»Nichts Schlimmeres?«, fragte Vinston nach.

Verärgert über diesen Kommentar schlug Esping ihren Laptop zu. Es gefiel ihr nicht, vor ihrem Chef infrage gestellt zu werden.

»Das gab es sicher«, erwiderte sie barsch. »Aber es sieht so aus, als hätte Margit Dybbling aufgeräumt. Wie Sofie uns gestern erzählt hat, ist Dybbling Vorsitzende des Ortsvereins Gislövshammar. In letzter Zeit hat vor allem sie Beiträge in der Gruppe gepostet, abgesehen von Jan-Eric und Alfredo. Die Sjöholms scheinen ähnlich wenig von Jessie Anderson gehalten zu haben.«

»Jan-Eric hat am Samstag auf dem Fest mit Jessie Anderson gestritten«, sagte Vinston. »Er wedelte mit seinem Stock herum, sodass ich dazwischengehen musste. Die Sjöholms sollten unbedingt befragt werden, und diese Margit Dybbling auch.«

Esping biss sich auf die Lippe. Das war genau das, was sie selbst hatte vorschlagen wollen.

»Ist das wirklich nötig?«, protestierte der Polizeichef. »Ich meine, es gibt schon genug erregte Gemüter in der Gegend. Und wenn es sich dann doch als Unfall herausstellt …?«

»Du hast mich gebeten, meine Erfahrung einzubringen«, entgegnete Vinston. »Wir können keine Schlussfolgerungen ziehen, bevor wir nicht den technischen Bericht und das Obduktionsprotokoll haben, und ich empfehle dringend, die Sjöholms und Margit Dybbling so bald wie möglich zu befragen, damit wir keine Zeit verlieren.«

Esping schwieg. Sie gab es nur ungern zu, aber Vinston hatte recht, und sie begriff nicht, warum ihr Vorgesetzter so abgeneigt war.

»Na gut«, seufzte L-G. »Genau wie du sagst, ist es natürlich wichtig, alles abzuklären und sicherzugehen. Ystad ist im Übrigen vollauf mit einem anderen Fall beschäftigt, sie können in nächster Zeit also keinen Ermittler herschicken. Aber ich habe ihnen versichert, dass das in Ordnung geht. Wir verfügen über ausreichend Kompetenz, um diesen Fall selbst zu klären, nicht wahr, Tove?«

Esping richtete sich auf und lächelte, wobei sie hoffte, nicht allzu zufrieden auszusehen.

»Ja, absolut. Wir werden das sehr gut ohne Ystad lösen.«

Und ohne irgendwelche aufdringlichen Stockholmer, fügte sie im Stillen hinzu. Die Chance, auf die sie gewartet hatte, war endlich in Reichweite. Ein eigener, bedeutender Fall, bei dem sie ein für alle Mal beweisen konnte, dass sie die richtige Person am richtigen Platz war.

»Gut«, nickte L-G. Dann wandte er sich Vinston zu. »Also, Peter, hast du etwas dagegen, uns noch ein wenig länger zu helfen? Tove und ich wüssten das wirklich zu schätzen.«

Espings zufriedenes Lächeln erlosch sofort. Sie musste sich sehr bemühen, neutral dreinzublicken.

Sag Nein, sag Nein, sag Nein, bettelte sie im Stillen.

»Tja«, sagte Vinston. »Einen oder zwei Tage wird das sicher noch gehen.«

»Wunderbar, nicht wahr, Tove?«

Esping war kurz davor, laut zu fluchen. Mit Kraftanstrengung schaffte sie es, ihr Gesicht zu etwas zu verziehen, das wenigstens halbwegs wie ein Lächeln aussah.

»Toll!«, brachte sie hervor. »Wirklich …«

16

»Ja, ich bin zu Hause. Sie dürfen gerne kommen. Gut, dann sehen wir uns demnächst.«

Margit Dybbling blieb mit dem Hörer in der Hand stehen, während sie versuchte, ihre Gedanken zu sortieren. Ihre Handflächen fühlten sich klebrig an.

Sie war eine schmale Frau mit grauen, kurzen Haaren und einer spitzen Nase, die sie mit der dicken Brille, die sie immer trug, wie einen Waldkauz aussehen ließ.

Das schöne, alte Steinhaus, in dem sie wohnte, war voller Treppen und Winkel, aber obwohl sie schon fünfundsiebzig war, störte sie das nicht. Ihr Arzt beteuerte stets, dass sie eine sehr junge Physis habe. Und wenn sie einmal keine Treppen mehr steigen konnte, würde sie trotzdem nicht umziehen. Die Familie Dybbling lebte seit sechs Generationen in Gislövshammar, und Margit hatte nicht vor, diese Tradition zu brechen. Sie liebte ihr Haus und ihren Heimatort.

Vor rund hundert Jahren war dieser Küstenstreifen die Basis für Schwedens größte Handelsflotte gewesen, aber da Gislövshammar keinen richtigen Hafen besaß, hatte der kleine Fischerort nie den gleichen Aufschwung erlebt wie die Nachbarorte Brantevik und Skillinge. Im Gegenzug hatte das Dorf seine ursprüngliche Bebauung und seinen bunten Charme behalten und war der Ausbeutung, den Sommergästen und den dunklen, winterleeren Häusern entkommen.

Zumindest bis Jessie Anderson aufgetaucht war und begonnen hatte, die schönen Küstenwiesen zu verschandeln und den Anwohnern mit Versprechungen und Bestechungen den Kopf zu verdrehen.

Und jetzt war Jessie tot.

Margit nahm den Hörer von einer Hand in die andere und

wischte sich die Handflächen am Hosenbein ab. Dann wählte sie eine wohlbekannte Nummer.

»Villa Sjöholm«, antwortete der Mann am anderen Ende.

»Hallo Alfredo, hier Margit.«

Sie hatte gehofft, Jan-Eric würde ans Telefon gehen. Mit ihm konnte sie reden oder, besser gesagt, ihm zuhören, und zwar stundenlang. Mit Alfredo war es sehr viel schwieriger. Margit hatte immer den Eindruck, dass Alfredo nicht gern telefonierte und versuchte, so wenig wie möglich zu sagen. Als hätte er Angst, dass jemand ihn abhörte. Vielleicht sollte sie selbst genauso denken, wenn man bedachte, was auf dem Spiel stand?

»Ist Jan-Eric da?«, fragte sie.

»Er kann im Moment leider nicht sprechen.«

»Nicht …?« Margit war unschlüssig. Die Brille war ihr verrutscht, sie schob sie wieder auf die Nasenwurzel.

»Sag ihm bitte, dass die Polizei gerade angerufen hat. Sie sind auf dem Weg hierher, um Fragen zu Jessie Anderson zu stellen. Ich dachte, dass sie vielleicht auch zu euch kommen. Ich wollte euch nur vorwarnen …«

Eine Weile blieb es still.

»Wer von der Polizei hat angerufen?«

»Tove Esping. Sie arbeitet in Simrishamn.«

»Aha, ja, sie hat sich vorhin auch bei uns gemeldet. Sie kommen gegen elf.«

Wieder wurde es still. Alfredo hatte offenbar alles gesagt. Er wusste also, dass die Polizei sie aufsuchen würde, aber war nicht auf die Idee gekommen, ihr Bescheid zu geben.

Immerhin saßen sie alle drei im selben Boot. Margit holte tief Luft.

»Und? Was sollen wir ihnen sagen?«, wollte sie wissen.

In Vinstons Saab zu steigen, kam Esping vor, wie in seinen Kopf einzutreten. Klinisch rein und gepflegt, aber auch ein bisschen antiquiert.

Außerdem fuhr er wie ein Sonntagsfahrer, das heißt, er hielt sich strikt an die Geschwindigkeitsbegrenzung und blieb bei jedem Stoppschild stehen, obwohl sie Polizisten im Dienst waren und es keine anderen Autos in der Nähe gab. Selbstverständlich war ihr klar, dass Vinstons Insistieren, seinen Wagen zu nehmen, eine Kritik an ihrem eigenen, treuen Volvo war, was die Stimmung nicht verbesserte.

Ihre Gedanken wurden zum dritten Mal innerhalb von drei Minuten vom Telefonklingeln unterbrochen, auf dem Display erschien der Name Jonna Osterman. Esping drückte das Gespräch weg.

»Offensichtlich möchte jemand Sie sprechen«, kommentierte Vinston.

»Eine Journalistin vom *Cimbrishamner Tagblatt*. Sie ist seit gestern hinter mir her.«

»Aha. Klug von Ihnen, L-G die Medien zu überlassen.«

Esping zuckte zusammen. Hatte Vinston sie gerade gelobt?

Sie hatte in jedem Fall nicht vor, mit Jonna Osterman zu sprechen. Ihre Eltern kannten sich, und als Tove klein war, hatte Jonna manchmal auf sie aufgepasst. Sie hatte Jonna bewundert, in ihr eine coole große Schwester gesehen. Aber als Esping Polizistin wurde, hatte sie diese Einstellung revidiert, denn Jonna hatte mehr als einmal die Polizeiarbeit erschwert, indem sie Interna in der Zeitung veröffentlichte, und bei einer Gelegenheit hatte sie sogar einen Einsatz infrage gestellt, in den Esping involviert gewesen war. Seitdem traute sie der Journalistin nicht mehr, weshalb sie den Kontakt zu ihr auf ein Minimum reduziert hatte.

Sie stellte ihr Handy auf lautlos.

»Also, was wissen wir über Margit Dybbling?«, erkundigte sich Vinston.

»Fünfundsiebzig Jahre alt, geboren und aufgewachsen in Gislövshammar«, gab Esping Auskunft. »Seit vielen Jahren Vorsitzende des Ortsvereins. Margit ist eine Daueraktivistin, könnte man sagen. Sie hat schon gegen das Atomkraftwerk Barsebäck protestiert, den Ausbau des Hafens in Ystad, die Verbreiterung der E22, den Aalfang, den Heringsfang, das Fischen mit Schleppnetzen und bestimmt noch einige andere Fischfangmethoden. Das alles findet man auf ihrer Facebook-Seite, mit Fotos und so weiter.«

Margit Dybbling wohnte direkt am Strand. Ihr Haus war eines der größten in Gislövshammar, und im oberen Stock besaß es ein großes, rundes Fenster zum Meer hin.

Sie parkten neben einem schmiedeeisernen Tor, welches das Grundstück von der Straße trennte. In einigen Häusern auf der anderen Seite sah man verschämte Bewegungen hinter den Gardinen.

»Wir werden offensichtlich beobachtet«, stellte Vinston fest.

»Die Telefonkette ist aktiv«, erwiderte Esping. »So funktioniert es auf dem Dorf. Man hat alles im Blick. Ganz besonders, wenn jemand Besuch von der Polizei bekommt.«

Esping öffnete das Tor und ging die Steintreppe hinauf. Sie wollte gerade auf die Klingel drücken, als drinnen ein Hund zu bellen anfing.

Vinston zuckte zusammen. Schon wieder ein Tier? In Österlen wimmelte es ja geradezu davon. Er fuhr mit der Hand über seine Jackentasche, um sich zu vergewissern, dass er die Fusselrolle aus dem anderen Anzug eingesteckt hatte.

Das Gebell verstummte, und Margit Dybbling öffnete die Tür.

»Willkommen. Treten Sie ein.«

Vinston sah sich nach dem Hund um, bereit, seinen Anzug zu verteidigen. Margit Dybbling bemerkte seinen Blick und zeigte auf eine kleine Box über der Garderobe.

»Das Hundegebell ist nur aufgenommen. Auf der anderen Seite der Tür befindet sich ein Bewegungsmelder. Eine lustige Spielerei, die ich von meinem Sohn bekommen habe. Er ist beruflich viel auf Reisen und hat diese Box aus Asien mitgebracht. Ich nenne meinen Klingelhund Bell-Man. Die Gebrauchsanweisung war auf Japanisch, sodass ich ziemliche Mühe hatte, ihn zu installieren. Aber jetzt bellt er schön, nicht wahr?«

Margit Dybbling sprach ein altmodisches Schonisch, das Vinston nicht so leicht verstand. Aber es war nicht nur der Dialekt, stellte er fest. Die kleine Dame war auch sichtlich nervös. Sie sprach gezwungen und nestelte die ganze Zeit an ihrer Brille herum, als müsste sie ihre Hände beschäftigen.

Dybbling führte sie zu einer rustikalen, hart gepolsterten Sitzgruppe, wo schon ein Tablett mit Kaffee und selbst gebackenem Kuchen wartete. Das Wohnzimmer war maritim eingerichtet. Es gab ein Barometer, eine Schiffsglocke aus Messing, alte Flaschenzüge und natürlich einige Ölbilder von Segelschiffen.

»Was für ein schönes Haus«, sagte Vinston, damit sich Margit Dybbling ein wenig beruhigte. »Ich vermute, Ihre Familie besitzt es seit mehreren Generationen?«

Der Trick funktionierte.

»Die Dybblings lassen sich bis zum Jahr 1611 zurückverfolgen«, nickte die alte Dame. »Die meisten meiner Vorfahren waren Seeleute. Wir haben das Meer im Blut, wie mein Vater zu sagen pflegte. Das Haus wurde von meinem Urgroßvater, Jakob Dybbling, gebaut. Das Geld hatte er durch Branntweinschmuggel verdient, aber das ist längst verjährt, also nehmen Sie sich ein Stück Kuchen!«

Vinston und Esping gehorchten.

»Ein anderer Vorfahre war Pirat im Kalmarkrieg«, fuhr Margit Dybbling fort. »Er besaß einen Kaperbrief, also eine staatliche Vollmacht, um fremde Schiffe zu entern, ausgestellt vom dänischen König persönlich. Schonen wurde ja, wie Sie sicher wissen, erst 1658 schwedisch. Aber wir sind immer noch widerwillige Schweden.«

»Wo wir gerade von Widerwillen sprechen. Was halten Sie von Gislövsstrand?«, fragte Vinston in dem Versuch, das Gespräch ins richtige Jahrhundert zu lenken. »Jessie Anderson hat einiges böses Blut geweckt, soweit ich verstanden habe.«

Margit Dybbling setzte die Kaffeetasse mit einem Knall ab. Sie hatte sich jetzt warmgelaufen, ihre Nervosität war wie weggeblasen.

»Man sollte nicht schlecht über Tote sprechen, aber Jessie Anderson war aalglatt. Haben Sie ihren angeberischen Sommertalk gehört? Ich saß am Sonntag hier am Küchentisch und habe ihn mir angehört. *Wenn die Kunden nicht mögen, was man ihnen zeigt, lenke ihre Aufmerksamkeit auf etwas anderes,* genau das hat sie gesagt. Und genauso hält sie es auch.«

Die kleine Frau schüttelte den Kopf.

»Von Anfang an war an diesem Projekt etwas faul, das war jedem klar. Wieso hätte Jessie beispielsweise Sofie Wram Millionen für ein Stück unbrauchbaren Sandboden gezahlt, wenn nicht von Anfang an klar gewesen wäre, dass sie eine Befreiung vom Strandschutz bekommt und bauen darf? Irgendwo liegt der Hund begraben, da bin ich mir sicher.«

Vinston holte heimlich sein Notizbuch heraus und bemerkte aus den Augenwinkeln, dass Esping schon ihre Aufnahme-App eingeschaltet hatte.

»Und dann die Häuser!«, sprach Margit empört weiter. »Ekelhafte Betonklötze, die keinerlei Respekt für die Geschichte und Bautradition von Österlen zeigen. Jessie versuchte sogar, den Strand absperren zu lassen und das Ganze in eine Enklave für Reiche zu verwandeln. Aber das war noch nicht mal das Schlimmste!«

Sie trank einen Schluck Kaffee, um sich zu stärken, bevor sie fortfuhr.

»Der Dorfverein war gegen das Projekt. Wir haben vor dem Rathaus protestiert, Petitionslisten eingeschickt, haben die Nachbarn bei ihren Einsprüchen unterstützt, Leserbriefe geschrieben und Beiträge auf Facebook gepostet. Das Fernsehen war da, Zeitungen, Radio auch, und alle waren auf unserer Seite. Es war David gegen Goliath.«

»Mit den Nachbarn meinen Sie Jan-Eric und Alfredo Sjöholm?«, hakte Esping nach.

Vinston warf ihr wegen der unnötigen Unterbrechung einen verärgerten Blick zu.

»Selbstverständlich«, antwortete Margit Dybbling. »Die Armen hat es ja am schlimmsten getroffen. Der Baulärm störte Jan-Eric so sehr, dass er krank wurde. Er musste mehrere große Rollen ablehnen.«

Margit sah verbittert in ihre Tasse.

»Wir waren kurz davor, das Ganze zu stoppen. Verzögerungen, Einsprüche und viel negative Aufmerksamkeit haben die Käufer verschreckt, und das Projekt war kurz davor, pleitezugehen. Handwerker wurden nicht bezahlt, es gab Streit wegen der Rechnungen. Aber dann bekam Jessie Wind von dieser Skulptur.«

»Sie meinen *The Hook*? Die Skulptur, die im Haus steht?«, hakte Esping nach.

»Genau«, nickte die ältere Dame. »Der Künstler, Olesen, ist weltberühmt, aber nur wenige seiner Kunstwerke stehen in Schweden. Diese Skulptur hätte Gislövshammar zu einer wichtigen Station auf der alljährlichen Oster-Kunstroute durch Schonen gemacht. Tatsächlich war das meine Idee, ich hatte die Skulptur in Olesens Atelier gesehen. Ein Angelhaken, der an die Geschichte des Dorfes anknüpft.«

Margit Dybbling legte ihre gefalteten Hände in den Schoß.

»Olesen war sehr freundlich. Er versprach, *The Hook* ein halbes Jahr lang für uns zu reservieren, so lange wollten wir versuchen, das Geld dafür aufzutreiben. Wir haben Spenden gesammelt, Basare veranstaltet, verschiedene Stiftungen um Hilfe gebeten.«

Ihre Knöchel wurden langsam weiß.

»Aber dann erschien Jessie Anderson auf der Bildfläche und schnappte uns das Objekt direkt vor der Nase weg. Sie versprach, dem Dorf die Skulptur zu schenken, sobald all ihre Häuser verkauft wären.«

»Wie konnte sie sich das leisten, wenn das Projekt kurz vor dem Konkurs stand?«, fragte Esping.

»Weiß der Teufel!«

Der Fluch der zarten Frau kam so unerwartet, dass Esping und Vinston zusammenzuckten.

»Ich habe doch gesagt, dass an der Sache etwas faul ist.« Margit

Dybbling atmete tief ein, als müsste sie sich im Zaum halten. »In Wahrheit hat es sich hier absolut nicht um Wohlwollen gehandelt, sondern um eiskalte Kalkulation«, sprach sie weiter. »Die Skulptur verschaffte Jessie gute Publicity und weckte wieder Interesse an dem Projekt. Und dadurch bröckelte der Zusammenhalt in der Bevölkerung. Der Bau ist schon halb fertig, und plötzlich soll die Gemeinde die Skulptur geschenkt bekommen und hat Geld für andere Dinge übrig. So dachten jedenfalls manche. Viele gaben auf und ließen die blondierte Schlange gewinnen.«

»Aber Sie nicht«, sagte Vinston.

»Niemals.« Dybbling schüttelte heftig den Kopf. »Wir waren ein paar wenige, die nicht auf Jessies Trick hereinfielen. Sjöholms, ich und noch ein paar. Und dann natürlich unser lieber Nicolovius.«

»Wer?«, fragte Vinston und schrieb dabei den Namen in sein Notizheft.

»Haben Sie Nicolovius nicht gelesen?«, Margit Dybblings Miene erhellte sich. »Der Leserbriefschreiber aus dem *Cimbrishamner Tagblatt*. Dann ist Ihnen etwas entgangen. Nicolovius hat viele kritische Texte über Gislövsstrand geschrieben. Warten Sie, ich zeige sie Ihnen!«

Sie sprang auf und holte einen Ordner mit Zeitungsausschnitten, die alle von Gislövsstrand handelten. Auf manchen von ihnen war Dybbling selbst im Bild, auf anderen sah man Jan-Eric und Alfredo Sjöholm.

Die Sykophanten der nackten Gier war die Überschrift über dem ersten Leserbrief.

Der Text war gut formuliert und auf etwas umständliche und altmodische Weise raffiniert. Der Verfasser beschrieb in genau bemessenen Worten Jessie Anderson, Sofie Wram und alle potenziellen Hauskäufer als gierig und ohne Sinn für die Seele Österlens.

Der zweite Brief trug den Titel *Doch zu begreifen ist's bei bösen Wegen*, und der Einsender deutete an, dass bei der Baugenehmigung für die Häuser Unregelmäßigkeiten vorgekommen waren.

Der dritte Brief war mit *Der Tag der Abrechnung* überschrieben.

»Es wurde viel darüber spekuliert, wer der Leserbriefschreiber ist, aber niemand weiß es mit Sicherheit«, erklärte Margit Dybbling. »Der echte Nicolovius hieß eigentlich Nils Lovén und war ein Pfarrer, Schriftsteller und Übersetzer, der zu Beginn des neunzehnten Jahrhunderts lebte. In seinen Schriften wurde die Bezeichnung Österlen zum ersten Mal benutzt. Wer auch immer sich hinter dem Pseudonym verbirgt, kennt sich mit der hiesigen Geschichte aus!«

Die kleine Frau schlug den Ordner zu und lächelte geheimnisvoll. »Ich kann Ihnen versichern, dass so gut wie ganz Österlen Nicolovius' Briefe liest. Sie sind einfach vernichtend …«

Vinston und Esping tauschten einen kurzen Blick.

Margit schlug sich die Hand vor den Mund.

»Verzeihung«, keuchte sie. »Falsche Wortwahl.«

17

Die Villa Sjöholm war ein schönes, altes, typisch schonisches Langhaus. Es stand unweit des Strands und verbarg sich zur Hälfte zwischen hohen Kiefern, so als wollten Haus und Besitzer gern für sich bleiben.

Alfredo Sjöholm spähte hinter einem der schweren Samtvorhänge nach draußen. Dort rollte Vinstons Wagen langsam über den Vorplatz und blieb dann vor dem Haus stehen. Als sie den Motor hörten, fingen die beiden Möpse von Alfredo und Jan-Eric an zu bellen.

»Sie sind da«, rief Alfredo über die Schulter. »Er fährt einen Saab. Ich hätte mit einem britischen Wagen gerechnet, einem Jaguar oder Aston Martin.«

Jan-Eric kam ins Zimmer. Er war frisch rasiert, trug Hemd und Hose unter einem burgunderfarbenen Hausmantel aus Samt und stützte sich auf seinen schwarzen Gehstock.

»Wie sehe ich aus?«, wollte er wissen.

Alfredo drehte sich um und richtete mit einigen geübten Handgriffen den Seidenschal, den Jan-Eric um den Hals trug.

»Wie ein Star!«

Jan-Eric legte seine freie Hand auf die Schulter seines Mannes und drückte sie sanft.

»Du bist mein Fels, weißt du das?«

Alfredo strich ihm über die Wange.

»Mach dir keine Sorgen, Darling. Alles wird sich klären.«

Von draußen hörte man das Schlagen von Autotüren.

»Also, dann.« Jan-Eric richtete sich auf. »Möge die Vorstellung beginnen!«

Aus alter Gewohnheit schloss Vinston seinen Wagen ab. Die Fahrt von Margit Dybblings Haus hierher hatte nicht länger als fünf Minuten gedauert, dennoch gab es einen himmelweiten Unterschied zwischen den beiden Gegenden. Margit Dybbling war permanent von den wachsamen Blicken der Nachbarn umgeben, wohingegen die Villa Sjöholm vollkommen abgeschieden lag. Zumindest bis vor Kurzem. Auf der schmalen Straße fuhr ein Lastwagen mit Baumaterial Richtung Gislövsstrand und wirbelte eine Staubwolke auf.

»Zu Jan-Eric Sjöholm braucht es wohl keine nähere Erklärung«, hatte Esping auf der Fahrt konstatiert. »Aber sein Mann ist so eine Art Joker. Alfredo Sjöholm wurde in Chile als Alfredo Madrigal geboren und stammt eigenen Aussagen nach aus einer berühmten Zirkusfamilie. So stand es jedenfalls in der Klatschpresse. Als Teenager zog er nach Europa und ging unter dem Artistennamen Fliegender Alfredo mit dem Zirkus Benneweis auf Tournee. Nach einer unglücklichen Landung bekam er allerdings Probleme mit der Schulter und schulte zum Kostümassistenten um, später dann zum Modedesigner. So haben er und Jan-Eric sich kennengelernt.«

Die Tür der Villa Sjöholm wurde aufgestoßen, und Jan-Eric betrat die breite Vortreppe, dicht gefolgt von Alfredo. Zwei kläffende Möpse blieben in gehörigem Abstand stehen.

»Lieber Peter Vinston!«, sagte Jan-Eric und breitete die Arme aus. »Willkommen in unserer bescheidenen Hütte. Und das muss Ihre Assistentin sein?«

Esping starrte Vinston böse an und drängte sich rasch an ihm vorbei.

»Tove Esping«, stellte sie sich vor. »Ich leite die Ermittlungen.«

Jan-Eric blickte verwirrt drein.

»Ich bin nur eine Art Berater«, erklärte Vinston. »Eigentlich bin ich im Urlaub.«

»Ahh.« Jan-Eric Sjöholm klang deutlich enttäuscht. »Nun ja, treten Sie ein, dann führen wir Sie herum.«

Das Haus der Sjöholms war alles andere als bescheiden. Die Zimmer waren mit Möbeln, Teppichen, Lampen, Figürchen und

Bildern überladen – man konnte den Boden und die Wände kaum mehr sehen. Jedes Zimmer hatte ein eigenes Thema: In einem standen schnörkelige Rokokomöbel, im anderen gab es strenge gustavianische Formen, das dritte war im kitschigen Siebzigerjahre-Stil eingerichtet.

»Alfredo und ich lieben schöne Sachen, und mit der Zeit haben wir leider ein bisschen zu viel angeschafft. Aber es ist so schwer, sich von schönen Dingen zu trennen, nicht wahr, Herr Vinston?«

Jan-Eric hatte einen Arm von Vinston ergriffen, um sich zu stützen.

»Meine Knie sind nicht mehr das, was sie einmal waren«, seufzte Jan-Eric. »Natürlich bin ich selbst schuld. Zu viel gutes Essen und Trinken. *Sie sagten mir, ich sei alles: das ist eine Lüge, ich bin nicht fieberfest.* Wer, denken Sie, hat das gesagt?«

»König Lear«, versuchte Vinston es auf gut Glück.

»Ausgezeichnet, lieber Vinston, ausgezeichnet. Sie kennen Ihren Shakespeare, wie ich höre.«

Esping konnte sich kaum das Lachen verkneifen. Eigentlich war sie beleidigt darüber, dass Jan-Eric geglaubt hatte, Vinston würde hier bestimmen, andererseits war es ziemlich komisch zu sehen, wie der Stockholmer darunter litt, dass Jan-Eric so offen mit ihm flirtete. Außerdem versuchte sie, Alfredo im Auge zu behalten. Der sehnige Mann bewegte sich fast lautlos, im einen Moment befand er sich hinter ihr, um im nächsten direkt neben seinem Mann zu stehen.

»Hier in der Eingangshalle sehen Sie einen Teil meiner Erfolge.« Jan-Eric Sjöholm zeigte ihnen eine Reihe von Plakaten von verschiedenen Theater- und Filmvorstellungen.

»Es kommen immer noch viele Angebote«, soufflierte Alfredo. »Aber Jan-Eric muss oft ablehnen.«

Sie setzten sich unter ein schwarzes Sonnensegel im Innenhof. Obwohl es kaum mehr als zwanzig Grad hatte, schuf der umbaute Innenhof ein eigenes kleines Mikroklima. In großen Töpfen standen einige Oliven- und Mandelbäume, und ein sprudelnder Brunnen vermittelte das Gefühl, dass man sich in der Toskana befand.

Alfredo bot ihnen Drinks an, aber Vinston und Esping lehnten beide freundlich ab.

Als Esping ihr Handy hervorholte, entdeckte sie zwei weitere verpasste Anrufe von Jonna Osterman vom *Cimbrishamner Tagblatt,* die außerdem eine kurze, aber eindeutige Nachricht geschickt hatte.

RUF AN!

Esping schaltete den Flugmodus ein und aktivierte die Aufnahmefunktion.

»Soo«, sagte Jan-Eric Sjöholm. »Wie kann ich zu Diensten sein? Ich habe in einem Wallander einen Serienmörder gespielt, das war einer der wenigen schonischen Charaktere, die man auf Besetzungslisten findet. Aber glauben Sie nicht, dass ich eine Maklerin getötet habe.« Er lachte laut und theatralisch, wobei er sich mit den Händen auf seinen Stock stützte. »Also, sagen Sie, lieber Vinston. Sind Sie der gute oder der böse Polizist?«

»Erzählen Sie doch mal von Jessie Anderson«, unterbrach ihn Esping, die fand, es sei höchste Zeit, zur Sache zu kommen.

Jan-Eric machte ein überraschtes Gesicht, er schien kaum bemerkt zu haben, dass sie da war.

»Jessie Anderson hat in vielerlei Hinsicht unser Paradies zerstört.« Der Schauspieler schüttelte traurig den Kopf. »Über ein Jahr lang Lärm und Schmutz. Ganz zu schweigen von dem Zaun, der unseren Zugang zum Meer begrenzt und die unberührten Strandwiesen zerstört.«

»Jan-Eric hat der Bau sehr stark zugesetzt«, warf Alfredo ein. »Ein Künstler wie er braucht Ruhe und Frieden ...«

Jan-Eric hob die Hand und schien wieder das Wort ergreifen zu wollen.

»Das Schlimmste an Cruella de Vil war, dass sie sich noch nicht einmal dafür schämte. Sie haben selbst gesehen, wie sie uns auf dem Fest verhöhnt hat, Vinston. Sie hat sich an unserem Unglück ergötzt.«

Der Schauspieler hatte sich wieder an Vinston gewandt, was Esping ärgerte.

»Waren Sie am Sonntag zu Hause?«, fragte sie.

Jan-Eric sah sie gekränkt an.

»Selbstverständlich. Wir saßen unten in der Laube und hörten uns Jessies vulgären Sommertalk an. *Selbstverherrlichend* ist wohl das Netteste, was man darüber sagen kann. Mittellose Teenagerin verlässt ihre schreckliche Familie in Schweden und erntet Erfolg im Ausland. Ha! Kein Wort darüber, dass sie reich geheiratet hat. Dass ihr Erfolg auf Luftschlössern beruht. Und trotzdem darf sie zur besten Sendezeit ihre Geschichten erzählen und dabei noch Werbung für dieses ganze Spektakel hier machen.«

An seiner Schläfe schwoll die Ader an.

»Jan-Eric hat nie einen Sommertalk bekommen«, erklärte Alfredo. »Obwohl schon viele seiner Kollegen interviewt wurden. Wir melden uns jedes Jahr bei Radio Sverige, aber sie wollen nur YouTuber und Influencer und andere Eintagsfliegen. Geht man nicht auf Promipartys in Stockholm und hat über hunderttausend Follower in den sozialen Netzwerken, wird man nie eingeladen.«

»Wo ist die Laube?«, wollte Esping wissen.

»Ungefähr auf halbem Weg zwischen dem Haus und diesem verdammten Zaun«, brummte Jan-Eric. »Sonntag ist der einzige Tag, an dem wir in der Laube sitzen können. Da wird nicht gebaut.«

»Haben Sie etwas von dem gehört oder gesehen, was beim Musterhaus passierte? Der Wind kam vom Meer, soweit ich weiß.«

»Neiin«, erwiderte Jan-Eric zögernd. »Vielleicht eine Autotür, die zuschlug, aber das war alles.«

»Sie haben nichts anderes gehört?«

Jan-Eric schüttelte den Kopf, aber Alfredo sah nachdenklich aus.

»Also, ich weiß nicht, ob das hierhergehört …«

Esping forderte ihn mit einem Nicken auf weiterzusprechen.

»Die Jungs haben einmal wie wild angefangen zu bellen. Sie wollten gar nicht aufhören, deshalb bin ich schließlich losgegangen und habe sie geholt.« Er hob einen der Möpse auf seinen Schoß. »Stimmt's, Junge?«

»Wo war das?«

»Drüben am Zaun.«

»Um wie viel Uhr?« Vinston machte sich eine Notiz und tauschte einen raschen Blick mit Esping.

»Ich weiß nicht«, antwortete Alfredo. »Irgendwann gegen Ende des Sommertalks, glaube ich. Erinnerst du dich, Jan-Eric?«

»Ich denke, es war eher in der Mitte.«

»Können Sie mir zeigen, wo die Hunde waren, als sie gebellt haben?«, fragte Vinston.

»Natürlich! Kommen Sie mit.« Alfredo stand auf, woraufhin ihm sein Mann einen langen, vorwurfsvollen Blick zuwarf, als ob es Jan-Eric störte, dass Alfredo ihm die Show stahl.

»Sie und ich bleiben hier«, bestimmte der Schauspieler energisch und zeigte mit dem Finger auf Esping. »Wenn Sie mich drängen, erzähle ich Ihnen vielleicht sogar, wie ich am Kongelige Teater in Kopenhagen trotz doppelseitiger Lungenentzündung den Hamlet gespielt und stehende Ovationen bekommen habe.«

Vinston und Alfredo liefen auf der Rückseite des Hauses schräg über den Rasen und dann weiter zwischen den Kiefern. Hier war es deutlich kühler als im Innenhof, aber der leichte Wind brachte dennoch milde, sommerliche Luft, vermischt mit einem Duft nach Harz und Nadeln.

Vinston bemerkte, wie geschmeidig sich Alfredo bewegte, obwohl er über sechzig war. Er musste daran denken, was Christina gesagt hatte, nämlich, dass Alfredo ein Mann mit Geheimnissen zu sein schien.

»Hier ist die Laube! Hier saßen wir.« Alfredo Sjöholm deutete auf ein paar säuberlich beschnittene Himbeersträucher, die einen Halbkreis um eine Gruppe Gartenmöbel bildeten.

Von dort aus gingen sie etwa zehn, zwanzig Meter weiter auf den Waldrand zu, wo sich ein dichter Apfelrosenbusch erhob. Darüber und zwischen den Zweigen konnte man den Drahtzaun erkennen, der um den Bauplatz errichtet war.

»Hier standen sie und bellten!«

Vinston entdeckte ein grünes Gitter am Boden.

»Was ist das?«

»Im Frühling hat irgendein Tier einen Tunnel unter den Zaun gegraben, und die Hunde sind ein paarmal auf den Bauplatz entwischt.« Alfredo machte ein entsetztes Gesicht. »Jessie hat daraufhin gedroht, sie zu überfahren, können Sie sich das vorstellen? Deshalb habe ich dieses Gitter über das Loch gelegt.«

Vinston machte sich in seinem Moleskine Notizen. Von hier aus konnte man das Musterhaus nicht sehen, dafür hatte man einen gewissen Überblick über die eine Seite der Baubaracke und die Treppe zum Strand hinunter.

»Haben Sie irgendjemanden gesehen oder gehört?«

»Nein …« Alfredo zögerte ein wenig mit der Antwort. »Aber ich habe auch nicht so genau nachgeschaut. Ich wollte vor allem, dass die Hunde aufhören zu bellen, damit ich zurück zu Jan-Eric gehen konnte. Ich hätte mich allerdings gar nicht beeilen müssen, denn als ich zur Laube zurückkam, war er eingeschlafen.«

Vinston sah den Schauspieler regelrecht vor sich, wie er schnarchend mit offenem Mund und einer Kaffeetasse auf der Brust dasaß.

»Haben Sie ihn geweckt?«

Alfredo schüttelte den Kopf.

»Er sah so friedlich aus, deshalb habe ich ihn eine Weile schlafen lassen. Der ganze Streit um den Bau hat ihn sehr mitgenommen. Er ist eine empfindsame Seele.«

»Jan-Eric hat noch etwas über den Sonntag erzählt, was ganz interessant war«, teilte Esping mit, als Vinston und Alfredo in den Innenhof zurückkamen.

»Kurz vor dem Mittagessen waren er und Alfredo draußen am Tor, und da kam Sofie Wram im Auto aus Richtung Gislövsstrand angerast. Sie war so schnell, dass Alfredo ihr zuwinkte und signalisierte, sie möge langsamer fahren. Stattdessen blieb sie stehen und ließ das Fenster herunter.«

»Sofie Wram war miserabler Laune«, sagte Jan-Eric. »Nicht wahr, Alfredo?«

Sein Mann nickte.

»Sie hat mich zum Teufel gewünscht! Sofie und ich stehen nicht gerade auf gutem Fuß miteinander, aber wir bemühen uns doch um eine gewisse Höflichkeit, wenn wir uns treffen. Wir sind trotz allem zivilisierte Menschen. Aber sie schien vollkommen außer sich ...«

»Sie hatten Sofie doch am Samstag als Tischdame, Vinston«, unterbrach Jan-Eric. »Wie Sie sicher gemerkt haben, kann sie freundlich und gesittet sein, aber Sie müssen wissen, dass Sie falsch wie eine Schlange ist. Als Alfredo und ich ihr dieses Haus abkauften, versprach sie, dass unten auf den Strandwiesen niemals gebaut würde. Doch dann hatte sie nichts Besseres zu tun, als ausgerechnet dieser grässlichen Jessie Anderson das Grundstück zu verkaufen.«

Er schüttelte betrübt den Kopf.

»Aber jetzt ist es höchste Zeit, dass Sie uns erzählen, warum Sie so viele Fragen stellen. Glauben Sie, dass jemand Jessie ermordet hat?«

In den Augen des Schauspielers glitzerte es schwach.

»Die Zeitungsartikel«, sagte Vinston, ohne auf die Frage einzugehen. »Dieser Nicolovius scheint fast vorausgesehen zu haben, was passieren würde. *Der Tag der Abrechnung* und so weiter ...?«

Jan-Erics Gesicht erhellte sich.

»Ah, Nicolovius, unser lieber Lehrmeister. Es freut mich, dass Sie ihn gelesen haben.«

»Ihn?«, wunderte sich Esping. »Es handelt sich also um einen Mann?«

Jan-Eric wedelte irritiert mit der Hand.

»Das ist so eine Redensart, meine Liebe. Nicolovius ist ein Mysterium. *They seek him here, they seek him there,* wie es in *Das scharlachrote Siegel* heißt.«

»Dann sind Sie es nicht?«, fragte Esping nach, was ihr einen anerkennenden Blick von Vinston einbrachte. Sie kam direkt zur Sache, ohne große Umschweife.

Jan-Eric lachte laut auf.

»Sie schmeicheln mir. Aber ich bin ein alter Mann, und die Tage meiner Hauptrollen sind vorbei. Nicolovius bleibt ein Rätsel.«

18

Vinston hielt den Wagen vor der Kreuzung zur Hauptstraße an.

»Also, was haben Sie unten an der Laube in Erfahrung gebracht?«, wollte Esping wissen.

»Dass man von Sjöholms Garten aus ungesehen auf den Bauplatz kommt«, erwiderte Vinston. »Und Alfredo zufolge schlief Jan-Eric gegen Ende des Sommertalks ein, was bedeutet, dass er selbst kein Alibi hat.«

»Interessant!«

»Und was halten Sie von Sofie Wram, nach dem, was wir heute gehört haben?«, fragte Vinston. »Sie hat nicht erwähnt, dass sie nach der Hausbesichtigung mit Alfredo gesprochen hat, was ein bisschen seltsam ist. Und dann ihr Auftreten. Ich habe sie erst zweimal gesehen, aber ich würde nicht vermuten, dass sie der Typ ist, der herumschreit und Leute beleidigt.«

Esping schüttelte den Kopf.

»Nein, in all den Jahren, die ich Sofie kenne, habe ich nie gehört, dass sie mit jemandem schimpft. Trotzdem haben Mensch und Tier Respekt vor ihr. Außerdem flucht sie nur auf positive Art, wie die Oberklasse das so macht. *Verdammt* nett, *teuflisch* gut und so.«

Vinston brummte zustimmend. Er musste zugeben, dass das eine aufmerksame sprachliche Analyse war, vor allem von jemandem, der Dialekt sprach.

»Die Frage ist also, warum sich Sofie Wram nach der Hausführung so verhalten hat«, sagte er. »Was kann sie so aufgeregt haben?«

Einen Moment lang saßen sie schweigend da.

»Wir fahren an Wramslund vorbei und fragen sie«, entschied Esping. »Das liegt sowieso auf dem Weg zurück nach Simrishamn. Ich rufe kurz an und frage, ob sie da ist.«

Esping griff nach ihrem Handy, während Vinston das Autoradio anschaltete.

Als Esping mit Sofie Wram sprach, verschmolz ihre Stimme mit der Musik zu einem leisen Gemurmel.

Vinston wusste nicht, ob es an der Sonne lag, die von einem immer blaueren Himmel herabstrahlte, oder an den tiefgrünen, endlosen Feldern, die im Wind wogten, aber er fühlte sich plötzlich seltsam beschwingt. Tatsächlich war er schon lange nicht mehr so guter Dinge gewesen. Vielleicht war dies die Freude, die in einem alten Spürhund aufkam, wenn er Witterung aufgenommen hatte? Oder es lag nur an der Tatsache, dass er nicht mehr über Ärzte, Proben und Diagnosen nachdenken musste.

»Dann sehen wir uns dort«, beendete Esping ihr Gespräch.

»Planänderung. Sofie Wram ist unterwegs zu einem Mittagessen im Gasthaus von Brösarp. Wir treffen sie dort, dann können wir bei der Gelegenheit auch etwas essen.«

Der Landgasthof lag mitten in Brösarp. Auf dem Giebel des roten Backsteinhauses mit Dachgauben prangte die schmiedeeiserne Jahreszahl 1885, und an der Straße standen zwei Fahnenstangen, die eine mit der blau-gelben schwedischen Flagge, die andere mit der rot-gelben von Schonen.

Sofie Wram stand neben ihrem Range Rover und rauchte, wobei sie die Zigarette so hielt, als wollte sie sie verstecken.

»Ich habe in zehn Minuten eine Verabredung zum Essen, also mach schnell, Tove.«

Sofies düstere Miene und ihr mürrischer Ton brachten Esping aus dem Konzept, genau wie am Vortag. Sie versuchte, sich auf ihre erste Frage zu konzentrieren, aber Vinston kam ihr zuvor.

»Sie und Jessie gerieten bei der Führung wohl in Streit?«

Esping holte tief Luft. Sie hatten keinerlei Beweise für einen Streit. Vinston hatte die Formulierung allerdings clever gewählt, das musste sie zugeben, es konnte sich sowohl um eine Frage als auch um eine Behauptung handeln.

Sofie schnippte die Zigarette in den Kies und trat sie mit dem Absatz aus.

»Ah, hat etwa Jessies kleine Assistentin gepetzt?« Sofie Wram musterte Vinston und Esping eingehend. »Ich würde es nicht gerade einen Streit nennen«, sagte sie dann. »Wir waren uns nur in einer Sache nicht einig.«

Esping wollte fragen, worum es ging, aber Vinston schwieg weiter, also folgte sie seinem Beispiel.

»Jessie und ich hatten eine Vereinbarung«, fuhr Sofie fort, als das Schweigen zu unangenehm wurde. »Sie bekam das Grundstück zu einem guten Preis, dafür sollte ich ein Haus günstiger bekommen.«

»Damit die Rendite niedrig bleibt und man Steuern spart. Dazu gab es sicher nichts schriftlich«, vermutete Vinston.

Wieder eine Frage, die sich als Behauptung tarnte.

»Nach der Hausführung am Sonntag tat Jessie plötzlich so, als wüsste sie nichts von unserer Vereinbarung«, sagte Sofie Wram ärgerlich. »Sie wollte den vollen Preis für das Haus. Viel mehr, als wir ausgemacht hatten.«

»Und da wurden Sie sauer.«

Esping bewunderte Vinstons Geschick, wenn auch widerwillig. Er brachte Sofie tatsächlich dazu, zu glauben, er wüsste schon alles, was sie ihm erzählte.

»Pferdehändler gibt es in meiner Familie seit vier Generationen«, sagte Sofie leise. »Wie mein Vater uns beibrachte, ist das Wichtigste, was du hast, dein Wort. Brichst du das nur ein einziges Mal, wird dir niemand mehr vertrauen. Ein Handschlag gilt genauso viel wie ein Vertrag. Das ist das Motto, nach dem ich immer gelebt habe.«

»Und Jessie Anderson hat ihr Wort gebrochen. Sie hat versucht, Sie übers Ohr zu hauen«, stellte Vinston fest.

Sofie nickte langsam. »Das hat sie.«

»Was war dann?«

»Ich habe ihr gesagt, sie solle von hier verschwinden und dass sie lange auf mein Geld warten könne. Na ja, vielleicht habe ich es etwas weniger höflich formuliert.« Trotzig hob die Pferdezüchterin das Kinn. »Im Nachhinein wurde mir klar, dass Jessie alles von Anfang an geplant hat. Nach dem PR-Trick mit der Skulptur hatte sie plötzlich einen Haufen Kunden, die bereit waren, deutlich mehr zu bezahlen als ich. Jessie war es gewohnt, Streit vom Zaun zu brechen, sie wusste genau, wie sie vorzugehen hatte. Wahrscheinlich war ihre Assistentin deshalb so nervös, sie versuchte ständig, mein Glas wieder zu füllen.«

»Warum haben Sie das nicht schon gestern erzählt?«, wollte Vinston wissen.

»Ich dachte, das sei nicht wichtig. Dass Jessie von ihrer eigenen Treppe gestürzt ist, hat schließlich nichts mit unseren Geschäften zu tun.« Sofie Wram schüttelte den Kopf. »Jessie Anderson log, dass sich die Balken bogen. Was ihr passiert ist, ist furchtbar, aber es ist schwer, darin nicht auch etwas Poetisches zu sehen. Sie dachte, sie hätte die anderen am Haken, und jetzt ist sie buchstäblich an ihrem eigenen hängen geblieben.«

»Ist dir auf dem Rückweg jemand begegnet?«, fragte Esping.

Sofie seufzte laut.

»Ich hätte fast Alfredo Sjöholm überfahren, wenn du das meinst? Er war mit seinen albernen kleinen Hunden unterwegs, und wir haben ein paar Sätze gewechselt.«

»Und hat dich jemand gesehen, als du auf den Hof zurückkamst?«

Sofies Augen wurden schmaler. Sie starrte Esping an.

»Warum fragst du, Tove?«

Esping schluckte, aber es gelang ihr, nicht wegzuschauen. Sie durfte sich nicht einschüchtern lassen. Das war ihr Heimspiel, und sie war kein unsicheres Reitmädchen mehr.

»Reine Routine«, unterbrach Vinston den kleinen Machtkampf. »Aber wir hätten gerne eine Antwort. Haben Sie jemanden getroffen, als Sie auf den Hof zurückkamen?«

»Das habe ich bestimmt, in der Regel sind haufenweise Leute

im Stall.« Sofie Wram blickte demonstrativ auf ihre Armbanduhr. »Jetzt muss ich leider gehen. Mein Essen wird sonst kalt.«

Wram nickte Vinston zu, dann warf sie Esping einen langen, wenig freundlichen Blick zu, bevor sie sich umdrehte und auf die Tür des Gasthauses zuging.

Sobald Sofie Wram außer Sicht- und Hörweite von Vinston und Esping war, holte sie ihr Handy hervor.

»Ich bin es«, sagte sie, als die Person am anderen Ende ans Telefon ging. »Ich habe gerade wieder mit der Polizei gesprochen, und es ist, wie ich vermutet hatte. Die Leute reden schon. Die Polizei hat herausgefunden, dass Jessie mich um das Haus bringen wollte, und sie scheint nicht mehr daran zu glauben, dass Jessies Tod ein Unfall war. Tove war außerdem ganz schön aufmüpfig. Es ist genau, wie ich dir gestern gesagt habe. Dieser Peter Vinston macht zunehmend Probleme. Du musst ihn stoppen. Je schneller, desto besser.«

Die Person am anderen Ende der Leitung sagte etwas, das Sofie trocken auflachen ließ.

»Na, gut. Hoffen wir mal, dass das funktioniert. Es steht immerhin einiges auf dem Spiel, habe ich recht?«

19

Brösarps Gästgifveri entsprach seinen Erwartungen, fand Vinston, nachdem sie das Backsteingebäude betreten hatten. Holzpaneele, Kassettendecke, weiße Tischtücher und Holzstühle mit hohen, verschnörkelten Rückenlehnen. Dazu dicke Teppiche und schwere Vorhänge, das Ganze gesättigt von den Gerüchen Hunderter Feste und Tausender Mahlzeiten. Auf einem Keramikschild stand ein Spruch, von dem Esping erklärte, es sei das Motto aller Gasthäuser in Schonen: *Go mad å möed mad å mad i rättan tid. Iss allzeit gut, frisch und zu gegebener Zeit.*

Sofie Wram war nicht zu sehen, sie und ihre Begleitung schienen woanders zu essen als im großen Speisesaal. Der Wirt, ein rundlicher, glatzköpfiger Mann mit einem breiten Lächeln, kannte Esping offensichtlich. Sobald sie Platz genommen hatten, kam er aus der Küche und begrüßte sie.

»Tove, wie schön, dich zu sehen. Wie geht es deinem Onkel?«

Esping antwortete höflich und stellte dann Vinston vor.

»Ah, auf Besuch aus Stockholm«, sagte der Mann. »Wenn Sie etwas typisch Schonisches probieren möchten, empfehle ich Äggakaka, unseren Eierkuchen. Er wird mit geräuchertem Schweinebauch und kalt gerührten Preiselbeeren serviert.«

Vinston war einverstanden, zum einen, weil es gut klang, zum anderen aber, weil er der Gefahr entgehen wollte, dass Esping ihm wieder ein seltsames Fischgericht andrehte.

»Sofie Wram«, sagte Esping, sobald sie allein waren. »Ich habe sie noch nie so angespannt erlebt. Sie muss wirklich furchtbar wütend auf Jessie Anderson gewesen sein, oder aber es ist ihr peinlich, dass sie so übers Ohr gehauen wurde, sonst hätte sie früher von dem Streit erzählt.«

»Oder beides«, stimmte Vinston zu. »Jessie wollte am Sonntag also, dass Sofie sich aus dem Geschäft zurückzog, um das Haus zu einem höheren Preis verkaufen zu können. Und wenn man Frau Wram glauben will, war Elin Sidenvall damit nicht einverstanden. Die Modighs waren ihrerseits überzeugt davon, dass Jessie und Elin kurz vor ihrem eigenen Erscheinen gestritten haben mussten. Vielleicht war Anderson mit Elins Leistung bei Sofie Wrams Besuch nicht zufrieden?«

Sie dachten eine Weile still nach.

»Mit je mehr Leuten wir reden, desto …« Esping verstummte.

»Sprechen Sie weiter!«, ermunterte Vinston sie.

»Also, das ist nur so ein Gefühl«, entschuldigte sie sich. »Aber mit je mehr Leuten wir reden, desto mehr habe ich den Eindruck, dass uns alle anlügen. Oder zumindest nicht die ganze Wahrheit sagen. Elin Sidenvall, die Modighs, Sofie Wram, Jan-Eric und Alfredo, sogar die kleine Frau Dybbling. Alle scheinen etwas zu verbergen.«

Esping sah Vinston an und erwartete halb, dass er ihre Vermutung mit einer Handbewegung abtun würde.

Stattdessen nickte er langsam.

»Ich glaube, Sie haben vollkommen recht. Irgendetwas an dieser Geschichte stimmt nicht.«

Esping war von dem unerwarteten Lob überrascht.

»Im Übrigen habe ich gestern Sofie Wrams Reifen abfotografiert«, sagte Vinston. »Es sah aus, als wäre Sand daran. Ich schicke die Bilder sofort rüber, bevor ich es wieder vergesse.« Er griff nach seinem Handy.

Esping musterte ihn einen Augenblick lang. Es fiel ihr äußerst schwer zu glauben, Vinston könne etwas vergessen haben, was mit der Ermittlung zusammenhing, und das hieß, er hatte die Information bewusst für sich behalten. Dass er sie bisher nicht mit ihr hatte teilen wollen, vielleicht, weil er ihr nicht ganz traute. Sie hätte deswegen beleidigt sein können, allerdings war sie selbst nicht viel besser.

»Ich habe auch eine Sache, die ich vergessen habe zu erzählen«, gestand sie.

Vinston schaute auf.

»Ich habe gestern vor Hasse Palms Bürofenster zufällig etwas aufgeschnappt.«

Esping berichtete von dem Telefonat und Hasses Reaktion. Vinston hörte aufmerksam zu.

»*Ich will nicht in deinen Scheiß mit reingezogen werden ...*«, wiederholte er, als sie fertig war. »Hat Hasse es genau so gesagt?«

Esping nickte.

»Aber Sie konnten nicht verstehen, mit wem er sprach? Ob es ein Mann oder eine Frau war?«

»Nein, leider nicht.«

Vinston schaute Esping forschend an.

»Wir ... vielleicht wäre es besser, wenn wir uns solche Dinge gleich sagten«, meinte er dann und hob die Augenbrauen.

»Ja, das habe ich auch gerade gedacht«, nickte Esping.

Sie schauten sich einvernehmlich an, während ihnen das Essen gebracht wurde.

Vinston hätte gedacht, dass Äggakaka ungefähr das Gleiche wäre wie Ofenpfannkuchen, aber er erkannte sofort den Unterschied. Äggakaka hatte auf beiden Seiten eine buttrige, goldgelbe Kruste und war in der Pfanne, nicht im Ofen gebraten. Auf der knusprigen Oberseite lagen dicke Scheiben von saftigem, rosa geräuchertem Schweinefleisch, leuchtend rote Preiselbeeren und ein Sträußchen Petersilie.

Beim Duft und Anblick des Essens knurrte Vinstons Magen laut. Rasch nahm er einen ersten Bissen, dann einen zweiten. Das hier war doch etwas anderes als ein Heringsburger voller Gräten, stellte er zufrieden fest.

»Und, wo in der Gegend wohnen Sie?«, fragte er, als er nach der Hälfe des Eierkuchens auf die Idee kam, dass jetzt Zeit für ein wenig Small Talk war.

»Bei Hammenhög. Meine Partnerin betreibt ein Café in Komstad.« Esping stocherte in ihrem Essen herum.

»Aha. Und wie lange sind Sie schon Polizistin?«

»Bald sechs Jahre. Fünf Jahre Streife und ein halbes Jahr als Ermittlerin.«

»Dann haben Sie die Polizeihochschule in Växjö besucht?«

»Ja, richtig. Und ich glaube …« Esping machte eine kurze Pause.

»Ich glaube, dass wir einen von Ihren Fällen studiert haben. Den Herumtreiber von Mariestad.«

»Ach, tatsächlich? Das war ein ziemlich ungewöhnlicher Fall, ich wusste nicht, dass man den als Musterfall in der Polizeihochschule verwendet.«

Vinston schaufelte den Äggakaka mit solchem Eifer in sich hinein, dass er kaum sprechen konnte.

»Schmeckt's?«, fragte Esping, die Vinstons Appetit bemerkt hatte.

»Fantastisch!«

»Aber Sie sollten vielleicht nicht so schnell essen. Äggakaka ist ziemlich mächtig.«

Vinston hörte nicht zu, er war auf gutem Wege, alles bis auf den letzten Krümel von seinem Teller zu verspeisen.

Als Espings Telefon klingelte, schaute sie kurz auf die Nummer und drückte den Anruf weg.

»Die Journalistin vom *Cimbrishamner Tagblatt*. Sie gibt nicht auf.«

»Ich vermute, dass sie es ist, die über den Fall berichtet?«, fragte Vinston.

»Stimmt. Es ist eine kleine Redaktion. Jonna Osterman ist sowohl Chefredakteurin als auch Reporterin. Sie ist ziemlich penetrant.«

Esping steckte ihr Handy weg und widmete sich wieder ihrem Essen. Ab und zu schielte sie belustigt zu Vinston hinüber, der immer noch schlemmte.

»Also, was denken Sie über den Fall, jetzt wo wir die meisten befragt haben? Können wir das Ganze als Unfall abtun, wie L-G es gern hätte?«

Vinston schluckte einen Bissen hinunter.

»Was denken Sie?«

Esping, die einen Vortrag erwartet hatte, war von der Gegenfrage überrascht.

»Ich glaube, es war Mord«, antwortete sie, ohne nachzudenken.

»Worauf gründen Sie diese Schlussfolgerung?«, wollte Vinston wissen.

Esping überlegte. Vielleicht sollte sie die Behauptung lieber zurücknehmen. Aber im Prinzip war es schon zu spät.

»Ich weiß nicht richtig. Es gab ein paar komische Sachen im Haus. Das fallen gelassene Champagnerglas, die Lage der Leiche. Wobei ...« Esping musterte Vinston, um herauszufinden, ob sie sich auf dünnes Eis begeben hatte und bald brüsk zurechtgewiesen werden würde. Stattdessen erntete sie aufmunterndes Nicken. »... wobei es hauptsächlich ein Bauchgefühl ist. Dass Jessie nicht gestürzt ist, sondern gestoßen wurde.«

»Genau das glaube ich auch«, erwiderte Vinston. »Aber wir müssen tiefer bohren, wenn wir das beweisen wollen.«

Esping registrierte wieder dieses »Wir«, aber diesmal störte es sie weniger.

Vinston kratzte den letzten Rest Äggakaka von seinem Teller und sah beinahe enttäuscht aus.

»Das war mit das Beste, was ich je gegessen habe. Meinen Sie, ich könnte einen Nachschlag bekommen?«

»Bestimmt«, erwiderte Esping grinsend. »Warten Sie, ich frage in der Küche nach.«

Gerade als Vinston dabei war, seine zweite Portion zu bewältigen, klopfte ihm jemand auf die Schulter.

»Ach, hast du nach Brösarp gefunden, Peter?«

Er drehte sich um. Da standen Christina und ein Stück hinter ihr Poppe und Sofie Wram. Vinston blieb fast der Bissen im Halse stecken.

»Poppe, Sofie und ich haben gerade über Amandas Fortschritte beim Reiten gesprochen«, sagte Christina. »Und du hast auch Gesellschaft beim Essen, wie ich sehe.« Sie deutete mit einem Kopfnicken auf Esping.

»Das ist Tove Esping«, erklärte Vinston unnötigerweise.

»Ich weiß, wir haben uns doch am Sonntag beim Musterhaus getroffen. Sie sind diejenige, die Jessie Andersons Tod untersucht.« Christina klang ungewöhnlich sanft, was kein gutes Zeichen war.

»Sofie hat erzählt, dass sie schon zweimal verhört wurde. Und dass Sie offensichtlich Hilfe haben.«

Christina tätschelte Vinston die Schulter.

»Nun ja, ich will nicht länger stören. Ich wollte nur Hallo sagen«, setzte sie mit noch weicherer Stimme hinzu. »Schön zu sehen, dass du dich wie versprochen ausruhst, Peter.«

»Sie haben Ihrer Ex-Frau nicht gesagt, dass Sie in den Ferien arbeiten, oder?«, fragte Esping, als die Gesellschaft zur Tür hinaus verschwunden war.

Aber sie erhielt nur ein Brummen zur Antwort.

Nach dem Mittagessen fuhren sie zurück zur Polizeiwache. Vinston fühlte sich mittlerweile ziemlich schläfrig, aber er bemühte sich trotzdem, Esping, die über den Fall sprach, konzentriert zuzuhören.

»Ich will mir heute Nachmittag die Finanzen rund um das Bauprojekt anschauen. Margit Dybbling hat doch erwähnt, dass manche Handwerker nicht bezahlt wurden. Und dann möchte ich für den besagten Sonntag den zeitlichen Ablauf rekonstruieren. Was halten Sie davon?«

»Gute Idee.« Vinston unterdrückte ein Gähnen.

»Äggakaka ist wirklich ganz schön mächtig. Sie sehen so aus, als könnten Sie es vertragen, kurz nach Hause zu fahren und auszuruhen«, stellte Esping fest.

Vinston wollte eine abwehrende Handbewegung machen, musste aber wieder gähnen.

»Fahren Sie nach Hause und ruhen Sie sich ein Stündchen aus. Ich melde mich, falls es was Neues gibt.«

Esping sprang aus dem Wagen und ging zur Wache, während Vinston sitzen blieb und ihr nachschaute. In seinem Magen hatte sich der Eierkuchen in einen Ziegelstein verwandelt. Seine Augenlider waren bleischwer. Vielleicht sollte er sie einfach ein paar Minuten zumachen, bevor er nach Hause fuhr?

Er lehnte sich zurück und schloss die Augen.

Ein Klopfen an die Scheibe ließ ihn zusammenzucken. Draußen stand eine Frau um die vierzig. Vinston schaute auf die Uhr. Er war fast zehn Minuten lang eingenickt.

»Sie sind doch Peter Vinston, oder?«, fragte die Frau, nachdem er das Fenster heruntergelassen hatte.

Sie hatte blondes, lockiges Haar und einen charmanten kleinen Überbiss. Ihre grünen Augen glitzerten munter.

»Ja-a.«

»Ich bin Jonna Osterman und arbeite beim *Cimbrishamner Tagblatt*. Sie haben doch mit der Ermittlung von Jessie Andersons Tod zu tun. Heißt das, die Polizei behandelt den Fall als mutmaßlichen Mord?«

»Äh …« Vinston versuchte, wieder zu sich zu kommen, aber sein Körper war viel zu sehr mit der Verdauung beschäftigt.

»Kein Kommentar«, erwiderte er daher nur dümmlich.

»Aber Sie sind vielleicht Schwedens erfahrenster Mordermittler. Was machen Sie in Österlen, wenn Sie keinen Mord aufklären?«

»Ich bin privat hier«, sagte er. »Ich helfe nur ein bisschen. Ich habe Ihnen wirklich nichts zu sagen. Reden Sie mit Olofsson, dem Polizeichef.«

Vinston drückte auf den Knopf, und das Fenster glitt viel zu langsam wieder nach oben. Dann startete er den Motor und schaute genau in dem Moment auf, in dem Jonna Osterman sein erstauntes Gesicht knipste.

20

Vinston stand vor dem Musterhaus. Es war Abend, und ein riesiger schonischer Mond hing genau über den Baumwipfeln. Die Luft war erfüllt von Salz und Tang und seltsamerweise auch von gebratenem Fleisch. Aus der Ferne glaubte er Hundegebell zu hören.

Dann war er plötzlich im Haus, stand in der enormen Küche und briet Äggakaka, wobei er genauso eine Schürze trug wie früher seine Mutter, wenn sie zu Hause in der Küche gearbeitet hatte.

Auf der Schürze stand in gestickten Lettern das Motto der schonischen Gasthäuser: *Go mad å möed mad å mad in rättan tid.*

Der Eierkuchen in der Pfanne war gelb und groß und erinnerte an den Mond.

»Mehr Butter!«, hörte er jemanden sagen, aber als er sich umdrehte, war da niemand.

Aus den Augenwinkeln bemerkte er eine Bewegung und beschloss, die Verfolgung aufzunehmen. Er ging in die Diele, durch den Flur zum Gästezimmer und in die Waschküche. Wieder sah er eine Bewegung am Rande seines Gesichtsfelds und lief schneller.

»Was jagen wir denn?«, fragte Esping, die auf wundersame Weise gerade erst aufgetaucht und zugleich schon die ganze Zeit bei ihm gewesen war.

Vinston legte den Finger auf die Lippen.

»Sch! Hören Sie!«, ermahnte er sie und zeigte zur Decke. Aus den versteckten Lautsprechern ertönte Jessie Andersons Stimme.

»*Wir nähern uns langsam dem Ende meines Sommertalks. Bald ist es an der Zeit, uns zu verabschieden …*«

Dann änderte sich alles wieder, so, wie es nur in Träumen geschieht. Er war zurück in der Küche, aber jetzt waren noch andere Leute da: Niklas und Daniella Modigh waren festlich angezogen, Sofie Wram trug Stallkleidung und unterhielt sich mit Christina und Poppe. Jan-Eric und Alfredo Sjöholm standen mit je einem Mops unter dem Arm da, und in einer Ecke saß Margit Dybbling, die aus irgendeinem Grund Gummistiefel trug und eine Angel mit einem übergroßen Haken in der Hand hielt.

»Du musst mehr Honig essen!«, hörte Vinston L-G rufen.

Elin Sidenvall flatterte unruhig durch den Raum und servierte den Gästen Champagner.

»Wo ist Jessie?«, hörte er jemanden fragen. Vielleicht war es Elin oder auch die Journalistin vom *Cimbrishamner Tagblatt* mit den grünen Augen.

»Haben Sie etwas zu sagen?«, wollte sie wissen, aber bevor Vinston antworten konnte, bemerkte er aus den Augenwinkeln wieder diese ausweichende Bewegung.

Eine schwarze Katze saß auf dem Treppenabsatz und schleckte sich die Pfote. Als Vinston auf sie zuging, schaute sie ihn verwundert an. Über ihr, an einem Pfosten, flatterte ein Stoffband. Rot und gelb wie ein schonischer Wimpel. Wie Preiselbeeren und Eierkuchen.

Vinston schaute über den Rand der Treppe.

Dort unten lag Jessie Anderson, so, wie er sie gefunden hatte. Der Widerhaken in der Brust, der Boden voller Blut. Plötzlich bewegte sie sich, hob den Kopf und starrte ihn mit toten Augen an.

»*Das wäre es von meiner Seite*«, sagte sie mit ihrer Radiostimme. »*Danke fürs Zuhören!*«

Vinston wurde von einem Klopfen an der Tür geweckt und setzte sich ruckartig im Bett auf. Er fühlte sich schlapp, das Hemd war feucht, der Mund trocken wie Sandpapier, die Luft im Schlafzimmer stickig.

Er schaute auf seine Armbanduhr. Unglaublich! Es war bereits halb fünf am Nachmittag. Er war von der Polizeiwache direkt zu seinem Ferienhaus gefahren, um den Mittagsschlaf fortzusetzen, den er im Auto begonnen hatte. Aber jetzt war der halbe Tag vergangen.

Wieder war das Klopfen zu hören, diesmal kräftiger.

»Papa! Bist du da?«

Er rappelte sich aus dem Bett auf und griff nach seinem Handy, das auf dem Nachttisch lag. Vier verpasste Anrufe, drei von Christina und einer von Amanda.

»Ich komme!«, rief er, während er gebückt versuchte, sich im Gehen die Schuhe anzuziehen. Er richtete sich gerade rechtzeitig auf, um sich den Kopf am Türrahmen anzuschlagen.

»Verdammt!«, schnaubte er.

»Was ist los, Papa?«

»Nichts!« Er rieb sich über die Stirn, bevor er zur Tür ging und aufschloss.

Das plötzliche Sonnenlicht war so stark, dass er die Augen abschirmen musste.

»Oje! Habe ich dich geweckt?«

»Macht nichts«, murmelte Vinston. »Ich habe nur eine kleine Siesta gehalten.«

»Ich habe angerufen, aber du bist nicht drangegangen. Da dachte ich, ich fahre einfach mal vorbei.«

»Fahren?«, wunderte sich Vinston.

»Moped«, erklärte Amanda.

»Ach, natürlich. Wie dumm von mir. Komm rein!« Vinston ging in die Küche voraus, goss sich ein großes Glas Wasser ein und trank es in einem Zug leer. Dann füllte er es ein zweites Mal und leerte auch das. Langsam löste sich das Sandpapier im Mund auf, aber Teile des Traums blieben noch hängen. Vinston hatte seit Jahren keinen Mittagsschlaf mehr gemacht, wenn überhaupt jemals. Natürlich war der Äggakaka daran schuld, Esping hatte ihn gewarnt.

»Sollen wir eine kleine Spazierfahrt machen?«, fragte Amanda. »Vielleicht runter nach Örum und ein Eis essen?«

Beim Gedanken an Essen wurde Vinston schlecht, aber er begrüßte jede Gelegenheit, mit Amanda zusammen zu sein.

»Gute Idee. Auf nach Örum! Ich muss mich nur kurz frisch machen.«

Sie fuhren Richtung Südwesten. Nach wenigen Kilometern wurde die Landschaft flacher, die bewaldeten Dünen verschwanden und wurden durch einen Flickenteppich aus grünen Feldern ersetzt, auf denen die Saat noch keine Ähren gebildet hatte. In ein oder zwei Monaten würde alles goldgelb sein, erzählte Amanda. Das Getreide würde sich im Wind wiegen, sodass es aussähe, als sei die ganze Landschaft in Bewegung.

»Soo«, sagte Vinston. »Sechzehn Jahre. Hast du schon mal darüber nachgedacht, was du werden willst, wenn du …« Er war kurz davor, »groß bist« zu sagen, wechselte aber im letzten Moment zu »erwachsen«.

»Keine Ahnung. Kriminologin scheint spannend zu sein. Oder Anwältin. Oder vielleicht Polizistin.«

Das Letztere freute Vinston, beunruhigte ihn aber auch. Er wusste, dass sich seine Tochter für das Rechtswesen interessierte, aber es fiel ihm trotzdem schwer, sie sich als Polizistin vorzustellen. In nur zwei Jahren würde sie sich an der Polizeihochschule bewerben können. Vinston fühlte sich auf einmal furchtbar alt, weshalb er nach einem anderen Gesprächsthema suchte.

»Hast du einen Freund?«

Sobald ihm die Frage herausgerutscht war, bereute er sie schon.

Amanda hob die Augenbrauen.

»Hast du denn eine Freundin?«

»Neein …« Vinston war peinlich berührt. »Aber du bist jetzt in einem Alter, wo … also … wo man anfängt …«

Er wusste nicht, wie er es ausdrücken sollte.

Amanda seufzte laut.

»Mama und ich haben das Blumen-und-Bienen-Thema durchgesprochen, als ich dreizehn wurde. Du kommst also drei Jahre zu spät damit. Aber wenn es dich tröstet, war Mama auch zu spät dran. Weißt du, heutzutage gibt es etwas, das sich Internet nennt. Sehr populär bei den Jugendlichen.«

Sie wedelte ironisch mit ihrem Smartphone.

Vinston lachte erleichtert.

»Wenn du willst, kann ich dir helfen, ein Tinder-Profil anzulegen«, sagte Amanda. »Es ist Zeit, dass du jemanden triffst. Du siehst doch gut aus, Papa! Die Mütter von all meinen Freunden haben auf der Party ein Auge auf dich geworfen. Und sicher der eine oder andere Vater auch.«

Vinston bekam heiße Wangen. Dieses Gespräch verlief überhaupt nicht so, wie er es sich gedacht hatte. Andererseits gefiel ihm gerade das ganz gut.

»Äh, danke. Vielleicht ein andermal.«

»Klar. Du musst nur Bescheid sagen!« Amanda grinste. »Hier ist es übrigens. Der Parkplatz ist hinter der Hecke.«

Die Eisdiele *Frusen Glädje* befand sich an der Straße nach Löderup. Normalerweise mochte Vinston Eis, aber er war nach dem Mittagessen immer noch so satt, dass er das kleinste auf der Karte wählte. Es hieß *Kleine Freuden* und bestand aus drei Miniwaffeln mit Eis aus lokaler Biomilch.

»Ich kenne alle Eissorten hier, ich fange nämlich bald an, am Marktstand des Ladens zu arbeiten. Während der Ferien.«

Sie selbst wählte *Eton Mess,* eine Art Schweizer Baiser mit Schokolade und frischen Beeren, und redete so vertraut mit dem Personal, dass sie wohl Stammgast war.

»Ich habe gehört, dass du in Brösarp erwischt worden bist«, sagte sie, nachdem sie ihr Eis bekommen und sich an einen Tisch unter einem großen, alten Apfelbaum gesetzt hatten.

»Mm.«

»Hat sie geschimpft?«

»Im Gegenteil. Sie war ungewöhnlich freundlich.«

»Oh-oh. Das ist noch schlimmer. Das heißt, dass sie Zeit braucht, sich eine gute Strafe zu überlegen.«

Vinston seufzte. Er war zum gleichen Schluss gekommen.

»Ich weiß. Ich bin selbst schuld. Ich hatte ihr versprochen, mich nicht in den Fall einzumischen, sondern Ferien zu machen und dich zu sehen.«

»Aber wir sehen uns doch!«, protestierte Amanda. »Wir haben schon über Blumen und Bienen gesprochen, über Eis, und wir haben beschlossen, dass du jemanden daten musst.« Sie zwinkerte ihm zu. »Außerdem will ich unbedingt wissen, wie es in dem Fall vorangeht. Ärgerst du dich immer noch über Tove Esping?«

»Nicht mehr so sehr«, gab Vinston zu. »Sie ist ehrgeizig und lernt schnell.«

Amanda beugte sich zu ihm vor.

»Seid ihr dem Mörder schon auf der Spur?«

Vinston schleckte an einem der kleinen Eishörnchen, und der Geschmack nach Rhabarber kitzelte seine Zunge. Er sollte nicht über den Fall sprechen. Aber ausnahmsweise waren ihm die Regeln egal.

»Du darfst das natürlich niemandem erzählen …«, begann er.

»Ich sage keinen Mucks, versprochen!« Amanda tat, als würde sie einen Reißverschluss vor ihrem Mund zuziehen.

»Gut. Tatsache ist, dass wir immer noch keine eindeutigen Beweise für einen Mord haben. Wir warten unter anderem auf den technischen Bericht.«

»Aber ihr habt mit den Zeugen gesprochen? Allen, die sich zur Tatzeit vor Ort befanden?«

Amanda verwendete den Polizeijargon so selbstsicher, dass Vinston lächeln musste.

»Wir haben mit allen gesprochen, die in der Nähe waren, das ist richtig.«

»Die Sjöholms sind die einzigen Nachbarn, das heißt, mit ihnen habt ihr sicher auch geredet«, fuhr Amanda fort. »Außerdem haben Jessie und Jan-Eric auf meiner Party am Samstag miteinander gestritten. Gibt es außer Jan-Eric noch andere, die ein Motiv haben?«

Vinston gefiel Amandas Interesse an seiner Arbeit. Und wie gestern redete er sich selbst ein, dass er genau genommen nicht im Dienst war.

»Tja, Jessie Anderson war ihrer Assistentin gegenüber ziemlich gemein. Und die Vorsitzende des Dorfvereins ist verbittert darüber, dass Jessie mithilfe dieser Hakenskulptur quasi alle, die vorher gegen den Bau protestiert haben, auf ihre Seite gezogen hat.«

Er machte eine Pause und wählte eine neue Minieiswaffel. Pistazie, eine seiner Lieblingsgeschmacksrichtungen.

»Sofie Wram sagt außerdem, dass sie von Jessie betrogen wurde, weil sie eine Vereinbarung hatten, die Jessie nicht eingehalten hat. Wir schauen uns das gerade genauer an.«

»Also …« Amanda runzelte die Stirn. »Sofie ist ja meine Trainerin. Sie ist knallhart. Alle haben Angst vor ihr.« Sie schaufelte sich einen Löffel Schweizer Baiser in den Mund. »Hast du von der Sache mit ihrem Mann gehört? Wie er starb?«

»Nein?«

»Poppe hat das vor langer Zeit mal erzählt.« Amanda legte den Löffel beiseite. »Die Familien kannten sich seit achtzehnhundertirgendwas. Sofies Mann sah wohl wahnsinnig gut aus und stammte aus einer der feinen Familien von Österlen. Außerdem war er ein talentierter Reiter. Aber Poppe sagt, er habe zu viel getrunken und sei gewalttätig gewesen. Und er lief gerne mit einer Reitgerte in der Hand herum. Totaler Psychopath. Es ging das Gerücht, dass er Sofie schlug, aber damals vor zwanzig Jahren hat niemand etwas gesagt.«

Vinston holte sein Notizbuch aus der Innentasche seines Jacketts.

»Jedenfalls«, sprach Amanda weiter, während sie Beeren zwischen Eis und Baiser hin und her schob. »Jedenfalls fiel Mad Max eines Nachts vom Heuboden und brach sich das Genick. Bumm. Aus und vorbei!«

Sie stopfte sich wieder einen Löffel Eis in den Mund.

»Niemand wusste, warum er mitten in der Nacht auf dem Heuboden war oder wie er herunterstürzen konnte. Manche vermuten, dass Max jemanden treffen wollte. Eine Liebhaberin oder so. Außerdem hieß es, er sei so betrunken gewesen, dass der Arzt, der ihn untersuchte, vor lauter Alkoholschwaden fast bewusstlos wurde.«

Sie zuckte mit den Schultern.

»Die Polizei sagte, es sei ein Unfall gewesen. Seitdem führt Sofie den Hof und die Zucht allein, und niemand ist auch nur auf den Gedanken gekommen, mit ihr einen Streit anzufangen.«

Nicht bevor Jessie auftauchte, schrieb Vinston in sein Büchlein.

Es war inzwischen Abend. Tove Esping saß in ihrem kleinen Büro in der Polizeiwache. L-G war schon lange weg, wahrscheinlich brachte er seine Bienen ins Bett. Die Beamten, die Nachtschicht hatten, waren losgefahren, um einen Streit auf dem Campingplatz in Kivik zu schlichten, sodass Esping ganz allein im Gebäude war.

Sie hatte den Nachmittag damit verbracht, einige Telefonate zu führen, unter anderem mit Jessie Andersons Anwalt in den USA. Dann hatte sie einen ersten Zeitplan der ihnen bekannten Ereignisse vom Sonntag skizziert.

Im Moment war sie damit beschäftigt, das Sicherheitssystem zu überprüfen und die Nutzungsdaten in das Zeitschema einzufügen, während der Film der einzig funktionierenden Überwachungskamera über ihren Bildschirm flimmerte. Leute kamen und gingen aus dem Musterhaus. Elin Sidenvall, Jessie Anderson, Sofie Wram und die Modighs. Etwas später Vinston mit seiner Ex-Frau und zum Schluss die zurückkehrende Elin Sidenvall mit der Champagnerflasche in der Hand.

Die Bewegungen aller Beteiligten entsprachen in etwa ihren Aussagen bei den Befragungen. Esping spulte das Band zurück und schaute sich die Aufnahme noch einmal an. Irgendetwas an dem Film kam ihr seltsam vor, aber sie kam nicht darauf, was es war. Sie schaute ihn sich noch einmal an. Und noch einmal. Die Leute liefen über ihren Bildschirm, schnell oder langsam, je nachdem, wie sie die Maus bewegte. Es machte Spaß, Vinston rückwärts gehen oder ihn in einer lustigen Pose verharren zu lassen.

»Reiß dich zusammen«, ermahnte sie sich selbst und schaute auf die Uhr. In fünf Minuten würde Felicia das Café schließen, und es war höchste Zeit, nach Hause zu fahren.

Bevor sie begann, ihre Sachen zusammenzupacken, beschloss sie, den Film ein letztes Mal anzusehen. Und da wurde ihr auf einmal klar, was nicht stimmte. Ein Ausschnitt unterschied sich von den anderen.

Sie ließ den Film in Zeitlupe ablaufen und zoomte so nah heran, wie die Auflösung es erlaubte.

Da!

Sie drückte auf Pause. Ihr Herz begann wild zu klopfen.

21

Felicias Kaffeehaus lag mitten in Komstad, einer Ortschaft, die nur aus einer Kreuzung mit ein paar Häusern bestand. An diesem Mittwochmorgen war es warm, die Sonne schien, und der Wind kündete vom Hochsommer.

Das Café befand sich in einem alten Bauernhof, bei dem das Wohnhaus zu einer Bäckerei mit Sitzbereich umgebaut worden war. Der Hof sowie der wilde Garten hatten einen gemütlichen Charme, ein Eindruck, der von der Inneneinrichtung des Cafés unterstrichen wurde. Ein Mischmasch von Möbeln aus mindestens fünf Epochen. Flickenteppiche vertrugen sich hier mit echten Perserteppichen, Rokoko-Chaiselongues mit bäuerlichen Sprossenstühlen, Art déco mit Fünfzigerjahre-Utensilien. Und darüber lag der angenehme Duft nach Kaffee und frischen Backwaren.

Vinston verstand nicht wirklich, warum Esping geschrieben hatte, sie sollten sich im Café treffen statt auf der Wache, aber dadurch ersparte er sich immerhin die Mühe, Frühstück zu machen. Er hatte ungewöhnlich lange geschlafen und nicht einmal die Zeit gehabt, Zeitung zu lesen.

Gemäß seiner Gewohnheit kam er zehn Minuten zu früh, und Esping war natürlich nirgends zu sehen. Das Café schien aber beliebt zu sein, sowohl draußen als auch drinnen war es gut besetzt.

»Willkommen! Was darf ich Ihnen bringen?«

Die Frau hinter dem Tresen war eine vielleicht dreißigjährige Afroschwedin mit hochgesteckten Haaren und samtweichem Blick.

»Wir gut ist Ihr Cappuccino?«, fragte Vinston.

»Der beste in ganz Österlen. Ich röste die Bohnen selbst.« Die Frau lächelte charmant und ansteckend. »Wenn Sie anderer Meinung sind, bekommen Sie Ihr Geld zurück.«

»Sie haben mich überzeugt. Dann einen Cappuccino, bitte. Und ein Schinken-Käse-Brötchen.«

Vinston zeigte auf einen Berg verlockend aussehender Sandwiches hinter der Glastheke. Zum ersten Mal im Leben fand er, dass sich Schonisch ein klein wenig sinnlich anhörte.

»Gern. Setzen Sie sich, dann bringe ich es Ihnen.«

Er suchte nach einem einigermaßen abgeschiedenen Tisch außerhalb der Hörweite der übrigen Gäste und sah einen alten Collie aus der Küche schlendern. Nur wenige Meter vom Tisch entfernt blieb er stehen.

Noch ein Hund, dachte Vinston und seufzte. Noch dazu ein furchtbar haariger, und das in der Nähe der Küche und seines Frühstücks. Andererseits vermutete er, dass er der Frau an der Theke gehörte, und überraschte sich selbst damit, dass er etwas zu laut rief: »Braver Hund! Willst du gestreichelt werden?«

Der Collie schaute ihn träge an. Dann seufzte er schwer und schlich dorthin zurück, woher er gekommen war.

Der Frau stellte ein Tablett vor Vinston ab.

»Ein Cappuccino und ein Schinken-Käse-Sandwich. Ich drücke die Daumen, dass der Kaffee Ihnen schmeckt. Das Mandelbiskuit ist ein Willkommensgeschenk. Und achten Sie nicht auf Bob. Er begrüßt nur Stammgäste.« Sie machte eine Kopfbewegung in die Richtung, in die der Hund verschwunden war.

»Aha. Dann muss ich wohl Stammgast werden«, entgegnete Vinston.

»Das hoffe ich!« Sie zwinkerte ihm zu, bevor sie in die Küche zurückging, und er folgte ihr mit dem Blick. Sie war offensichtlich zum Flirten aufgelegt. Sollte er ihr seine Nummer geben? Oder nach ihrer fragen? Er war miserabel in solchen Dingen. Außerdem war die Frau viel jünger als er.

Vinstons Überlegungen wurden unterbrochen, als Esping zur Tür hereinkam. Wie gewöhnlich sah sie aus, als käme sie gerade aus dem Stall.

Der Collie sprang ihr entgegen, wedelte mit dem Schwanz und legte sich auf den Rücken, als sei er überglücklich, sie zu sehen.

»Hallo, Bob. Bist du ein guter Hund?«

Dann erblickte sie Vinston.

»Ach, Sie sind schon da? Haben Sie L-G gesehen?«

Vinston schüttelte den Kopf. »Wollte er kommen?«

»Dieses Treffen war seine Idee. Sie haben doch sicher das *Cimbrishamner Tagblatt* gelesen?«

Esping fischte eine Zeitung aus einem Gestell neben der Tür und legte sie vor ihn hin.

Wurde die Promimaklerin ermordet? lautete die Schlagzeile. Vinston überflog den Artikel.

Die Polizei gibt sich immer noch verschwiegen hinsichtlich der Details rund um die Ermittlungen des Todesfalles in Gislövsstrand am vergangenen Sonntag. Aber das Cimbrishamner Tagblatt *hat herausgefunden, dass einer der versiertesten Kriminalpolizisten Schwedens, Peter Vinston von der Reichsmordkommission, Teil des Ermittlerteams ist.*

Der Artikel war noch nicht zu Ende, aber Vinston las nicht weiter.

»Die Zeitungsleute sitzen wie die Geier vor der Wache, deshalb wollte sich L-G hier treffen«, erklärte Esping.

Vinston war in Gedanken und brummte nur. Wenn die Abendzeitung seinen Namen erwähnte, würde sich sein Chef in Stockholm wahnsinnig aufregen.

Esping klopfte auf das Foto, das zum Artikel gehörte und das Vinston zeigte, wie er mit überrumpelter Miene in seinem Wagen saß.

»Ein perfekter Hinterhalt, das muss man Jonna lassen. Sie sehen aus, als wären Sie gerade aufgewacht.«

Vinston brummte irgendeine Antwort.

Die Eingangstür ging wieder auf, und L-G kam herein. Er trug eine Sonnenbrille und eine schwarz-gelbe Kappe mit der Zahl 822, die er sich tief in die Stirn gezogen hatte.

Der Polizeichef sah sich nervös um, bevor er sich verstohlen an den Tisch setzte und die Sonnenbrille abnahm.

»Das Telefon hört nicht mehr auf zu klingeln. Die Presse ist hinter mir her wie die Schmeißfliegen.«

Er zog ein weißes Stofftaschentuch heraus und wischte sich den Schweiß von der Stirn. Wie um zu untermalen, was er gerade gesagt hatte, begann sein Handy »Be My Baby« zu spielen.

Während L-G an seinem Telefon fummelte, um den Klingelton abzustellen, probierte Vinston seinen Cappuccino. Er schmeckte überraschend gut. Der Röstgrad der Bohnen war genau richtig, der Schaum fest, die Milch warm, aber nicht brennend heiß.

Er schaute zur Theke hinüber und begegnete dem Blick der Frau, woraufhin er seine Tasse hob und ihr zuprostete. Zur Belohnung erntete er ein strahlendes Lächeln.

Esping bemerkte seine Geste.

»Was war das?«, fragte sie und folgte seinem Blick zur Theke.

»Ich habe mich nur für den Kaffee bedankt.«

»Aha«, lächelte sie. »Flirtet Felicia etwa mit Ihnen? Oder Sie mit ihr?«

Vinston machte ein zufriedenes Gesicht.

»Haben Sie sich einander vorgestellt?« Esping winkte die schöne Frau zu sich heran.

»Peter Vinston«, sagte sie. »Das ist Felicia Oduya. Sie ist die Inhaberin dieses Cafés.« Sie machte eine kurze Pause, tauschte einen belustigten Blick mit Felicia und ergriff dann ihre Hand. »Und außerdem meine Lebensgefährtin.«

Vinston verschluckte sich am Kaffee.

»Schön, Sie kennenzulernen«, murmelte er, nachdem er sich erholt hatte, beschämt über das peinliche Missverständnis.

»Freut mich auch. Ich habe schon viel von Ihnen gehört, Peter Vinston. Tove redet kaum noch von jemand anderem. Da könnte ich direkt eifersüchtig werden.«

L-G hatte sein Handy endlich zum Verstummen gebracht und offensichtlich nicht mitbekommen, was gerade passiert war.

»Danke, Felicia. Ich bekomme nichts«, sagte er. »Ich kann leider nicht bleiben.«

Felicia ging zur Kasse zurück, und Vinston bemühte sich, nicht wieder zu ihr hinüberzuschauen.

»Das mit dem *Cimbrishamner Tagblatt* ist unschön, ich glaube, darin sind wir uns alle einig«, seufzte der Polizeichef. »Ein Haufen unnötiger Publicity.«

L-G wischte sich noch einmal mit dem Taschentuch über die Stirn, bevor er es wegsteckte.

»Seid ihr mit irgendeiner Spur weitergekommen? Wie schnell können wir diese unerfreuliche Sache abschließen, damit wir wieder zum Alltag übergehen können?«

Esping fasste die gestrigen Gespräche mit Margit Dybbling, dem Ehepaar Sjöholm und Sofie Wram zusammen.

»Es gibt also mehrere Leute, die Jessie Anderson nicht mochten«, resümierte L-G. »Das beweist aber nicht, dass sie ermordet wurde, oder? Was sagt die KTU?«

»Der Bericht kommt erst heute Nachmittag. Genau wie das Obduktionsprotokoll«, antwortete Esping.

»Das heißt, wir haben bisher nichts, was auf etwas anderes als einen Unfall deutet?«, hakte der Polizeichef nach.

»Wir haben wie gesagt das Sektglas und die Tatsache, dass Jessie wahrscheinlich mit ziemlichem Schwung vom Treppenabsatz stürzte, was darauf hindeutet, dass jemand sie gestoßen haben könnte.«

»Darauf *hindeutet*, nicht beweist«, insistierte L-G.

»Außerdem benehmen sich mehrere Zeugen seltsam«, fuhr Esping fort. »Sowohl Sofie Wram als auch Elin Sidenvall verschwiegen bei der ersten Befragung ihren Streit mit Anderson. Und die Modighs wirkten nervös. Margit Dybbling und die beiden Sjöholms haben jeweils ein starkes Motiv, zudem wohnen sie ganz in der Nähe des Musterhauses. Und dann haben wir noch den mysteriösen Lehrmeister Nicolovius und seine Leserbriefe …«

L-G hob die Hand. »Danke, das reicht, Tove.«

Esping machte den Mund zu, und der Polizeichef wandte sich an Vinston.

»Der Grund, warum ich dich gebeten hatte, uns zu helfen, Peter, war, dass ich hoffte, diese traurige Geschichte so schnell und effektiv wie möglich abzuschließen. Um dieser unnötigen Aufmerksamkeit und den wilden Spekulationen zu entgehen.«

»Verstehe«, erwiderte Vinston diplomatisch. »Aber wie ich bereits gestern sagte, muss man allen Hinweisen nachgehen. Du willst doch nicht, dass sich im Nachhinein jemand über die Ermittlungen beschwert, oder?«

»Nein, natürlich nicht«, gab L-G zu. »Aber ich fürchte, dass wir Ressourcen verschwenden und die Gemeinde völlig unnötigerweise in Aufregung versetzen. Und das möchte ich nicht.«

Esping war verwirrt. Wie schon bei ihrem Gespräch auf der Wache verstand sie nicht, warum ihr Chef so ablehnend reagierte. Es waren erst ein paar Tage vergangen, also waren in dem Fall noch keine unnötigen Mittel verschwendet worden. Und Vinston wurde wohl kaum aus der Gehaltskasse der Simrishamner Polizei bezahlt. Außerdem war sie davon überzeugt, dass sich L-G irrte. Jessie Anderson war ermordet worden.

»Sonst noch was?« L-G schaute auf seine Armbanduhr. »Du meintest, du hättest noch mehr zu berichten, Tove?«

»Gestern sind noch einige andere Ungereimtheiten aufgetaucht«, sagte Esping, während sie ihren Laptop aufklappte. »Das Projekt in Gislövsstrand verschlang Unsummen. Vor ein paar Monaten stand es kurz vor der Pleite. Aber dann kam plötzlich wieder so viel Kapital rein, dass nicht nur das größte Loch gestopft, sondern auch noch diese Hakenskulptur gekauft werden konnte.«

»Woher kam das Geld?«, wollte Vinston wissen.

»Von einer zypriotischen Briefkastenfirma. Leider konnte ich noch nichts Genaueres herausfinden. Aber ein Unternehmen auf Zypern zu registrieren ist eine gängige Methode, um Steuern zu hinterziehen.«

Letzteres hatte Esping aus einer Netflix-Dokumentation, aber das wollte sie nicht preisgeben.

»Kann das nicht Jessies Privatvermögen gewesen sein?«, fragte L-G.

Esping schüttelte den Kopf.

»Ich habe mit ihrem Anwalt gesprochen, und ihm zufolge gibt es wenige finanzielle Mittel im Nachlass.«

»Hatte sie ein Testament aufgesetzt?«, fragte Vinston. »Amerikaner machen so etwas doch gern.«

»Ja, das hatte sie«, erwiderte Esping. »Alles geht an eine Wohlfahrtsorganisation für alleinerziehende Mütter. Wenn überhaupt Geld übrig bleibt. Der Anwalt sagt, Jessie habe schon fast alles, was sie besaß, in das Hausprojekt gesteckt. Das Geld aus Zypern ist also sehr wahrscheinlich nicht ihres.«

»Okay«, nickte Vinston. »Ich habe einen Kollegen bei der Finanzpolizei, der uns sicher helfen kann.«

»Perfekt«, sagte Esping.

»Nun, ich glaube kaum, dass wir die Finanzpolizei hinzuziehen müssen«, wandte L-G ein. »Aber trotzdem danke, Peter. Und was war das Zweite, was du gefunden hast, Tove?«

Esping tauschte einen raschen Blick mit Peter Vinston. Er schien ebenfalls seltsam zu finden, wie L-G sich verhielt.

»Also«, antwortete sie zögerlich. »Margit Dybbling erwähnte nebenbei, dass manche Handwerker nicht bezahlt wurden. Hasse Palm sagte, er habe das Projekt erst kürzlich übernommen, deswegen habe ich überprüft, wer sein Vorgänger war. Es handelt sich um einen Fredrik Urdal, der in Tomelilla eine Elektro- und Sicherheitsfirma betreibt. Er ist außerdem mit Margit Dybbling entfernt verwandt, sie hatte die Information mit der schlechten Zahlungsmoral daher vermutlich von ihm.«

»Hat er die Kameras und die Alarmanlage installiert?«, fragte Vinston.

»Yes. Ich habe Palm angerufen und nochmals nachgefragt. Er war nicht besonders gesprächig, aber nachdem ich ein bisschen gebohrt hatte, bekam ich doch aus ihm heraus, dass Jessie als Allererstes von ihm wollte, dass er Urdals gesamte Zugänge aus dem System löschte. Also Alarmcodes, Log-ins und so weiter. Jessie Anderson und Urdal standen also definitiv auf keinem guten Fuß miteinander.«

Esping öffnete ein Dokument auf ihrem Bildschirm.

»Ich habe ein paar Recherchen zu Urdal und seiner Firma angestellt. Die Vollzugsbehörde ist ihm auf den Fersen, und er taucht im Strafregister auf. Eine Schlägerei vor fünf Jahren und ein paar Fälle von Hehlerei, für die er aber nie angeklagt wurde. Letztes Jahr wurde er außerdem angezeigt, weil er seine Ex-Frau bedroht hatte, Urdal scheint also nicht gerade der netteste Zeitgenosse zu sein, wenn ich so sagen darf.«

»Kann es sein, dass er es war, mit dem Palm im Baucontainer telefoniert hat?«, erkundigte sich Vinston bei Esping. »*Du hast dir das selbst eingebrockt, und jetzt muss ich deinen Mist aufräumen* et cetera.«

»Das ist gut möglich«, meinte Esping zufrieden.

»Hast du mit Urdal gesprochen?«, wollte L-G nun wissen. »Was sagt er zu der ganzen Sache?«

»Ich habe ihn auf dem Weg hierher vom Auto aus angerufen, aber er meinte, er sei zu beschäftigt, um mit der Polizei zu reden. Dann hat er einfach aufgelegt. Ein richtiger Idiot. Ich habe aber herausgefunden, wo er arbeitet«, fuhr sie fort, »und habe vor, einfach hinzufahren und ihn zu überraschen, sobald wir hier fertig sind.«

L-G presste nachdenklich die Lippen aufeinander, nickte dann aber.

»Okay, mach das, Tove. Aber sobald Urdal vernommen wurde und wir den Obduktionsbericht und den Rapport der KTU haben, will ich, dass wir diese Sache abschließen. Ich möchte keine weiteren Schlagzeilen, verstanden?«

Der Polizeichef schob wieder die Kappe an und betupfte seine Stirn mit dem Taschentuch.

»Und apropos«, sagte er dann. »Es wird wohl höchste Zeit, dass wir dir für deine Hilfe danken, Peter. Du willst bestimmt gerne zu deinem wohlverdienten Urlaub zurückkehren und endlich Österlen genießen. Die Simrishamner Polizei kann den wenigen Hinweisen, die noch verbleiben, selbst nachgehen, nicht wahr, Tove?«

Esping schaute Vinston an. Er sah verdutzt aus, was ihr eigentlich gefallen sollte. Das war immerhin der Moment, auf den sie gewartet hatte. Die Chance, diesen angeberischen Stockholmer endlich loszuwerden und die Dinge selbst in die Hand zu nehmen.

Aber L-Gs Widerstand kam ihr verdächtig vor. Warum hatte es ihr Chef so eilig, den Fall ad acta zu legen und Vinston zu verabschieden?

»Ich …« Esping seufzte innerlich. »Ich hatte eigentlich daran gedacht, Vinston zur Befragung mit Urdal mitzunehmen.«

L-G hob abwehrend die Hände.

»Nein, nein. Das können wir nicht verlangen. Wir haben schon genug von Peters wertvoller Zeit in Anspruch genommen.«

»Keine Sorge«, mischte sich Vinston ein. »Ich helfe gerne.«

L-G wollte gerade wieder protestieren, da spielte Esping ihren Trumpf aus.

»Urdal hat eine gewisse gewalttätige Vorgeschichte. Ich glaube, die Polizeigewerkschaft sieht vor, dass man solche Leute zu zweit verhört«, sagte sie mit unschuldiger Stimme. »Die nehmen das ziemlich genau. Aber vielleicht willst *du* ja mitkommen?«

Sie fixierte ihren Chef und bemerkte aus den Augenwinkeln, dass Vinston versuchte, ein Schmunzeln zu unterdrücken.

»All right«, kapitulierte L-G. »Wenn es für dich in Ordnung ist, Peter, dann soll es eben so sein.«

Der Polizeichef schaute wieder auf die Uhr und erhob sich.

»Ruf mich an, sobald die Berichte da sind«, fügte er hinzu. »Ich bin auf dem Handy zu erreichen.«

Er machte ein paar Schritte auf die Tür zu, blieb dann aber abrupt stehen und drehte sich um.

»Und versucht bitte, euch von der Presse fernzuhalten.«

22

Nachdem L-G gefahren war, blieben sie noch im Café sitzen. Esping klappte den Laptop wieder auf und drehte ihn so, dass Vinston den Bildschirm sehen konnte.

»Ich habe gestern versucht, den zeitlichen Ablauf zu skizzieren.«

Sie klickte auf ein Icon und öffnete das Überwachungsprogramm, das sie von Hasse Palm bekommen hatte. Ein einsames Kamerabild tauchte auf.

»Wie Sie wissen, befindet sich die Kamera auf dem Pfosten vor dem Haus. Sie hat einen Bewegungsmelder, sie nimmt also nur auf, wenn etwas passiert. Ich habe versucht, die Aufnahmen mit den Log-ins des Überwachungssystems zu vergleichen sowie mit den Angaben unserer Zeugen.«

Vinston nickte beeindruckt.

»Dabei habe ich einen Zwischenfall am Samstagabend gefunden«, sprach Esping weiter. »Im Baucontainer wurde der Alarm ausgelöst, und jemand von der Security kam und hat sich umgesehen. Aber es wurde als falscher Alarm gemeldet.«

Sie trank einen Schluck Tee.

»Das Erste, was am Sonntagmorgen passiert, ist, dass Elin Sidenvall mittels der App auf ihrem Handy den Alarm ausschaltet und das Tor öffnet. Das sehen Sie hier.«

Sie bewegte den Cursor zum Eintrag auf der linken Seite des Bildschirms und schob ihn zwischen zwei Zeilen hin und her.

8:58 Uhr: Einbruchsalarm deaktiviert via App, Benutzer Elin Sidenvall.

8:58 Uhr: Toröffnung via App, Benutzer Elin Sidenvall.

»Als Elin auf das Haus zufährt, geht die Kamera an.«

Esping lässt den Cursor nach unten zum nächsten Eintrag wandern.

8:59 Uhr: Kameraaktivierung Kamera 1.

Daneben war ein kleines Kamera-Icon zu sehen. Esping klickte es an, und auf dem Bildschirm tauchte Elin Sidenvalls Wagen vor dem Musterhaus auf. Elin parkte und stieg aus. Sie blieb einen Moment an der Haustür stehen und schien zu zögern, bevor sie aufschloss und hineinging.

Esping schob den Cursor weiter.

»Die nächste Aufzeichnung geschieht kurz vor elf, als Jessie erscheint und das Tor mit ihrem Handy öffnet.«

10:59 Uhr: Toröffnung via App, Benutzer Jessie Anderson.

Auf dem Bild war ein weißer Porsche zu erkennen. Jessie Anderson trug eine Sonnenbrille und telefonierte, als sie aus dem Wagen stieg. Sie sprach weiter, während sie im Haus verschwand.

»Gegen halb zwölf öffnet Jessie das Tor für Sofie Wram, die an der Gegensprechanlage geklingelt hat. Das ist hier zu sehen.«

Esping zeigte noch einmal mit dem Cursor.

11:28 Uhr: Toröffnung via App, Benutzer Jessie Anderson.
11:29 Uhr: Kameraaktivierung Kamera 1.

Der Mediaplayer zeigte Sofie Wrams grünen Range Rover, der neben den beiden anderen Fahrzeugen vor dem Haus einparkte. Elin Sidenvall kam Sofie Wram entgegen, sie wechselten ein paar Worte und gingen zusammen ins Haus.

»Gibt es keinen Ton?«, fragte Vinston.

»Nein, leider nicht.« Esping klickte auf den nächsten Eintrag, der wieder eine Kameraaufnahme enthielt: Sofie Wram, die um 12:22 Uhr aus dem Haus kam, mit bestimmten Schritten zu ihrem Wagen ging, die Tür zuschlug und rückwärts wegfuhr.

»Man sieht, wie wütend Sofie ist«, kommentierte Esping. »Jessie hat sie wirklich ziemlich verärgert. Sofie fährt um 12:23 Uhr durch das Tor und weiter Richtung Villa Sjöholm.«

Sie umkreiste mit dem Cursor die Zeile mit der Toröffnung.

»Die Zeit passt zu Alfredos Aussage über den Wortwechsel zwischen ihm und Sofie.«

Esping ging zum nächsten Eintrag über.

»Um 13:26 Uhr öffnet Jessie das Tor wieder mit ihrer App, genau wie vorher, und lässt Niklas Modigh und kurz darauf seine Frau hinein.«

Auf dem Bildschirm tauchte ein großer Tesla auf. Niklas Modigh stieg aus. Eine halbe Minute später erschien ein dunkler SUV mit seiner Frau am Steuer. Sobald Daniella ausgestiegen war, ging das Paar auf die Haustür zu. Fünfzehn Sekunden nachdem die Modighs aus dem Bild verschwunden waren, kam Elin Sidenvall angerannt. Sie hielt eine Sonnenbrille in der Hand, sprang in ihren Wagen und fuhr mit einem Blitzstart weg.

13:29 Uhr: Toröffnung via Induktionsschleife, informierte das System.

»Elin fährt los, um mehr Champagner zu holen«, stellte Vinston fest. »Aber sie sieht aufgewühlt aus, genau wie Daniella Modigh erzählt hat.«

»Fünf nach zwei«, sagte Esping, während die Modighs auf der nächsten Aufzeichnung aus dem Haus kamen. Das Paar blieb vor Niklas' Wagen stehen, Daniella zündete sich eine Zigarette an, und das Ehepaar schien eine leise Diskussion zu führen. Nach einer Weile wurde Daniellas Körpersprache aufgebrachter, und plötzlich warf sie die Zigarette weg, drehte sich offenbar verärgert um und stieg in ihren Wagen. Ihr Mann folgte ihr, klopfte an die Scheibe, aber Daniella ignorierte ihn. Als der SUV aus dem Bild verschwunden war, blieb Niklas einen Moment stehen. Dann ging er zurück ins Haus.

»Die beiden sahen nicht so aus, als wären sie sich einig«, konstatierte Esping. »Daniella fuhr jedenfalls um 14:06 Uhr durch das Tor.«

Sie öffnete die nächste Bildsequenz. Auf dem Monitor kam Niklas Modigh wieder aus dem Haus. Er stieg in seinen Wagen und fuhr los, wodurch sich das Tor erneut öffnete, was ebenfalls im System registriert war.

»Niklas war ungefähr fünf Minuten im Haus«, stellte Esping fest. »Jessie und er waren zu diesem Zeitpunkt allein. Das hat er nicht erwähnt, als wir mit ihm gesprochen haben. Aber wir wissen, dass Niklas Jessie nicht ermordet haben kann, weil Sie eine Viertelstunde später über die Sprechanlage mit ihr gesprochen haben und sie das Tor über ihre Handy-App geöffnet hat. Hier ist der Eintrag.«

14:26 Uhr: Türsprechanlage. Toröffnung via App, Benutzer Jessie Anderson.

Eine Minute später war Vinstons Wagen zu sehen. Er und Christina stiegen aus, und sie rückte seine Krawatte zurecht, bevor sie ins Haus gingen.

»Und hier kommt Elin mit dem Blubberwasser zurück«, zeigte Esping.

14:29 Uhr: Toröffnung via App, Benutzer Elin Sidenvall.

Elin Sidenvalls Wagen kam ins Bild. Sie parkte auf ihrem alten Platz und hatte eine Champagnerflasche in der Hand, als sie auf die Tür zulief.

»Was danach war, wissen wir.«

Auf der allerletzten Bildsequenz, die 14:34 Uhr startete, kam Christina mit dem Arm um die weinende Elin Sidenvall aus dem Haus. Hinter ihnen Vinston, das Handy am Ohr. Die Kamera zeichnete weiter auf, während die drei auf die Polizei warteten.

»Fast alles scheint mit dem übereinzustimmen, was wir bereits wissen«, resümierte Vinston. »Die einzige Abweichung ist Niklas Modighs kurze Rückkehr ins Haus. Wäre interessant zu wissen, was er da wollte. Aber natürlich kann es sein, dass er einfach etwas vergessen hatte.«

»Ich habe noch etwas gefunden.« Esping versuchte, nicht allzu zufrieden mit sich zu klingen.

»Hier. Es gibt ein Ereignis, das ich übersprungen habe. Fünf vor halb drei, also eine Minute bevor Jessie Ihnen das Tor geöffnet hat, wird die Kamera aktiviert.«

Sie klickte auf das Kamerasymbol. Der Ausschnitt zeigte Jessies einsamen weißen Porsche vor dem Haus, nichts weiter. Niemand kam oder ging. Nach dreißig Sekunden hörte die Aufnahme auf.

»Da ist doch niemand?«, sagte Vinston. »Sagten Sie nicht, die Kamera springt an, wenn sie eine Bewegung registriert?«

»Richtig. Ich dachte zunächst, es sei ein Fehler. Aber schauen Sie noch mal, ganz oben in der rechten Ecke.«

Esping spielte die Aufnahme ein zweites Mal ab. Vinston beugte sich näher heran.

»Da!«, rief sie. »Haben Sie das gesehen?«

Vinston kniff die Augen zusammen. Eine schwache Bewegung war am Rand des Kamerafeldes zu sehen, verschwand aber schon in dem Moment, in dem das Hirn sie registrierte. Esping spulte die Sequenz vor und zurück.

Die Bewegung war nur als dunkler, flatternder Schatten wahrzunehmen. Nur eine Bildsequenz lang, bevor sie wieder weg war.

Esping hielt den Film an und vergrößerte das Bild so gut es ging, damit die Konturen deutlicher hervortraten.

»Das«, sagte sie und klopfte auf den Bildschirm, »ist der Schatten eines Menschen. Irgendjemand war auf dem Weg zum Musterhaus, nur wenige Minuten bevor Jessie Anderson in den Tod stürzte, und dieser jemand wusste, wie man sich von der Kamera fernhielt. Ich glaube, es ist höchste Zeit, dass wir mit Fredrik Urdal sprechen. Immerhin hat er das Überwachungssystem installiert.«

Vinston nickte, beeindruckt von Espings Bericht. Es fiel ihm schwer, den Blick von dem Schatten auf dem Bildschirm abzuwenden. Seltsamerweise erinnerte er ihn an die entwischende Katze in seinem Äggakaka-Traum, aber das erwähnte er nicht.

23

Das Haus, in dem Fredrik Urdal arbeitete, lag Richtung Hallamölla, im Norden von Österlen, wo die Landschaft waldiger und hügeliger war.

»Hallamölla ist der höchste Wasserfall in Schonen«, erklärte Esping. »Mit einer Fallhöhe von dreiundzwanzig Metern.«

Für Vinston, der schon oft in Norrland gewesen war und deutlich höhere Wasserfälle gesehen hatte, klang das nicht sonderlich beeindruckend. Aber da ihre Beziehung sich allmählich verbesserte, beschloss er, diese Tatsache nicht zu erwähnen.

»Wie haben Sie erfahren, wo Urdal gerade arbeitet?«, fragte er, als sie sich dem Ort näherten.

»Nachdem er bei meinem ersten Versuch nicht mit mir sprechen wollte, habe ich von Felicias Telefon aus noch mal angerufen und mich als Kundin ausgegeben«, erzählte Esping. »Darauf ist er hereingefallen.«

Nicht dumm, dachte Vinston, während er weiterfuhr.

Das Haus, eine abgeschiedene Holzhütte, lag mitten im Wald.

Rote Holzpaneele, weiße Fensterrahmen und ein schmutzig braunes Eternitdach.

Direkt unterhalb des Hauses lag ein kleiner See, der zur Hälfte mit Seerosen bedeckt war und in dessen dunkelgrünes Wasser sich ein alter, verwitterter Steg erstreckte.

An der einen Hausecke stand ein großer Pick-up. *Elektro und Telekommunikation. Die Jungs für Ihre Sicherheit* stand auf der Seite geschrieben.

»Das ist Urdals Wagen«, sagte Esping.

Sobald sie geparkt hatten, fotografierte Esping die groben Reifen ab und verglich sie kurz mit den Bildern, die sie am Strand aufgenommen hatte. Die beiden Muster sahen sich sehr ähnlich.

Die Tür zur Hütte war nur angelehnt, und aus dem Inneren ertönte laute Musik. Death Metal dröhnte zwischen den Hauswänden.

Vinston und Esping betraten die Diele. Es roch nach Sägespänen und frischer Farbe.

Auf halber Treppe in den Keller hinunter stand ein Mann mit einem Werkzeuggürtel und schraubte an einem alten Sicherungskasten.

Er schien etwa fünfunddreißig zu sein, trug kurz geschorene Haare und einen Ohrring. Sein Körper war so durchtrainiert, dass das T-Shirt an den Oberarmen spannte. Die Luft im Haus war stickig, die Stirn des Mannes glänzte von Schweiß. Das musste Fredrik Urdal sein.

Vinston ging zum Radio, das auf dem Boden stand, und zog den Stecker.

»Verdammt!«

Fredrik fuhr herum. Seine Augen waren dunkel, in der Hand hielt er einen Schraubendreher. Die Adern an seinen tätowierten Unterarmen sahen aus wie blaue Schläuche.

»Esping, Polizei Simrishamn«, sagte Esping und zeigte ihren Dienstausweis.

Urdal ließ das Werkzeug sinken.

»Sie haben mich vorhin angerufen«, brummte er. »Ich habe doch schon gesagt, dass ich keine Zeit habe, mit den Bullen zu reden. Der Job hier eilt.« Er nickte zum Sicherungskasten, aus dem eine Menge verschiedener Kabel ragte. »Melden Sie sich nächste Woche.«

Er drehte Esping den Rücken zu, woraufhin sie wütend erwiderte: »Wir können Sie auch gerne abführen und auf die Wache befördern, wenn Ihnen das lieber ist?«

Fredrik Urdal drehte sich wieder um und schob das Kinn vor.

»Da musst du erst mal Verstärkung rufen, Herzchen.«

Esping war kurz davor, nach den Handschellen zu greifen, die an ihrem Gürtel hingen, wurde aber von Vinston unterbrochen:

»Hübsches Häuschen!«, sagte er fröhlich, als hätte er von dem eskalierenden Streit nichts mitbekommen. »Das zu renovieren muss eine ordentliche Summe kosten.«

»Darauf können Sie wetten.« Urdal griff nach einer Wasserflasche und trank einige tiefe Schlucke. »Wieder so ein verdammter Stockholmer, der zu überteuertem Preis kauft. Ihr treibt die Hauspreise so in die Höhe, dass wir anderen es uns nicht mehr leisten können, hier zu wohnen.« Er wischte sich den Schweiß vom breiten Nacken. »Ihr Stockholmer seid wie die Sturmmöwen. Laut, unerwünscht und scheißt auf alles.«

Der große Kerl grinste provozierend.

»Gibt es im Haus nur Aufputzleitungen?« Vinston zeigte auf ein bleiummanteltes, an der Wand verlaufendes Kabel, das zu einem altmodischen Drehschalter aus Bakelit führte.

Urdal schnaubte.

»Das Leitungsnetz ist ein einziges Chaos. Auf der einen Seite Aufputzkabel aus den Zwanzigerjahren, auf der anderen EKKs mit APK-Klemmen.« Er deutete wieder mit einem Nicken auf den Sicherungskasten. »Die Installation hat wahrscheinlich irgendein verdammter Bastler in den Siebzigerjahren verbrochen. Und dann glaubt der Kunde, dass man Ofen, Induktionsherd, Waschmaschine, Trockner und einen Scheiß-Jacuzzi anschließen kann, ohne dass die Sicherungen durchbrennen.«

Esping fand, dass der Small Talk lange genug gedauert hatte. Höchste Zeit, zur Sache zu kommen.

»Sie und Jessie Anderson sind wegen der Bezahlung aneinandergeraten, nachdem Sie die Überwachungsanlage bei ihrem Haus installiert hatten.«

Esping versuchte, die Frage wie eine Behauptung klingen zu lassen, so wie Vinston es bei Sofie Wram gemacht hatte. Urdal trank noch einmal aus seiner Flasche und grinste schadenfroh.

»Ja, ich habe in der Zeitung gelesen, dass endlich jemand genug von ihrem Scheißgerede hatte und der alten Hexe ein Ende bereitet hat. Im eigenen Musterhaus umgebracht, was für ein Karma.«

Esping biss sich auf die Zunge.

»Anderson war der reinste Albtraum«, fuhr Urdal fort. »Nichts war gut genug, und ihr fielen dauernd neue Sachen ein. Aber es durfte nichts kosten. Sie drohte mit Anwälten und Kündigung, sobald ein Handwerker Extras geltend machte.«

»Extras?«, fragte Vinston.

»Änderungen, Zusatzvereinbarungen, alle Kosten, die über den Kostenvoranschlag hinausgehen«, wusste Esping.

»Alle anderen Handwerker haben sich ihren Quatsch gefallen lassen«, fuhr Urdal fort. »Sie hatten Angst vor ihr. Aber ich nicht. Es kam zum Streit, und ich habe ihr gesagt, sie soll sich zum Teufel scheren. Hab mein Zeug gepackt und bin gegangen. Später habe ich gehört, dass sie diesen Stümper El-Hasse aus Sjöbo angeheuert hat. Na, viel Glück …«

Urdal zog ein abgestoßenes Smartphone in einer dicken Gummihülle aus seinem Werkzeuggürtel und schaute demonstrativ auf die Uhr.

»Ist noch was? Sonst muss ich jetzt weitermachen. Der Kunde kommt nächste Woche und hat mir einen fetten Bonus versprochen, wenn bis dahin alles funktioniert. Das erfordert einige kreative Maßnahmen, aber darin bin ich gut.«

Er zwinkerte Esping zu.

»Wo waren Sie am Sonntag gegen halb zwei?«, fragte Vinston.

Fredrik Urdal hob die Hände.

»Hier. Wo sonst?«

»Kann das jemand bestätigen?«

»Was denn, glauben Sie etwa, ich hätte die Alte umgebracht?« Urdal warf den Kopf zurück und lachte höhnisch auf. »Ne, ne, da sind Sie auf dem Holzweg. Es gibt bestimmt Leute, die sehr viel wütender auf Jessie Anderson sind als ich.«

»Wer denn zum Beispiel?«, fragte Esping.

Urdal schraubte den Deckel auf seine Wasserflasche und stellte sie auf den Boden. Dann verzog er den Mund zu einem spöttischen Lächeln.

»Das herauszufinden ist doch wohl dein Job, Herzchen?«

Sobald Vinston und Esping gefahren waren, ging Fredrik Urdal zu einer Sporttasche und holte ein Handy heraus. Es war kleiner als dasjenige, welches er in seinem Werkzeuggürtel trug, und sah ganz neu aus. Er wählte die einzige Nummer in der Anrufliste.

»Ich bin's«, sagte er, als die Person am anderen Ende dranging. »Die Bullen waren gerade hier und haben Fragen gestellt. Deshalb ist der Preis jetzt auf hundertfünfzigtausend gestiegen. Spätestens morgen Abend um acht, sonst erzähle ich, was ich weiß. Kapiert?«

Er beendete das Gespräch, ohne die Antwort abzuwarten. Zufrieden grinsend schob er den Radiostecker wieder in die Steckdose, woraufhin erneut Death Metal von den Wänden hallte.

24

»Wir müssen Fredrik Urdal als unseren Hauptverdächtigen ansehen«, sagte Esping, nachdem Vinston den Motor gestartet hatte. »Er war schon einmal gewalttätig und besitzt kein Alibi. Außerdem hatte er Streit mit Jessie Anderson, was ihm ein Motiv verschafft. Seine Autoreifen sehen auch so aus, als würden sie zu den Spuren im Sand unterhalb des Hauses passen. Und er wusste, dass nur eine der Kameras funktionierte, weshalb er sich außer Sichtweite bewegte.«

»Das ist eine interessante Theorie«, stimmte Vinston nachdenklich zu. »Aber sie enthält einige Leerstellen. Wie konnte Urdal zum Beispiel wissen, dass Jessie in diesen wenigen Minuten zwischen Niklas Modighs Fortgehen und dem Erscheinen von Christina und mir allein sein würde?«

»Er hatte Zugang zum Überwachungssystem«, erwiderte Esping. »Er konnte die Kameraaufzeichnung und die Einträge sehen.«

»Nein, denn Jessie hat dafür gesorgt, dass Palm Urdals Zugang sperrt.«

»Dann hat er vielleicht gesehen, dass Jessies Wagen als einziger vor dem Haus stand?«

»Denkbar«, nickte Vinston. »Aber das würde voraussetzen, dass Urdal auf gut Glück zum Haus gefahren ist. Und das Motiv ist auch ein wenig schwach. Der Streit mit Jessie Anderson lag schon eine Woche zurück. Vielleicht länger. Im Affekt zu töten ist eine Sache, aber so lange zu warten? Was hätte Urdal davon gehabt?«

»Rache«, meinte Esping. »Und vielleicht haben sie im Haus erneut gestritten?«

»Dafür hatten sie kaum Zeit. Die Person auf dem Video ist nur ein, zwei Minuten vor unserem Eintreffen auf dem Weg ins Haus. Urdal ist interessant, aber es gibt andere, die genauso denkbar sind.«

»Wer denn?«

»Zum Beispiel Sofie Wram. Sie hatte nur wenige Stunden vorher mit Jessie Streit. Ihre Autoreifen zeigten Spuren von Sand. Und es gibt in Sofie Wrams Vergangenheit bereits einen mysteriösen Sturz. Ich nehme an, Sie kennen die Geschichte.«

»Ihr Mann? Das ist doch zwanzig Jahre her. Max war voll wie eine Haubitze und ist von einem Heuboden gefallen.«

»Jessie war betrunken und ist von einem Treppenabsatz gestürzt.«

Esping schüttelte zweifelnd den Kopf.

»Ich kenne Sofie, seit ich ein Kind war. Der Sand an ihren Reifen kann von einer Reitbahn stammen, und sie ist keine Mörderin.«

»Nicht? Hatten Sie nicht gesagt, alle hätten Angst vor ihr?«

»Nicht so.«

Das Gespräch endete in angespannter Stille. Nach einer Weile tippte Esping in ihr Handy.

»Borén hat den technischen Bericht geschickt«, teilte sie mit. »Leider hat sie nichts gefunden, was wir nicht schon wissen. Das einzig Neue ist, dass Palms Reifenabdruck nicht mit der Spur am Strand übereinstimmt. Außerdem hat sie ein paar Berechnungen angestellt, mit welcher Geschwindigkeit Jessie über die Kante gestürzt sein muss, kommt aber zu dem Schluss, dass sie entweder gefallen ist oder gestoßen wurde.«

»Und der Obduktionsbericht?«

»Der ist noch nicht da. Aber wenn er genauso nichtssagend ist, wird es sicher schwer werden, L-G davon zu überzeugen, uns weiterarbeiten zu lassen.«

»Mm.« Vinston überlegte, wie er sich ausdrücken sollte. »Also, ich kenne L-G natürlich nicht besonders gut, aber ist es nicht seltsam, dass er Jessie Andersons Tod so gerne als Unfall abtun will?«

Er blieb bei einem Stoppschild stehen und drehte sich zu Esping um.

»Sie haben nicht zufällig den Eindruck, dass L-G unter Druck sein könnte? Dass jemand die ganze Geschichte unter den Teppich kehren möchte?«

Sie waren rechtzeitig zum Mittagessen zurück in Felicias Kaffeehaus. Es war ziemlich voll, aber bei dem guten Wetter wollten die meisten Gäste draußen sitzen, sodass Vinston und Esping einen ruhigen Tisch fanden.

»Ich esse meist den Caesar Salad«, sagte Esping. »Und das Grillsandwich mit Räucherschinken und schonischem Senf auf Sauerteigbrot ist sehr beliebt.«

Vinston wählte das Sandwich, und sie aßen schweigend.

Esping ärgerte sich immer noch über die Diskussion im Auto. Immerhin hatte sie dafür gesorgt, dass Vinston noch an der Ermittlung teilnehmen durfte, trotzdem konnte er es nicht lassen, sie zu belehren.

»Sie könnten mit Fredrik Urdal schon recht haben«, bemerkte Vinston, als habe er ihre Gedanken erraten. »Mir geht es nur darum, dass es zu früh ist, andere Täter auszuschließen. Wir müssen einfach abwarten, ob seine oder Wrams Reifenabdrücke mit den Spuren am Strand übereinstimmen.«

»Mm.« Esping schaute bestimmt zum zehnten Mal innerhalb der letzten zehn Minuten auf ihr Handy. Dabei entdeckte sie eine frisch eingetroffene E-Mail aus der Rechtsmedizin.

»Der Obduktionsbericht ist da!«

Vinstons Gesicht bekam einen beinahe eifrigen Ausdruck.

»Was steht drin?«

»Äh …« Esping kratzte sich im Nacken. »Das ist ehrlich gesagt mein erster Obduktionsbericht, vielleicht könnten Sie ihn lesen?«

»Könnten wir ihn hier irgendwo ausdrucken?«

»Klar, Felicia hat einen Drucker in ihrem Büro.«

Esping verschwand in der Küche.

Nach einer Weile kam sie mit einem Stoß Papiere zurück, den sie vor Vinston legte.

Er blätterte ihn durch und brummte ein paarmal.

»Und?«, fragte Esping ungeduldig.

»Jessies Tod wurde vom Sturz auf den Haken verursacht. Das Rückgrat ist gebrochen, Herz und Lunge sind punktiert. Wahrscheinlich war sie sofort tot. Nichts Ungewöhnliches.« Er blätterte weiter. »Der Alkoholgehalt in ihrem Blut lag bei 0,6 Promille. Für jemanden wie Jessie bedeutet das wohl, dass sie gerade mal angeheitert war.«

»Sie ist also nicht im Rausch gestürzt?«

»Das scheint mir jedenfalls unwahrscheinlich. Aber natürlich nicht unmöglich.«

Vinston überflog den Rest des Protokolls.

»Noch was?«, wollte Esping wissen.

»Nein, außer dass Jessie offensichtlich keine echte Blondine war und eine Reihe Schönheitseingriffe hatte machen lassen.«

»Aha, sie hatte also Filler, Silikonbrüste und war auch sonst nicht besonders echt. *Surprise, surprise!*« Esping notierte zu ihrem Vergnügen, dass Vinston verlegen dreinschaute.

»So in etwa, ja.«

Vinston schob die Papiere zusammen und klopfte sie auf den Tisch, um sie auf Kante zu bringen.

»Die Frage ist, ob wir L-G anrufen sollen? Wir haben immer noch nur Indizien ...«, sagte er, wurde aber von seinem Telefon unterbrochen. Elin Sidenvalls Nummer.

Er nahm das Gespräch an, stellte den Ton laut und drehte den Hörer so, dass Esping mithören konnte.

»Peter Vinston.«

»Hallo, hier ist Elin Sidenvall. Ich ...« Ihre Stimme klang beunruhigt. »Ich habe das in der Zeitung gelesen. Über Sie, über Jessie. Dass Sie glauben, es könnte Mord gewesen sein?«

Esping beugte sich näher, um kein Wort zu verpassen.

»Möglicherweise.«

Elin holte hörbar Luft.

»Glauben Sie, es hat mit dem Projekt zu tun? Mit den ganzen Protesten? Dass sie deswegen jemand ...«

»Ich glaube nicht, dass Sie sich Sorgen machen müssen«, antwortete Vinston.

Nun begann auch Espings Telefon zu klingeln. Sie stand auf und ging ein paar Schritte beiseite, um Vinstons Gespräch nicht zu stören.

»Hallo, Esping. Hier Per von der IT-Abteilung. Ich habe dieses Handy für dich überprüft.«

Per sprach nicht weiter, offenbar, um sie auf die Folter zu spannen.

»Okay, und was hast du gefunden?«, erkundigte sie sich, so ruhig sie konnte.

»Oh, es gab ein paar kleine Schätze«, kicherte er. »Vor allem einen ziemlich heißen Sexchat, den Jessie versucht hatte zu löschen. Aber wir konnten ihn wiederherstellen. Jedes schmutzige kleine Detail.«

Esping schaute zu Vinston hinüber, aber der war noch im Gespräch.

»Weißt du, mit wem Jessie gechattet hat?«

»Jepp.«

Wieder eine unnötige Pause. Esping konnte ihre Ungeduld nicht länger im Zaum halten.

»Hast du vor, es mir zu sagen, oder ist das ein Cliffhanger?«

25

Niklas Modigh öffnete die Tür mit seinem üblichen selbstsicheren Lächeln.

Er hatte einen Dreitagebart und sah trotz des Lächelns ein wenig müde aus. In der einen Hand hielt er einen Akkuschrauber.

»Ah, Sie wieder«, sagte er. »Ich bin gerade dabei, im Haus ein paar Sachen zu reparieren. Daniella ist unterwegs und schaut sich ein Pferd an, aber ich kann sie anrufen und fragen, ob sie auf dem Weg nach Hause ist.«

»Tatsächlich sind Sie es, mit dem wir sprechen möchten«, erwiderte Esping. »Am liebsten allein.«

»Oh, das klingt unheilvoll. Soll ich meinen Anwalt anrufen?«

Niklas versuchte, scherzhaft zu klingen, aber es gelang ihm nicht richtig. Er führte sie die Treppe hinunter in einen Raum, der von einem großen Billardtisch und ein paar Klubsesseln dominiert wurde.

»Also, wie kann ich Ihnen helfen?«, fragte er.

»Hatten Sie ein Verhältnis mit Jessie Anderson?«, kam Esping direkt zur Sache.

Das Lächeln des Hockeyspielers verschwand auf einen Schlag.

»Wer hat das behauptet? Elin? Das war ein Missverständnis. Ich habe an die falsche Person …«

»Wir haben Ihren Chat gelesen«, verdeutlichte Vinston.

Niklas' Gesicht verlor alle Farbe, er sank in einen der Sessel.

»Verdammt! Ich habe mehrmals versucht, mit Jessie Schluss zu machen. Aber sie weigerte sich einfach.«

Esping zog ein Blatt Papier aus der Jackentasche.

»Na ja, Ihrem langen Chatverlauf zufolge haben Sie sich im ersten Jahr nicht besonders geziert. Erst gegen Ende fingen Sie an, sich zurückzuziehen.« Sie las laut vor: »*Wir müssen wirklich damit aufhören. Es war spannend, aber jetzt wird es langsam zu gefähr-*

lich. Wenn Daniella klar wird, dass wir uns immer noch treffen, ist es aus. Noch eine Chance bekomme ich nicht.«

Sie schaute Niklas über den Rand des Papiers hinweg an.

»Das haben Sie vor einigen Wochen geschrieben. Aber Jessie scheint nicht auf Sie gehört zu haben, denn nur einen Tag später hat sie ein Bild von sich geschickt. Oder besser gesagt, von einem bestimmten Teil von sich. Das scheint ein Hobby von Ihnen beiden gewesen zu sein ...«

Aus den Augenwinkeln sah Esping, dass Vinston verlegen wegschaute. Sie blickte wieder auf das Blatt Papier hinunter.

»Das hier stammt von letzter Woche: *Daniella ist wahnsinnig misstrauisch. Sie kontrolliert mich dauernd. Ich habe dir hundertmal gesagt, dass es zu riskant ist. Was auf dem Spiel steht. Lösch den Chat und hör auf, mich zu kontaktieren. Hör auf, verstanden?!*«

Niklas Modigh begrub das Gesicht zwischen seinen Händen.

»Und jetzt am Samstagnachmittag, nachdem Jessie noch ein Bild geschickt hatte: *Schluss jetzt, verdammt, Jessie! Das ist das letzte Mal, dass ich dich freundlich darum bitte ...*«

Esping ließ das Blatt sinken.

»Welche Risiken haben Sie gemeint?«, fragte Vinston. »Was stand auf dem Spiel?«

Niklas schaute auf und seufzte tief, bevor er antwortete: »Vor ungefähr einem Jahr hat Daniella herausgefunden, dass ich sie mit Jessie betrogen habe. Ich beteuerte, es sei eine einmalige Sache gewesen, und sie gab mir noch eine Chance.«

Er schüttelte missmutig den Kopf.

»Daniella und ich sind schon lange zusammen. Seit ich für die NHL gedraftet wurde. Wir haben keinen Ehevertrag. Wenn sie die Scheidung einreicht, vor allem in den USA ...«

»... dann kann sie Sie komplett ausnehmen«, ergänzte Vinston. »Sie müssten ihr jahrelang Unterhalt zahlen. Millionen von Dollar.«

»Richtig.«

»Aber trotzdem konnten Sie Ihre Finger nicht von Jessie Anderson lassen?«

Der Hockeyspieler rieb sich die Schläfen.

»Ich habe wirklich mehrmals versucht, die Sache zu beenden. Aber es ging nicht.«

»Am Samstag auf dem Fest«, sagte Vinston. »Ich habe Sie und Jessie im Garten gesehen.«

»Ich habe versucht, ihr klarzumachen, dass wir aufhören müssen. Daniella und ich wollten schließlich am Sonntag zu Jessies Hausbesichtigung gehen. Ich hatte panische Angst, dass Jessie dann etwas tun oder sagen würde, was uns verraten könnte.«

»Und was sagte Jessie dazu?«, fragte Esping.

»Sie hat bloß gelacht, als wäre alles ein verdammtes Spiel. Und dann, am nächsten Tag, hat sie den Preis für das Haus erhöht. Eiskalt. Zwei Millionen Kronen mehr, als wir ausgemacht hatten. Dabei tat sie so, als hätten wir, sie und ich, schon darüber gesprochen. Und ich hatte keine andere Wahl, als mitzuspielen.«

»Sind Sie deshalb noch einmal ins Haus zurück, nachdem Daniella gefahren war?«

Modigh nickte.

»Ich wollte, dass Jessie das zurücknimmt, aber sie hat mich nur ausgelacht. Sie meinte, ich würde billig davonkommen und dass sie den Preis noch weiter hätte erhöhen sollen. Dass sie die Bilder und Chats gesichert hätte.«

»Was geschah dann?«, wollte Esping wissen.

»Ich bin sofort nach Hause gefahren. Hab mir ein großes Glas Whisky eingeschenkt und versucht, genug Mut aufzubringen, um Daniella alles zu erzählen. Ob Sie mir glauben oder nicht, ich liebe meine Frau und will sie nicht verlieren. Aber als sie schließlich kam, traute ich mich doch nicht.«

»Und dann war Jessie plötzlich tot«, konstatierte Esping. »Und all Ihre Probleme sind gelöst.«

»Ja«, stieß Modigh gepresst hervor. »Aber ich habe sie nicht getötet. Das müssen Sie mir glauben!«

Vinston und Esping sahen sich an.

»Wir müssen Sie bitten, bis auf Weiteres in der Gegend zu bleiben«, sagte Esping.

Niklas Modigh nickte verbissen.

»Tja. Was denken Sie?«, fragte Vinston, als sie sich ins Auto setzten und vom Hof fuhren.

»Ich weiß nicht recht«, erwiderte Esping. »Niklas Modigh hat ganz klar ein starkes Motiv.«

»Aber wir wissen, dass Jessie Anderson noch lebte, als er das Haus verließ. Und die Reifenspuren stimmen auch nicht«, bemerkte Vinston. »Niklas fährt einen Tesla, die Reifen haben ein flaches Profil und hinterlassen nicht die Art von tiefen Spuren, wie wir sie am Strand gefunden haben.«

»Vielleicht fuhr er nach Hause und tauschte den Wagen aus?«, überlegte Esping. »Wobei ihm dafür die Zeit nicht gereicht hätte«, korrigierte sie sich selbst. »Er hatte nur eine Viertelstunde, das ist viel zu wenig, um hierherzufahren, den Wagen zu wechseln und zum Musterhaus zurückzukehren.«

»Mm.« Vinston bog auf die Hauptstraße ein. »Was halten Sie davon, noch mal bei Elin Sidenvall vorbeizufahren? Genau wie Sie denke ich auch, dass sie mehr weiß, als sie erzählt hat. Nicht zuletzt über Jessies Liebesleben.«

»Gut«, sagte Esping.

Vinston setzte den Blinker und fuhr an den Straßenrand, von wo aus er sorgfältig in beide Richtungen schaute, bevor er einen U-Turn machte.

Elins kleiner Wagen stand in der Auffahrt zu ihrem Haus. Vinston klopfte an die Haustür, aber niemand öffnete.

»Seltsam«, sagte er zu Esping. »Als sie anrief, hatte ich den Eindruck, sie sei zu Hause. Bleiben Sie hier, dann schaue ich mal auf der Rückseite nach.«

Er umrundete das Haus. Eine Mauer trennte den Vorgarten von

der Rückseite, aber in der Mitte befand sich eine Tür, deren Scharniere heiser quietschten, als er sie aufdrückte.

Der Garten dahinter war stark zugewachsen. Das Gras hätte schon lange gemäht werden müssen, und Unkraut überwucherte die Rabatten. Das einzige Geräusch, das zu hören war, stammte von einem Traktor in der Ferne.

»Hallo?«, rief Vinston. »Elin Sidenvall?«

Auf der Rückseite des Hauses entdeckte er eine gepflasterte Terrasse mit zwei Sonnenliegen. Die Terrassentür zum Wohnzimmer stand offen. Vinstons Polizeiinstinkt erwachte.

»Hallo!«, rief er noch einmal. »Hier ist die Polizei!«

Keine Antwort. Er schob die Terrassentür auf und ging vorsichtig hinein. Im Haus war alles still. Eine bedrückende, seltsame Stille, bei der sich Vinstons Nackenhaare aufstellten. Der feuchte Geruch in den Räumen war deutlicher wahrzunehmen als beim letzten Mal.

»Hallo! Elin!«

Er schaute in die Küche. Leer. Er ging weiter ins Arbeitszimmer. Es sah genauso aus wie beim letzten Mal, aber er bemerkte, dass eine Schreibtischschublade ein Stück herausgezogen war. Vielleicht ein Zufall, oder jemand hatte hier kürzlich etwas gesucht.

Das Gefühl der Unruhe nahm zu, Vinstons Herz schlug heftiger.

Er ging einige leise Schritte die Treppe zum Obergeschoss hinauf, musste aber auf halbem Weg stehen bleiben. Sein Herz pochte, sein Kopf rauschte plötzlich. Vinston erkannte die Symptome.

Er stützte sich mit den Händen auf den Knien ab und holte ein paarmal tief Luft, wodurch das Rauschen nachließ. Dann richtete er sich langsam auf und hielt sich am Treppengeländer fest, um nicht das Gleichgewicht zu verlieren.

Als er schließlich oben ankam, öffnete er vorsichtig die Tür zu Jessies Schlafzimmer.

Leer. Das Bad auch.

Blieb nur noch Elins Zimmer. Sein Herzschlag wurde wieder

schneller, wodurch das Rauschen in seinem Kopf die Ohren erreichte, in seinem Blickfeld schienen kleine weiße Blasen zu explodieren.

Vinston zwinkerte mehrmals heftig, um die Blasen loszuwerden, und stützte sich am Türrahmen ab. Er durfte jetzt nicht ohnmächtig werden.

»Elin«, sagte er mit wackeliger Stimme. »Elin?«

Keine Reaktion. Sein Puls raste, das Rauschen wurde stärker.

Voll böser Vorahnung holte Vinston tief Luft, drückte die Klinke hinunter und öffnete langsam die Tür zum Schlafzimmer.

26

Elins Bett war genauso ordentlich gemacht wie neulich. Das Fenster war gekippt, was die Gardinen sanft zum Flattern brachte.

Ansonsten war das Zimmer leer.

Vinston sank erleichtert auf das Bett. Dort blieb er eine Minute sitzen, bis sich sein Herzschlag beruhigte. Er hatte wieder einmal kurz vor einer Ohnmacht gestanden, und das im denkbar schlechtesten Moment. Im Übrigen war alles nur falscher Alarm gewesen.

Er sah sich im Zimmer um. Es war genauso aufgeräumt und sauber wie beim letzten Mal, vielleicht mit Ausnahme eines halb vollen Blisters Ibuprofen, der neben dem Bücherstapel auf dem Nachttisch lag.

Ganz oben im Stapel lag Agatha Christies *Alibi,* welches auch eines von Vinstons Lieblingsbüchern war. Elin hatte offenbar einen guten Geschmack, wenn es um Krimis ging. Er erhob sich und kontrollierte das Fenster. Der Riegel war vorgeschoben. Draußen war ein tristes Garagendach aus Dachpappe zu sehen.

Vinston kam gerade zurück ins Erdgeschoss, als die Haustür weit geöffnet wurde. Esping erschien im Türrahmen, und schräg hinter ihr Elin Sidenvall mit einer großen Sonnenbrille, die das halbe Gesicht bedeckte.

»Die Terrassentür stand offen«, erklärte Vinston, nachdem er sich von dem Schreck erholt hatte. »Wir haben geklopft, aber Sie haben nicht aufgemacht.«

»Der Bauleiter hat mich wegen einer Sache angerufen«, sagte Elin Sidenvall. »Deshalb musste ich kurz nach Gislövsstrand fahren.«

»Mit Jessies Wagen«, fügte Esping hinzu.

»Ja, mein eigener hat kaum noch Benzin, und es war dringend.«

»Wissen Sie, ob Sie die Terrassentür zugemacht haben, bevor Sie losgefahren sind?«, fragte Vinston.

»N-nein?«

Elin schien erst jetzt zu begreifen, was er meinte.

»Glauben Sie, dass jemand eingebrochen ist?«, erkundigte sie sich beunruhigt.

»Ich weiß es nicht. Könnten Sie sich umsehen und schauen, ob etwas fehlt?«

Elin machte eine schnelle Runde durch das Haus, während sich Esping und Vinston im Hintergrund hielten.

»Alles sieht aus wie vorhin«, sagte sie dann. »Wahrscheinlich habe ich einfach vergessen, die Terrassentür zu schließen. Wie dumm von mir …«

Sie forderte die beiden Polizisten mit einem Zeichen auf, ihr auf die Terrasse zu folgen.

Die Sonne war herausgekommen. Die Vögel sangen, und der Garten sah nicht mehr so düster aus wie vor einer Weile.

»Wir wollten Ihnen noch ein paar Fragen stellen«, sagte Vinston, während sie sich setzten. »Hatte Jessie ein Verhältnis mit Niklas Modigh?«

Elin Sidenvall erstarrte, nickte dann aber verbissen.

»Ich glaube, ja.«

»Hat Jessie etwas darüber gesagt?«, wollte Esping wissen.

»Nein. Sie sprach fast nie über ihr Privatleben. Aber ich hatte trotzdem den Verdacht. Jessie machte sich immer besonders zurecht, wenn sie Niklas traf, und mir fiel auf, dass Daniella und Jessie sich nicht mochten. Außerdem gab es diesen peinlichen Anruf letzten Sommer …«

Elin schlug verlegen die Augen nieder.

»Wir hatten eine Hausbesichtigung. Jessie war mit einem Kunden beschäftigt und hatte ihr Telefon weggelegt. Als es klingelte, ging ich dran. Es war ein Reflex, ich war noch ganz neu. Ich habe gesehen, dass es Niklas Modigh war, wir waren uns ein paarmal begegnet, also sagte ich ›Hallo, Niklas‹ oder so etwas. Er muss gedacht haben, ich sei Jessie, und fing an, irgendwelche schlüpfrigen Sachen zu sagen. Ich habe ihn sofort weggeklickt.«

Sie stockte, ihre Wangen wurden rot.

»Jessie hat mich hinterher völlig runtergemacht. Hat gesagt, ich dürfe nie wieder ihr Handy anrühren. Es war wahnsinnig peinlich.«

Sie schaute wieder zu Boden.

»Es tut mir wirklich leid, dass ich das nicht schon am Montag erzählt habe, aber ich wollte Niklas' Ehe nicht gefährden. Und am Anfang haben ja alle geglaubt, Jessies Tod sei ein Unfall, also dachte ich, es würde keine Rolle spielen. Aber ich kann mir trotzdem nicht vorstellen, dass Niklas mit der ganzen Sache etwas zu tun hat.«

»Verstehe«, sagte Vinston. Er ließ der jungen Frau ein paar Sekunden Zeit, sich wieder zu fangen, bevor er das Thema wechselte. »Eine andere Frage: Das Projekt lief ziemlich schlecht, aber vor gut einem Monat floss neues Kapital von einer Firma aus Zypern. Jessie Anderson benutzte dieses Geld unter anderem dafür, *The Hook* zu kaufen. Wissen Sie etwas Genaueres darüber?«

»Jessie behauptete, das Geld käme von einem geheimen Investor, mehr wollte sie dazu nicht sagen.«

»Sonst nichts?«

»Nein, sie war in diesem Punkt sehr bestimmt. Sagte, sie hätte eine Verschwiegenheitserklärung unterschrieben. Ich wollte nicht nachbohren.«

Elin Sidenvall schob sich eine lose Strähne aus dem Gesicht.

»Kennen Sie einen Handwerker namens Fredrik Urdal?«, fragte Esping.

»Den Elektriker? Jessie hat ihn rausgeworfen. Er war ein unangenehmer Kerl. Rief an und brüllte herum.«

»Wissen Sie, ob er Jessie Anderson bedroht hat?«, wollte Esping wissen.

»Möglich. Aber Jessie war Konflikte gewöhnt. Sie ließ sich keine Angst einjagen.«

»Warum wurde ihm gekündigt?«

Die Assistentin zögerte einen Moment, wie um ihre Worte mit Bedacht zu wählen.

»Jessie war Perfektionistin. Sie hatte keine Geduld mit Menschen, die ihren Anforderungen nicht entsprachen. Schon gar nicht, wenn es um dieses Projekt ging. Das war ihr Baby.«

»War das auch das Problem im Musterhaus?«, fragte Vinston nach. »Mit dem Champagner? Die Modighs sagten, sie hätten den Eindruck gehabt, Sie und Jessie hätten sich gestritten, unmittelbar bevor Sie sich an der Tür trafen.«

Die Frage schien Elin unangenehm zu sein.

»Jessie konnte manchmal hart sein, vor allem, wenn sie getrunken hatte«, gestand sie dumpf. »Sie schimpfte mit mir, weil es keinen Champagner mehr gab. Ich fand das ungerecht.«

Elin lächelte angestrengt.

»Aber ich wusste, dass sie es nicht so meinte. Jessie wirkte manchmal kalt, und es fiel ihr schwer, andere Menschen an sich heranzulassen. Aber sie konnte auch sanft und mitfühlend sein. Ich war wohl eine der wenigen, die diese Seite von ihr sehen durften. Es ist so traurig, dass unser letztes Gespräch ein Streit um eine blöde Flasche war.«

Die Assistentin zog ein Taschentuch aus der Handtasche und presste es auf die Augen. Esping nutzte die Gelegenheit, einen Blick in die Tasche zu werfen. Darin lag etwas, ein schwarzer Zylinder, wie sie ihn schon einmal gesehen hatte.

»Ich begreife immer noch nicht, was eigentlich passiert ist«, sagte Elin. »Glauben Sie wirklich, dass Jessie ermordet wurde? Hat das etwas mit den Leserbriefen zu tun?«

»Sie denken an Nicolovius?«, fragte Vinston.

»Ja, genau. Er schrieb doch, dass die Schuldigen für ihre Gier bezahlen sollten. Musste Jessie also dafür bezahlen?«

»Das wissen wir noch nicht«, erwiderte Vinston. »Wir müssen noch einigem nachgehen.«

Sie verließen das Haus und fuhren zurück zu Felicias Café. Die Sonne hatte sich wieder hinter Wolken versteckt, Wind blies durch die Weidenalleen.

»Ich werde aus Elin Sidenvall nicht schlau«, bemerkte Esping und griff nach ihrem Handy.

»Nicht?«, fragte Vinston. »Sie hat doch erklärt, warum sie nichts von Niklas Modigh gesagt hat.«

»Nein, da ist noch etwas anderes. Sie hatte eine Dose Pfefferspray in ihrer Handtasche. Ich habe das gesehen, als sie nach einem Taschentuch suchte. Elin hat beim ersten Mal, als wir mit ihr sprachen, Informationen zurückgehalten, und ich denke, sie verheimlicht immer noch etwas.«

»Sie könnten recht haben. Aber dass sie Angst hat, ist vielleicht nicht erstaunlich. Immerhin wohnt sie allein, und ihre Arbeitgeberin ist gerade umgekommen.«

»Stimmt. Aber wie kann sie dann so nachlässig sein, nicht alle Türen abzuschließen?«

Erste kleine Regentropfen klatschten gegen die Windschutzscheibe, als sie sich dem Café näherten. Vinston setzte Esping direkt vor dem Eingang ab.

»Wir hören morgen voneinander«, verabschiedete sie sich. »Ich vermute, dass L-G noch einmal mit uns sprechen will.«

Während er nach Hause fuhr, dachte Vinston über Elin Sidenvall nach.

Irgendetwas an ihr mochte er. Vielleicht lag es daran, dass sie ihn an Amanda erinnerte.

In der Einfahrt zu seinem Ferienhäuschen stand ein Wagen, vermutlich Christinas. Vinston bereitete sich innerlich darauf vor, einen Rüffel zu erhalten. Er hatte nichts von ihr gehört, seit sie ihn gestern im Gasthaus in Brösarp ertappt hatte, und er wusste aus Erfahrung, dass sie ihm das kaum durchgehen lassen würde.

Aber als er auf das Haus zuging, fand er zu seiner Verwunderung Poppe, eine Zigarre rauchend, auf der Treppe sitzend vor.

»Ich wollte mich nur vergewissern, dass es dir hier gefällt«, sagte Poppe, nachdem sie sich begrüßt hatten. »Dass du nicht nach einem Zusammenstoß mit einem Türrahmen bewusstlos in der Ecke liegst.«

Vinston lachte höflich über den Scherz.

»Ja, natürlich, alles in Ordnung.«

»Schön zu hören.« Es folgten ein paar Minuten verlegenes Schweigen. »Und wie läuft es mit den Ermittlungen?«

»Es geht voran.« Erneutes Schweigen. Poppe zog an seiner Zigarre.

»Ist Christina sehr böse?«, fragte Vinston schließlich.

»Sie hat sich nicht direkt geäußert, aber ich weiß, dass sie vorhin mal hier war. Deswegen bin ich gekommen.«

An Poppes Zeigefinger baumelte ein Schlüssel.

»Der Ersatzschlüssel zum Haus. Mir ist bewusst, dass Christina und du ein sehr ...«, Poppe suchte nach dem richtigen Wort, »enges Verhältnis zueinander habt. Dafür, dass ihr geschieden seid. Sie hat sicher einen Grund, wütend auf dich zu sein, und das Letzte, was ich will, ist, mich einzumischen. Aber ich finde es nicht richtig, dass Christina in deinem Haus kommen und gehen kann, wie sie will. Nicht, solange du unser Gast bist.«

»Danke.« Vinston nahm den Schlüssel entgegen. Dabei wurde ihm widerwillig klar, dass er sein Urteil über Poppe wohl noch einmal revidieren müsste.

»Möchtest du einen Kaffee?«, bot er an.

»Ich muss leider wieder los.«

Poppe warf die Zigarre in den Kies und trat sie vorsichtig mit dem Schuh aus. Dann hob er den Stummel wieder auf. Er sah aus, als wolle er gehen, überlegte es sich aber anders.

»Ich habe heute Morgen im *Cimbrishamner Tagblatt* über dich gelesen. Und über die Ermittlung.« Poppe fingerte zerstreut am Zigarrenstummel. »Ich wollte Jessie Anderson eigentlich nicht zu dem Fest einladen«, sagte er. »Aber Christina insistierte. Nicht, dass ich etwas gegen Jessie persönlich gehabt hätte.«

Vinston wartete geduldig das »Aber« ab, das in der Luft hing.

»Aber … ich fand die ganze Angelegenheit widerwärtig«, fuhr Poppe fort. »Sofie Wram hätte ihr nie das Grundstück verkaufen dürfen, und diese hässlichen Häuser passen überhaupt nicht nach Österlen. Schon gar nicht an einen so schönen Ort wie Gislövshammar. Nicht verwunderlich, dass die Leute aufgebracht waren. Aber deswegen zu töten …« Er schüttelte den Kopf. Dann schaute er auf die Uhr. »Nun ja, höchste Zeit, dass ich nach Hause fahre. Ich will mir noch einen kleinen Whisky genehmigen, bevor ich später einen großen Whisky trinke. Viel Glück bei der Jagd nach dem Mörder, Peter.«

Poppe drehte sich um und schlenderte zu seinem Wagen zurück.

Vinston blieb auf der Treppe stehen und sah ihm nach.

Auf den ersten Blick wirkte der Besuch unschuldig, geradezu nett. Aber er wurde das wachsende Gefühl nicht los, dass hinter Poppes unerwartetem Auftauchen mehr lag als nur ein Schlüssel.

Nachdem der Wagen weggefahren war, schloss Vinston langsam die Haustür auf. Wenn Christina hier gewesen war, wusste er nicht genau, was ihn erwarten würde. Auf der Kücheninsel entdeckte er einen Zettel auf einem Buch.

Ich habe beschlossen, dir zu verzeihen, weil Amanda erzählt hat, sie hätte dich überredet, bei den Ermittlungen zu helfen. Morgen Nachmittag fahren wir beide mit dir an den Strand. Bis dahin hast du Zeit, ein wenig zu lesen.

Vinston griff nach dem Buch mit dem Titel *Die Kunst der Entspannung*.

Auf der Rückseite des Zettels fand er noch einen Rat.

PS: Die Katze heißt übrigens Pluto. Sie liebt Sardinen (sind im Kühlschrank). Und sie mag es nicht, wenn man ihre Katzenklappe zuklebt.

Vinston erstarrte. Er schaute zur Haustür. Das Silbertape, welches die Katzenklappe verschlossen hatte, war weg.

»Nein, nein, nein«, murmelte er, während er ins Schlafzimmer lief. Beinahe hätte er sich den Kopf angestoßen, duckte sich aber im letzten Moment.

Die große, haarige Katze, die also Pluto hieß, lag wieder ausgestreckt auf seinem Bett.

Die Schwanzspitze bewegte sich leicht, und es zuckte in den Schnurrhaaren.

Vinston hatte den Eindruck, das Tier würde ihn angrinsen.

27

Vinston hatte wieder diesen Traum. Er jagte im Musterhaus einer fliehenden Gestalt hinterher, die entweder eine Katze oder etwas vollkommen anderes sein konnte, während die Zeugen und Verdächtigen im Wohnzimmer miteinander plauderten und Champagner tranken. Eine neue Person war hinzugekommen: Fredrik Urdal, der immer noch seinen Werkzeuggürtel um die Hüfte trug. Die Tätowierungen auf seinen Armen sahen lebendig aus, wanden sich wie Schlangen in ihrem Nest.

»Das ist Nicolovius«, ertönte eine Stimme.

»Wie nett, ich verfolge immer Ihre Leserbriefe«, sagte eine andere. Vinston reckte sich, um zu sehen, über wen sie sprachen, aber ohne Erfolg.

Das Haus roch nach Zigarren, und im Hintergrund spielte ein Jazztrio »The Best of Times«, bevor es von den realeren Tönen einiger Elsternjungen unterbrochen wurde, die im Baum vor dem Schlafzimmerfenster hausten und Vinston mit ihrem Gezeter weckten.

Er ging hinaus, um die Zeitung zu holen. Feine morgendliche Nebelschwaden hingen über den weiten Feldern. Hoch am Himmel zwitscherte eine Lerche, die aufdringlichen jungen Ochsen waren glücklicherweise nicht zu sehen. Vinston blieb eine Weile stehen und genoss die schöne Aussicht. Natur hatte definitiv seine Vorteile, zumindest in kleinen Dosen.

Er kehrte ins Haus zurück, um zu frühstücken, und stellte fest, dass er einen verpassten Anruf seines Chefs aus Stockholm hatte. Wahrscheinlich hatte Bergkvist seinen Namen in einer der Abendzeitungen gesehen und wollte sich vergewissern, dass Vinston nicht arbeitete. Er rief ihn nicht zurück. Solange er nicht mit Bergkvist sprach, brauchte er zumindest nicht zu lügen. Auf Dauer würde diese Taktik allerdings nicht funktionieren.

Die erste Seite des *Cimbrishamner Tagblatts* wurde von der Schlagzeile *Der Zwist, der Österlen spaltet* dominiert. Jonna Osterman hatte eine lange Reportage geschrieben, in der sie den Konflikt zwischen den Ortsansässigen und Jessie Anderson schilderte. Margit Dybbling war in ihrer Funktion als Vorsitzende des Dorfvereins interviewt worden.

Es gab sogar ein Foto der Hakenskulptur mit der rhetorischen Dreifachfrage: *Friedensgeschenk, Lockmittel oder Mordwaffe?*

Als Vinston umblätterte, fand er ein weißes, zusammengefaltetes Blatt. Sein erster Gedanke war, dass es sich um einen Werbezettel handelte, aber als er es aufklappte, sah er, dass nur ein Satz darauf stand. Fünf Wörter in schwarzer Times-New-Roman-Schrift.

Der Tag der Abrechnung naht.

Vinston runzelte die Stirn. Der Tag der Abrechnung, war das nicht der Titel eines von Nikolovius' Briefen in Margit Dybblings Sammlung? Wer hatte den Zettel in seine Morgenzeitung gelegt, und warum?

Seine Gedanken wurden vom Summen des Telefons unterbrochen. Eine Nachricht von Esping.

Ich habe L-G die Berichte gegeben. Er will uns um neun auf der Wache treffen. Parken Sie ein Stück entfernt und gehen Sie zur Rückseite des Gebäudes, dann entkommen Sie den Journalisten. Klingeln Sie beim Personaleingang.

Vinston beendete sein Frühstück und zog sich einen Anzug an. Dann fuhr er gemächlich Richtung Simrishamn, um zeitig da zu sein. Auf der Fahrt dachte er noch einmal über den Zettel nach. Der geheimnisvolle Nicolovius tauchte immer wieder auf, sowohl in den Ermittlungen als auch in seinen Träumen. Und jetzt sogar in seinem Briefkasten.

Wer hatte den Zettel dort deponiert und warum?

War die unheilvolle Mitteilung nur eine Vorhersage oder eher eine Warnung? Oder sogar Drohung?

Wie auch immer, sollte er Esping bitten, den Zettel zur kriminaltechnischen Untersuchung zu geben.

Als er an der Polizeistation vorbeifuhr, sah er, dass auf dem gegenüberliegenden Parkplatz Fahrzeuge mit den Logos von *Kvällsposten* und *Aftonbladet* standen. Aber die Rückseite schien unbewacht, und um fünf vor neun drückte er auf die Klingel der Gegensprechanlage. Dabei schaute er genauso dumm ins Kameraauge wie am Tor des Musterhauses. Vielleicht hing ihm der Traum noch nach, denn einen kurzen Augenblick lang erwartete er fast, die Stimme von Jessie Anderson aus dem Lautsprecher zu hören. Stattdessen war es Esping.

»Warten Sie unten an der Tür, ich komme Ihnen entgegen.«

Esping war bereits seit acht Uhr da, um die Informationen zusammenzustellen, die sie am Vortag erhalten hatten.

»Ich bin die restlichen Daten von Jessies Handy durchgegangen«, sagte sie, als sie mit Vinston zusammentraf. »Fredrik Urdal hat ein paar Nachrichten geschickt, die definitiv als Drohungen gelten müssen. *Bezahl meine Rechnungen, du verdammte Bitch. Wofür zum Teufel hältst du dich?* Und so weiter.«

»Interessant. Ich hatte unterdessen einen seltsamen Morgen.«

Vinston zog den Zettel mit dem Nicolovius-Zitat hervor und erzählte dabei von der seltsamen Mitteilung.

»In Ihrer Zeitung?« Esping hob verwundert die Augenbrauen. »Und Sie haben niemanden in der Nähe gesehen oder gehört? Die Bäckastuga liegt doch ziemlich abgeschieden.«

Vinston schüttelte den Kopf.

»Nichts.«

»Okay.« Esping holte einen Beweisbeutel und legte den Zettel vorsichtig hinein. »Ich schicke ihn sofort zu Borén, damit wir wissen, ob sie irgendwelche Fingerabdrücke findet.«

L-G wartete in seinem Büro. Heute war er regelkonformer gekleidet und trug ein blaues Polizeihemd mit Schulterklappen und eine dunkelblaue Krawatte.

»So, also«, sagte er, nachdem sich Esping und Vinston auf die Besucherstühle gesetzt hatten. »Ich habe das Obduktionsprotokoll sowie die technische Untersuchung durchgelesen. Darin findet sich nichts Auffälliges. Außerdem habe ich die gestrigen Befragungen von Fredrik Urdal und Niklas Modigh angesehen.« Er trommelte mit den Fingern auf einen Stapel Blätter, der sich in einer aufgeschlagenen Ermittlungsmappe befand.

»Zur Sicherheit habe ich mit dem Polizeidirektor gesprochen, und wir sind beide der Meinung, dass die Voruntersuchung hiermit beendet ist. Es ist höchste Zeit, dass Jessie Andersons Tod als Unfall deklariert und dieser Medienzirkus gestoppt wird.«

Er machte eine Handbewegung Richtung Parkplatz, während er schon weitersprach.

»Wir sind dir zu großem Dank verpflichtet, Peter. Dein erfahrener Blick hat uns in dieser ganzen Sache wirklich Sicherheit verschafft, und wir schätzen sehr, dass du dir die Zeit genommen hast ...«

»Aber wir können jetzt nicht aufhören«, protestierte Esping. »Fredrik Urdal hatte Streit mit Jessie Anderson, er ist vorbestraft und hat kein Alibi. Und Niklas Modigh hatte eine Affäre mit Jessie, die sie nicht beenden wollte. Außerdem ist der Mörder auf dem Video.«

Esping schlug ihren Laptop auf und zeigte L-G den Filmausschnitt. Der Polizeichef holte seine Lesebrille aus einer Schublade und schaute auf den Bildschirm. Dann seufzte er und sank zurück in den Stuhl.

»Also, es fällt mir schwer zu sehen, was ihr seht ...« Er zeigte mit einem Brillenbügel auf den Bildschirm. »Alles, was ich sehe, ist ein körniger Schatten. Das kann alles Mögliche sein.«

Er hob die Hand, um Espings erneutem Protest zuvorzukommen. »Es spielt keine Rolle, wie viele Verdächtige wir auflisten, solange wir nicht belegen können, dass es Mord war. Und hier findet sich nichts, was darauf hindeuten würde.« Er klopfte mit den Fingerspitzen auf die Mappe.

»Aber wir warten noch auf den Abgleich der Spuren vom Strand. Wir haben Fotos von Wrams und Urdals Reifen eingeschickt«, insistierte Esping. »Können wir nicht wenigstens auf diese Antwort warten?«

»Warum denn, Tove? Die Reifenspuren können auch nicht beweisen, dass ein Mord begangen wurde.«

L-G verschränkte entschlossen die Arme.

»Wir haben schon drei Tage mit der Sache zugebracht, und unsere Bilanz sieht nicht gut aus«, fuhr er fort. »Allein diese Woche gab es zwei neue Einbrüche, die wir untersuchen müssen, und jetzt fängt die Ferienzeit an. Zehntausende Touristen sind auf dem Weg hierher, der Apfelmarkt in Kivik und der Degeberga-Antiquitätenmarkt finden in ein paar Wochen statt, und wir müssen alle verfügbaren Ressourcen freihalten.«

Esping suchte frustriert nach einem Gegenargument, ohne dass ihr etwas einfiel. Stattdessen starrte sie ihren Chef böse an. L-G war normalerweise konfliktscheu, und dieser Trick funktionierte sonst immer. Aber heute wurde sie nur mit einem noch bestimmteren Blick bedacht.

Vinston strich sich ein paar eingebildete Katzenhaare von der Hose. »Steht in den Berichten, dass kein Verbrechen begangen wurde?«, fragte er leise.

»Was?« In L-Gs entschlossener Fassade entstand ein Riss.

»Du hast recht, dass nirgends steht, Jessie Anderson sei einem Gewaltverbrechen zum Opfer gefallen. Aber es steht auch nichts darüber in den Berichten, dass ihr Tod *nicht* aufgrund eines Verbrechens eingetreten ist, oder?«

»Nein, aber …« L-Gs Blick flackerte.

»Wie du weißt, war ich schon an recht vielen Mordermittlungen beteiligt«, sprach Vinston weiter. »Und mehr als einmal haben weder die Untersuchung der KTU noch die Obduktion einen direkten Hinweis gegeben. In diesen Fällen muss man sich die übrige Beweislage anschauen. Mögliche Motive, Täter und so weiter. Und manchmal …« Er warf Esping einen aufmunternden Blick zu. »Manchmal muss man, genau wie Esping, auf sein Bauchgefühl vertrauen. Seinen Polizeiinstinkt.«

L-G blies die Wangen auf und wand sich auf seinem Bürostuhl, als sei dieser plötzlich sehr unbequem geworden. Dann runzelte er die Stirn, und der entschlossene Ausdruck kehrte zurück.

»Ich hätte fast vergessen, dass ich einen Anruf von Polizeidirektor Bergkvist aus Stockholm bekommen habe. Er ist wohl dein Chef bei der Reichsmordkommission?«

Vinston seufzte tief.

»Bergkvist hat einen Zeitungsbericht gesehen und wollte sich vergewissern, dass du nicht arbeitest«, fuhr L-G fort. »Du bist anscheinend wegen irgendeines Stresssymptoms krankgeschrieben?«

L-G brachte ein bedauerndes Lächeln hervor.

»Ich habe ihm erklärt, dass das alles ein Missverständnis ist. Dass die Medien übertreiben, du in Wirklichkeit nur ein Zeuge bist und uns mit ein paar klugen Ratschlägen beigestanden hast.«

Er breitete die Arme aus.

»Diese kleine Notlüge bleibt unter uns. Aber ich denke, dass es in jedem Fall an der Zeit ist, dir für deinen Einsatz zu danken, Peter, und dich wieder in den Urlaub zu entlassen, damit du dich erholen kannst.«

Der Polizeichef beugte sich über den Schreibtisch und schlug langsam die Ermittlungsakte zu.

28

Esping begleitete Vinston auf demselben Weg hinaus, den er gekommen war. Die Stimmung zwischen ihnen hatte sich für beide spürbar verändert.

»Warum haben Sie mir nicht gesagt, dass Sie krankgeschrieben sind?«, fragte Esping.

»Es ist keine große Sache. Nur ein bisschen Schwindel.«

»Was sagen die Ärzte?«

»Sie haben einige Proben genommen, und jetzt warte ich auf die Ergebnisse. Der Arzt hat mir Ruhe verordnet.«

»Und trotzdem haben Sie gearbeitet?«

Vinston antwortete nicht.

Sie hatten viele Stunden miteinander verbracht, Esping hatte gerade angefangen, ihm zu vertrauen, und dann zeigte es sich, dass er ihr so etwas Wichtiges verschwiegen hatte. Dass sie diese Art von Vertrauen nicht verdiente. Sie überlegte, ob sie ihm sagen sollte, dass es sie verletzte.

»Ich warte auf den Vergleich der Reifenspuren«, sagte sie stattdessen. »Das ist wahrscheinlich der letzte Strohhalm. Ich rufe Sie an, wenn etwas dabei herauskommt. Also, bis dann.«

Sie drückte auf den Türöffner und ließ Vinston hinaus.

»Und übrigens, danke für die Hilfe!«

Es war erst halb zehn, und bis zum verordneten Strandausflug mit Christina hatte er einige Stunden Zeit, weshalb sich Vinston entschied, noch einen Spaziergang durch Simrishamn zu machen. Es ärgerte ihn, dass er mitten in einem Fall hinauskomplimentiert worden war, allerdings ließ sich nur schwer gegen L-Gs Logik argumentieren. Es fehlten eindeutige Beweise dafür, dass Jessie Anderson getötet worden war, und der Polizeichef war offensichtlich nicht daran interessiert, irgendeinem Bauchgefühl zu folgen.

Es war höchste Zeit, dass er sich auf andere Dinge konzentrierte, redete er sich selbst ein, während er zum Hafen hinunterging.

Die Häuser am Wasser waren niedrig und hatten bunte Haustüren. Touristen bevölkerten schon die Außengastronomie am Hafen, also ging Vinston den Hügel hinauf Richtung Sankt-Nikolai-Kirche, in der Hoffnung, ein Café zu finden, das einen akzeptablen Cappuccino servierte.

An einer der älteren Hausfassaden, oberhalb einer Herrenboutique und eines Espresso House, entdeckte er ein hübsches altes Schild. *Cimbrishamner Tagblatt* stand dort in schnörkeligen Metallbuchstaben. Darunter die Jahreszahl 1857.

Vinston kam auf eine Idee. Nicht gerade eine gute, vielleicht sogar eine riskante.

Aber trotzdem. Es könnte funktionieren.

Er blieb noch einen Moment stehen und dachte über die Sache nach. Dann überquerte er die Straße und drückte auf die Türklingel.

»Ja?«, hörte er eine Frauenstimme aus dem Lautsprecher.

»Ich suche Jonna Osterman«, erklärte er.

»Und wie heißen Sie?«

»Kriminalkommissar Peter Vinston.«

Vinston hatte damit gerechnet, dass er von einer Empfangsdame begrüßt werden würde, aber stattdessen öffnete Jonna Osterman selbst die Tür.

»Peter Vinston, höchstpersönlich«, sagte sie mit einem Lächeln. »Ich dachte, Sie reden nicht mit der Presse?«

»Das tue ich auch nicht«, erwiderte er. »Tatsächlich bin ich eigentlich gar nicht hier.«

»Nicht? Das klingt spannend.« Jonnas grüne Augen glitzerten belustigt. »Kommen Sie rein, dann bekommen Sie eine Führung, jetzt, wo Sie schon einmal nicht da sind.«

Sie führte Vinston eine schöne, alte Sandsteintreppe hinauf und durch eine Glastür. Die Zeitungsredaktion war viel kleiner, als er erwartet hatte. Sie bestand aus einem Raum mit einigen Arbeitsplätzen, einer Teeküche und einem kleinen Konferenzzimmer.

Überall an den Wänden hingen eingerahmte Titelbilder, die an vergangene Zeiten erinnerten. *Hasse und Tage Museum öffnet in Tomelilla*, las Vinston auf einem von ihnen. *Hundskälte – Österlen eingeschneit* auf einem anderen. Und eine deutlich ältere Schlagzeile aus dem Zweiten Weltkrieg verkündete, dass über Skillinge ein amerikanischer Bomber abgeschossen worden war.

In einer Ecke saß ein Mann, der auf einer Tastatur herumhämmerte und kurz zur Begrüßung nickte, als sie vorbeigingen, allerdings ohne vom Bildschirm aufzuschauen.

»Mein Urururgroßvater hat die Zeitung 1857 gegründet«, erzählte Jonna Osterman. »Damals nutzte man das gesamte Haus. Aber heute sind wir eine sehr ausgedünnte Redaktion, wie Sie sehen. Im Prinzip sind nur noch ich und Walde in Vollzeit beschäftigt. Dann gibt es ab und zu noch einen Praktikanten. Alles andere ist outgesourct.«

Sie verzog unzufrieden das Gesicht.

»Wir müssen unsere eigenen Fotografen sein und selbst die Homepage aktualisieren. Harte Zeiten für die Lokalpresse.«

»Trotzdem können Sie sich halten?«

»Nicht wirklich. Aber wir besitzen die Immobilie, insofern halten uns billige Herrenklamotten und teurer Kaffee über Wasser.« Sie machte eine ironische Geste Richtung Straße. »Apropos. Möchten Sie einen Kaffee?«

»Ja, gern.«

Jonna goss zwei Tassen ein. Vinston betrachtete dabei ihre Hände. Die Finger waren lang und schmal, die Nägel kurz geschnitten und gepflegt. Kein Ring, stellte er fest, warum auch immer ihm das auffiel. Aber irgendwie gefiel ihm Jonna Osterman, deshalb wollte er gern mehr über sie wissen.

»Offenbar lieben Sie Ihren Beruf«, sagte er.

»Ich habe schon als Jugendliche hier gearbeitet. Im Konferenzraum riecht es immer noch nach den Zigarren meines Großvaters.

Ich habe die Zeitung im Blut. Und Österlen im Übrigen auch. Tatsächlich ist hier, beim *Cimbrishamner Tagblatt*, der Name Österlen entstanden, wussten Sie das?«

Vinston schüttelte den Kopf.

»John Osterman und ein Dichter namens Tufvesson erfanden den Namen 1929 für eine Touristenbroschüre. Gerüchten zufolge hatten die beiden Herren Hilfe von Fritiof Nilsson, einem schonischen Autor, genannt der ›Pirat‹. Aber wie die meisten Geschichten rund um den Piraten ist diese mit viel Vorsicht zu genießen.«

Jonna verzog das Gesicht zu einem schiefen Lächeln.

»Urgroßvater Osterman und sein Freund definierten jedenfalls klar, welche Bezirke zu Österlen gehörten«, fuhr sie fort. »Aber heutzutage ist der Begriff recht dehnbar. Das Österlen der Immobilienmakler erstreckt sich vom südlichen Kristianstad bis zu den Randbezirken von Ystad.« Jonna brach ab und zwinkerte Vinston vielsagend zu. »Wo wir von Maklern sprechen: Wie laufen die Mordermittlungen?«

Der Übergang von ihrem Vortrag zu dieser Frage war so elegant, dass Vinston lachen musste.

»*Off the record?*«, fragte er.

»Natürlich.«

Vinston holte tief Luft. Zur Presse durchzustoßen war nie sein Stil gewesen, andererseits konnte er nicht einfach herumsitzen, während ein Mörder davonkam.

»Die Ermittlungen stehen kurz davor, niedergelegt zu werden«, sagte er.

»Was? Wieso das denn?«, fragte Jonna Osterman überrascht.

»Weil der Polizeichef davon überzeugt ist, dass es sich um einen Unfall handelt. Und wir haben keine Beweise dafür gefunden, dass das nicht der Fall ist.« Er machte eine Pause. »Noch nicht …«

Jonnas Augen wurden schmal.

»Sie meinen, dass Sie vielleicht Beweise finden würden, wenn Sie die Ermittlungen fortsetzen dürften?«

Vinston hob die Hände, ohne zu antworten.

»L-G ist ein netter Kerl, aber er ist nicht gerade ein Toppolizist«, sagte Jonna nachdenklich. »In unserer Sonntagsausgabe schreibt er eine Kolumne über Bienenzucht. Warum will er eine Ermittlung schließen, die Sie, ein sehr viel erfahrenerer Kriminalpolizist, fortsetzen möchten?«

»Gute Frage!«, stimmte Vinston zu. »Die sollte ihm mal jemand stellen. Am liebsten recht bald.«

Er hob vielsagend eine Augenbraue.

»Aha«, sagte Jonna. »Deshalb sind Sie also gekommen. Und ich dachte, es sei meinetwegen.« Sie berührte sacht seinen Arm, und ihre Augen glitzerten wieder.

Vinston suchte nach einer Möglichkeit, den Augenblick in die Länge zu ziehen. Er dachte an Amandas Worte, dass er jemanden daten sollte. Aber Jonna war Journalistin, und außerdem wusste er nicht sicher, ob sie Single war.

Bevor er mit seinen Überlegungen zu einem Ergebnis gekommen war, nieste Walde in seiner Ecke und zerstörte die Stimmung.

»Also, wie soll ich Sie in meinem Artikel nennen?«, wollte Jonna in sachlicherem Ton wissen.

»Tja, was halten Sie von ›eine Quelle mit gutem Einblick in die Ermittlungen‹?«

Jonna hob ihre Kaffeetasse, wie um ihm zuzuprosten.

»So machen wir's!«

Der Kaffee schmeckte bitter, aber die Gesellschaft war Kompensation genug.

»Ich habe heute Morgen Ihren Artikel über Gislövsstrand gelesen«, sagte Vinston. »Margit Dybbling deutet dort an, dass an der Baugenehmigung etwas faul war. Wir haben diesen Hinweis während der Ermittlung auch mehrfach bekommen.«

»Ja, das hat einen ganz schönen Aufschrei verursacht. Es hagelte Beschuldigungen, und wir bekamen viele Tipps, Walde und ich gingen damals alles durch. Er ist ein routinierter alter Hase, der weiß, wo man suchen muss.«

Jonna machte eine Kopfbewegung Richtung Walde.

»Aber das einzig Auffallende war die ungewöhnlich kurze Bearbeitungszeit. Ansonsten ging alles seinen geordneten Gang. Und trotz der vielen Einsprüche passierte die Baugenehmigung alle juristischen Instanzen bis zur Bauaufsichtsbehörde. Juristisch gesehen war alles in Ordnung.«

Vinston nickte. »Sie glauben also nicht an Korruption?«

»Wenn wir das täten, hätten wir etwas darüber geschrieben. Manchmal kann etwas moralisch falsch sein, ohne dass es ungesetzlich ist ...«

»Aber nicht alle ließen sich davon überzeugen?« Vinston dachte an den Zettel in seiner Morgenzeitung. »Der geheimnisvolle Nicolovius zum Beispiel?«

»Ja, richtig«, lächelte Jonna. »Die Leserbriefe von Nicolovius haben ganz klar dazu beigetragen, dass wir unsere Auflage dieses Jahr steigern konnten.«

»Und Sie wissen nicht zufällig, wer er ist?«, fragte Vinston nach.

»Peter Vinston.« Jonna Osterman schüttelte mahnend den Kopf. »Sie sollten es besser wissen. Die Leserbriefe unterliegen unserem Quellenschutz. Glauben Sie denn, Nicolovius hat mit dem Fall zu tun?«

Vinston dachte wieder an den Zettel.

»Wir schließen nichts aus«, erwiderte er.

»Okay.« Jonna wirkte nachdenklich. »Ein paar Informationen kann ich Ihnen schon geben. Die Leserbriefe tauchen anonym in der Post auf. Alle Texte sind am Computer geschrieben, sogar die Adresse auf dem Umschlag. Nicolovius bemüht sich also, anonym zu bleiben ... Der Grund, warum ich Ihnen das erzähle, ist, dass mich eine Sache beunruhigt.«

Sie warf einen Blick zu Walde hinüber und senkte die Stimme.

»Im letzten halben Jahr haben wir acht Leserbriefe von Nicolovius veröffentlicht. Aber am Montag bekamen wir einen neunten ...«

»Am Tag nach dem Mord?«

»Ja.« Sie schwieg einen Moment. »Der Brief muss am Wochenende verschickt worden sein oder vielleicht am späten Freitagnachmittag. Jedenfalls habe ich mich dazu entschlossen, den Brief nicht abzudrucken. Manche Passagen kamen mir unpassend vor.«

»Unpassend?«

»Ja, oder ›unheimlich‹ ist vielleicht das bessere Wort. Wenn man bedenkt, wie Jessie starb.«

»Darf ich den Brief sehen?«

Jonna schüttelte den Kopf.

»Nicht das Original, sonst verstoße ich gegen den Quellenschutz. Aber ich könnte Ihnen eine Kopie des Textes zur Verfügung stellen, so wie er in veröffentlichter Form ausgesehen hätte. Allerdings brauche ich dafür einen Tag.«

»Okay, danke. Könnten Sie mir gleichzeitig auch noch die anderen Leserbriefe von Nicolovius zusenden?«

29

Christina und Amanda standen pünktlich zum vereinbarten Zeitpunkt vor der Bäckastuga, bereit für den Strandausflug.

Zu Vinstons Überraschung saß Amanda am Steuer.

»Musst du nicht einen Kurs besuchen, bevor du Übungsfahrten machen darfst?«, fragte er, nachdem er sich auf den Rücksitz gezwängt hatte.

»Mama und ich haben ihn letzte Woche besucht«, erwiderte Amanda.

»Aha«, brummte Vinston, verstimmt darüber, dass man ihm nichts erzählt hatte. Er schnallte sich an und fasste nach dem Handgriff über der Tür.

»Dann fahren wir!«, sagte Christina.

Langsam rollte der Wagen los.

»Das ist das erste Mal, dass ich eine richtige Übungsfahrt mache«, sagte Amanda. »Aber mit einem Automatikgetriebe ist das ja nicht so schwierig.«

Sie und Christina tauschten einen Blick, den Vinston nicht recht zu deuten wusste.

Der Wagen war ein Jaguar, aber zu seiner Verwunderung hörte man keine Motorgeräusche. Vinston brauchte ein paar Sekunden, um zu realisieren, dass sogar eine so traditionsreiche Marke heutzutage E-Autos herstellte.

Die Fahrt auf dem Schotterweg verlief ruhig und gut, aber als sie die Landstraße erreichten, trat Amanda auf das Gaspedal. Der E-Motor beschleunigte den Wagen so sehr, dass Vinston in den Sitz gepresst wurde. Er sah in der Ferne einen Lastwagen herankommen und erwartete, dass Christina Amanda warnen würde. Aber Christina sagte nichts. Vinston begann zu schwitzen.

Der Lkw kam immer näher. Amanda gab weiterhin Gas und schien die Gefahr, die auf sie zukam, überhaupt nicht zu bemerken. Dabei war die Landstraße ziemlich schmal, viel zu schmal für eine Begegnung bei dieser Geschwindigkeit, noch dazu mit einer Fahranfängerin.

Vinston umklammerte den Griff an der Decke.

»Du siehst schon ...«, begann er.

»Keine Kommentare von der Rückbank!«, unterbrach ihn Christina brüsk.

Der Lastwagen kam näher. Er war gelb, und auf dem Windfang über dem Führerhaus war eine schonische Gans abgebildet. Der Lkw fuhr mindestens achtzig und würde ihren Wagen zerdrücken können wie ein Ei. Vinstons Herz raste, das bekannte Rauschen setzte in seinem Kopf ein.

»Fahr langsamer!«, rief er.

Aber es war zu spät. Der Gänselaster war fast da. Vinston kniff die Augen zusammen, umklammerte den Handgriff so fest, dass seine Finger weiß wurden, und wartete auf den Zusammenstoß.

Ein kurzes »Wruuuum« war zu hören, danach nichts mehr.

Er öffnete die Augen.

Ihr Wagen fuhr in sicherem Kurs weiter die Landstraße entlang. Amanda sah entspannt aus, kein bisschen nervös oder unsicher. Im Gegenteil. Sie steuerte den Wagen mit sanften, geübten Bewegungen. Sie begegnete seinem Blick im Rückspiegel und brach in Gelächter aus.

»Keine Sorge, Papa. Ich fahre schon seit ein paar Jahren. Poppe und ich machen Rallyes auf den Waldwegen um das Schloss herum. Er sagt, ich sei ein Naturtalent.«

»Aha.« Vinston kämpfte mit dem Impuls, zu erklären, dass Poppes idiotisches Unterfangen verantwortungslos, ungesetzlich und außerdem lebensgefährlich war.

»Entspann dich ein bisschen, Peter«, lachte Christina. »Wir sind hier auf dem Land, und deine Tochter fährt inzwischen schon besser als du.«

Vinston lachte gekünstelt, während er seine klebrigen Hände an seinen Hosenbeinen abwischte.

Der Strand von Knäbäckshusen sah aus, als befinde er sich irgendwo am Mittelmeer und nicht an der Ostküste Schonens. Der lange, zum Meer hin abfallende Sandstreifen war dicht bewaldet, und die Laubbäume streckten ihre dichten, sommerlich grünen Kronen weit über den Strand, sodass ihre Schatten stellenweise bis zur Wasserkante reichten.

Der kreideweiße Strand erstreckte sich über mehrere Kilometer, unterbrochen nur durch einige gluckernde Quellflüsschen, glatte Felsen oder halb vergrabenes Treibholz, das von Sonne, Salz und Wind verwittert war. Im Süden sah man das Fischerdorf Vik, und im Norden erhoben sich die steilen Hänge des Nationalparks Stenshuvud ein gutes Stück über die Hanöbucht. Das Wasser glitzerte so blau, dass es beinahe mit dem Himmel verschmolz.

»Der schönste Strand Schwedens«, beteuerte Christina, während sie die lange Holztreppe hinuntergingen. Der Picknickkorb war schwer, die Nachmittagssonne brannte, und Vinston war Christina insgeheim dankbar dafür, dass sie ihn überredet hatte, legerere Kleidung als gewöhnlich anzuziehen, was in seinem Fall hieß: Hemd, Slacks und Loafers, allerdings mit Strümpfen, schließlich war er kein Barbar.

Sobald sie den Strand erreicht hatten, zogen Amanda und Christina ihre Schuhe aus und gingen barfuß weiter. Vinston behielt seine an, was sich als Fehler erwies. Nach wenigen Metern waren Schuhe und Strümpfe voller Sand, und bei jedem Schritt flogen um seine Knöchel feinkörnige Sandwölkchen auf. Er tat, als bemerke er nichts, obwohl ihm natürlich klar war, dass sich Amanda und Christina über ihn lustig machten.

Sie gingen ein Stück Richtung Süden und fanden problemlos einen freien Platz für ihre Picknickdecke. Trotz des schönen Wetters waren Strand und Parkplatz bei Weitem nicht voll.

»Das liegt am Wind«, erklärte Christina. »Er bläst heute aus Westen, da fließt das Oberflächenwasser raus ins Meer, und aus der Hanöbucht kommt kaltes Wasser herein. Siehst du, es badet fast niemand.«

Sie zeigte auf das Meer, wo ein paar wenige Menschen den Wellen trotzten.

»Westwind ist perfekt für ein Strandpicknick«, fuhr sie fort. »Keine nervenden Badegäste, und man sitzt im Windschatten. Kommt der Wind aus Osten, ist die Wassertemperatur dagegen angenehmer, und *alle* wollen hierher. Dann ist der Strand proppenvoll und die Straße vor lauter falsch parkenden Autos unpassierbar. Jeden Sommer das Gleiche.«

Vinston ließ sich auf der Picknickdecke nieder und leerte den Sand aus seinen Schuhen. Nach einer Weile zog er widerwillig die Strümpfe aus und krempelte seine Hose ein Stück hoch.

»Gut so«, lobte Christina. »Jetzt mach auch noch ein paar Knöpfe an deinem Hemd auf, dann siehst du fast wie ein normaler Mensch aus.«

Vinston murrte zwar, tat aber wie geheißen. Er war immer schon der Meinung gewesen, dass das Auf-dem-Boden-Sitzen völlig überschätzt wurde, aber natürlich sagte er das nicht, sondern versuchte stattdessen, den Moment zu genießen.

Amanda öffnete den Picknickkorb und verteilte Limonade und Leichtbier.

»Erzähl, Papa, wie laufen die Ermittlungen?«, fragte sie neugierig.

Vinston warf Christina einen beunruhigten Blick zu.

»Ich ... arbeite nicht mehr daran.«

»Warum denn nicht?« Amanda klang enttäuscht.

»Äh ... Also, es war nur so gedacht, dass ich ein paar Ratschläge beisteuere. Dafür sorge, dass nichts außer Acht gelassen wird.«

»Aber du hast dich doch darüber beklagt, dass Esping keine Erfahrung hat. Glaubst du, sie kann den Mörder ohne dich fassen?«

Vinston nahm einen Schluck Bier.

»Wir haben keine eindeutigen Beweise dafür gefunden, dass Jessie wirklich ermordet wurde. Aller Wahrscheinlichkeit nach wird der Polizeichef die Ermittlung schließen, mit der Erklärung, dass das Ganze ein Unfall war.«

»Das ist ja gut«, unterbrach Christina ihn erleichtert.

»Wieso, Mama?«, wollte Amanda wissen und wandte sich wieder an ihren Vater. »Papa, du glaubst doch nicht an einen Unfall.«

Vinston spürte Christinas Blick. Aber er wollte Amanda auch nicht anlügen. Es reichte schon, dass er ihr seine Krankschreibung verschwieg.

»Nein«, sagte er. »Ich glaube, dass Jessie Anderson von jemandem getötet wurde, der wollte, dass es wie ein Unfall aussieht.«

Zwischen Christinas Augenbrauen zeigte sich eine ärgerliche Falte. Vinston tat, als würde er sie nicht bemerken.

»Aber dann musst du doch weiterarbeiten. Dem Polizeichef erklären, dass er sich irrt«, insistierte Amanda.

»Dein Vater hat Urlaub«, unterbrach Christina sie und reichte ihr eine Serviette. »Darum müssen sich andere Polizisten kümmern.«

Vinston trank noch einen Schluck Bier, bürstete Sand von der Decke und versuchte, Amandas enttäuschtem Blick auszuweichen.

Es gab da etwas, was ihm nicht aus dem Sinn ging, und er wartete gerade lange genug, um das Thema wechseln zu können.

»Poppe kam gestern kurz vorbei«, sagte er.

»Ja?«

Christina klang, als wüsste sie über den Besuch Bescheid, aber Vinston war dennoch nicht ganz davon überzeugt.

»Ich musste an etwas denken. Am Sonntag habe ich dich gefragt, ob nicht Poppe so tun könnte, als sei er an Gislövsstrand interessiert, damit ihr zu einer Besichtigung eingeladen werdet. Du hast etwas in der Art gesagt, dass du es nicht wagen würdest, ihn zu fragen. Warum eigentlich nicht?«

Christina rümpfte die Nase.

»Poppe gefällt das Projekt nicht. Als Kind war er als Seepfadfinder oder so ähnlich in Gislövsstrand, und er liebt den Ort. Aber er hält sich zurück, weil seine Familie und die Wrams sich seit Urzeiten kennen. Und ich glaube, er hat außerdem geschäftlich mit Niklas Modigh zu tun.«

Christina drehte sich weg, um die Servietten aus dem Picknickkorb zu nehmen.

»Ich habe Daniella in Ystad gesehen«, erzählte Amanda. »Sie saß mit Lussans Mutter in einem Straßencafé.«

»Lussan?«, fragte Vinston.

»Lovisa Anderklev«, erklärte Christina. »Du hast sie auf dem Fest getroffen. Die Mutter betreibt eine Anwaltskanzlei in Malmö. Sie besitzen ein großes Sommerhaus in Skillinge.«

Vinston hatte keine Ahnung, von wem Christina sprach.

»Kennen Modighs und Anderklevs sich?«, wollte er wissen.

Amanda schüttelte den Kopf. »Das glaube ich nicht. Es sah mehr nach einem Geschäftsessen aus.«

»Also hat sich Daniella mit einer Anwältin getroffen? Wann war das?«

»Gestern.« Amanda nahm einen großen Bissen von ihrem Brötchen.

Niklas hatte gesagt, Daniella sei unterwegs, um ein Pferd zu begutachten, erinnerte sich Vinston. Hatte Niklas Esping und ihn angelogen, oder hatte Daniella ihrem Mann gegenüber gelogen?

Christina reichte ihm ein in Butterbrotpapier gewickeltes Sandwich. Roastbeef mit dänischer Remouladensauce, das aß er besonders gern.

»Ihr kennt doch die Modighs«, sagte er nach ein paar Bissen. »Wie würdest du sie beschreiben?«

»Wir sind nicht gerade eng befreundet«, erwiderte Christina ausweichend.

»Komm schon, Mama«, ermunterte sie Amanda.

»Ja, komm«, forderte Vinston sie auf. »Gib uns eine deiner berühmten Analysen.« Er schirmte die Augen mit der Hand gegen die Sonne ab, die auf dem Wasser funkelte.

»Okay, okay …« Christina streckte die Beine aus und schob die Füße in den Sand. Während sie nachdachte, wackelte sie mit den Zehen.

»Niklas ist Profisportler«, begann sie. »Er ist es gewohnt, immer an sich zu denken und seine Bedürfnisse an die erste Stelle zu setzen. Und Daniella ist ein typisches Einzelkind. Sie hat ein übertriebenes Selbstbild, das dadurch verstärkt wird, dass sie hübsch ist, viel Aufmerksamkeit bekommt und einen gutaussehenden Mann hat. Du weißt vielleicht, dass Daniella in derselben Dokusoap mitgespielt hat wie Jessie? Sie sind ein paarmal aneinandergeraten.«

»Daniella trainiert auch bei Sofie«, ergänzte Amanda eifrig. »Sie ist eine gute Reiterin, allerdings nicht so gut, wie sie selbst denkt. Wenn sie einen Fehler macht, schiebt sie es immer auf das Pferd oder die Bahn oder die Organisatoren. Einmal war sie so sauer, dass sie ihre Gerte zerbrochen hat. Daniella Modigh hasst es, zu verlieren. Sie hasst es wirklich!«

Amanda öffnete eine neue Limo und trank ein paar Schlucke. Dann rülpste sie so laut, dass Vinston zusammenzuckte.

»'tschuldigung!«, lachte sie, aber ihrem zufriedenen Gesicht nach meinte sie das nicht wirklich. Vinston musste mitlachen.

»Habt ihr es gemerkt?«

Christina deutete auf das Wasser.

»Der Wind hat umgeschlagen. Heute Abend wird es wahrscheinlich regnen. Vielleicht sogar gewittern.«

Vinston folgte ihrem Zeigefinger mit dem Blick. Drüben am Horizont türmten sich dunkle Wolken auf.

30

Fredrik Urdal stand vor der Hütte und rauchte. Er hatte lange gearbeitet, es war bereits dunkel. Der Wald stand still da, und der Schein der Außenlampe spiegelte sich schwach in dem kleinen See, auf den die Regentropfen Punktbilder malten.

Aus dem Schilf drang das gespenstische Quaken einer Kröte, während in der Ferne der Donner bedrohlich grollte.

Urdal war hier draußen im Nirgendwo vollkommen allein, und ein ängstlicherer Mensch wäre vermutlich aufgebrochen, sobald es dunkel wurde.

Aber Fredrik Urdal fürchtete sich nicht. Nicht einmal die Bullen, die kürzlich hier gewesen waren, machten ihm Angst.

Tatsächlich hatte er schon seit Jahren keine Angst mehr gehabt. Nicht, seit er ein schmächtiger Junge gewesen war und spät samstagnachts den Wagen seines Stiefvaters in die Auffahrt einbiegen gehört hatte.

Die häufigen Prügel hatten Fredrik zwei Dinge gelehrt: Groß und stark gewann immer gegen klein und schwach. Und, was vielleicht noch wichtiger war, Angst entging man am besten, indem man sie anderen einflößte.

Sein ganzes Leben über hatte Fredrik nach diesem Motto gehandelt. In der Schule, beim Sport, beim Militärdienst. Überall war er derjenige gewesen, der Angst machte. Andere mussten sich seinem Willen beugen. Und je größer und stärker er wurde, desto leichter funktionierte das.

Er hätte in der Armee bleiben sollen. Da war er glücklich gewesen.

Stattdessen war er nach dem Wehrdienst direkt nach Hause nach Tomelilla gefahren und hatte Åsa geschwängert, ohne über Los zu gehen. Danach saß er fest. Er musste sich um einen Job kümmern, den Kredit, das Haus, und schließlich war alles den

Bach runtergegangen. Der junge, selbstsichere Fredrik verschwand im Rückspiegel und wurde durch einen verbitterten Mann mittleren Alters ersetzt, dessen einzige kleine Freude darin bestand, ins Fitnessstudio zu gehen und freitags ein Bier vor der Playstation zu trinken.

Streit mit Åsa, Probleme mit der Polizei, Scheidung, Unterhaltszahlungen, Scherereien mit dem Finanzamt, der Bank, dem Sozialamt und der Vollzugsbehörde. Und als Sahnehäubchen die arrogante Bitch Jessie Anderson und ihr verdammtes Bauprojekt. Allein beim Gedanken an diese blondierte Schlampe begann sein Blut zu kochen. Aber sie war zum Schweigen gebracht worden. Aufgespießt wie ein verdammter Wurm. Mit diesem glücklichen Ereignis hatte sich das Blatt bei Fredrik endlich gewendet. Eine gute Gelegenheit hatte sich aufgetan, die Chance, ein Stück von dem zurückzugewinnen, was er verloren hatte.

In ein, zwei Wochen wollte er den ganzen Scheiß hinter sich lassen. Dann würde er das Geld von diesem Stockholmer einsacken, der die Hundehütte hier gekauft hatte, einen einfachen Flug nach Thailand buchen und nie wieder einen Fuß nach Schonen setzen. Einer seiner alten Kumpels vom Militär betrieb eine Bar in Pattaya und hatte ihm angeboten, Teilhaber zu werden.

In einem Sonnenstuhl unter Palmen zu sitzen, an einem Singha zu nippen, während sich kleine, gefügige Thailänderinnen um ihn kümmerten, so stellte sich Fredrik die Zukunft vor.

Åsa, die Bank und die Vollzugsbehörde würde keine einzige Krone seines hart verdienten Geldes mehr zu sehen bekommen. Wenn er die Augen schloss, konnte er fast schon das eiskalte Bier schmecken. Jetzt blieb nur noch ein kleines, allerdings nicht unwichtiges Detail.

Er sah auf die Uhr. Kurz nach elf.

Zwischen den Bäumen näherten sich Autoscheinwerfer.

Fredrik zog ein letztes Mal an seiner Zigarette und schnippte die Kippe ins Wasser.

Der Wagen blieb vor dem Haus stehen. Der Motor wurde abgeschaltet, und die Scheinwerfer gingen aus.

»Du bist spät dran«, sagte Fredrik zu der Person, die aus dem Fahrzeug stieg. »Ich hoffe für dich, dass du das Geld dabeihast.«

Die Person in Gummistiefeln und langem Regenmantel antwortete nicht, sondern hielt nur eine schwarze Tasche in die Luft.

»Gut so«, grinste Fredrik. »Das war doch nicht so schwer, oder?«

Der Regen nahm zu und klatschte auf das Autodach. In der Ferne grollte wieder der Donner. Fredrik könnte einfach um die Tasche bitten und der Person sagen, sie solle verschwinden. Aber er wollte den Moment ein wenig in die Länge ziehen. Das Gefühl, ausnahmsweise vollkommen überlegen zu sein.

»Komm, dann erledigen wir das Geschäft drinnen«, sagte er fast freundlich. »Ich habe Bier, wenn du möchtest?«

Er drehte sich um und ging in die Hütte. Die andere Person folgte ihm. Die groben, feuchten Sohlen der Gummistiefel quietschten auf dem Holzboden. Als er in die Diele kam, hörte Fredrik ein leises Geräusch, fast wie von einer alten Wanduhr.

Tick, tick, tick.

Er blieb stehen. Das musste vom Sicherungskasten kommen. Wahrscheinlich war eine seiner neuen Kopplungen herausgerutscht und versprühte jetzt kleine Lichtblitze, die jederzeit das alte Holz der Wände in Brand stecken könnten.

Tick, tick, tick.

»Hörst du das?«, fragte er über seine Schulter. »Da ist vielleicht ein loses Kabel. Ich muss mal eben den Sicherungskasten kontrollieren.«

Fredrik öffnete die Kellertür und stieg ein paar Stufen die Treppe hinunter. Bereits nach wenigen Sekunden war ihm klar, dass das elektrische Geräusch nicht vom Sicherungskasten stammte.

Tick, tick, tick.

Die Gummistiefel seines Besuchs quietschten wieder. Diesmal näher bei ihm. Viel zu nah.

Das elektrische Ticken ging in ein beunruhigendes Knistern über, bei dem sich Fredriks Nackenhaare sträubten.

Und zum ersten Mal, seit er ein kleiner Junge war, überfiel ihn ein Gefühl, das er fast vergessen hatte. Ein Gefühl, dem er ein halbes Leben lang auszuweichen versucht hatte.

Angst.

31

Am Freitagmorgen wachte Esping früh auf. Felicia schlief noch, genau wie Bob. Der Hund lag immer auf Felicias Seite, nie bei Esping, vielleicht weil er spürte, dass die Energie im ganzen Haus dort am besten war.

Esping verstand ihn sehr gut.

Sie blieb eine Weile still liegen und betrachtete ihre Freundin. Felicia gelang es sogar, im Schlaf schön auszusehen. Nicht einmal ihr leises Schnarchen änderte etwas daran. Eher im Gegenteil.

Sie hatten sich durch einen Zufall kennengelernt, bei einem Vorglühen in Växjö, wo Esping damals zur Untermiete wohnte. Felicia war mit einer ihrer Kommilitoninnen von der Polizeihochschule befreundet, und als sie in der Tür auftauchte, schien der Raum um sie herum stillzustehen.

»Das ist Felicia, sie kommt aus Malmö«, hatte ihre Freundin sie vorgestellt, und Esping – schwindelig von Alkohol und Felicias Schönheit – hatte mit den inzwischen geflügelten Worten geantwortet: »Das macht nichts, sie ist trotzdem willkommen.«

Als sich auf Felicias Gesicht daraufhin ein strahlendes Lächeln zeigte, wusste Esping, dass sie verloren war.

Felicia hätte absolut jede haben können.

Aber sie hatte sich für sie entschieden.

Esping stand leise auf und schlich sich ins Arbeitszimmer. So behutsam sie konnte, schloss sie die Tür hinter sich. Sie hatte gestern wieder lange gearbeitet. Sie war den zeitlichen Verlauf mehrmals durchgegangen und hatte anschließend die Sequenz der Überwachungskamera unzählige Male angeschaut.

Sie setzte sich wieder vor den Bildschirm.

Ganz bestimmt war das, was sie auf dem Video entdeckt hatte, der Schatten eines Menschen. Eines Eindringlings, der sich ins

Musterhaus schlich und wahrscheinlich Jessie Anderson in einen sicheren Tod stieß. Aber wer? Und warum?

Und was war eigentlich mit L-G los?

Gute Fragen, würde Vinston sagen. Es fiel ihr schwer, das zuzugeben, aber wenn er nicht gewesen wäre, hätte sie sich mit der Schlussfolgerung zufriedengegeben, dass Jessie Andersons Tod nur ein tragischer Unfall war. Sie wäre nicht Fredrik Urdal auf die Spur gekommen. Denn je mehr sie darüber nachdachte, desto überzeugter war sie, dass er derjenige war, den man auf dem Video sah. Es fehlte nur der entscheidende Beweis, um sowohl ihren Chef als auch den skeptischen Peter Vinston davon zu überzeugen, dass sie recht hatte.

Esping spulte die Sequenz ein paarmal vor und zurück, bevor sie aufgab und in die Küche ging.

Ihr Haus war klein und bestand aus rotem Simrishamner Backstein. Früher war es einmal ein Bahnwärterhäuschen gewesen, aber die Eisenbahn existierte schon lange nicht mehr. Davon übrig geblieben war allein ein hundert Meter langer Wall, den sich die Natur wieder einverleibt und in einen bewaldeten Hügel verwandelt hatte, der das Haus vor Nordwind schützte.

Esping trank schnell eine Tasse Tee, bevor sie die Zeitung hereinholte. Die Luft war klar, roch nach feuchtem Gras und sommerlichem Grün. Nachts hatte es ordentlich geregnet, aber inzwischen hatten sich die Wolken verzogen und einem azurblauen Österlen-Himmel Platz gemacht.

Eigentlich hatte sie das *Cimbrishamner Tagblatt* wie immer für Felicia auf den Küchentisch legen wollen, aber die Schlagzeile auf der ersten Seite ließ sie aufmerken.

Vertuscht die Polizei Ungereimtheiten beim Tod der Promimaklerin?

Esping überflog rasch den Artikel. Natürlich stammte er von Jonna Osterman.

Eine Quelle mit gutem Einblick in die Polizeiarbeit verrät dem Cimbrishamner Tagblatt, *dass der Polizeichef im Begriff steht, Jessie*

Andersons Tod als Unfall abzuschreiben. Und das, obwohl es hinsichtlich der Ermittlung noch einige Hinweise und Unklarheiten gibt.

L-G würde an die Decke gehen, wenn er das hier las. Vielleicht sogar Esping beschuldigen, zur Presse durchgestochen zu haben? Er wusste, dass Jonna und sie sich kannten. Und wer könnte sonst schon die *Quelle mit gutem Einblick* sein? An sich gab es nur einen weiteren Kandidaten, aber konnte Vinston wirklich so dämlich sein?

Sieh an, noch eine gute Frage.

Esping ging ins Arbeitszimmer zurück und öffnete ihr dienstliches Mailprogramm. Nichts von L-G, dafür hatte Thyra Borén, die offenbar genauso früh munter war wie Esping, vor drei Minuten eine E-Mail geschickt.

Abgleich Reifenspuren hieß es im Betreff. In der Nachricht fanden sich drei beigefügte Fotos.

Esping klickte sie nacheinander an.

Das erste war das Foto, das sie selbst am Sonntag von der Spur im Sand geschossen hatte. Das zweite war die Nahaufnahme eines groben Reifens.

Übereinstimmung: 89 Prozent. Die KTU ergibt, dass der Reifen von Bild zwei wahrscheinlich den Abdruck von Bild eins verursacht hat.

Espings Herz begann wild zu klopfen. Sie öffnete das dritte Foto: das des Wagens, zu dem der Reifen gehörte.

Fredrik Urdals Pick-up.

Sie hatte recht gehabt! Es *war* Urdal gewesen, der sich am Strand aufgehalten hatte. Und damit war es auch sehr wahrscheinlich sein Schatten, den die Überwachungskamera erfasst hatte.

Esping schrieb Felicia eine kurze Notiz, bevor sie zu ihrem Wagen rannte. Unterwegs rief sie L-G an, landete aber direkt beim Anrufbeantworter. Sie überlegte, ob sie es bei Vinston versuchen sollte, entschied sich aber dagegen. Er war schließlich krankgeschrieben, und das hier war trotz allem ihre Ermittlung. Ihr

Durchbruch. Vinston hatte sie in ihrer Theorie, dass es Fredrik Urdal war, auch nicht besonders unterstützt. Jetzt würde sie ihm beweisen, wie sehr er sich geirrt hatte.

Sie hielt kurz am Straßenrand, um ihre Gedanken zu ordnen. Loszufahren und Urdal auf eigene Faust zur Rede zu stellen, war keine gute Idee. Er war groß, wegen Körperverletzung vorbestraft und nicht gerade der Typ, der sich Angst einjagen oder von einer Polizistin ohne männliche Begleitung festnehmen ließ.

Außerdem brauchte sie Hilfe, um ihn hinterher zur Wache zu befördern. Die einfachste Lösung wäre, einen Streifenwagen zu rufen und die Kollegen zu bitten, sie vor Ort zu treffen. Dafür musste sie allerdings herausfinden, wo sich Fredrik Urdal befand.

Sie rief auf seinem Handy an, aber genau wie bei L-G sprang nur die Mailbox an. Es war erst kurz nach sieben, wahrscheinlich schlief Urdal noch.

Sie googelte seine private Adresse in Tomelilla, fuhr dann, so schnell sie sich traute, und landete vor einem Laden im Industriegebiet. An der Fassade hing sein Firmenschild. Esping schaute sich nach dem Pick-up um, sah ihn aber nicht.

Sie parkte ihren Wagen, schlich an das Gebäude heran und spähte durch ein Fenster des Falltores. Leer und dunkel. An der Seite des Gebäudes fand sich eine Treppe, die zu einer Tür hinaufführte. Am Geländer hing ein Briefkasten mit Urdals Namen. Vorsichtig stieg Esping die Treppe hinauf, bis sie vor der Tür stand und durch ein schmales Fenster hineinsehen konnte. Sie erblickte ein ungemachtes Bett, einen enorm großen Fernseher und einige Kartons.

War er doch schon zur Arbeit aufgebrochen?

Fredrik hatte gesagt, dass er in der Hütte in Hallamölla Tag und Nacht arbeitete, die Wahrscheinlichkeit war also groß, dass er sich dort befand.

Sie sprang wieder ins Auto und fuhr Richtung Norden. Die Fahrt dauerte nur zwanzig Minuten, und ihre Anspannung stieg, je näher sie ihrem Ziel kam.

Als Esping von der Landstraße abfuhr, hatte sie Herzklopfen. Es sah aus, als hätte es hier stärker geregnet. Der Schotterweg war rutschig und voller Pfützen und Schlammlöcher. Sie rollte langsam weiter, hielt aber, bevor die Hütte in Sicht kam, und stellte den Wagen am Straßenrand ab. Dann zog sie ein Paar Gummistiefel an, das sie immer auf der Rückbank verwahrte, und marschierte durch den Wald.

Anfangs standen die Nadelbäume sehr dicht, die Erde war feucht und mit Moos bewachsen.

Dann wurde die Bewaldung spärlicher, und zwischen den Bäumen kamen die Hütte und der See zum Vorschein. Esping bewegte sich geduckt vorwärts, alle Sinne angespannt.

»Yes!«, zischte sie.

Fredrik Urdals großer Pick-up stand vor der Hütte, genau wie sie gehofft hatte.

Sie rief den Streifenwagen. Svensk war am anderen Ende. Esping erläuterte ihm kurz ihr Anliegen.

»Wie schnell könnt ihr hier sein?«

»Wir sind in der Nähe von Skillinge bei einem Verkehrsunfall mit Personenschaden. Vermutlich Trunkenheit am Steuer, also mindestens eine Stunde.«

»Okay, ich beobachte den Verdächtigen so lange.«

Esping beendete das Gespräch und spähte zum Haus.

Fredriks Wagen stand noch dort.

Sie suchte nach einer Sitzgelegenheit, aber alles war nass, also musste sie sich damit begnügen, sich hinzuhocken. Nach zehn Minuten bekam sie einen heftigen Krampf und musste sich bewegen.

Die Hütte war immer noch still und ruhig, vielleicht sogar *zu* still und ruhig? Bei ihrem ersten Besuch hatte Urdal ein Radio angehabt, das so laut Death Metal gespielt hatte, dass die Fenster vibrierten. Jetzt herrschte Totenstille.

Der kleine Wendeplatz vor dem Haus war nach dem Regenguss der letzten Nacht voller Matsch. Aber hinter Urdals Pick-up waren keine Reifenspuren zu sehen.

Hatte er die Nacht durchgearbeitet? Oder hier übernachtet? Aber warum hätte er das tun sollen? Sein Bett in Tomelilla war nur fünfundzwanzig Minuten entfernt, zwanzig, wenn man Gas gab.

Irgendetwas stimmte da nicht.

Sie rief noch einmal den Streifenwagen an.

»Wir sind bald fertig«, sagte Svensk, aber sein Tonfall deutete an, dass er nur sagte, was sie vermutlich hören wollte.

Das Gefühl, dass etwas nicht stimmte, wurde immer stärker. Sie konnte nicht länger warten.

Vorsichtig schlich sie sich zum Waldrand vor. Sie bereute, dass sie nicht an der Wache vorbeigefahren war und ihre Dienstwaffe und die Handschellen geholt hatte, aber jetzt war es zu spät, darüber nachzudenken.

Als sie so nahe an die Hütte herangekommen war, wie es der schützende Wald erlaubte, blieb sie ein paar Sekunden stehen. Noch immer hörte und sah sie nichts.

Sie holte tief Luft, peilte die nächstgelegene Hausecke an und rannte vornübergebeugt die verbleibenden zehn Meter.

Am Haus angekommen, drückte Esping den Rücken an die Wand. Das einzige Geräusch, das sie hörte, war ihr eigener Puls, der gegen das Trommelfell pochte. Hinter dem nächsten Fenster erkannte sie eine halb fertige Küche. Auf der Arbeitsplatte stand Urdals großes Radio neben einem Ladegerät, in dem eine Batterie steckte. Beide Geräte waren dunkel, es leuchteten nicht einmal irgendwelche roten oder grünen Signallämpchen, was Esping seltsam fand.

Sie ging zum nächsten Fenster weiter. Ein Wohnzimmer voller Spanplatten und anderem Baumaterial. Immer noch keine Spur von Fredrik Urdal.

Jetzt war sie beinahe an der Haustür und dem Pick-up. Wie vermutet, war die Motorhaube eiskalt, und im Matsch hinter dem Wagen gab es keinerlei Spuren.

Ein plötzliches Geräusch ließ Esping zusammenzucken. Aber es waren nur zwei Stockenten, die flatternd von dem kleinen See aufflogen. Sie atmete aus.

Da vibrierte ihr Handy. Eine Textnachricht von Svensk aus dem Streifenwagen.

Fahren jetzt los, sind in 20 Minuten da.

Esping zögerte. Sie sollte in den Wald zurückschleichen, oder besser noch zu ihrem Wagen, und dort auf die Verstärkung warten. Aber ihr Polizeiinstinkt sagte ihr, dass an dieser dunklen Hütte etwas faul war.

Sie ging leise zur Haustür und legte ein Ohr daran.

Stille.

Dann drückte sie vorsichtig die Klinke nach unten, und die Tür glitt lautlos auf.

Das Erste, was sie bemerkte, war der Geruch. Es roch verbrannt, irgendwie elektrisch, ähnlich wie bei heftigen Gewittern.

Sie ging weiter hinein und unterdrückte den Impuls, »Hallo« zu rufen.

Die Kellertür war angelehnt, die Treppe lag im Dunkeln. Hier war der Geruch stärker. Beißender, unangenehmer.

Sie steckte den Kopf durch den Türspalt. Weiter unten, direkt unter dem Sicherungskasten, lag etwas. Eine große, unförmige Masse.

Sie tastete nach dem Lichtschalter und betätigte ihn, aber das Treppenhaus blieb finster. Stattdessen holte sie ihr Handy hervor und aktivierte mit zitternden Fingern die Taschenlampenfunktion.

Dann setzte Espings Herzschlag einen Moment aus.

Unter dem Sicherungskasten lag Fredrik Urdal, den Rücken halb an die Wand gelehnt. Der rechte Arm war nach oben ausgestreckt, die Augen standen offen, und das Gesicht war zu einer gequälten Fratze verzogen.

Er war tot.

Mausetot.

32

Vinston war so schnell gefahren, wie er es sich auf der unbekannten Strecke zutraute. Er hatte nicht einmal reagiert, als der Kies bedrohlich gegen den Spritzschutz seines geliebten Saab prasselte.

Der Polizist, der die Absperrung bewachte, erkannte ihn wieder, nickte grüßend und hob das blau-weiße Plastikband hoch.

Esping stand vor der Hütte, halb an die Motorhaube eines Streifenwagens gelehnt. Sie sah blass aus und trug eine viel zu große Polizei-Regenjacke über den Schultern.

Neben ihr parkte der dunkelblaue VW-Bus der Kriminaltechniker.

»Er liegt auf der Kellertreppe«, empfing sie ihn. »Thyra Borén ist schon zugange. Es gibt Schuhüberzieher, wenn Sie welche brauchen.«

Zu Espings Verwunderung schien Vinston es nicht besonders eilig zu haben, den Tatort zu inspizieren. Er hielt eine Plastiktüte in der einen Hand, und sein Gesicht sah freundlicher aus als sonst.

»Wie fühlen Sie sich?«, erkundigte er sich sanft.

»Gut«, erwiderte sie. »Nur ein bisschen geschockt.«

»Ist das Ihr erster Todesfall im Dienst?«, fragte er. »Also, abgesehen von Jessie Anderson.«

Esping nickte.

»Man gewöhnt sich daran. Möchten Sie Tee?« Vinston holte eine Thermoskanne aus der Tüte. Esping nahm dankbar eine Tasse entgegen. Sie nahm an, dass er die Thermoskanne ihretwegen vorbereitet hatte, und diese Geste, oder vielleicht war es auch einfach nur der Tee, gab ihr ein wohliges Gefühl.

»Fredrik Urdal war Sonntag am Strand«, sagte sie. »Reifenabdruck und Profil stimmen überein. Er ist es, der auf dem Video zu sehen ist. Er hat Jessie Anderson getötet.«

Sie informierte Vinston über alle weiteren Details bis zu dem Augenblick, als sie den ausgestreckten Körper auf der Treppe gefunden hatte.

»Ich bin denselben Weg zurückgegangen, den ich gekommen war, und habe die Tür geschlossen. L-G war nicht zu erreichen, deshalb habe ich eine Nachricht auf seiner Mailbox hinterlassen und dann die Techniker angerufen. Ich hatte Glück, Thyra war wegen einer anderen Sache schon in der Nähe.«

Die Haustür ging auf, und Thyra Borén kam heraus. Sie trug einen weißen Schutzanzug und schwarze Überzieher an den Füßen. Eine große Kamera hing ihr um den Hals, und als sie Vinston entdeckte, lächelte sie breit.

»Ach, ist das nicht Espings kleiner Stockholmer?«

»Also, was wissen wir?«, unterbrach Esping sie ungeduldig.

»Das Opfer ist seit mindestens acht Stunden tot«, sagte Borén. »Herzstillstand, verursacht durch einen Elektroschock, ist meine qualifizierte Vermutung, aber ihr bekommt wie immer erst nach der Obduktion eine sichere Todesursache.«

Borén nestelte an der Kamera.

»Ich habe mir den Sicherungskasten angeschaut«, sagte sie. »Urdal hat bei der Installation nicht sauber gearbeitet. Er hätte zum Beispiel einen FI-Schalter einbauen müssen. Das bereut er jetzt wahrscheinlich.«

Sie hob die Kamera hoch, damit Esping und Vinston die Fotos sehen konnten. Zuerst von Urdals zusammengesunkenem Körper, dann vom Sicherungskasten.

»Er ist bei eingeschaltetem Hauptstromschalter an einen ungeschützten Stromkreis geraten«, fuhr sie fort. »Die Muskeln verkrampfen, und das Herz bleibt sofort stehen. *Game over!*«

»Also ein Unfall?«, meinte Vinston.

»Auf den ersten Blick sieht es definitiv danach aus. Sollen wir reingehen und es uns anschauen?«

Vinston wandte sich an Esping. »Sie können hier warten, wenn Sie wollen. Sie waren ja schon drin.«

Esping leerte die Teetasse und legte die Regenjacke beiseite.

»Es geht schon. Aber trotzdem danke.«

Borén versorgte sie mit Überziehern und führte sie dann durch den Flur zur Kellertür. Fredrik Urdals Körper lag noch unter dem Sicherungskasten, so, wie Esping ihn gefunden hatte. Sie unterdrückte ein Schaudern.

»Also, ein bisschen komisch ist das schon«, sagte Borén. »Ein erfahrener Elektriker, der unmittelbar neben dem Hauptschalter arbeitet und nicht merkt, dass der Strom an ist?«

»Noch dazu jemand, der in einer Mordermittlung vorkommt«, fügte Esping hinzu. Sie sah sich nach Vinston um, aber der schien erstaunlicherweise nicht besonders an dem Toten interessiert zu sein.

Sobald Vinston den Flur betreten hatte, war ihm aufgefallen, dass etwas nicht stimmte. Er ging in die Hocke und schaltete die Lampe seines Handys an.

Dann legte er das Telefon so hin, dass es parallel zu den Bodenbrettern lag, und schnalzte zufrieden mit der Zunge. Er hatte recht gehabt.

»Was haben Sie gefunden?«, wunderte sich Esping.

»Nichts. Was genau das war, worauf ich gehofft hatte.«

»Wie?«

Esping und Borén schauten fragend.

»Vor ein paar Jahren hatten wir einen Fall in Älvsbyn«, erklärte Vinston. »In einer alten Jagdhütte wurde ein Jäger gefunden, erschossen mit seiner eigenen Büchse. Alles deutete auf Selbstmord hin. Aber dann fiel uns auf, dass etwas fehlte. Die Hütte hatte ein ganzes Jahr lang leer gestanden. Der Boden war voller Staub, es hätten sich also Fußspuren vom Opfer finden müssen. Stattdessen sah es ungefähr so aus wie hier.«

Er bedeutete Esping und Borén, in die Hocke zu gehen, und zeigte dann auf den Lichtstrahl der Handylampe.

Der Boden in der Hütte war voller Bauschmutz, Kies und Schuhabdrücken. Aber der Meter zwischen der Haustür und der Kellertreppe sah anders aus. Im Schein der Lampe war nur ein Paar Schuhabdrücke zu sehen.

»Das sind Ihre Schuhe, Esping«, konstatierte Vinston. »Sie sind reingegangen, haben Urdal gefunden und sind wieder raus. Aber obwohl es gestern Abend geregnet hat, sind Ihre Abdrücke die einzigen, die auf diesem Teil des Bodens zu sehen sind. Der Grund, warum gerade dieser Abschnitt so sauber ist, liegt darin, dass jemand den Boden bis zur Tür mit einem Lappen gewischt hat. Das sieht man an diesem Schmutz.«

Er zeigte auf einen schmalen Kies- und Staubrand, der gegen die Schwelle der Haustür geschoben worden war.

»Er hat recht«, gab Borén beeindruckt zu. »Jemand hat hinter sich aufgeräumt. Und sich ziemlich angestrengt, um uns weiszumachen, dass dies hier ein Unfall war.«

»Also Mord?«, fragte Esping.

»Mit Sicherheit«, erwiderte Vinston. »Auch wenn ich nicht ganz verstehe, wie der Mörder Urdal dazu gebracht haben kann, die Hand in den Sicherungskasten zu stecken und die Kabel anzufassen.«

»Kann Urdal bewusstlos gewesen sein? Oder Drogen bekommen haben?«, überlegte Esping.

»Nicht auszuschließen«, antwortete Borén. »Wir haben eine halb volle Wasserflasche gefunden, von der wir eine Probe nehmen werden. Aber wir sprechen hier von einem stattlichen Kerl von sicher neunzig Kilo, so viel totes Gewicht hochzuheben und da unten gegen die Wand zu lehnen, erfordert ordentlich Muskeln.«

»Vielleicht war mehr als eine Person involviert?«, stellte Esping weiter Vermutungen an.

»Möglich«, nickte Borén. »Aber auch mit zwei Leuten wäre das ein harter Job, vor allem, wenn man nicht selbst einen tödlichen Stromschlag abbekommen will. Da ist übrigens noch etwas, was ich euch zeigen möchte.«

Die Cheftechnikerin hob zwei durchsichtige Beweisbeutel in die Höhe.

»Das Opfer hatte zwei Handys bei sich. Bei beiden kam es wegen des Stromschlags zu einem Kurzschluss.«

Esping und Vinston betrachteten den Inhalt der Tüten. Es roch deutlich nach verbranntem Plastik.

Das Smartphone mit der dicken Gummihülle erkannte Vinston von ihrem ersten Besuch wieder. Das andere Telefon hingegen war deutlich kleiner und billiger.

»Ein typisches Wegwerfhandy – ein billiges Prepaidgerät, das man sich anschafft, wenn man nicht will, dass die Anrufe mit einem in Verbindung gebracht werden können«, sagte Borén. »War Urdal verheiratet?«

»Nicht mehr«, entgegnete Esping.

»Okay, es war also kein Handy für eine Affäre. Dann bleiben eigentlich nur kriminelle Gründe.«

»Können wir herausfinden, wen er damit angerufen hat?«, fragte Vinston.

Borén schüttelte den Kopf. »Nicht in diesem Zustand. Höchstens, wenn wir die Nummer des Wegwerfhandys haben. Wir könnten die Daten des nächsten Mobilfunkmastes auswerten, aber das ist eine Heidenarbeit und überhaupt nicht sicher, dass sich dabei etwas ergibt.«

»Wir müssen es in jedem Fall versuchen«, sagte Vinston. »Und dann müssen wir uns Urdals Wohnung anschauen.«

»Das hier befand sich in einer Tasche seines Werkzeuggürtels.«

Die Technikerin übergab ihnen einen Schlüsselbund.

»Fahren Sie mir hinterher«, sagte Esping zu Vinston. »Ich kenne den Weg.«

Genau wie Esping schon heute Morgen beim Blick durch das Fenster vermutet hatte, war Fredrik Urdals Wohnung ein trauriger Anblick.

Im Wohnzimmer standen ein ungemachtes Einzelbett, ein Dolby-Surround-System, eine Playstation und ein schwülstiger amerikanischer Recliner-Sessel. Vor dem Fenster hingen ein paar Handtücher, wahrscheinlich, damit es auf dem enormen Fernseher, der an der Wand hing, keine Spiegelungen gab. Hier und da stapelten sich Umzugskartons, hinter dem Wohnzimmer lag eine kleine Teeküche voll mit schmutzigem Geschirr und außerdem ein winziges Badezimmer. Über dem Ganzen hing ein muffiger Geruch nach Zigaretten, Bier und Einsamkeit.

»Geschiedener Mann, Typ 1A«, stellte Esping trocken fest. »Kauft sich für dreißigtausend Kronen ein Heimkino, aber keine Vorhänge oder Teppiche. Eine Frau hätte es andersrum gemacht.«

»Fredrik Urdal lag mit Jessie Anderson wegen der Zahlungen im Clinch«, dachte Vinston laut nach. »Wir wissen, dass er leicht reizbar war und nicht vor Gewalt zurückschreckte. Und jetzt wollte er sich rächen. Er fuhr mit seinem Pick-up an den Strand und schlich sich zum Haus. Aber dann? Wenn Urdal Jessie ermordet hat, wer hat ihn umgebracht? Und warum?«

Esping hatte sich auf der Fahrt zurück nach Tomelilla diese Fragen auch schon gestellt.

»Es könnte ja so gewesen sein, dass Urdal sich aus einem ganz anderen Grund auf dem Grundstück befand. Und dabei etwas gesehen hat, oder jemanden ...«

Vinston nickte zustimmend, als sei er zu dem gleichen Schluss gekommen.

»Sehen Sie mal.« Er deutete auf einen Stapel nachlässig geöffneter Briefe. »Zahlungserinnerungen, Inkassoverfahren und Schreiben von der Vollzugsbehörde. Urdal hatte offenbar finanzielle Probleme.«

»Also beschließt er, Kapital aus seiner Entdeckung zu schlagen«, spann Esping den Gedanken weiter, während sie den Schrank zum Mülleimer öffnete.

»Denkbar«, bestätigte Vinston. »Aber wie beweisen wir das?«

»Tja, vielleicht ist das ein Anfang«, erwiderte Esping und wedelte triumphierend mit einem fleckigen Pappkarton, den sie aus dem Abfall gefischt hatte. Es war die Verpackung des Prepaidhandys.

Sie riss den Deckel auf, in der Hoffnung, die Plastikplakette zu finden, in der die SIM-Karte gesteckt hatte. Leider ohne Erfolg.

»Sieht man, wo es gekauft wurde?«

»Nein.« Esping schüttelte enttäuscht den Kopf. »Aber das Handy ist in jedem Fall neu. So viel steht fest.«

Sie leerte den Müll in die Spüle. Ganz unten lag eine zerdrückte Ausgabe des *Cimbrishamner Tagblatts* mit der Schlagzeile: *Wurde die Promimaklerin ermordet?*

»Die Zeitung von Mittwoch«, konstatierte sie. »Sie lag unter dem Handykarton, was bedeuten müsste, dass Urdal zuerst die Zeitung gelesen und dann das Telefon besorgt hat.«

»Das klingt nachvollziehbar«, nickte Vinston. »Fredrik erfährt, dass wir in einem Mordfall ermitteln, und bringt das mit dem in Verbindung, was er beim Musterhaus gesehen hat. Dann schafft er sich ein Prepaidhandy an, meldet sich bei dem- oder denjenigen, die er gesehen hat, und will für sein Schweigen bezahlt werden.«

»Aber stattdessen ... wird er selbst zum Schweigen gebracht.«

»Exakt!«

Vinston und Esping sahen sich einen Moment lang einvernehmlich an.

Esping genoss den Augenblick. Genau so hatte sie sich die Arbeit vorgestellt, als sie sich damals an der Polizeihochschule anmeldete.

»Und wie finden wir heraus, wen oder was Urdal am Sonntag beim Haus gesehen hat?«, fragte Vinston.

»Wir müssen einfach alles noch einmal durchgehen«, erwiderte sie.

»Was halten Sie davon, wenn wir mit einem Happen zu essen anfangen?«, schlug Vinston vor. »Ich kenne da ein gutes Lokal.«

33

Felicias Kaffeehaus war wie immer gut besucht. Der Duft nach Frischgebackenem lag über dem Stimmengemurmel, und Bob schlich zwischen den Tischen umher und begrüßte die Stammgäste.

Vinston aß mit gutem Appetit, während es Esping schwerfiel, etwas hinunterzubekommen.

Ihre Gedanken wanderten immer wieder zu Urdals leblosem Körper, bis sie durch das Klingeln ihres Handys unterbrochen wurde.

»L-G«, informierte sie Vinston, bevor sie aufstand und in das Büro des Cafés verschwand, um ungestört sprechen zu können.

Felicia erschien an ihrem Tisch und stellte fest, dass Esping ihr Essen kaum angerührt hatte.

»Ist etwas passiert?«, fragte sie Vinston. »Tove wirkt abwesend.«

»Sie hat heute Morgen ein Mordopfer gefunden.«

»Was sagen Sie da? Geht es ihr gut?« Felicia legte sich erschrocken die Hand auf die Brust.

»Sie ist ein bisschen mitgenommen. Das ist normal. Aber sie ist sehr professionell mit der Situation umgegangen.«

»Aha. Haben Sie ihr das gesagt?«

»Was?«

»Haben Sie ihr gesagt, dass sie professionell gehandelt hat?« Felicia hob eine Augenbraue und machte dabei ein Gesicht, das zugleich fragend und vorwurfsvoll aussah. Dann drehte sie sich um und verschwand mit den Worten:

»Ich schaue am besten mal, wie es ihr geht.«

»L-G hat sich also endlich gemeldet?«, fragte Vinston, als Esping nach einer Weile zurückkam. »Wo treibt er sich herum?«

»Er ist auf einer Bienenzüchterkonferenz in Vaggeryd. Ich habe ihm erzählt, dass sowohl wir als auch Thyra Borén glauben, dass

Fredrik Urdal ermordet wurde. Sobald ihm klar wurde, dass es einen Zusammenhang mit Jessie Andersons Tod gibt, wurde er mucksmäuschenstill. Ich hatte den Eindruck, dass er das Handy am liebsten wieder ausgeschaltet hätte, um der ganzen Sache zu entkommen, aber ich begreife einfach nicht, warum. Normalerweise ist L-G ein guter Chef. Ich werde das Gefühl nicht los, dass ihn jemand unter Druck setzt. Und das *Cimbrishamner Tagblatt* hat heute Morgen in etwa die gleiche Frage gestellt. Die Quelle war angeblich eine Person mit *gutem Einblick in die Ermittlungen*. Wer könnte das wohl sein?«

Vinston setzte sein bestes Pokergesicht auf.

»Keine Ahnung.«

Esping blickte ihn misstrauisch an.

»Egal, wer es war …«, sagte sie dann, »so sollte diese Person vorsichtig sein. Wie schon gesagt, ist Jonna Osterman clever. Aber man weiß nie genau, woran man bei ihr ist. Sie würde alles tun, um ihre kleine Zeitung am Leben zu erhalten.«

Vinston räusperte sich.

»Nun ja, zurück zu unserem Mordopfer Fredrik Urdal.«

In dem Moment tauchte Felicia auf und brachte ihnen Kaffee. Sie sah erschrocken aus.

»Haben Sie Fredrik Urdal gesagt? Der Elektriker mit den vielen Tätowierungen? Du hast nicht erzählt, dass er es war, den du gefunden hast, Tove!«

»Kennen Sie ihn?«, wollte Vinston wissen.

»Er isst hier manchmal zu Mittag. Das machen viele Handwerker, seit ich das Tagesgericht anbiete. Fredrik hat mich mal ziemlich angebaggert, bis ich ihm klargemacht habe, dass ich nicht einmal weiß, wie man hetero schreibt. Er war im Übrigen gestern hier.«

»Wann denn?«, fragten Esping und Vinston gleichzeitig.

»Am Nachmittag. Er trank mit einem anderen Handwerker Kaffee. Hasse irgendwas. Ein netter Typ mit Pferdeschwanz. Er kommt auch recht oft her.«

»Hasse Palm?«, erkundigte sich Esping.

»Ja, das könnte sein. Ich glaube, er ist auch Elektriker. Meistens steht auf ihren Pullis, für welche Firma sie arbeiten.«

»Fällt Ihnen noch etwas ein?«, wollte Vinston wissen.

»Sie tranken nur Kaffee, bestellten nichts dazu. Und sie blieben nur etwa eine Viertelstunde. Sie saßen an einem der Tische im hinteren Teil des Gartens.«

»Und Sie haben nichts Besonderes bemerkt?«

Felicia schien nachzudenken.

»Eins ist mir aufgefallen. Als ich vorbeikam, um ihnen Kaffee nachzuschenken, hörten sie auf zu sprechen. Sie verstummten sofort, als sollte ich auf keinen Fall hören, worüber sie redeten.«

Vinston und Esping sahen einander an.

»Was halten Sie von einem kleinen Abstecher nach Gislövsstrand, wenn wir fertig gegessen haben?«, fragte Vinston.

»Gute Idee!«, erwiderte Esping lächelnd.

Hasse Palm stand in der Kochnische, als Esping und Vinston in die Baubaracke kamen.

Mit einem Blick vergewisserte Esping sich, dass niemand anderes da war. Leere Verpackungen unterschiedlicher elektronischer Geräte stapelten sich entlang der einen Wand, aber ansonsten hatte sich hier nichts verändert.

»Ah, hallo. Sie wieder«, sagte Palm. »Möchten Sie Kaffee?«

Vinston schüttelte den Kopf und deutete auf einen Klappstuhl.

»Setzen Sie sich«, sagte er schroff und platzierte sich Palm gegenüber. Esping blieb mit verschränkten Armen stehen.

»Wir haben Fredrik Urdal heute Morgen tot aufgefunden. In einer Hütte oben bei Hallamölla«, erklärte Vinston.

»W-was?«

Hasse Palm sah schockiert aus.

»Sie haben sich gestern Nachmittag in Felicias Kaffeehaus getroffen«, fuhr Vinston fort. »Worüber haben Sie gesprochen?«

»Nichts ...« Palms Blick flatterte unruhig.

»Fredrik Urdal wurde umgebracht«, sagte Esping leise. »Irgendjemand hat ihm einen tödlichen Stromschlag verpasst und dann versucht, es wie einen Unfall aussehen zu lassen. *Du hast dir das selbst eingebrockt. Ich bin es leid, deinen Mist aufzuräumen.* Das haben Sie doch ungefähr gesagt, als er Sie am Montag angerufen hat?«

Es war nur eine Vermutung, aber es gelang ihr, überzeugend zu klingen.

Hasse Palm stöhnte.

»Herrgott!«

Vinston beugte sich vor.

»Worüber haben Sie und Urdal gestern gesprochen?«, wiederholte er seine Frage.

»Er ... er hat mir ein paar Sachen verkauft.«

»Was für Sachen?«, wollte Vinston wissen.

»Ein paar Motherboards für das Sicherheitssystem.«

»Die Motherboards, die fehlten? Warum hatte Urdal sie?«

Palm wand sich verlegen auf seinem Stuhl.

»Als ich das Projekt übernahm, haben wir eine Inventur des gesamten Materials gemacht. Und da lagen die Motherboards noch in einer Schachtel hier im Büro. Aber als ich sie einbauen wollte, um die Kameras zum Laufen zu bringen, war die Schachtel nirgends zu finden. Und dann rief Fredrik plötzlich am Montag an und wollte mir genau diese Motherboards verkaufen ...«

»Am Montag, als wir hier waren?«, fragte Esping. Vinston nickte ihr anerkennend zu. Ihre Vermutung war richtig gewesen.

»Er sagte, ich solle ihm fünfundzwanzigtausend in bar geben, ihm aber eine Rechnung über sechzigtausend ausstellen. So viel, wie neue Boards gekostet hätten«, fuhr Hasse Palm fort. »Niemand sollte etwas merken. Gestern im Café haben wir den Deal durchgezogen.« Er zeigte auf eine Schachtel in der Ecke. »Ich hätte Nein sagen sollen und mich nicht in Freddes blöde krumme Geschäfte reinziehen lassen dürfen. Aber die Gewinnspanne ist bei diesem Projekt nicht gerade üppig, deshalb ist jede Einsparung ...«

Der Elektriker beendete den Satz nicht.

»Wie wirkte Fredrik Urdal, als Sie miteinander sprachen?«, fragte Vinston. »War er gestresst, unruhig?«

»Nö. Er wirkte äußerst zufrieden. Er erzählte, dass er nach Thailand gehen würde. Dass er deshalb Bargeld brauche.«

»Thailand?«

»Ja, Fredde hatte die Vollzugsbehörde an den Hacken. Er wollte das Land verlassen, sich dort drüben in eine Bar einkaufen. Zuerst dachte ich, das sei bloß dummes Gerede.«

Vinston machte sich Notizen.

»Hat er noch etwas gesagt?«

»Nein. Er hatte es eilig. Wir haben nur unseren Deal durchgezogen, kurz Kaffee getrunken und sind wieder in unsere Autos gestiegen. Ich habe die Box mit den Motherboards bekommen, er einen Umschlag mit Bargeld, und dann bin ich nach Hause gefahren. Liselott und ich gehen donnerstags zum Tanzkurs. Gestern war Rumba dran. Hinterher waren wir ziemlich k. o., deshalb sind wir gegen elf Uhr schlafen gegangen. Sie können Sie anrufen und fragen, wenn Sie mir nicht glauben!«

»Und mehr war nicht, als Sie mit Urdal sprachen?«, fragte Esping spitz. »Gar nichts?«

»Nein! Oder ...« Palm strich sich über das Kinn. »Fredde hatte es wie gesagt eilig. Aber unmittelbar nachdem wir uns verabschiedet hatten, wurde er angerufen. Ich habe gehört, dass er über Geld sprach und ein Treffen, da dachte ich, dass er vielleicht noch mehr Diebesgut verkaufte.«

»Haben Sie gesehen, mit welchem Handy er telefonierte?«, fragte Vinston.

»Wie?«

»Das Telefon, das Fredrik Urdal benutzte. War das ein Smartphone oder ein kleines Tastenhandy?«

Hasse Palm dachte nach.

»Ich weiß noch, dass es kaum zu sehen war. Fredrik hat ... hatte ... ziemlich große Hände. Also war es wohl kein Smartphone.«

Esping und Vinston verließen die Baubaracke und gingen zu der Stelle am Strand hinunter, wo Vinston die Reifenspur gefunden hatte.

»Okay. Wir wissen also, dass Fredrik Urdal am Sonntag kurz nach dem Mittagessen hier seinen Pick-up parkte«, sagte Vinston. »Aber warum?«

»Weil er Geld für seine Thailand-Reise brauchte«, erwiderte Esping. »Er wusste, dass die Motherboards noch im Baucontainer waren, dass sie teuer sind und dass das Haus nicht ohne auskommt.«

»Aber warum kam er ausgerechnet am Sonntag hierher?«, wunderte sich Vinston. »Hätte er die Boards nicht jederzeit stehlen können? Er hatte doch die Sicherheitsanlage selbst installiert?«

Esping überlegte.

»Erinnern Sie sich noch daran, dass Samstagabend der Alarm ausgelöst wurde? Das könnte Urdal gewesen sein, der schon an dem Tag versuchte, in die Baubaracke einzubrechen, aber umkehren musste, als der Alarm losging. Jessie Anderson hatte doch seine Zugänge zum Sicherheitssystem gelöscht, sodass er den Alarm nicht ausschalten konnte. Allerdings wusste er, dass die Anlage als ein großer Kreislauf installiert war. Wenn also das System im Musterhaus deaktiviert wäre, dann …«

»Dann auch in der Baubaracke«, nickte Vinston. »Und als am Sonntag während der Hausbesichtigung der Alarm abgeschaltet war und sich alle Besucher im Haus befanden, brauchte Urdal einfach nur die Tür zur Baracke zu öffnen. Wenn Hasse Palm nur die Codes geändert hat und nicht auch das Schloss ausgewechselt, hatte Urdal vielleicht sogar noch einen passenden Schlüssel.«

»Das lässt sich leicht überprüfen.« Esping ließ Fredrik Urdals Schlüsselbund an ihrem Finger baumeln.

Schnellen Schrittes gingen sie zur Baracke zurück, wo sich der dritte Schlüssel am Bund als der richtige erwies und ins Schloss passte.

»Gut!«, freute sich Vinston. »Ich denke, wir können an der Hypothese festhalten, dass Fredrik Urdal am Sonntag hier war und die Tatsache ausnutzte, dass das Alarmsystem ausgeschaltet war, um so die Motherboards zu stehlen. Das stimmt auch mit Hasse Palms Zeitrahmen überein. Er sagte ja, die Boards wären in der letzten Woche noch da gewesen und fehlten seit Montag.«

Esping kaute nachdenklich auf der Lippe.

»Fredrik Urdal befindet sich also in der Baubaracke. Von dort aus sieht er etwas, was mit dem Mord an Jessie zu tun hat. Er steht kurz davor, das Land zu verlassen, und braucht jeden Cent, den er zusammenkratzen kann. Also besorgt er sich ein Wegwerfhandy und erpresst den Mörder, was ihn wiederum das Leben kostet.«

»Genau«, nickte Vinston. »Aber was hat Urdal gesehen? Oder besser gesagt: wen?«

34

Vinston saß mit einer Bierflasche in der Hand auf der Terrasse der Bäckastuga in einem Sonnenstuhl. Es war kurz nach sieben, bis zum Sonnenuntergang waren es noch ein paar Stunden, aber in den Bäumen drüben am Bach hatte bereits eine Nachtigall zu singen begonnen. Selbst ein eingefleischter Städter wie er musste zugeben, dass das gar nicht so übel war.

Er hatte Amanda anrufen wollen, um sie ins Kino einzuladen, aber nur Christina erreicht.

»Amanda bereitet sich auf das morgige Reitturnier vor. Sie soll ein neues Pferd ausprobieren.«

»Reitturnier?«

»Ja, in Borrby. Wir haben am Strand darüber gesprochen.«

»Ach, natürlich«, hatte Vinston gesagt, ohne sich richtig erinnern zu können. »Um wie viel Uhr beginnt es?«

»Was denn, willst du etwa kommen? Du nutzt doch jede Gelegenheit, um zu erklären, wie gefährlich der Reitsport ist. Deshalb gebe ich dir nie Bescheid.«

»Selbstverständlich komme ich«, erwiderte er und gab sich empört.

Daraufhin hatte Christina ihn eingeladen, ins Schloss zu kommen und mit Freunden von ihr und Poppe Cambio zu spielen.

»Es könnte eine nette Abwechslung für dich sein, Leute zu treffen, die nicht unter Mordverdacht stehen. Cambio ist Poppes neue Leidenschaft, es erinnert ein wenig an Bridge. Du wirst die Regeln schnell lernen.«

Vinston hatte freundlich abgelehnt. Kartenspiele waren seiner Meinung nach kaum besser als gemeinsames Singen oder Armdrücken.

Deshalb saß er jetzt also hier, im Garten der Bäckastuga, mit einem kalten Bier in der Hand und einem Buch auf dem Schoß.

Wie schon zuletzt fiel es ihm schwer, sich zu konzentrieren. Er stellte sich Fredrik Urdals Tod vor. Wie der Mörder es auf irgendeine Art geschafft haben musste, den kräftig gebauten Mann auf der Kellertreppe gegen die Wand zu drücken, und zwar lange genug, um dessen Hand in den Sicherungskasten zu stecken und dann den Strom anzuschalten. Das war eine komplizierte, wenn nicht gar unmögliche Aufgabe. Hatte Esping recht? Waren in Wirklichkeit zwei Personen involviert?

Ein leises Klopfen an der Haustür ließ ihn von seinem Sonnenstuhl aufstehen.

Er hoffte, es sei Amanda, die beschlossen hatte, trotz allem vorbeizukommen, aber als er die Tür öffnete, stand Jonna Osterman davor.

»Hallo!«, sagte sie lächelnd. »Störe ich?«

»Nein, überhaupt nicht. Ich habe nur ein bisschen gelesen.«

»Tja, Entschuldigung, dass ich einfach so anklopfe, aber ich war gerade in der Gegend. Ich habe ein Interview für unsere Sonntagsausgabe gemacht. Eine Stockholmerin, die eine Keramikwerkstatt eröffnen will. *Surprise, surprise!* Österlen braucht offenbar dringend noch mehr windschiefe Kaffeebecher.«

»Ja, in meiner Sammlung fehlt auch noch einer. Am liebsten mit einer Gans drauf, wenn Sie so einen zufällig sehen.« Vinston deutete mit dem Kopf Richtung Küche.

»Toll!« Jonna hatte ein ansteckendes Lachen.

»Woher wissen Sie, wo ich wohne?«, fragte Vinston.

»Ach, ich habe da so meine Quellen. Mit *gutem Einblick* in Ihre Wohnsituation.«

Erneutes Lachen.

»Jedenfalls«, sprach sie weiter, »dachte ich, ich komme vorbei und bringe wie versprochen Nicolovius' Briefe, sowohl die alten als auch denjenigen, den wir nicht publiziert haben.«

Sie reichte ihm einen Umschlag mit einem Stapel DIN-A4-Blätter.

»Vielen Dank«, sagte Vinston.

»Glauben Sie, Nicolovius hat etwas mit Jessies Tod zu tun?«, fragte Jonna Osterman.

»Ich weiß es nicht. Momentan gibt es viele lose Enden.«

Vinston dachte an das Zitat von Nicolovius, das in seiner Morgenzeitung gelegen hatte.

»Und Fredrik Urdal?«, fragte Jonna. »Ich habe gehört, dass er heute Morgen tot aufgefunden wurde. Fredrik hat in Gislövsstrand gearbeitet und hatte Streit mit Jessie Anderson. Glauben Sie, dass es einen Zusammenhang zwischen den Todesfällen gibt?«

»Tut mir leid, das kann ich wirklich nicht kommentieren«, erwiderte Vinston.

»Nicht? Das enttäuscht mich aber sehr.«

Sie ließ zum dritten Mal ihr Lachen hören, das genauso ansteckend war wie die beiden vorigen Male.

»Äh, möchten Sie vielleicht reinkommen?«, fragte er. »Ich habe Bier, Tee. Einen Haufen schiefer Tassen.«

»Danke, aber … ich muss für die morgige Ausgabe noch ein paar Sachen fertig schreiben.« Jonna Osterman deutete vage hinter sich. »Aber gerne ein andermal«, fügte sie hinzu und klang dabei, als meinte sie es auch so, was ihn sehr freute.

Als Jonna Osterman gefahren war, setzte Vinston Teewasser auf. Er fing an, Tee zu mögen, besonders mit einem Löffel von L-Gs Apfelblütenhonig.

Er nahm seine Tasse und die Mappe mit Nicolovius' Leserbriefen mit auf die Terrasse hinaus. In dem Liegestuhl, den er vorhin besetzt hatte, lag jetzt Pluto und starrte ihn wie üblich leicht pikiert an.

Vinston überlegte, ob er die Katze seiner Gewohnheit entsprechend verjagen sollte. Aber Tiere außerhalb des Hauses waren immerhin leichter zu tolerieren, und Pluto machte zumindest keinen Annäherungsversuch, also ließ er sie liegen. Stattdessen setzte er sich auf den anderen Stuhl und überflog das Material in der Mappe. Er fand ziemlich schnell die gleichen Texte, die er in Margit

Dybblings Album gesehen hatte. Es handelte sich bei ihnen um die letzten drei Einsendungen, die publiziert worden waren.

Einige der Überschriften erschienen ihm immer noch schwer verständlich. *Die Sykophanten der nackten Gier, Doch zu begreifen ist's bei bösen Wegen* und schließlich *Der Tag der Abrechnung*. Dem Datum oben auf der Seite zufolge war dieser Text am norwegischen Nationalfeiertag, dem 17. Mai, veröffentlicht worden. Danach hatte man über einen Monat lang nichts mehr von Nicolovius gehört, bis am Tag nach Jessies Tod dieser neue Text aufgetaucht war.

Man erntet, was man sät, lautete die Überschrift. Aus einer plötzlichen Laune heraus las Vinston den Text laut.

Nun ist also das erste Haus in Gislövsstrand fertiggestellt. Bisher war das Krebsgeschwür abstrakt, eine Zeichnung auf einem Blatt Papier, aber jetzt ist es real. Und genau wie beim echten Krebs wird es sich über Österlens jungfräulichen Boden ausbreiten. Es wird die Natur mit Muskeln aus Glas und Beton verwüsten und verkauft werden – nicht an diejenigen, die unsere Gegend lieben und pflegen, sondern an Menschen, die über solch unanständige Summen Geld verfügen, dass sie schon lange das Gefühl für seinen Wert verloren haben.
Jessie Anderson hat sich vom Widerstand freigekauft, hat die Ortsansässigen mit einer Skulptur bestochen, die passenderweise einen Haken darstellt. Kalt, spitz und lebensgefährlich.
Und viele haben den Köder geschluckt. Sie haben sich von Jessie Anderson einfangen und vom Schwarm trennen lassen. Ein andres ist, versucht zu sein, ein andres, zu fallen.
Das Haus mag an seinem Platz stehen, die Gier scheint gesiegt zu haben, aber vergesst nicht, das Schwein beißt zurück. Der Tag der Abrechnung naht, und Jessie Anderson wird für ihre Missetaten bezahlen. Der Haken, den sie ausgeworfen hat, um ihren Willen durchzusetzen, wird ihr am Ende zum Verhängnis werden. Noch ist die Vorstellung auf dieser großen Narrenbühne nicht zu Ende.

Vinston schaute die Katze an.

»Was denkst du, Pluto? Unheimlich, oder? Als hätte Nicolovius geahnt, was passieren würde. Oder hat er es am Ende selbst geplant?«

Die Katze antwortete ihm nicht, sie glotzte ihn bloß an.

35

Am Samstagmorgen erwachte Vinston mit einer von Nicolovius' bekannten Zeilen im Kopf. *Der Tag der Abrechnung naht.* Die gleichen Worte wie auf dem mysteriösen Zettel, den jemand in seine Zeitung gesteckt hatte.

Auf dem Weg in die Küche schaute er auf die Terrasse hinaus, aber Pluto war natürlich verschwunden. Auf dem Gartenweg war die Katze auch nicht zu sehen, ebenso wenig am Briefkasten. Vinston fragte sich, wo sich das Tier wohl tagsüber aufhielt und wer es fütterte, andererseits war das nicht sein Problem.

Neuer Todesfall im Zusammenhang mit Mord an Maklerin lautete die Schlagzeile des *Cimbrishamner Tagblatts*.

Anschließend folgte eine Zusammenfassung von Fredrik Urdals Tod und seiner Verbindung zu Jessie Anderson.

Kurz und knapp, wie es Jonna Ostermans Art war, stellte Vinston fest. Er las die Zeitung weiter, wurde aber durch eine Kurznachricht seines Kollegen von der Finanzpolizei unterbrochen, den er trotz L-Gs Einwänden kontaktiert hatte.

Hej, Peter. Wie gewünscht habe ich ein bisschen gegraben. Der Weg des Geldes war schwer nachzuverfolgen, da hat sich jemand Mühe gegeben. Aber die Holding auf Zypern, die Gislövsstrand finanziert, gehört einem schwedischen Unternehmen. Kärnhuset AB. Das kontrolliert ein Klas Mårtensson aus Kivik.

Vinston schickte eine Dankesnachricht zurück und versprach, seinen Freund zum Essen einzuladen, wenn er wieder in Stockholm wäre. Dann öffnete er die Suchmaschine und googelte Klas Mårtensson.

Der Mann schien fast so etwas wie ein Phantom zu sein. Obwohl er als »Apfelkönig« bezeichnet wurde und mehreren Artikeln zufolge eine Reihe von Firmen kontrollierte, die zusammen mehrere Hundert Millionen Kronen wert waren, gab Klas Mårtensson nie

Interviews. Die meisten Fotos, die von ihm kursierten, waren aus der Ferne geschossen. Sie zeigten einen Mann um die sechzig mit spitzer Nase, grauem, zurückgekämmtem Haar und einer Brille mit dunklem Gestell. Das Gesicht des Mannes kam Vinston vage bekannt vor, aber er konnte nicht genau sagen, warum.

Ein geheimnisvoller Apfelkönig hatte Gislövsstrand also vor dem Konkurs gerettet, und damit auch Jessie Anderson, die sonst ihre gesamte Investition verloren hätte? Interessant. Blieb die Frage, was Vinston mit dieser Information anfangen sollte. Trotz des Mords an Fredrik Urdal und der Ereignisse des gestrigen Tages war er nicht mehr an dem Fall beteiligt. Er sollte aber zumindest Esping anrufen und ihr von Klas Mårtensson berichten, was allerdings bis nach dem Reitturnier warten konnte.

Er hatte gerade seine Krawatte gebunden, als es an der Haustür klopfte. Elin Sidenvall stand davor, wieder mit Sonnenbrille. Pluto strich um ihre Beine.

Offenbar wussten alle in der Gegend, wo Vinston wohnte.

»Hallo, Verzeihung, wenn ich störe.« Sie sah sich unsicher um. »Könnte ich kurz reinkommen?«

Vinston servierte ihnen Kaffee in schiefen Tassen. Der Katze war es irgendwie gelungen, sich mit ins Haus zu schleichen, wo sie auf Elins Schoß sprang, obwohl Vinston sie böse anschaute.

Heimlich beobachtete er Elin, versuchte dahinterzukommen, warum die junge Frau wohl in seiner Küche saß. Sowohl er als auch Esping hatten die ganze Zeit über das Gefühl gehabt, dass es Dinge gab, die Elin ihnen nicht erzählt hatte.

Die Assistentin von Jessie Anderson kramte in ihrer Handtasche und tauschte ihre Sonnenbrille gegen ihre normale Brille aus. Ohne Brille sah Elin jünger aus. Vinston musste an seine eigene Tochter denken.

In nicht allzu langer Zeit würde Amanda das Haus verlassen und eine eigene Karriere starten. Der Gedanke daran machte ihn stolz, aber zugleich deprimierte er ihn auch ein wenig.

»Ich habe in der Zeitung gelesen, dass in Hallamölla ein Toter gefunden wurde? Ein Handwerker mit Verbindung zu Gislövsstrand«, sagte Elin. »Handelt es sich um Fredrik Urdal, nach dem Sie mich neulich gefragt haben?«

Vinston nickte.

»Wurde er getötet?«

»Das ist eine Arbeitshypothese.«

Elin strich sich beunruhigt eine Haarsträhne aus dem Gesicht. Dann trank sie einen Schluck Kaffee, wie um sich zu sammeln.

»Da gibt es etwas, was ich Ihnen nicht erzählt habe«, begann sie. »Vor etwa einem Monat gab es einen Vorfall.«

Vinston griff nach seinem Notizbuch.

»Im Frühling, als Jessie und ich allein im Musterhaus waren, hat jemand spätabends einen Container angezündet und das Wort ›Sau‹ auf Jessies Auto gesprüht. Wir haben eine schwarz gekleidete Person mit einer Sturmhaube gesehen, die auf uns zeigte und sich mit dem Finger über die Kehle fuhr, bevor sie in der Dunkelheit verschwand. Ich wollte die Polizei rufen, aber Jessie verbot es mir. Sie wollte nicht noch mehr negative Schlagzeilen über das Projekt haben. Also haben wir das Feuer selbst gelöscht, und ich habe das Auto neu lackieren lassen.«

»Wissen Sie noch, wann das genau war?«, fragte Vinston so sachlich wie möglich.

»Am 17. Mai. An dem Abend wurde der Haken geliefert.«

Vinston erkannte das Datum wieder. Es war der norwegische Nationalfeiertag und außerdem das letzte Mal, dass im *Cimbrishamner Tagblatt* ein Leserbrief von Nicolovius publiziert worden war.

»Der Tag der Abrechnung«, murmelte er.

»Richtig«, nickte Elin. »Das habe ich auch zu Jessie gesagt. Dass der Brand etwas mit dem Leserbrief zu tun haben muss. Dass dieser Nicolovius hinter allem steckt. Aber sie meinte, ich würde Blödsinn reden. Und dann bekamen wir viel gute Publicity wegen der Skulptur, und alles andere beruhigte sich.«

»Können Sie die Person mit der Sturmhaube beschreiben?«,

wollte Vinston wissen. »War sie groß oder klein? Kräftig oder schmal?«

Elin schüttelte den Kopf. »Es war dunkel, und sie war zu weit weg. Ich habe die Gestalt nur ein paar Sekunden lang gesehen. Ziemlich klein, glaube ich, aber ich weiß es nicht mehr genau.«

»Und sonst können Sie sich an nichts erinnern?«

»Nein. Leider nicht.«

Sie fasste sich an die Stirn und kniff die Augen zusammen.

»Warum erzählen Sie das erst jetzt?«, fragte Vinston sie.

Elin Sidenvall seufzte.

»Ich musste Jessie schwören, nichts zu sagen. Und vielleicht wollte ich nicht wahrhaben, dass sie tatsächlich ermordet wurde. Dass diese Dinge miteinander zu tun haben könnten. Das klingt dumm, ich weiß. Aber jetzt, wo dieser Urdal auch tot ist …«

Die Assistentin strich sich wieder über die Stirn und schloss die Augen, diesmal länger.

»Haben Sie vielleicht eine Kopfschmerztablette?«, erkundigte sie sich.

Vinston suchte in einem der Küchenschränke, wo er zuvor eine Hausapotheke gesichtet hatte. Er drückte eine Brausetablette in einen Becher Wasser und reichte ihn Elin Sidenvall.

»Danke«, sagte sie matt. »Seit Jessie tot ist, habe ich so schreckliche Kopfschmerzen. Ich schlafe schlecht, glaube immer, irgendein Geräusch zu hören. Am Anfang dachte ich, das sind Hirngespinste. Ich hatte schon immer Angst vor der Dunkelheit. Meine Stiefbrüder haben mich deshalb oft aufgezogen.«

Elin leerte den Becher.

»Ich habe über die Terrassentür nachgedacht, die Sie neulich offen vorgefunden haben. Je mehr ich darüber nachdenke, desto überzeugter bin ich, dass sie zu war, als ich das Haus verließ. Und gestern Abend hat direkt vor dem Haus ein Auto angehalten. Es stand mit laufendem Motor da, bevor es wieder wegfuhr.«

»Haben Sie erkennen können, welche Marke es war?«

Elin schüttelte den Kopf.

»Ein dunkler Wagen, ziemlich groß. Und heute Morgen habe ich das hier im Briefkasten gefunden.«

Sie holte ein zusammengefaltetes Blatt aus der Handtasche und schlug es vor Vinston auf dem Tisch auseinander. Er erkannte die Nachricht sofort wieder. Ein Satz, fünf Wörter.

Der Tag der Abrechnung naht!

Esping saß in ihrem Arbeitszimmer, die Nase tief in die Ermittlungsakten gesteckt. Über die Lautsprecher ertönte Jessie Andersons Sommertalk.

»Ich kam mit zwei leeren Händen in die USA. Eine einsame Achtzehnjährige ohne Geld, Familie oder Kontakte. Aber mit dem eisernen Willen, irgendetwas zu erreichen. Das ist die Geschichte meiner Reise. Die Geschichte meiner Erfolge, aber auch all der Opfer, die ich bringen musste.«

Esping war noch einmal alle Zeugenaussagen durchgegangen, ohne sehr viel klüger zu werden. Sie konnte noch immer nicht den Eindringling identifizieren, dessen Schatten auf dem Videoausschnitt zu sehen war.

Ihr Handy klingelte. Vinstons Nummer.

»Hallo, Vinston.«

»Ja, hallo, hier Peter Vinston.«

»Ja, das behauptet mein Telefon auch. Schön, dass Sie sich einig sind.«

Vinston schien ihr nicht zuzuhören.

»Ich habe Elin Sidenvall hier«, sagte er gedämpft. »Offenbar kam es auf der Baustelle Mitte Mai zu einem Zwischenfall, von dem sie uns bisher nichts erzählt hatte. Ein dunkel gekleideter Mann mit Sturmhaube hat eines Abends einen der Container angezündet und Jessies Wagen vollgesprüht. Es war an demselben Abend, an dem der Haken geliefert wurde, und an dem Tag, an dem Nicolovius' letzter Beitrag im *Cimbrishamner Tagblatt* veröffentlicht wurde.«

Esping zuckte zusammen.

»Und Sie glauben, dass diese drei Sachen zusammenhängen?«

»Ich weiß es noch nicht«, antwortete Vinston. »Aber das Timing ist absolut verdächtig. Außerdem gibt es noch einen Leserbrief von Nicolovius, den die Zeitung nicht veröffentlicht hat, weil er am Montag in der Post lag und einige Sätze enthielt, in denen es darum ging, dass der Haken Jessie zum Verhängnis werden würde.«

»Und woher wissen Sie das?«, erkundigte sich Esping.

»Jonna Osterman hat es mir erzählt und mir den Text gegeben.«

»Aha, Sie scheinen sich ja gut kennengelernt zu haben«, erwiderte Esping trocken. Wie immer war sie auf der Hut, wenn Jonna ins Spiel kam. »Und warum hören wir erst jetzt davon?«, fuhr sie fort, da Vinston ihre Mutmaßung nicht kommentierte.

»Jessie Anderson wollte, dass Elin Sidenvall die Sache verschweigt, um nicht noch mehr schlechte PR zu bekommen. Nach dem heutigen Artikel über Urdals Tod hat Sidenvall Angst bekommen. Jemand hat eine Drohung in ihren Briefkasten gesteckt. Ich muss ...«

Esping hörte, wie es im Hörer raschelte, vermutlich schob Vinston ihn an das andere Ohr.

»Ich muss leider los. Amanda hat ein Reitturnier, und ich habe versprochen zu kommen. Hätten Sie die Möglichkeit, Elin Sidenvall bei mir abzuholen und ihre Zeugenaussage aufzunehmen? Der Zettel mit der Nicolovius-Nachricht sollte zur technischen Untersuchung geschickt werden, so wie derjenige, den ich mit meiner Zeitung bekommen habe. Ich habe vorgeschlagen, dass Elin für eine Weile zu ihren Eltern nach Västerås fährt, aber sie behauptet, das würde nicht gehen, da sie mit einigen von Jessies unabgeschlossenen Geschäften zu tun habe. Vielleicht könnten Sie mit ihr nach Hause fahren und sichergehen, dass sie Fenster und Türen verschließt? Die Terrassentür noch mal kontrollieren und sie ein bisschen beruhigen?«

»Natürlich«, sagte Esping und schaute auf ihre Armbanduhr. »Ich kann in einer Viertelstunde bei Ihnen sein.«

36

Das Reitturnier fand in Borrby statt und war eine deutlich größere Veranstaltung, als Vinston erwartet hatte. Nicht, dass er sich besonders mit Reitturnieren auskannte. Genau wie Christina säuerlich bemerkt hatte, war es ihm bisher gelungen, ihnen zu entgehen. Aber dieses Turnier war offenbar eine Art Volksfest.

Auf der Wiese zwischen Parkplatz und Reitbahn stand ein Dutzend weißer Zelte. Österlens Theatergesellschaft befand sich in einem von ihnen, in einem anderen wurde geräucherter Aal verkauft und in einem dritten Apfelmost aus lokalem Anbau.

Ein paar Hundert Menschen liefen zwischen den Zelten umher, und aus den Lautsprechern spielte Musik, die ab und zu unterbrochen wurde, um die verschiedenen Wettkämpfe durchzusagen. Der Duft von frittierten Krapfen, Wurst und Zuckerwatte vermischte sich mit dem Geruch von frisch gemähtem Gras und Pferdeäpfeln.

Vinston versuchte, sich zur Tribüne durchzukämpfen, während er Christina eine SMS schrieb. Dabei kam er an einem Zelt mit dem Schild *Österlens Bienenzüchtervereinigung* vorbei. Er hörte die Worte »… unerkannter Nebenerwerb« und blieb stehen. Ein Stück weiter stand L-G im intensiven Gespräch mit zwei älteren Damen. Auf dem Kopf trug er dieselbe gelb-schwarze Kappe wie neulich.

»Hallo, Peter!«, rief L-G, als er Vinston entdeckte. »Wie gut, dass ich dich treffe. Du hast sicher schon gehört …« Er senkte die Stimme und sah sich um. »Dass wir noch einen verdächtigen Todesfall haben. Die Techniker scheinen zu glauben, dass es sich um Mord handelt, und Tove ist ihrer Meinung.«

»Ja, ich habe davon gehört«, nickte Vinston. Esping hatte offenbar nichts von seiner Anwesenheit am gestrigen Tag erwähnt, was vernünftig war. Der Polizeichef hatte ihn immerhin vom Fall abgezogen.

»Wenn du willst, kann ich Esping anrufen«, schlug Vinston vor.

»Hören, ob sie irgendeinen Rat braucht?« Er setzte eine Miene auf, die, so hoffte er, nicht allzu interessiert wirkte.

»Nein, nein, darum kann ich dich nicht bitten. Du hast doch trotz allem … frei, und ich habe deinem Chef versichert, dass du absolut nicht arbeitest.«

Vinston hob die Hand und spielte mit.

»Das macht mir wirklich nichts aus. Und die Angelegenheit kann natürlich unter uns bleiben. Bergkvist braucht nichts zu erfahren. Esping braucht meine Hilfe vielleicht ja auch gar nicht. Ich klingle einfach mal durch und höre, was Sache ist. Übrigens würde ich gerne eine Ladung Honig kaufen. Das Glas, das du mir gegeben hast, ist fast leer.«

Der zweifelnde Ausdruck im Gesicht des Polizeichefs ging in ein Strahlen über.

»Schon? Freut mich, dass er dir so schmeckt! Ja, die diesjährige Ernte ist wirklich etwas Besonderes, musst du wissen.«

»Gut, dann machen wir es so!« Vinston klopfte demonstrativ auf seine Armbanduhr. »Ich muss weiter, Amanda reitet bald.«

Er drehte sich um und ging mit raschen Schritten Richtung Reitbahn, bevor es sich der Polizeichef anders überlegen konnte.

Vor dem Zelt der Theatergesellschaft entdeckte Vinston noch weitere bekannte Gesichter. Jan-Eric und Alfredo Sjöholm, beide in hellblauen Leinenanzügen, unterhielten sich angeregt mit der kleinen Margit Dybbling.

»Peter Vinston!« Jan-Eric Sjöholm breitete die Arme aus. »Wie schön, Sie hier zu sehen. Wie geht es mit der Jagd nach dem Mörder voran? Haben Sie Ihren Mann?«

Wie üblich war der Schauspieler nicht in der Lage, in einem normalen Gesprächston zu reden, weshalb sich die Menschen um sie herum umdrehten. Vinston machte ein paar Schritte auf das Trio zu, bevor er antwortete.

»Noch nicht«, sagte er leise. »Aber die Suche ist in vollem Gange.«

»Alfredo und ich haben jedenfalls ein Alibi für den Tod des armen Fredde. Wir befanden uns in Marsvinsholms Freilichttheater, und der einzige Mord, der dort begangen wurde, war der an Shakespeare. Der arme King Lear starb diesmal nicht aus Gram, sondern aus Langeweile, nicht wahr, Alfredo?«

»Kannten Sie Fredrik Urdal?«, fragte Vinston. »Sie nannten ihn eben Fredde?«

»Na ja …« Jan-Eric sah ertappt aus. »Also, ja, wir kannten Fredde. Wir haben uns kennengelernt, als er Statist bei Wallander war. Da wir damals gerade planten zu renovieren, bot er sich an, einige Arbeiten für uns zu übernehmen.«

»Kamen Sie miteinander zurecht?«

»Tja …« Jan-Eric schielte wieder zu Alfredo hinüber. »Das ist nun schon lange her. Aber soweit ich mich erinnere, gab es wohl ein paar Diskussionen wegen seiner Rechnungen. Nichts Ernstes, wir lösten das wie Gentlemen.«

Alfredo schnaubte.

»Jan-Eric ist viel zu nett. Fredrik schnüffelte in unseren Sachen herum und versuchte, die Rechnungen ordentlich zu salzen. Zudem war er schlampig. Manche seiner Installationen waren geradezu lebensgefährlich.«

Jan-Eric warf seinem Mann einen warnenden Blick zu.

»Aber genau wie Jan-Eric sagte, ist das lange her«, versuchte Alfredo die Wogen wieder zu glätten. »*It's all water under the bridge*, wie man in England sagt.«

Vinston fiel plötzlich etwas ein, was Esping über Margit Dybbling geäußert hatte.

»Sind Sie nicht mit Fredrik Urdal verwandt?«, fragte er an die kleine Frau gewandt.

»Seine Großmutter und ich sind Cousinen«, bestätigte sie. »Asta gab immer mit ihm an, als er noch klein war. Fredrik war gut in Sport. Aber ich erkannte damals schon, dass er ein richtiger Taugenichts war. Nach der Scheidung hat er mit seiner Großmutter und seiner Mutter kein einziges Wort mehr gesprochen.«

»Wie es schärfer nage als Schlangenzahn, ein undankbares Kind zu haben!«, reklamierte Jan-Eric mit theatralischer Geste.

»Und wo befanden Sie sich am Mittwochabend?«, erkundigte sich Vinston, der aus alter Gewohnheit in seine Rolle als Ermittler zurückgefallen war.

Die Frage schien Margit Dybbling zu amüsieren. Sie schob die große Brille auf der Nase nach oben, wie sie es häufig tat.

»Zu Hause, wie üblich. Ich habe eine Folge *Barnaby* angeschaut und bin früh zu Bett gegangen. Aber der Herr Kommissar glaubt doch wohl nicht, dass wir alten Leute einen Hünen wie Fredrik umbringen könnten? Warum sollten wir das überhaupt tun?«

»Ja, genau«, stimmte Jan-Eric Sjöholm ihr zu. »Warum wurde Fredrik getötet? Was hatte er mit dem Mord an Jessie Anderson zu tun?«

»Dazu kann ich nichts sagen, wie Sie sicher verstehen«, erwiderte Vinston. Dann schaute er auf die Uhr. »Jetzt müssen Sie mich entschuldigen, es wird Zeit für das Turnier.«

Auf dem Reitparcours waren einige Funktionäre dabei, die Balken höher zu setzen. Vinston fand, dass die Hindernisse schon hoch genug waren, aber er versuchte sich einzureden, dass Amanda eine erfahrene Reiterin war und er seine Sorge um sie wie immer übertrieb.

An der einen Schmalseite der Bahn, in einem Sponsorenzelt mit dem Logo der Sparbank Skåne, entdeckte er Christina und Poppe.

»Willkommen, Peter! Hast du schon etwas bekommen, um die Kehle zu befeuchten?«, begrüßte Poppe ihn.

Ein Kellner hielt ihm ein Tablett mit Apfelmost hin.

»Du erlebst Amanda zum ersten Mal bei einem Wettkampf, oder? Lass mich dir die Grundregeln erklären …«

Poppe begann mit einem Vortrag über Hindernisreiten, den Vinston höflich über sich ergehen ließ. Christina zwinkerte ihm zu und verschwand unbemerkt, um andere Besucher zu begrüßen.

In der Mitte des Zelts hielt Niklas Modigh Hof. Ein paar etwa zwanzigjährige Frauen schienen von dem gutaussehenden Mann beeindruckt zu sein.

»… wenn also mehrere Teilnehmer gleich häufig die Stange gerissen haben, wird noch einmal auf Zeit gesprungen«, erläuterte Poppe gerade.

»Was ist das?«

Vinston zeigte auf die offene Rückseite des Zelts, wo eine zweite Reitbahn zu sehen war. Dahinter befand sich ein Platz mit parkenden Pferdeanhängern und Transportern. Mehrere Pferde kreisten auf der Bahn, die Reiter riefen einander zu, bevor sie über die Hindernisse sprangen. Das Ganze sah chaotisch aus.

»Das ist die Einreitbahn«, erklärte Poppe. »Dort wärmen sich die Teams auf. Amandas Klasse fängt gleich an. Dort drüben siehst du sie, auf Karnac.«

Vinston folgte Poppes Zeigefinger mit dem Blick.

»Karnac?« Er erinnerte sich noch allzu gut an seine tumultartige Begegnung mit dem Hengst auf Sofie Wrams Hof.

»Ja, er gehört Sofie, aber wir haben ihn probeweise. Ein wunderbarer Hengst, nicht wahr?«

Amanda näherte sich in einem zurückhaltenden Galopp. Als sie vorbeiritt, lächelte sie breit. Vinston gab das Lächeln zurück und hielt den Daumen in die Höhe, um seine Besorgnis zu verbergen. Karnac war riesig, er schnaubte und warf den Kopf zurück, wobei er auf seinem Mundstück herumbiss.

Am entgegengesetzten Ende der Bahn stand Sofie Wram an einen Zaun gelehnt. Amanda wendete Karnac direkt vor ihr und schien Instruktionen zu bekommen.

Ein anderes Pferd trabte vor Vinston an dem Zelt vorbei. Im Sattel saß Daniella Modigh.

Vinston nickte ihr zur Begrüßung zu, aber Daniella sah ihn nicht, sondern schaute stattdessen in das Sponsorenzelt hinein. Sie war so unkonzentriert, dass sie beinahe mit einem anderen Teilnehmer zusammengestoßen wäre.

»Verdammter Idiot, pass doch auf!«, schrie sie dem Reiter hinterher.

Vinston realisierte plötzlich, dass Poppe aufgehört hatte zu sprechen.

»Danke für die Ausführungen«, sagte er.

»Keine Ursache«, erwiderte Poppe. »Christina und ich freuen uns so, dass du hier bist. Und Amanda natürlich auch. Jetzt geht es gleich los. Amanda hat die Startnummer drei. Wir könnten uns so stellen, dass wir besser sehen.«

Vinston kam ein Gedanke. Poppe arbeitete in der Finanzbranche und schien ein breites Netz an Kontakten zu haben. Vielleicht konnte er mehr über den mysteriösen Apfelkönig erzählen, der Gislövsstrand gerettet hatte?

»Dürfte ich dir eine Frage stellen?«, bat Vinston. »Kennst du einen Finanzier namens Klas Mårtensson?«

Poppe verzog das Gesicht.

»Ich *wünschte,* ich würde ihn kennen. Das wäre gut fürs Geschäft. Aber wir sind uns nur ein paarmal flüchtig begegnet. Klas hält sich meistens auf seiner Apfelplantage auf. Warum fragst du?«

Vinston ignorierte die Gegenfrage.

»Wenn ich es richtig verstanden habe, hat Mårtensson in Österlen recht viele Geschäftsinteressen?«

Christina tauchte zwischen ihnen auf und hängte sich bei beiden ein.

»Amüsiert ihr euch gut, Jungs?«

»Ja«, antwortete Vinston. »Jetzt weiß ich im Prinzip alles über Sprungreiten.«

Die Stimme des Wettkampfsprechers kündigte den ersten Starter auf dem Parcours an.

»Wir begrüßen die Teilnehmerin Nummer eins, Daniella Modigh auf Faye.«

Daniella Modigh hielt an der Schmalseite Einzug. Sie ritt in einem Bogen auf das erste Hindernis zu, das sich vor dem Sponsorenzelt befand.

Als sie vorbeikam, warf sie lange Blicke ins Zelt hinein. Vinston stellte fest, dass Niklas immer noch mit den zwei jungen Frauen sprach und kaum zu bemerken schien, dass seine Frau an der Reihe war.

Daniellas Pferd wirkte nervös, es warf den Kopf zurück und schnaubte einige Male laut, bevor Daniella ihm die Sporen gab.

»Spannend«, sagte Poppe. »Daniella ist heute eine von Amandas gefährlichsten Konkurrentinnen.«

Daniella flog über das erste Hindernis, dann über das zweite. Beim dritten schlug sich das Pferd die Hinterläufe an und riss die oberste Stange.

Ein leises Raunen ging durch das Publikum.

»Hoppla, das kam unerwartet«, kommentierte Poppe.

Daniellas Pferd riss noch ein Hindernis und machte anschließend ein paar unkontrollierte Galoppsprünge.

»Sie scheint völlig aus der Balance gekommen zu sein«, sagte Christina. »Gut möglich, dass sie noch öfter reißt. Kein guter Tag für Daniella.«

»Zwölf Fehler für Daniella Modigh und Faye«, fasste der Wettkampfsprecher zusammen, als Daniella geendet hatte. »Bitte einen Trostapplaus für die beiden!«

Daniella dankte nicht für den Beifall, sondern lenkte das Pferd schnell Richtung Stall davon. Aus den Augenwinkeln registrierte Vinston, wie ihr Mann sein Glas leerte und das Zelt verließ. Die beiden jungen Frauen sahen sehr enttäuscht aus.

»Darf ich das mal ausleihen?« Vinston deutete auf das kleine Fernglas, das Christina um den Hals hängen hatte.

»Klar.«

Vinston fing Niklas Modigh mit dem Fernglas ein. Er folgte ihm mit den Blicken, als er an der Einreitbahn vorbei zu den Ställen und den parkenden Pferdetransportern ging.

Niklas verschwand einen Moment aus dem Blickfeld, tauchte aber dann zwischen zwei großen Anhängern wieder auf. Jetzt befand er sich in Gesellschaft seiner Frau. Vinston konnte natürlich nicht hören, was gesagt wurde, aber anhand der Körpersprache war dennoch deutlich zu erkennen, dass das Ehepaar Modigh heftig stritt, wobei Daniella offenbar wütender war als ihr Mann. Ohne Vorwarnung boxte sie ihm plötzlich gegen die Brust. Niklas war groß und muskulös, aber der Stoß war so kräftig, dass er zurücktaumelte und fast gestürzt wäre. Daniella riss sich den Reithelm vom Kopf und warf ihn Niklas zu, bevor sie zwischen den Pferdehängern verschwand und nicht mehr zu sehen war.

Niklas blieb einen Moment stehen. Dann hob er Daniellas Helm auf und folgte ihr.

In demselben Moment begann Vinstons Handy zu vibrieren. Er senkte das Fernglas und machte ein paar Schritte zur Seite.

»Peter Vinston.«

»Hier Esping. Ich dachte nur, Sie würden gerne wissen, dass ich Elin Sidenvall abgesetzt und ihr ein paar Sicherheitstipps gegeben habe. Sie hatte Angst, dass jemand auf das Garagendach klettern und in ihr Schlafzimmer schauen könnte, deshalb ist sie in Jessies Zimmer umgezogen. Aber genau wie Sie gesagt haben, weigert sie sich, Schonen zu verlassen. Toughes Mädchen. Ich habe ihr meine Mobilnummer gegeben und ihr gesagt, dass sie mich direkt anrufen kann, wenn irgendetwas ist.«

»Okay. Was halten Sie von der Geschichte, die sie erzählt hat? Dem Brand und dem Vandalismus an Andersons Wagen? Dem Mann mit der Skimaske?«

»Sie scheint die Wahrheit zu sagen. Ich habe sie im Übrigen auch nach dem Pfefferspray gefragt, das ich in ihrer Handtasche gesehen habe, und sie hat mir daraufhin eine ganze Schachtel mit diversen illegalen Verteidigungsmitteln gegeben, die Jessie Anderson sich am Tag nach dem Brand aus den USA hat schicken lassen. Ich dachte, ich lasse sie noch als Fundstücke registrieren und fahre dann nach Hause, um das Videomaterial der Überwachungskamera zu überprüfen. Wenn wir Glück haben, findet sich noch eine Aufnahme vom 17. Mai.«

»Gut. Ich drücke die Daumen.«

»Und wie läuft es bei Ihnen?«, wollte Esping wissen.

»Ich bin auf Amandas Reitturnier und habe gerade gesehen, wie die Modighs ordentlich aneinandergeraten sind, vermutlich eine Eifersuchtsgeschichte.«

»Aha, interessant.«

»Und ich habe gnädigerweise von L-G die Erlaubnis erhalten, Sie wieder bei den Ermittlungen zu unterstützen. Also, wenn Sie meine Hilfe gebrauchen können ...«

Am anderen Ende blieb es ein paar Sekunden länger still, als Vinston erwartet hätte.

»Ja, Sie können gerne mithelfen«, erwiderte Esping schließlich und klang dabei zufrieden.

»Gut. Außerdem habe ich noch eine Sache erfahren«, sagte Vinston. »Die zypriotische Firma, die das Bauprojekt finanziell unterstützt hat, wird von einem Herrn namens Klas Mårtensson kontrolliert. Offenbar hat er hier in Österlen so ziemlich überall die Finger im Spiel. Kennen Sie ihn?«

Wieder war es am anderen Ende still.

»Hm, ja, das tue ich«, sagte Esping diesmal weniger vergnügt.

»Ausgezeichnet. Denken Sie, Sie könnten möglichst bald ein Treffen mit ihm arrangieren? Er wohnt wohl auf einem Apfelhof bei Kivik und ist meistens zu Hause.«

»Natürlich, aber ...«

»Was denn?« Vinston legte die Hand an den Mund, um die Geräusche von außerhalb zu dämpfen.

»Sind Sie sicher, dass das keine falsche Fährte ist?«, fragte Esping. »Dass es nicht besser wäre, sich auf die Verdächtigen zu konzentrieren, die wir schon haben?«

»Eine Spur ist eine Spur.«

»Okay ...«

Esping klang, als wolle sie noch etwas hinzusetzen, aber bevor sie loslegen konnte, kündigte der Sprecher Amanda an.

»Wir hören später voneinander«, sagte Vinston schnell. »Amanda ist jetzt dran.«

37

Vinston hielt den ganzen Ritt über den Atem an, aber Amanda ging sehr elegant mit dem großen Hengst um. Sie flog beinahe über die Hürden und bewältigte den Parcours fehlerlos.

»Einen großen Applaus für Amanda und Wramlunds Karnac für diesen schönen Ritt«, sagte der Wettkampfsprecher.

Vinston überraschte sich selbst und Christina, indem er nicht nur enthusiastisch applaudierte, sondern auch pfiff, was er seit seiner Jugend nicht mehr getan hatte.

»Und was passiert jetzt?«, fragte er, nachdem Amanda die Bahn verlassen hatte.

»Es sind noch einige weitere Teams an der Reihe, danach müssen diejenigen, die fehlerfrei gesprungen sind, noch einmal auf Zeit reiten.«

Poppe sah aus, als wolle er sehr gerne noch mehr Details über das Springreiten loswerden, wurde aber von einem anderen Zuschauer unterbrochen, der mit ihm über ein Kartenturnier sprechen wollte. Auch Christina beteiligte sich an dem Gespräch, daher entschuldigte sich Vinston und schlenderte Richtung Ställe. Neugierig ging er zwischen den Fahrzeugen umher, bei denen er vorhin die Modighs streiten gesehen hatte.

Daniella Modigh saß auf dem Fahrersitz eines großen Pferdetransporters. Das Fenster war heruntergekurbelt, und der Motor lief, aber sie starrte leer vor sich hin. Ihr Mann war nicht zu sehen.

»Alles in Ordnung?«, erkundigte sich Vinston.

Daniella zuckte zusammen. »Natürlich, ich bin nur ein bisschen müde.«

»Können Sie wirklich so einen riesigen Laster fahren?« Vinston klopfte auf die Fahrzeugtür. Es war eher als Scherz gemeint, aber Daniella schnaubte böse.

»Typisch Mann, so ein Kommentar. Ich bin auf einem Fuhrpark aufgewachsen. Ich kann deutlich mehr Fahrzeuge lenken als Sie. Und sie auch reparieren, wenn es ein Problem gibt.«

»Selbstverständlich«, sagte Vinston zerknirscht.

Daniella legte den ersten Gang ein.

»Ich muss jetzt fahren, also gehen Sie bitte einen Schritt zur Seite, wenn ich Ihnen nicht über die Füße rollen soll.«

Vinston gehorchte, und der große Pferdetransporter fuhr langsam davon.

Er hatte eigentlich zu den Ställen gehen wollen, um Amanda zu suchen. Stattdessen entdeckte er Sofie Wram, die Karnac zurück zur Wettkampfbahn führte. Amanda saß im Sattel. Er winkte seiner Tochter zu, aber die war vollkommen auf Sofie und deren Anweisungen konzentriert.

»Arbeite gut mit den Schenkeln und geh nicht so schräg in die Kurven. Denk daran, dass Karnac das Hindernis sehen muss, sonst erschrickt er.«

Vinston begriff, dass er am besten nicht störte, also blieb er noch einen Moment stehen und sah ihnen hinterher, bevor er zurück zum Sponsorenzelt ging.

»So, jetzt beginnt der zweite Durchgang«, rief der Speaker.

»Und als Erstes auf die Bahn kommt Teilnehmerin Nummer drei Amanda auf Karnac von Hof Wramslund.«

»Diesmal geht es um Zeit«, erklärte Poppe noch einmal. »Wer die wenigsten Fehler hat und am schnellsten ist, gewinnt.«

Amanda ritt in die Bahn und schlug einen großen Bogen, bevor sie Karnac auf die erste Hürde zutrieb.

»Oh, welches Tempo«, sagte Christina.

Amanda und Karnac flogen über das erste Hindernis, dann das zweite.

Vinston musste ein paarmal schlucken. Sein Herz klopfte immer heftiger. Amanda sah so klein aus auf dem großen Hengst. Und die Geschwindigkeit, mit der sie ritt, machte die Sache nicht besser.

»Das geht furchtbar schnell.« Poppes Stimme klang beunruhigt. »Jetzt kommt die Kurve.«

Amanda nahm die Kurve schräg und lenkte Karnac auf das nächste Hindernis zu, bevor dieser sich wieder gerade ausgerichtet hatte. Poppe und Christina holten hörbar Luft.

Karnac nahm Fahrt auf, aber nach zwei kräftigen Galoppsprüngen erblickte der Hengst plötzlich die Hürde, stemmte die Vorderläufe in den Boden und brach zur Seite aus. Amanda, die gerade dabei gewesen war, vor dem Hindernis im Sattel aufzustehen, wurde in die entgegengesetzte Richtung geschleudert.

Ein Raunen ging durch das Publikum.

Amanda flog vom Pferd, der eine Fuß blieb im Steigbügel hängen, sodass sie an Karnacs Flanke hing, während der große Hengst davongaloppierte. Christina schrie auf und klammerte sich an Poppes Arm.

Mehrere Wettkampfrichter rannten auf die Bahn, aber der Hengst ließ sich nicht stoppen. Karnac kreuzte zwischen den Hindernissen und schleifte Amanda durch das Sägemehl hinter sich her. Amanda strampelte wild, um loszukommen und zugleich den hämmernden Hufen zu entgehen.

»Kann jemand den Hengst stoppen!«, rief der Speaker.

Ohne dass Vinston so recht wusste, wie und warum, befand er sich plötzlich mitten auf der Reitbahn. Sein Herz klopfte, der Kies spritzte um seine Schuhe, und in seinem Kopf blubberte es wild. Er schnitt Karnac zwischen zwei Hindernissen den Weg ab und stellte sich mit ausgestreckten Armen vor den heranrasenden Hengst.

»Stopp!«, brüllte er. Aber Karnac lief geradewegs auf ihn zu. Vor Vinstons Augen begann es zu flimmern, seine Knie wurden weich, die Beine zitterten. Das Geräusch der vorpreschenden Hufe vermischte sich mit seinem Herzschlag.

Er versuchte, noch einmal zu schreien, aber seine Stimme gehorchte ihm nicht.

Im allerletzten Moment wich Karnac aus, so knapp, dass Vinston den Luftzug spürte. Der Hengst hatte offenbar den Stallvorplatz ins Visier genommen, und keiner der Wettkampfrichter schien ihn aufhalten zu können.

Da war neben dem Hengst plötzlich eine hellblaue Gestalt zu sehen. Die Person, die von der Zuschauertribüne gekommen sein musste, griff nach dem Sattel und schwang sich in einer so geschmeidigen Bewegung auf den Rücken des Pferdes, dass das Publikum in ein lautes »Ohh« ausbrach.

Es war Alfredo Sjöholm.

Alfredo griff nach den Zügeln, riss sie kräftig zu sich und lehnte sich gleichzeitig schwer im Sattel zurück.

»Brr!«

Karnac blieb so abrupt stehen, dass er sich fast auf die Hinterbeine setzte. Alfredo befreite Amandas Fuß aus dem Steigbügel und brachte den Hengst anschließend dazu, von ihr wegzutreten.

Vinston rannte zu seiner Tochter, aber der Sanitäter war zuerst da.

»Hörst du mich?«, fragte dieser in dem Moment, als Vinston sie erreichte.

Amandas Augen waren geschlossen, ihr Gesicht war blass. Vinstons Herz hämmerte, sein Gesichtsfeld wurde an den Rändern undeutlich. Aber er durfte nicht in Ohnmacht fallen, nicht jetzt. Er ließ sich schwer auf die Knie sinken und griff nach der Hand seiner Tochter.

»Hörst du mich, Amanda?«, schrie er. Amandas Lider flatterten, dann sah sie zu ihm auf. Langsam löste sie ihre Hand aus Vinstons Griff und hielt den Daumen nach oben.

»Ich bin okay, Papa.«

Eine Welle der Erleichterung erfasste Vinston und wurde durch den fast ebenso erleichterten Applaus des Publikums verstärkt.

»Bleib noch liegen«, ermahnte der Sanitäter sie. »Der Krankenwagen kommt gleich.«

Amanda beachtete ihn nicht. Sie kam auf die Füße und klopfte sich die Sägespäne ab. Dann winkte sie dem Publikum zu, wodurch sich der Applaus noch einmal verstärkte.

Vinston wagte nicht aufzustehen, aus Angst, ohnmächtig zu werden. Christina und Poppe kamen angerannt, ebenso Sofie Wram.

»Bist du okay?«, hörte Vinston sie fragen.

Amanda nickte.

»Du hast genau das gemacht, was du *nicht* tun solltest«, schimpfte Sofie. »Ich gebe dir nicht zum Spaß Anweisungen. Richtig ist richtig, und falsch ist falsch. Und wenn man einen Fehler macht, hat das manchmal unschöne Konsequenzen. Reines Glück, dass nichts Schlimmeres passiert ist!«

Sie wandte sich ab und stiefelte auf Karnac zu.

Alfredo Sjöholm war vom Hengst gesprungen und reichte Sofie Wram die Zügel. Sie nahm sie entgegen, nickte Alfredo kurz zu und führte das Pferd Richtung Stall.

Vinston kam mühsam wieder auf die Füße. Seine Beine waren wackelig, aber glücklicherweise waren Christina und Poppe vollauf mit Amanda beschäftigt und schauten nicht zu ihm hin. Alfredo sah ihn hingegen direkt an.

»Geht es Ihnen gut?«, erkundigte sich der sehnige kleine Mann.

»Absolut!« Vinston machte ein paar unsichere Schritte auf Alfredo zu. »Vielen Dank für Ihre Hilfe«, sagte er. »Wenn Sie nicht gewesen wären, hätte es richtig böse enden können.«

Dann fiel ihm ein, was Esping über Alfredos Zirkusvergangenheit erzählt hatte.

»Ich bin in meiner Jugend mit Pferden aufgetreten«, bestätigte der Mann. »Es war ein Reflex, ich habe überhaupt nicht nachgedacht.«

»Sehr imponierend, vor allem in Ihrem ...« Vinston brach ab, bevor er das Wort »Alter« laut ausgesprochen hatte, aber Alfredo schien es trotzdem gehört zu haben.

Er drehte sich beleidigt um und ging an die Seite des Parcours, wo Jan-Eric und Margit Dybbling auf ihn warteten. Alfredo sagte etwas, was Vinston nicht hörte, aber alle drei warfen ihm lange und nicht gerade freundliche Blicke zu.

38

»Verdammt.« Esping saß am Computer und fluchte laut vor sich hin.

Sie hatte die Harddisk, die sie von Hasse Palm bekommen hatte, angeschlossen, das Programm des Sicherheitssystems geöffnet und dann mit gewisser Spannung nach dem 17. Mai gesucht.

»Nicht zugänglich«, war die Antwort.

Na ja, vielleicht war es zu viel erwartet, dass das Bildmaterial noch gespeichert sein könnte. Die meisten Systeme speicherten Aufnahmen maximal dreißig Tage.

Esping versuchte es mit einem Datum fünfundzwanzig Tage vor dem Mord, um ihre Theorie bekräftigt zu bekommen, aber auch dieses Material war nicht zugänglich.

Sie versuchte es mit zehn, dann mit fünf Tagen. Es war keinerlei Material verfügbar.

Esping dämmerte, worin das Problem liegen könnte. Sie suchte Hasse Palms Telefonnummer heraus.

»Ja, richtig«, bestätigte dieser. »Sie haben mich nur nach dem Videomaterial von Sonntag gefragt, daher habe ich nur das für Sie heruntergeladen.«

»Befindet sich der Rest noch auf dem Server, meinen Sie?«

»Vielleicht«, erwiderte Palm. »Da das System nicht fertig installiert war, glaube ich nicht, dass schon ein Aufnahmezyklus eingerichtet war. Vermutlich laufen die Aufnahmen, bis die Harddisk voll ist.«

»Können wir rausfahren und die Disk holen?«

»Ich bin in Växjö auf der Konfirmation meiner Nichte. Ich komme erst Sonntagabend nach Hause.«

»Okay.« Esping hatte keine Lust zu warten. »Kann ich das Material selbst vom Server runterladen? Ansonsten müsste ich Sie bitten, sofort herzukommen. Es ist dringend.«

Hasse Palm seufzte hörbar auf.

»Sie müssen zum Bauplatz fahren und den Rechner auf meinem Schreibtisch benutzen. Ich kann mit der App die Alarmanlage deaktivieren und das Tor öffnen. Bleibt allerdings das Problem mit dem Schlüssel zur Baracke.«

»Ich habe einen«, sagte Esping.

»Aha.« Palm klang verwundert, stellte aber keine weiteren Fragen. »Drücken Sie einfach auf die Gegensprechanlage am Tor, wenn Sie da sind. Dann lasse ich Sie rein.«

Sie hatte vorgehabt, sofort zum Baugelände zu fahren, aber die Spülmaschine in Felicias Kaffeehaus hatte beschlossen zu streiken, und es kostete Esping den gesamten Nachmittag sowie einen Teil des Abends, sie wieder in Gang zu setzen.

Deshalb war es schon fast zehn Uhr, als sie am Tor in Gislövsstrand auf den Klingelknopf drückte. Der helle Abend ging gerade in eine Sommernacht über.

Es war windstill und sternenklar. Vom Meer breiteten sich Nebelschleier aus und hingen wie graue, gespenstische Fetzen über den Dünen.

Esping musste dreimal anrufen, bevor Hasse Palm antwortete. Er klang betrunken, offensichtlich war es eine geglückte Konfirmationsfeier.

»Ich deaktiviere jetzt die Anlage und öffne Ihnen das Tor«, sagte er. »Melden Sie sich, wenn Sie wegfahren, dann schalte ich die Anlage wieder ein.«

Esping öffnete die Baubaracke mit Urdals Schlüssel. Drinnen war die Luft im Vergleich zur feuchten Nachtluft stickig. Esping setzte sich an Palms Schreibtisch und schaltete den Computer an. Er fragte nach den Log-in-Daten, aber anstatt Palm anzurufen und sich zu erkundigen, hob sie die Schreibunterlage an. Genau wie vermutet, klebte dort ein Post-it mit den Informationen, die sie brauchte. L-G wendete exakt die gleiche Methode an. Ihr Vater auch.

»Boomers …«, murmelte sie vor sich hin.

Sie öffnete das Programm des Sicherheitssystems, schrieb das Datum in das Suchfeld und hielt die Luft an.

Material wird geladen, teilte der Bildschirm mit. Danach listete er eine Reihe von Aktivitäten auf, allesamt vom 17. Mai.

»Yes!«, flüsterte Esping.

Sie schaute sich die ersten Aufnahmen an. Jessie und Elin, die am Nachmittag das Haus erreichten. Am Abend fuhr Elin Sidenvall eine Weile weg und kam mit Pizzakartons wieder. Als es dämmerte, tauchte ein Lkw mit zwei kräftigen Packern auf. Die Männer luden eine große Kiste aus, in der sich die Hakenskulptur befinden musste.

Etwa eine Stunde später fuhr der Umzugswagen wieder weg, was von der Induktionsschleife registriert wurde, die um 22:01 Uhr das Tor öffnete und das Fahrzeug hinausließ.

Das nächste Ereignis trat um 22:26 Uhr ein. Ein Filmausschnitt, der zunächst nur die parkenden Autos von Elin und Jessie zeigte. Dann war eine leichte Bewegung zu erkennen. Eine schwarz gekleidete Gestalt mit Sturmhaube schlich zwischen den Fahrzeugen hindurch, kniete sich auf den Boden und besprühte die eine Seite von Jessies Wagen. Man konnte ein S und ein halbes A sehen, der Rest wurde von Elins Wagen verdeckt. Espings Herz schlug lauter.

War das der Mörder? Dieselbe Person, deren Schatten auf der Aufnahme vom Mordtag zu sehen war? Am Rand des Films begann ein Lichtschein zu flackern, was vermutlich bedeutete, dass der Container, von dem Elin Sidenvall berichtet hatte, gerade in Brand gesetzt worden war.

Die Gestalt in Sturmhaube war mit dem Sprühen fertig und verschwand aus dem Bild. Nur zehn Sekunden später wurde die Tür des Musterhauses geöffnet. Elin und Jessie traten heraus. Ihre Körpersprache deutete zunächst Überraschung an, aber sie schienen sich schnell zu fassen. Sie blieben auf der Treppe stehen, und Jessie Anderson rief etwas. Danach konnte man sehen, wie Elin erschrocken zusammenzuckte, vermutlich, weil sie die schwarz gekleidete Person drüben beim Container entdeckt hatte. Jessie sah dagegen überhaupt nicht verängstigt aus. Kurz darauf verschwand die Assistentin im Haus und kam mit einem großen Feuerlöscher zurück. Sie passierte die Kamera, und etwa eine Minute später hörten die flackernden Schatten auf. Jessie stand die ganze Zeit über auf der Treppe und überwachte alles.

Esping war von der Handlungskraft der beiden Frauen beeindruckt. Sie waren allein, und jemand hatte gerade ein Attentat auf ihr Haus ausgeübt. Sie hatten sogar kurz einen bedrohlichen, maskierten Täter gesehen.

Aber die Sorge vor negativer PR war offensichtlich so groß, dass sie nicht die Polizei riefen.

Im Nachhinein hatte sich das natürlich als eine furchtbare Fehleinschätzung der Lage herausgestellt, konstatierte Esping, während sie sich die Aufnahme weiter anschaute.

Jessie Anderson und Elin Sidenvall hielten sich noch etwa eine halbe Stunde in und um das Haus herum auf, bevor sie jeweils im eigenen Wagen das Grundstück verließen. Die Induktionsschleife ließ sie hinaus, und die Assistentin aktivierte via App um 23:16 Uhr die Alarmanlage. Danach hatte das System nichts mehr aufgenommen.

Esping spulte zu dem Zeitpunkt zurück, als die maskierte Gestalt das erste Mal zu sehen war. Dann ließ sie die Aufnahme vor- und zurücklaufen, wobei sie sich so nah wie möglich zum Bildschirm beugte.

Da Elins Wagen vor Jessies stand, sah man den Eindringling leider nie komplett, sondern nur den Oberkörper. Außerdem drehte sich die Person nie ganz zur Kamera. Frustriert wollte Esping gerade laut fluchen, als sie plötzlich ein seltsames Gefühl beschlich. Aus den Augenwinkeln registrierte sie etwas, was ihrem Körper einen Stich versetzte, ihre Nackenhaare sträubten sich.

Draußen vor dem Fenster stand jemand im Dunkeln, direkt hinter ihr. Jemand beobachtete sie heimlich, so wie sie neulich Hasse Palm.

Blitzschnell drehte sie sich um. Im Fenster sah sie ein Flattern, das jedoch verschwand, bevor sie erkennen konnte, was es war.

Esping stürzte zur Tür, wendete sich nach rechts und umrundete die Baracke. Draußen war es finster, und ihre Augen waren noch an das Licht des Bildschirms gewöhnt.

Ein Stück entfernt am Zaun erahnte sie eine Bewegung. Esping rannte blindlings los.

»Polizei, stehen bleiben!«, schrie sie, so laut sie konnte. »Pol…«

Ihr Fuß stieß gegen etwas, und sie fiel der Länge nach hin. Dabei blieb ihr die Luft weg, und sie schlug so kräftig mit dem Kinn auf, dass sie Sterne sah.

Esping blieb liegen, musste erst wieder zu Atem kommen. Dann rappelte sie sich mühsam auf. Sie rieb sich über den Unterkiefer und spürte, dass ihr Handrücken blutig wurde. Wie erwartet, hatten sich inzwischen die Dunkelheit und der Nebel um den geheimnisvollen Eindringling gelegt, und alles war wieder ganz ruhig.

39

Esping holte ein paar Papierhandtücher aus der Baubaracke, die sie gegen ihre Wunde drückte, und rief dann die Zentrale an. Die nächste Hundestaffel war über eine halbe Stunde entfernt, daher beschloss sie, so gut es ging zu markieren, wo sie den Eindringling gesehen hatte, um die spätere Spurensuche zu vereinfachen.

Sie holte eine Taschenlampe aus dem Auto und lief zur Schmalseite der Baracke. Erst da fiel ihr auf, dass es scharf nach Farbe roch.

Esping beleuchtete die Wand.

Der Tag der Abrechnung naht, stand dort in roten Buchstaben. Die gleiche Botschaft, die Vinston und Elin in ihren Briefkästen vorgefunden hatten.

Sie schoss ein paar Fotos mit ihrer Handykamera und ging zum Zaun weiter.

Nach ungefähr fünfundzwanzig Metern fand sie eine Spraydose mit frischen roten Farbflecken. Als Esping die Umgebung mit der Taschenlampe ableuchtete, entdeckte sie die Öffnung zu Sjöholms Grundstück. Sie war mit einem Gitter versperrt, aber als Esping es anfasste, stellte sie fest, dass es nur an der Oberkante befestigt war und sich leicht anheben ließ. Am Boden waren frische Schleifspuren zu sehen. Aller Wahrscheinlichkeit nach war der Einbrecher über diesen Weg geflüchtet.

Esping machte weitere Fotos mit ihrem Handy, ließ jedoch die Spraydose liegen und ging in ihrer eigenen Fußspur vorsichtig zurück.

Ihr Kinn hörte nicht auf zu bluten. Sie überlegte, ob sie noch einmal in die Baracke gehen und nach Verbandsmaterial suchen sollte, stattdessen kam ihr aber eine andere Idee.

Sie stieg ins Auto und fuhr mit einem Blitzstart davon.

Es war Alfredo, der die Tür zur Villa Sjöholm öffnete. Er trug einen Morgenmantel und Pantoffeln und hielt einen Drink in der Hand. Esping betrachtete seine rechte Hand, sah aber keine Spur von Farbe.

»Es tut mir leid, dass ich so spät störe«, entschuldigte sie sich. »Aber ich warte auf ein paar Kollegen und bin gestürzt. Hätten Sie vielleicht ein Pflaster für mich?« Sie nahm das blutige Papiertuch weg, das sie sich immer noch ans Kinn drückte.

»O je!«, sagte Alfredo. »Ich weiß nicht, ob ich Pflaster habe. Es ist schon spät, wir wollten gerade zu Bett gehen …« Er wurde von seinem Mann unterbrochen.

»Alfredo! Wer ist da?«, rief Jan-Eric aus dem Haus.

»Es ist die Polizistin, die neulich da war.«

»Tove, Peter Vinstons Freundin?« Jan-Eric Sjöholm kam durch den Flur heran, schwer auf seinen Stock gestützt.

»Ach, Sie Arme, was ist denn passiert?«, rief der kräftige Mann aus, als er Esping erblickte. »Alfredo! Steh nicht rum, hol das Verbandszeug.«

Alfredo sah aus, als wolle er protestieren, aber Jan-Eric brachte ihn mit einer Handbewegung zum Verstummen.

»Ich war einfach ungeschickt«, erklärte Esping. »Ich war drüben beim Bauplatz, um etwas zu überprüfen, und bin in der Dunkelheit gestolpert. Ich erwarte meine Kollegen, deshalb kann ich noch nicht nach Hause fahren. Ein Pflaster wäre toll.«

Alfredo kam mit einer grünen Verbandstasche zurück.

»Gut, jetzt verarzte sie bitte«, ermahnte ihn Jan-Eric.

»Schon in Ordnung. Ich kann das selbst machen, wenn ich kurz Ihr Badezimmer benutzen darf.«

»Natürlich, meine Liebe. Die zweite Tür links. Wir setzen solange Teewasser auf.«

Esping verschwand in der Toilette. Sie war oft genug vom Pferd gefallen, um zu wissen, dass die Platzwunde am Kinn schlimmer aussah, als sie war.

In der Verbandstasche befanden sich Wundspray und Pflaster, sie hatte daher kein Problem, sich selbst zu versorgen.

Dann lauschte sie Richtung Flur. Sie hörte Jan-Eric Alfredo in der Küche herumkommandieren.

Vorsichtig lugte sie hinaus. Die Diele war leer.

Sie sah sich um. Der Wohnbereich des Hauses mit Küche, Wohn- und Esszimmer lag rechts, das wusste sie bereits. Stattdessen schlich sie, so leise sie konnte, aus der Toilette und folgte dem Flur nach links. Nach wenigen Metern glaubte sie den stechenden Geruch von Sprühfarbe wahrzunehmen. Das konnte nur eines bedeuten.

Der Eindringling war durch die Öffnung im Zaun auf Sjöholms Grundstück geflüchtet und dann weiter ins Haus.

Am Ende des Flurs wurde der Farbgeruch stärker. Esping öffnete vorsichtig eine Tür und gelangte in eine Waschküche mit einem Nebeneingang.

Im Raum brannte kein Licht, aber vom Hof fiel der Schein der Außenbeleuchtung durch das Fenster herein. Die Waschmaschine lief, dem Display nach hatte das Programm erst vor ein paar Minuten begonnen. Die Kleider darin waren dunkel.

Esping blieb vor der Maschine stehen, während sie überlegte, ob sie versuchen sollte, den Inhalt der Trommel herauszuholen. Aber alle möglichen Spuren waren vermutlich schon zerstört. Sie schaute nach draußen über den erleuchteten Innenhof. Eine Bewegung in einem Fenster auf der anderen Seite ließ sie dorthin schauen.

Sie bemerkte eine zierliche Gestalt, die einen, wie es schien, viel zu großen Bademantel trug und ein Handtuch um den Kopf gewickelt hatte. Die Person war nur kurz zu sehen, als sie am Fenster vorbeiging, aber Esping erkannte sie dennoch.

Ein lautes Räuspern übertönte das Summen der Waschmaschine und ließ Esping zusammenzucken.

Sie drehte sich um. Vor ihr stand Alfredo, näher, als es ihr angenehm war. Er versperrte ihr den Ausgang.

»Die Küche befindet sich in der anderen Richtung!«, sagte er. »Aber leider haben wir keinen Tee mehr.«

Die Stimme klang dumpf, geradezu schroff. Seine Augen waren dunkel.

»Ich muss sowieso gehen«, sagte Esping so lässig sie konnte. »Meine Kollegen sind auf dem Weg.« Sie machte eine Kopfbewegung Richtung Flur und Haustür.

Alfredo starrte sie an, er schien herausfinden zu wollen, ob sie die Wahrheit sagte oder nicht. Dann trat er langsam beiseite und ließ sie durch.

40

Klas Mårtensson zog sich die Stiefel an. Es war Sonntagmorgen kurz nach acht. Vom Himmel strahlte bereits die Sonne herab.

»Ich gehe eine Runde«, rief er seiner Frau zu, was an sich vollkommen unnötig war, da er seinen täglichen Spaziergang durch die Apfelplantage mit solcher Pünktlichkeit machte, dass man die Uhr nach ihm stellen konnte.

Mårtenssons Hof lag am Jungfrupass an der Südspitze des Linderöåsen, einem Bergkamm südlich von Kivik. Das Gut war in allen Richtungen von fruchtbaren Apfelplantagen umgeben, und von dem großen Wohnhaus aus hatte man eine wunderbare Sicht nach Osten über die grünen Hänge des Stenhuvud und weiter bis zur glitzernden Hanöbucht.

Die Familie Mårtensson wohnte bereits seit sechs Generationen hier und baute seit mindestens vier Generationen Äpfel an.

Genau wie alle anderen Mårtenssons war Klas bei seinem Vater und Großvater in die Lehre gegangen. Aber er war in der Familie etwas Besonderes, weil er sich auch für die Welt jenseits der Apfelkultur interessierte. Er erkannte die Wichtigkeit, die Geschäfte zu diversifizieren, die Risiken zu streuen und zu den richtigen Leuten Kontakte zu knüpfen. Als junger Mann hatte er hart gearbeitet. War so viel gereist, dass er manchmal aufgewacht war, ohne zu wissen, wo er sich befand. Dieser Arbeitseifer hatte ihn eine Ehe gekostet und ihm einen Herzinfarkt und ein Magengeschwür eingebracht. Die Lehre, die er daraus gezogen hatte, war, dass sich die Welt eigentlich auch von zu Hause aus erobern ließ, solange man gut informiert blieb, sorgfältig plante und geduldig auf die richtige Gelegenheit wartete. Ungefähr so wie beim Apfelanbau.

Die Sonne schien, und wie immer begann Klas seine Runde im älteren Teil der Plantage. Diese Bäume hatte sein Urgroßvater einmal gepflanzt, die nächste Sektion sein Großvater, danach sein Vater. Sein eigener Anbaubereich, auf den er am stolzesten war, lag direkt an der Zufahrtsstraße.

In einer halben Stunde würde sich das Tor zur Hauptstraße hin öffnen und die Polizei wie vereinbart auftauchen. Sie würde Fragen nach seinen Geschäften mit Jessie Anderson stellen.

Klas Mårtensson holte tief Luft. Er hatte sich bemüht, diesem Treffen so lange wie möglich zu entgehen, aber jetzt, da es dennoch stattfinden sollte, freute er sich sogar darauf, den berühmten Peter Vinston kennenzulernen.

»Ich habe jemanden im Fenster des Gästehauses auf der anderen Seite des Hofes gesehen«, berichtete Esping aufgeregt, als sie in Vinstons Küche saß. »Im Bademantel und mit einem Handtuch um den Kopf, als käme sie gerade aus der Dusche.«

Esping war zu Vinstons Überraschung zehn Minuten vor der vereinbarten Zeit aufgetaucht, mit einem Pflaster am Kinn und begierig, ihm die Ereignisse des gestrigen Abends mitzuteilen.

»Es war Margit Dybbling«, war sich Esping ganz sicher. »Sie hat die Baracke, das Auto und den Baucontainer beschmiert. Kann sie auch Jessie getötet haben? Dann hätte Fredrik Urdal sie gesehen, als er in der Baracke war. Urdal und sie sind entfernte Verwandte. Wenn sie irgendwo Geld im Strumpf versteckt hatte, wusste er sicher Bescheid.« Die Worte sprudelten nur so aus Esping heraus. »Sie kennt sich außerdem mit Elektrik aus. Sie erinnern sich doch bestimmt noch, dass Margit Dybbling dieses elektronische Gadget an ihrer Tür installiert hat, obwohl die Anleitung auf Japanisch war?«

Vinston gähnte. Er hatte schlecht geschlafen und war mit einem seltsamen Gefühl aufgewacht.

Den gestrigen Abend hatte er mit Amanda, Christina und Poppe in der Notaufnahme zugebracht. Er war erst nach Hause gefahren, nachdem der Arzt festgestellt hatte, dass Amanda mit ein paar blauen Flecken und einer angeknacksten Rippe davongekommen war. Er hatte sich solche Sorgen um Amanda gemacht, dass er seinen eigenen Schwindelanfall beinahe vergessen hätte. Wahrscheinlich sollte er seinen Arzt anrufen und fragen, ob seine Proben etwas ergeben hatten.

»Sie scheinen nicht überzeugt zu sein«, sagte Esping, sichtlich enttäuscht von Vinstons mangelndem Enthusiasmus.

Vinston versuchte, seine Gedanken zu sammeln.

»Was Sie da erzählen, ist auf jeden Fall hochinteressant«, sagte er. »Aber wie gelang es der kleinen Margit Dybbling, eine so große und starke Person wie Fredrik Urdal zu übermannen?«

»Vielleicht hat ihr jemand geholfen. Zum Beispiel Alfredo Sjöholm.«

»Mm.« Vinston dachte an Alfredos geschickte Aktion auf der Reitbahn. »Auf alle Fälle haben wir weder konkrete Beweise gegen Margit Dybbling noch gegen die Sjöholms. Die Farbreste sind weggewaschen, und zu duschen ist nicht ungesetzlich. Gab es auf der Spraydose irgendwelche Fingerabdrücke?«

»Nein.« Esping schüttelte enttäuscht den Kopf. »Ich habe Thyra dazu gebracht, extra früh zu kommen und die Dose zu untersuchen, aber sie hat nichts gefunden. Sie hat auch die Zettel analysiert, die Sie und Elin Sidenvall erhalten haben, aber auch da Fehlanzeige. Aber sicher schaut Margit genügend Fernsehkrimis an, um zu wissen, wie wichtig Handschuhe sind.«

»Mm«, brummte Vinston wieder. »Ich werde einfach das Gefühl nicht los, dass in dieser Geschichte noch eine Reihe Puzzleteile fehlen. Und ich glaube, dass der Apfelkönig Klas Mårtensson eines davon liefern kann.«

»Sollten wir nicht lieber Margit Dybbling oder die Sjöholms einbestellen und in die Enge treiben?«

Vinston schüttelte den Kopf.

»Nicht ohne Beweise. Wir brauchen zuerst etwas, was Margit Dybbling mit dem Brand oder dem Mord in Verbindung bringt. Wir sollten jetzt nichts überstürzen. Ich bin neugierig zu erfahren, warum dieser Klas Mårtensson Gislövsstrand gerettet hat und warum er es heimlich getan hat.«

Esping biss sich auf die Zunge und bereute einen Moment, dass sie Vinston wieder zur Ermittlung hinzugezogen hatte. Zugleich musste sie widerwillig zugeben, dass er nicht ganz unrecht hatte. Aber sie freute sich wirklich nicht darauf, zum Jungfrupass hinaufzufahren, und sie wusste sehr wohl, dass sie vorher den Grund dafür gestehen sollte.

Sie setzten sich in Vinstons Wagen und fuhren Richtung Kivik.

»Was Klas Mårtensson betrifft«, fing Esping an. »Da gibt es etwas, das Sie wissen sollten, bevor wir hinkommen …«

In dem Moment klingelte Vinstons Handy, und er ging direkt dran.

»Hallo, Amanda, wie geht es dir? Wie ist es mit deiner Rippe, hast du Schmerzen?«

Esping erwartete, dass Vinston sich kurzfassen würde, sie waren immerhin in einer wichtigen Angelegenheit unterwegs. Aber da er weiter mit seiner Tochter plauderte, drehte sie sich weg und schaute beleidigt aus dem Fenster.

Der Schreck vom Vortag saß Vinston noch in den Knochen, weshalb er das Gespräch mit Amanda nicht beenden wollte, bevor sie Mårtenssons Hof beinahe erreicht hatten.

Esping dirigierte Vinston zu einem schweren gusseisernen Tor, wo sie ihm zu seinem Erstaunen erklärte, welchen Code er eintippen musste, um es zu öffnen.

»Wir sind früh dran«, stellte Esping fest, während sie die lange Einfahrt hinauffuhren. »Er ist bestimmt draußen und kontrolliert die Plantage.«

Vinston wollte sie gerade fragen, woher sie das wusste, kam aber nicht mehr dazu.

»Da ist er!« Esping deutete auf eine Gestalt zwischen den Apfelbäumen.

Vinston parkte seinen Wagen und stieg aus. Esping stiefelte direkt auf die Plantage zu, wohingegen Vinston zögerte. Seinen englischen Lederschuhen würde es in dem halbhohen, morgendlich feuchten Gras wenig gefallen. Aber es blieb ihm keine andere Wahl, als hinter Esping herzulaufen.

Die Sonne schien, die Amseln in den Apfelbäumen zwitscherten, und einige Bienen flogen auf der Jagd nach Nektar summend herum. Esping blieb bei ein paar Bienenstöcken stehen, um Vinston die Möglichkeit zu geben, sie einzuholen.

Plötzlich tauchte zwischen den Bäumen ein stattlicher Mann auf.

»So, Sie müssen der berühmte Peter Vinston sein.« Klas Mårtensson kam auf sie zu und streckte ihnen seine große Hand entgegen.

Er war Anfang sechzig und sah ungefähr so aus wie auf den Bildern, die Vinston im Internet gefunden hatte. Stahlgraue, zurückgekämmte Haare, eine spitze Nase und eine eckige, dunkle Brille. Er trug ein Flanellhemd, grüne Cargohosen und hohe Gummistiefel.

Klas Mårtensson wandte sich an Esping.

»Na, Tove, lange nicht gesehen. Was hast du am Kinn gemacht?«

»Hallo, Onkel Klas«, entgegnete sie. »Ich bin bloß gestürzt. Wie steht es mit den Äpfeln? Wird die Ernte gut?«

Vinston schaute Esping überrascht an.

»Ja, ich glaub schon. Die Bäume haben dieses Jahr früh geblüht, wir hatten daher Sorge, dass die Bestäubung darunter leiden würde.« Klas Mårtensson deutete auf die Bienenkörbe. »Aber zum Glück scheint alles gut gegangen zu sein, und wenn sich das Wetter hält, könnte es ein guter Herbst werden.«

Er sprach ein schleppendes Schonisch, was Vinston seltsamerweise ziemlich gut verstand. Aber vielleicht gewöhnte er sich auch langsam an den hiesigen Dialekt.

»Wissen Sie, warum sich ausgerechnet Österlen so gut für den Apfelanbau eignet, Vinston?«

Vinston schüttelte den Kopf und versuchte, Esping dabei nicht verärgert anzustarren. Ihre Gesichtszüge hatte er also auf den Fotos von Klas Mårtensson wiedererkannt. Jetzt, wo ihm das klar war, ließ sich die Verwandtschaft nicht übersehen: die spitze Nase und die wachen Augen. Aber im Nachhinein war es natürlich immer leicht, Gemeinsamkeiten zu entdecken.

Warum hatte Esping nichts gesagt? Durfte sie bei dieser Befragung überhaupt dabei sein?

»Also«, fuhr Mårtensson fort, »Äpfel bekommen den vollsten Geschmack, wenn sie langsam reifen. Hier in Österlen ist es im Frühjahr kühl, dank des Wassers auf beiden Seiten. Dafür ist der Herbst milder und länger als im restlichen Land. Mit anderen Worten: perfekte Bedingungen für Äpfel. Man kann sie absolut nicht mit Importfrüchten vergleichen, die während der Fracht reifen und nur nach Wasser schmecken.«

Mårtensson lächelte breit.

»Mögen Sie Apfelsaft? Tove nimmt Sie mit zur Mosterei, wenn wir hier fertig sind, dann können Sie eine Kiste mitnehmen.«

»Danke, aber das kann ich leider nicht annehmen«, sagte Vinston. »Gislövsstrand«, beeilte er sich fortzufahren, bevor Mårtensson protestieren konnte. »Ihre Firma, Kärnhuset AB, hat das Projekt vor dem Konkurs gerettet. Mit Ihrem Geld hat Jessie Anderson die Skulptur gekauft.«

Mårtenssons Lächeln verschwand. Einen Augenblick lang sah er so aus, als hätte Vinston ihn überrumpelt. Aber dann strich sich der Mann mit der Hand durch das Haar und gewann seine Fassung wieder.

»Ja, das ist richtig«, gab er zu.

»Aus welchem Grund?«, erkundigte sich Vinston.

Klas Mårtensson grinste schief, als belustige ihn die Frage.

»Tja, weil ich eigentlich das Hirn hinter der Sache bin, könnte man sagen.«

41

»Sofie Wram und ich kennen uns von Kindesbeinen an.«
Klas Mårtensson holte eine Kautabakdose hervor und schob sich einen Priem unter die Oberlippe. Dann hielt er Vinston und Esping die Dose hin, aber beide schüttelten ablehnend den Kopf.

»Vor ein paar Jahren sprachen wir über das Grundstück, das sie in Gislövshammar besaß«, fuhr Klas Mårtensson fort. »Ein Stück wertlose Wiese am Strand, die nichts einbrachte. Also holte ich ein paar Erkundigungen ein. Und fand heraus, dass man tatsächlich eine Baugenehmigung für das Gelände dort draußen bekommen konnte. Eine Zeit lang überlegten Sofie und ich, ob wir nicht alles in Eigenregie durchziehen sollten, aber uns war klar, dass das böses Blut in der Gegend wecken würde.«

»Also habt ihr Jessie Anderson als Deckmantel benutzt?«, unterbrach ihn Esping. »Ein TV-Star, der es gewohnt war, den Leuten auf die Füße zu treten. Und der keinerlei Skrupel hatte, Österlen auszubeuten.«

Klas Mårtensson schaute sie irritiert an.

»Das Strandgrundstück war wie gesagt wertlos«, wiederholte er. »Es taugte kaum zum Weideland und noch weniger für den Anbau. Ein Bauprojekt würde für Jobs und Steuereinnahmen sorgen, und wenn man es richtig anging, wäre es sogar eine gute Publicity für die Gegend. Würde mehr Touristen anziehen.«

»Und natürlich einen ordentlichen Gewinn abwerfen«, bemerkte Esping säuerlich.

»In die Zukunft kommt man nicht rückwärtsgewandt, das weißt du genauso gut wie ich, Tove. Es erfordert Entwicklung, Wachstum ...«

»Also hat Jessie Anderson Sofie Wram das Grundstück abgekauft, und Sie haben die Fäden gezogen, um an die Baugenehmigung zu kommen«, fasste Vinston zusammen.

Klas Mårtensson breitete die Hände aus.

»So in etwa, ja. Man muss seinen Freunden doch helfen. Sofie wollte ihrer Tochter ein Haus kaufen, um ihre Enkelkinder ein wenig öfter zu sehen. Familie ist wichtig, nicht wahr, Tove?«

Esping schaute demonstrativ weg.

»Ich habe versucht, Tove zu überreden, in das Familienunternehmen einzusteigen«, erklärte Mårtensson Vinston. »Sie hätte viel erreichen können. Aber sie bestand darauf, Räuber und Gendarm zu spielen.«

»Bei Ihnen klingt es so, als hätten Sie Sofie und Jessie nur ein paar gute Ratschläge gegeben, aber tatsächlich waren Sie von Anfang an Teilhaber der Immobilienfirma«, sagte Vinston, bevor Esping sich einmischen konnte. Es war ein Schuss ins Blaue, aber er traf. Mårtenssons Augen wurden schmal.

»So, das haben Sie also auch herausgefunden? Ja, das ist richtig. Ich war stiller Teilhaber am Projekt.«

»Wie groß war Ihr Anteil?«, fragte Vinston.

»Anfangs dreißig Prozent.«

»Und dann, als das Geld ausging und das Projekt vor dem Konkurs stand, haben Sie weiteres Geld hineingesteckt und Ihren Anteil erhöht?«

Klas Mårtensson nickte.

»Ich besitze jetzt circa sechzig Prozent des Projekts und Jessies Erbmasse den Rest. Aber ich bin dabei, mit dem Anwalt zu verhandeln, um diesen Teil auch noch zu erwerben. Es gibt schließlich keine Erben, die berücksichtigt werden müssen, daher rechne ich damit, dass sich die Sache bald klärt.«

»Und dann sind Sie alleiniger Besitzer von Gislövsstrand.«

»Tja, irgendjemand musste das Ruder übernehmen, jetzt wo Jessie nicht mehr da ist.«

»Dann ist ihr Tod ein Gewinn für Sie?«, bemerkte Vinston.

Mårtensson schüttelte den Kopf.

»Ich verstehe, worauf Sie hinauswollen, Vinston. Aber Jessies tragisches Ableben hat mir ordentlich Probleme bereitet. Wie die

Dinge jetzt stehen, werden die Leute hier früher oder später erfahren, dass ich hinter dem Projekt stehe. Freunde, Bekannte, Familie.«

Er deutete auf Esping.

»Wie Sie sehen, werden manche sauer sein. Andere besorgt oder nervös. Nichts davon ist gut fürs Geschäft. Auf lange Sicht wird mich der ganze Zirkus also vermutlich genauso viel kosten, wie er mir einbringt. Ich wäre sehr viel lieber im Hintergrund geblieben.«

»Und du hättest es lieber, wenn Jessies Tod ein Unfall wäre«, sagte Esping leise. »Denn ein Mord wäre noch schlechter fürs Geschäft. Er würde die Käufer vergraulen und die Preise drücken.«

»Sie sehen, Vinston«, erwiderte Mårtensson, »Tove kennt sich mit Geschäften aus. Sie vergeudet ihr Talent bei der Polizei.«

Sie ließen Klas Mårtensson bei den Apfelbäumen zurück und gingen zum Wagen.

»Warum haben Sie nicht gesagt, dass der Apfelkönig Ihr Onkel ist?«, wollte Vinston wissen.

»Onkel Klas hat so ziemlich überall die Finger im Spiel, Sie haben vielleicht mitbekommen, dass mich ständig jemand bittet, ihn zu grüßen? Ich will Tove Esping sein, nicht die Nichte von Klas Mårtensson. Und wenn man bei der Polizei ist, muss man unparteiisch auftreten. Allerdings wird das jetzt wahrscheinlich schwierig, wo er in alles involviert ist.«

»Aber warum haben Sie mir nichts gesagt? Vorhin im Auto?«

Vinston fühlte sich betrogen, als ob Esping sein Vertrauen missbraucht hätte.

»Ich habe es versucht, aber Sie waren die ganze Zeit mit Ihrer Tochter am Telefon.«

Esping trat einen Stein aus dem Weg, sodass dieser gegen einen Bienenstock schlug.

»Also, mein Onkel und ich verstehen uns nicht besonders gut«, erklärte Esping weiter, als sie im Wagen saßen. »Ich versuche, mich nicht in seinen Kreisen zu bewegen. Klas hat überall Kontakte, er ist ein Geschäftsmann durch und durch. Aber er ist kein Mörder.«

Vinston war kurz davor anzumerken, dass fast niemand so über seine Verwandten oder Freunde dachte, doch dann startete er schweigend den Motor und fuhr Richtung Ausfahrt. Während das Tor langsam aufglitt, kam ihm plötzlich ein Gedanke. Er legte den Rückwärtsgang ein und rollte zu der Stelle zurück, an der sie in den Wagen eingestiegen waren.

»Was machen Sie da?«, fragte Esping.

Bevor Vinston antworten konnte, klopfte Mårtensson an sein Seitenfenster.

»Haben Sie etwas vergessen?«

»Ja, eine Frage noch«, erwiderte Vinston. »Ich vermute, Sie haben einen neuen Projektleiter für Gislövsstrand eingestellt?«

»Richtig. Wir müssen schließlich das Boot wieder auf Kurs bekommen.«

»Elin Sidenvall, oder?«

Klas Mårtensson verzog das Gesicht.

»Hat Elin das erzählt? Ich hatte sie gebeten, die Füße stillzuhalten.«

»Nein, hat sie nicht«, antwortete Vinston. »Aber ihr scheint sehr daran gelegen zu sein, hier in der Gegend zu bleiben. Da habe ich eins und eins zusammengezählt ...«

»Ah, und jetzt habe ich mich verplappert. Gute Arbeit, Vinston!« Mårtensson blickte beeindruckt drein. »Ja, Sie haben recht. Elin war einverstanden, das Ruder zu übernehmen. Sie kennt das Projekt schließlich in- und auswendig und ist ausgebildete Maklerin. Sie ist eine zweite Jessie, könnte man sagen. Und jetzt, wo wir so großzügig Informationen austauschen, habe ich auch eine Frage.«

Mårtensson senkte die Stimme.

»Wann, denken Sie, schnappen Sie ihn?«

»Ihn?«, wunderte sich Vinston.

»Ja, ihn. Den Mörder. Nicolovius?«

Esping und Vinston sahen sich fragend an.

»Aha.« Mårtenssons Lächeln wurde breiter. »Sie haben heute noch nicht die Zeitung gelesen. Dann empfehle ich Ihnen, es zu tun. Spannende Lektüre über eine heiße Spur. Ich sollte vielleicht anfangen, nachts die Tür abzuschließen.«

Mårtensson klaubte sich diskret den Tabakpriem aus dem Mund und warf ihn ins Gras.

»Viel Glück bei der Jagd nach dem Mörder. Tatsache ist: Je schneller Sie Nicolovius zu fassen kriegen, desto leichter wird es, die Häuser zu verkaufen. Man kann also davon sprechen, dass wir ein gemeinsames Interesse haben.«

Klas Mårtensson zwinkerte ihnen zu, klopfte leicht auf das Autodach und stiefelte dann zurück zu seinen Apfelbäumen.

42

Sobald sie durch das Tor gefahren waren und die Landstraße erreicht hatten, suchte Esping auf ihrem Handy nach der Internetseite des *Cimbrishamner Tagblatts*.

»Leserbriefschreiber unter Mordverdacht«, las sie laut vor. »Die Polizei interessiert sich für die Person hinter dem Pseudonym Nicolovius, dessen Leserbriefe hier im *Tagblatt* veröffentlicht wurden.«

Vinston war kurz davor, sich vor Wut auf die Zunge zu beißen. Er umklammerte das Lenkrad, während Esping weiterlas.

»Nicolovius hat sich in seinen Beiträgen sehr kritisch über Gislövsstrand geäußert, und ein noch nicht veröffentlichtes Schreiben des Verfassers kann geradezu als Drohung gegen Jessie Anderson und andere in das Projekt involvierte Personen gedeutet werden. Die Polizei will jedoch nichts Genaueres sagen.«

Esping ließ das Handy sinken. »Jetzt weiß Nicolovius also, dass wir nach ihm suchen. Das ist echt großartig … Sagen Sie nicht, dass ich Sie nicht gewarnt hätte!«

Vinston starrte auf die Straße. Hinter dem einen Auge machte sich ein stechender Kopfschmerz bemerkbar.

»Sie dachten womöglich, Jonna Osterman wäre nicht besonders gut in dem, was sie macht, weil sie für eine so kleine Provinzzeitung schreibt? Dass Sie Hinweise an sie weitergeben könnten, wann es Ihnen passt, sie dagegen nicht clever genug wäre, Ihnen gleichzeitig Informationen zu entlocken?«

Vinston hielt das Lenkrad weiterhin fest umklammert und starrte geradeaus. Esping hatte recht, aber er hatte keinerlei Lust, das einzugestehen. Er hatte Jonna Osterman unterschätzt.

»L-G wird an die Decke gehen«, sagte Esping. »Ich bin überrascht, dass er nicht schon längst angerufen hat. Aber das wird er noch, nicht zuletzt, wenn er erfährt, dass wir mit Klas Mårtensson gesprochen haben.«

»Warum das denn?«, brachte Vinston hervor.

»Weil Onkel Klas derjenige ist, der L-G unter Druck gesetzt hat, die Ermittlungen niederzulegen.«

Einen Augenblick lang hielt Vinston das für einen Scherz, aber Esping schien es tatsächlich ernst zu meinen.

»Und woher wissen Sie das?«, fragte er.

Esping schaute verkniffen.

»Eine Mischung aus Intuition und Beobachtungsgabe. Während Sie vollauf damit beschäftigt waren, Ihre Schuhe zu retten, habe ich mich in Onkel Klas' Plantage umgeschaut.«

Sie rief ein Foto auf ihrem Handy auf und hielt es Vinston triumphierend vor die Nase.

Das Bild zeigte die Rückseite eines Bienenstocks.

»Die Apfelbäume müssen bestäubt werden, und die Blüten ergeben fantastischen Honig. Seine Bienenstöcke in Mårtenssons Apfelplantage am Jungfrupass aufstellen zu dürfen, ist der Traum jeden Imkers.«

Esping vergrößerte die eine Ecke des Bildes, sodass die Plakette mit der Kennnummer des Bienenzüchters lesbar wurde.

»822«, sagte sie. »Bzz. Das ist L-Gs Bienenstock.«

Sie kehrten zur Bäckastuga zurück, ohne noch viel zu sprechen. Beide hatten schlechte Laune.

»Ich fahre zur Wache und versuche, noch mehr über Margit Dybbling herauszufinden«, sagte Esping, als sie die Tür ihres dort abgestellten Wagens öffnete. »Das Obduktionsprotokoll und der technische Bericht zu Fredrik Urdal kommen heute.« Sie setzte sich auf den Fahrersitz. »Und wenn ich dazu komme, werfe ich einen Blick auf die Nicolovius-Texte, wo doch die Zeitung meint, das sei unser Hauptverdächtiger«, endete sie sarkastisch.

»Okay«, brummte Vinston. »Melden Sie sich, wenn irgendetwas Neues auftaucht. Ich esse heute Abend mit der Familie auf Schloss Gärnäs, bin aber über Handy zu erreichen.«

Esping antwortete nicht, sondern schlug die Wagentür vor seiner Nase zu, startete den Volvo und fuhr mit quietschenden Reifen davon.

Sobald Vinston im Haus war, rief er Jonna Osterman an.

»Hallo!«, meldete sie sich.

»Sie haben verraten, dass wir uns für Nicolovius interessieren.«

Vinston war so verärgert, dass er ausnahmsweise vergaß, seinen Namen zu nennen.

»Das stimmt. Den Anstoß dazu habe schließlich ich selbst gegeben, als ich Ihnen von dem letzten Brief erzählte. Immerhin habe ich aus reinem Respekt zwei Tage gewartet, um über die Sache zu schreiben.«

Vinston versuchte, seinen Ärger im Zaum zu halten.

»Ihnen ist sicher klar, dass diese Veröffentlichung es uns möglicherweise erschwert, den Täter zu fassen!«

»Ich bin Journalistin. Ich schreibe Artikel und informiere die Allgemeinheit. Den Täter zu fassen ist doch wohl Ihr Job?«

Esping fuhr auf direktem Wege zur Polizeiwache, wobei sie vor Wut kochte. Und sie hatte gute Gründe dafür. Zum einen hatte sich Vinston trotz ihrer Warnung von Jonna Osterman um den kleinen Finger wickeln lassen. Zum anderen hatte ihr hinterlistiger Onkel versucht, ihre Ermittlungen zu stören, indem er L-G unter Druck gesetzt hatte. Und aufgrund der Tatsache, dass ihr Onkel bald alleiniger Eigentümer von Gislövsstrand sein würde, könnte sie demnächst als befangen gelten.

L-Gs Büro war still und leer. In einem der Konferenzräume entdeckte sie Svensk und Öhlander, die damit beschäftigt waren, einen Bericht zu schreiben.

»Zwei Amateurhistoriker sind an der Schiffssetzung Ales Stenar aneinandergeraten. Der eine hat die Luft aus den Fahrradreifen des anderen gelassen, daraufhin kam es zu einem Gerangel, das man mit etwas gutem Willen als Schlägerei bezeichnen könnte«, fasste Svensk zusammen. »Jedes Jahr dasselbe Lied. Grabmonument oder Sonnenkalender. Als ob sich die Touristen für irgendetwas anderes interessieren würden, als zwischen den Steinen Selfies zu schießen.«

»Wurde jemand festgenommen?«, fragte Esping beunruhigt. Sie war die einzige Ermittlerin auf der Wache, und ein Arrest würde bedeuten, dass sie alles andere stehen und liegen lassen müsste.

»Nein«, erwiderte Svensk zu ihrer Erleichterung. »Nach einer wilden Fuchtelei endete das Ganze mit einer dicken Lippe und einer verbogenen Brille. Öhlander las den Herren die Leviten, und wir halfen dabei, das Fahrrad wieder aufzupumpen. Aber die beiden Verrückten mussten trotzdem unbedingt Anzeige erstatten, deshalb sitzen wir jetzt hier ...« Svensk machte eine resignierte Handbewegung. »Ist es nicht herrlich, der Allgemeinheit zu dienen? Schützen, helfen, in Ordnung bringen. Wie laufen eigentlich die Ermittlungen? Schleppst du immer noch diesen eingebildeten Stockholmer mit dir rum?«

Esping zuckte mit den Schulten.

»Ja, wobei Vinston hauptsächlich Berater ist. Wir ...« Sie hielt kurz inne. »*Ich* ... bin auf gutem Weg, den Fall zu lösen.«

»Wirklich?« Svensk und Öhlander tauschten Blicke, die für Esping nicht schwer zu deuten waren.

»Na, dann. Viel Glück, Sherlock«, sagte Svensk. »Sag Bescheid, wenn du zwei einfache Ordnungshüter gebrauchen kannst.«

Die beiden Polizisten warfen sich erneut Blicke zu, diesmal gefolgt von einem breiten Grinsen.

Esping schloss verärgert die Bürotür hinter sich und schaltete den Computer ein. Svensk und Öhlander waren Idioten. Aus ihren Sticheleien durfte sie sich nichts machen.

Die Berichte, auf die sie gewartet hatte, waren eingetroffen. Sie überflog sie schnell.

Fredrik Urdal war tatsächlich an Herzstillstand gestorben, verursacht durch einen kräftigen Elektroschock, genau wie Borén vermutet hatte. Der Körper wies Verbrennungen an der rechten Hand auf, dort war der Strom in den Körper eingedrungen. Fredrik hatte weder Alkohol noch andere Drogen im Blut, und er hatte auch keine Schädelverletzung oder Ähnliches, was darauf hindeuten könnte, dass man ihn bewusstlos geschlagen hatte.

Esping wusste, dass ihre Margit-Dybbling-Theorie auf schwachen Füßen stand. Wenn sie die Mörderin wäre, wie hätte es die kleine alte Dame dann geschafft, Urdal zu überwältigen und ihn anschließend mit der rechten Hand im Sicherungskasten an die Wand zu lehnen?

Sie ging zum technischen Bericht über, fand dort aber auch nicht, was sie suchte. Auf dem Sicherungskasten gab es keine anderen Fingerabdrücke als die von Urdal, und der Boden war gereinigt worden, was Vinston ja schon festgestellt hatte. Der Regen vom Freitagmorgen hatte außerdem effektiv alle Spuren auf der Wendeplatte draußen weggespült.

Esping fluchte. Offenbar war das nicht ihr Tag. Aber sie war nicht bereit aufzugeben. Die Antwort fand sich hier irgendwo, dessen war sie sich sicher. Und sie würde sie finden, und zwar auf eigene Faust, ohne die Hilfe von diesem schrecklich nervigen Peter Vinston.

43

Vinston war miserabler Laune und eigentlich überhaupt nicht in der Stimmung für ein Familienessen bei Poppe und Christina. Jonna Ostermans und Espings bissige, aber treffende Kommentare nagten noch an ihm, und am liebsten wäre er zu Hause geblieben und hätte seine Wunden geleckt. Andererseits wollte er natürlich Amanda sehen und sich vergewissern, dass es ihr nach dem Reitunfall gut ging.

Das Essen auf dem Schloss erwies sich dann aber als angenehmer, als Vinston erwartet hätte. Sie aßen in der großen Küche, die Christina erst kürzlich hatte renovieren lassen. Weißes Tischtuch und Leinenservietten. Porzellan, das sicher doppelt so alt war wie Vinston selbst.

Trotz des Steingewölbes und der dicken Mauern war es gemütlich, was vielleicht auch daran liegen konnte, dass Poppe zu dem Fasan, den er selbst geschossen und zubereitet hatte, einen ausgesuchten Wein aus dem Montalbano servierte.

»Es könnten sich noch ein paar Schrotkugeln darin befinden, also bitte vorsichtig kauen«, scherzte er.

Amanda hatte ausgezeichnete Laune. Sie hatte den Tag im Bett verbracht und eine ganze Staffel der Dokusoap über Hollywood-Schönheiten angeschaut, bei der Jessie Anderson mitgemacht hatte.

»Daniella Modigh taucht auch in ein paar Szenen auf. Sie und Jessie streiten jedes Mal furchtbar, sobald sie die Gelegenheit haben. Wenn man Daniellas soziale Medien durchgeht, sieht man sofort, dass sie und Jessie sich wirklich nicht leiden konnten. Daniella hat einige ziemlich gemeine Sachen über Jessie geschrieben, sie hat sogar ein Foto von meinem Geburtstag gepostet, wo Jan-Eric und Jessie streiten, und es mit ›bitchfight‹ getaggt. Warte, ich zeige es dir.«

Amanda holte ihr Handy und klickte sich zum richtigen Bild durch. Es zeigte die Auseinandersetzung zwischen Jessie und Jan-Eric Sjöholm, unmittelbar bevor Vinston einschritt. Jan-Eric hatte seinen Stock gegen Jessie erhoben, sein Gesicht war wutverzerrt. Jessie sah vor allem überrascht aus.

»Ach, warum hat sie denn dieses Bild hochgeladen?«, wunderte sich Christina.

»Weil sie Jessie gehasst hat, das habe ich doch gesagt. Es ist eine ganze Fotoserie, wisch einfach durch, dann siehst du alle«, sagte Amanda zu ihrem Vater.

Vinston ging die Fotos durch. Er versuchte sich zu erinnern, ob er Daniella während des Streits gesehen hatte. Den Bildern nach müsste sie beim Fotografieren schräg hinter ihm gestanden haben. Aber er wusste nicht mehr, ob sie da gewesen war. Vielleicht hatte jemand anderes die Fotos gemacht und ihr geschickt?

Er gab das Telefon an Christina weiter, aber sie war nicht sonderlich interessiert.

»Können wir nicht über etwas anderes reden? Ich bin diese furchtbare Geschichte leid.«

Nach dem Essen nahm Poppe Vinston beiseite.

»Darf ich dich oben in der Bibliothek zu einem Cognac einladen?«, fragte er. »Ich habe einen ganz besonders alten, den du probieren musst.«

Er führte Vinston die Steintreppe hinauf in den schönen, großzügigen Raum.

»Zigarre?«, fragte Poppe, während er Vinston einen Cognacschwenker reichte.

»Nein, danke.«

»Stört es dich, wenn ich eine rauche?«

»Natürlich nicht. Es ist dein Schloss.«

Poppe lachte und ging zum Humidor, der auf einem Tisch an der Seite stand. Vinston machte solange eine Runde an den regalbestandenen Wänden entlang.

»Hat Christina erzählt, dass wir diesen Sommer noch Besuch von der *Antiques Roadshow* bekommen?«, wollte Poppe wissen.

»Nein, aber das klingt spannend«, erwiderte Vinston, der höflich sein wollte.

»Ja, mit Fernsehaufnahmen und allem Drum und Dran.«

Poppe sagte noch etwas, aber Vinston hörte nur noch mit halbem Ohr zu. Er war vollauf damit beschäftigt, die Bibliothek zu bewundern. Die Regale, die sich vom dicken Teppich bis zur gewölbten Decke erstreckten, standen voller Bücher. Eine Abteilung enthielt nur Klassiker in Ledereinbänden: Molière, Dostojewski, Cervantes, Shakespeares gesammelte Werke, Edgar Allan Poe und viele andere. Ein anderes Regal war mit Büchern über verschiedene Kartenspiele gefüllt.

»Spielst du Karten?«, erkundigte sich Poppe, der mit der frisch abgeknipsten Zigarre vom Humidor zurückkam.

»Ich hatte eine Tante, die an Bridge-Turnieren teilnahm«, erzählte Vinston. »Sie hat mir die Regeln beigebracht. Aber das ist lange her.«

»Du solltest zu einem Spieleabend herkommen. Momentan spielen wir meist Cambio, oder Kille, wie man hier sagt. Das älteste Kartenspiel der Welt. Der große Dichter Carl Michael Bellman hat sogar eine Epistel darüber verfasst.«

Vinston nickte artig. Er hatte das Gefühl, dass Poppe ihn aus einem anderen Grund hier heraufgebeten hatte als dem, mit ihm über Fernsehshows und Kartenspiele zu sprechen. Neugierig wartete er darauf, dass der Mann zur Sache käme.

»Setz dich, Peter!« Poppe zeigte auf die Ledersessel. »Ich finde es sehr schön, dass du und ich so miteinander umgehen können.« Er machte mit seiner Zigarre eine Kreisbewegung. »Wie zivilisierte Menschen.«

Poppe schob die Zigarre zwischen seine Lippen und benutzte ein wie eine Pistole geformtes Feuerzeug, um sie anzuzünden. Dann zog er ein paarmal kräftig daran, bevor er sein Cognacglas erhob.

»Zum Wohl!«

Vinston schnupperte am Cognac und trank einen Schluck. Er schmeckte ausgezeichnet. Er fragte sich, was er wohl kostete. Wahrscheinlich deutlich mehr, als er es sich als Polizist leisten könnte.

Poppe zog erneut an seiner Zigarre, dann beugte er sich in seinem Sessel vor.

»Und, wie laufen die Ermittlungen? Werdet ihr ihn fassen?«

Vinston musste an Esping und ihre Überzeugung denken, dass der Mörder eine Frau war. Eine kleine, zierliche Dame mit einer riesigen Brille.

»Wir tun unser Bestes«, sagte er. »Ich bin ja nur der Berater. Die lokale Polizei leitet die Ermittlungen.«

»Selbstverständlich, selbstverständlich.«

Poppe nahm nachdenklich einen tiefen Zug.

»Tatsache ist, dass ich von dem neuen Eigentümer von Gislövsstrand kontaktiert wurde«, sagte er.

»Du meinst Klas Mårtensson?«, vergewisserte sich Vinston.

»Ja, genau.« Poppe stieß eine Rauchsäule aus. »Klas hat uns angeboten, ins Projekt einzusteigen und zu investieren. Christina ist Feuer und Flamme. Und ich habe schon lange einmal Geschäfte mit ihm machen wollen. Jetzt hat sich endlich eine Gelegenheit ergeben.«

Er zupfte sich einen Tabakkrümel von der Zungenspitze.

»Aber bevor wir uns allzu sehr engagieren, will ich mich nur vergewissern, dass alles unter Kontrolle ist. Dass sozusagen nicht noch mehr unliebsame Überraschungen auftauchen.«

»Du meinst, abgesehen von zwei Morden?«, fragte Vinston.

»Exakt …« Poppe verzog gequält das Gesicht. »Ich habe in der Zeitung gelesen, dass ihr diesen Leserbriefschreiber verdächtigt. Nicolovius. Ist das eure Hauptspur?«

Vinston seufzte innerlich.

»Wir arbeiten unvoreingenommen.«

»Ja, ja, selbstverständlich!« Poppe richtete sich auf. »Aber so unter uns: Seid ihr sicher, dass Nicolovius der Mörder ist?«

Vinston trank einen Schluck Cognac.

»Wie gesagt«, erwiderte er, »wir arbeiten völlig unvoreingenommen. Wir verfolgen mehrere mögliche Spuren. Nicolovius ist eine davon, aber nicht die einzige.« Er dachte wieder an Esping.

»Nicht?« Poppe hob interessiert die Augenbrauen. »Welche anderen Spuren habt ihr denn?«

Vinston leerte seinen Cognac. Mit Amanda über die Ermittlungen zu reden war eines. Sogar mit Christina, aber da war auch die Grenze. Poppes Geschäfte lagen sicher nicht in seiner Verantwortung.

»Darüber darf ich leider nichts sagen«, erklärte er. »Aber wir tun unser Möglichstes, um dieser Geschichte auf den Grund zu gehen.«

Zurück in der Bäckastuga machte sich Vinston eine Tasse Tee und setzte sich im Dunkeln auf die Terrasse.

Es war immer noch warm, und drüben am Bach zirpten die Grillen im hohen Gras. Nach einer Weile registrierte er in der Dunkelheit eine Bewegung.

Pluto kam über die Wiese geschlichen und sprang neben Vinston auf den leeren Stuhl. Die Katze wartete ein paar Sekunden ab, als rechnete sie damit, fortgejagt zu werden, bevor sie sich einige Male um die eigene Achse drehte und zurechtlegte.

Einer Eingebung folgend, holte Vinston sein Handy hervor und suchte nach Jessie Andersons Sommertalk. Er spulte aufs Geratewohl ein wenig vor und startete die Aufnahme.

»*Jeff war sechs Jahre älter*«, sagte Jessies Radiostimme. »*Wir wollten beide Kinder, aber aus irgendeinem Grund klappte es nie. Wir unterzogen uns einer Reihe von Tests und Behandlungen, aber ohne Erfolg. Vielleicht wären wir immer noch verheiratet, wenn wir Kinder bekommen hätten? Stattdessen ließen wir uns scheiden. Er lernte eine jüngere Frau kennen, und nur ein Jahr später war sie schwanger. Ich selbst war fast vierzig, frisch geschieden und hatte gerade meine eigene Firma gegründet. Ich arbeitete sechzig Stunden die Woche, um das Unternehmen auf die Füße zu stellen, es gab daher keinen Platz mehr für ein Kind in meinem Leben. Jetzt bereue ich, dass es so kam.«*

Vinston drückte auf Pause. Er musste wieder an Esping denken. Morgen würde er sie anrufen und versuchen, die Wogen zwischen ihnen zu glätten.

Er leerte seine Teetasse und stand auf.

Pluto sprang vom Stuhl und begleitete Vinston zur Terrassentür.

»Das kannst du vergessen«, sagte Vinston zur Katze, die aussah, als wolle sie ihm ins Haus folgen. »Hier kommt keine Katze rein.«

44

Polizeichef L-G Olofsson wachte wie immer mit der Morgendämmerung auf. Normalerweise mochte er diese Zeit, besonders an Sommertagen wie diesem. Margareta, mit der er seit bald vierzig Jahren verheiratet war, schlief noch tief neben ihm, und wenn er aufmerksam horchte, konnte er das Summen der Honigbienen zwischen den Himbeerbüschen vor ihrem Schlafzimmerfenster hören.

Seit seiner Kindheit mochte er Bienen. Sie waren sanfte, fleißige Wesen, die für ihr gemeinsames Bestes arbeiteten. Sie bauten Völker, kümmerten sich um sie und versorgten die neuen Generationen mit Nahrung. Bienen waren friedliche Pflanzenfresser, und sie stachen nur, wenn es unbedingt nötig war, denn ein Stich bedeutete immer auch den Tod der Biene.

Anders war es bei Wespen. Wespen waren Opportunisten, Jäger, Raubtiere und Marodeure. Sie produzierten nichts von Bedeutung und konnten ohne Konsequenzen stechen, sooft sie wollten. Manche Arten töteten sogar Bienen.

Aber es waren nicht die Mörder in der Welt der Insekten, die es L-G schwer machten, diesen schönen Sommermorgen zu genießen. Er hatte ein bedeutend größeres Problem. Ein Problem, das in den letzten Tagen immer häufiger ein brennendes Gefühl unterhalb seines Zwerchfells verursachte und seine ansonsten regelmäßigen Toilettengänge durcheinanderbrachte.

Er hatte Peter Vinston als Geschenk des Himmels gesehen. Ein tragischer Unfall, eine perfekte Gelegenheit für Tove Esping, das eine oder andere zu lernen, während er sich selbst der ersten Honigernte des Sommers widmen konnte. Stattdessen hatte Vinston der Geschichte zu einem Eigenleben verholfen. Tag und Nacht riefen Journalisten an und belagerten die Polizeiwache. Der Polizeidirektor meldete sich ständig, und dann gab es noch gewisse andere, die L-G unter Druck setzten, die Sache so schnell und diskret wie möglich aus der Welt zu schaffen. Fast wäre es ihm geglückt. Er hatte Peter Vinston zurückgepfiffen, bevor er noch mehr Aufmerksamkeit auf sich zog, und den Frieden wiederhergestellt.

Aber dann wurde Fredrik Urdal tot aufgefunden, und sowohl die verantwortliche Kriminaltechnikerin Borén als auch Tove Esping und Vinston waren sich rührend einig darin, dass es sich um Mord handelte. Da konnte L-G nicht mehr länger das Gegenteil behaupten. Er war trotz allem Polizist, und ein Mörder lief frei herum.

Aber das alles hatte sich in seinem Magen festgesetzt. Und machte es ihm unmöglich, so wunderbare Morgen wie diesen zu genießen.

L-G verließ, so leise er konnte, das Bett. In der Küche kochte er sich Honigwasser, das er im Garten trank, bevor er seinen ganzen Mut zusammennahm und das *Cimbrishamner Tagblatt* aufschlug.

Seine Befürchtungen wurden sofort bestätigt. Klas Mårtenssons wohlbekanntes Gesicht starrte ihm von der Titelseite entgegen.

Geheimnisvoller Unternehmer übernimmt Gislövsstrand, meldete die Schlagzeile.

L-G fasste sich an den Bauch. Sein Magen vibrierte leicht, als wäre er voll mit wütenden Wespen.

Vinston öffnete das Küchenfenster seines Ferienhauses, um Geräusche und Düfte hereinzulassen. Nach einer guten Woche auf dem Land fing er an, zumindest einige davon zu schätzen. Der Lavendel, der in einer Rabatte unter dem Fenster blühte, die munteren Amseln drüben im Birnbaum. Die Ochsen, die aus gehöriger Entfernung muhten.

Er ließ sich mit dem *Cimbrishamner Tagblatt* am Küchentisch nieder. Die Titelseite konzentrierte sich heute zum Glück auf eine Reportage über Klas Mårtensson, nicht auf die Mordermittlungen, was eine gewisse Erleichterung war. Esping hatte recht gehabt. Er hätte begreifen sollen, dass Jonna Osterman in erster Linie Journalistin war. Hatte sie ihm diesen unveröffentlichten Nicolovius-Brief vielleicht nur gegeben, um später darüber schreiben zu können?

Der Gedanke enttäuschte ihn mehr, als dass er ihn verärgerte.

Die Reportage über Mårtensson war lang und gut geschrieben. Er wurde als Mann dargestellt, der das Familienunternehmen über Äpfel und Most hinausgeführt und in einen Konzern verwandelt hatte, der in viele verschiedene Branchen investierte und zugleich auf Österlens Tourismus setzte und das kulturelle Leben mit Spenden unterstützte. Und jetzt ging er auch noch hin und rettete Gislövsstrand.

»Die Fundamente sind bereits gegossen, und eines der Häuser ist, wie alle wissen, bereits fertiggestellt«, erzählte Mårtensson im Interview. *»Zu diesem Zeitpunkt ist es das Beste, das Projekt fertigzustellen. Wir haben allerdings die Architekten gebeten, sich die Skizzen zu den noch nicht gebauten Häusern noch einmal anzuschauen. Unser Gedanke ist es, die Häuser besser mit der Umgebung zu verschmelzen und klarer an die Österlen'sche Bautradition anzuknüpfen. Weniger Glas und Beton, mehr Naturmaterialien aus der Umgebung. Holzküchen aus Smedstorp, Arbeitsplatten und Böden aus dem Steinbruch in Komstad. Und Elin Sidenvall wird sich gut um alles kümmern.«*

Vinston erkannte Elin Sidenvall auf dem Zeitungsfoto kaum wieder: Sie hatte eine neue Frisur und Make-up aufgelegt. Die Brille war weg, der Kleiderstil anders. Jetzt trug sie Hosenanzug und hochhackige Schuhe, was sie älter und professioneller aussehen ließ. Abgesehen von der Haarfarbe ähnelte sie tatsächlich ziemlich ihrer früheren Chefin.

»Elin hat den Immobilienmarkt quasi im Blut, und zudem kennt sie das Projekt in- und auswendig«, erklärte Mårtensson. *»Wir freuen uns sehr, dass sie sich entschieden hat, hierzubleiben und mit uns zu arbeiten.«*

»Wir werden den Zaun und das Tor entfernen, damit der Ort wieder für alle zugänglich ist«, berichtete Elin Sidenvall. *»Offen-*

heit, nicht Abgeschlossenheit, das ist das Leitmotiv für das neue Gislövsstrand.«

Zehn vor neun hörte Vinston Espings Volvo auf der Einfahrt.

»Frisch gebackene Croissants«, sagte sie und wedelte mit einer Tüte. In der anderen Hand hielt sie ihren Laptop. Vinston ließ sie ins Haus, setzte Teewasser auf und versuchte, die schlechte Stimmung von gestern zu vertreiben. Aber obwohl das Gebäck perfekt knusprig war und sie sich bemühten, freundlich zueinander zu sein, wollte sich die Verstimmung zwischen ihnen nicht richtig legen.

»L-G will eine erneute Fallpräsentation«, sagte Esping. »Aber in Form einer Videokonferenz. Er fühlt sich nicht gut. Mir ist das recht, die Reporter umkreisen die Wache ohnehin wie Möwen einen Eisstand.«

Esping schob die Zeitung beiseite und platzierte ihren Computer auf dem Küchentisch.

»Interessanter Artikel im *Tagblatt*«, sagte sie. »Onkel Klas tritt selten aus dem Schatten heraus.«

»Was halten Sie von Elin Sidenvall?«, wollte Vinston wissen. »Ich habe sie kaum wiedererkannt.«

»Ja, hinter dieser kleinen Aschenputtelverwandlung steckt sicher Onkel Klas, so wie er auch den Artikel im *Cimbrishamner Tagblatt* angeordnet hat. Nachdem es uns gelungen war herauszufinden, dass jetzt er Gislövsstrand besitzt, würde diese Tatsache irgendwann auch in die Öffentlichkeit kommen, so viel war ihm klar. Vorbeugen ist besser als heilen.«

Sie schlug den Laptop auf und startete die Videokonferenz.

»Ich habe im Übrigen gestern Abend noch ein bisschen recherchiert. Interessante Dinge.«

»Was zum Beispiel?«

Sie stellte den Rechner zwischen sie.

»Sie werden sehen. Setzen Sie sich, dann fangen wir an.«

L-Gs Gesicht tauchte auf dem Schirm auf. Der Polizeichef hatte dunkle Ringe unter den Augen und sah blass aus. Dass er sich selbst von schräg unten und im Gegenlicht filmte, machte die Sache nicht besser.

»Ah, da seid ihr ja. Wie gut, dass wir das über Video erledigen können, ich habe irgendein Magen-Darm-Virus. Schlechtes Timing.« L-G verzog dramatisch das Gesicht. »Also, was haben wir? Sind wir uns ganz sicher, dass die Todesfälle zusammenhängen?«

»Das sind wir. Fredrik Urdal war aller Wahrscheinlichkeit nach vor Ort, als Jessie getötet wurde. Er war dort, um ein paar wertvolle Motherboards zu stehlen, und hat etwas gesehen, was er nicht hätte sehen sollen. Statt zur Polizei zu gehen, versuchte er, den Mörder zu erpressen, bekam aber einen tödlichen Stromschlag auf seiner eigenen Baustelle.«

»Wisst ihr, wie es dazu kam?« Der Polizeichef stellte den Bildschirm so schräg, dass nur noch der obere Teil seines kahlen Schädels zu sehen war.

»Nein, die Obduktion und der technische Bericht ergaben nur, dass er den Schlag über die rechte Hand erhalten hat und dass der Strom aus dem Sicherungskasten über ihm gekommen sein muss.«

»Okay …« L-G schaffte es, den Bildschirm so zu justieren, dass sein Gesicht wieder ins Bild kam. »Wie sieht es mit Verdächtigen aus?«

»Wenn man den knappen Zeitrahmen bei Jessie Andersons Tod bedenkt, gibt es an sich nur eine sehr begrenzte Anzahl Personen, die sowohl die Möglichkeit als auch ein Motiv gehabt hätten«, erklärte Esping.

Sie drückte auf die Tastatur, wodurch eine Präsentation gestartet wurde.

»Wir haben Sofie Wram, die Jessie das Grundstück verkauft hat, aber dann von ihr übers Ohr gehauen wurde. Sofie ist eine harte Geschäftsfrau, und in ihrer Vergangenheit gibt es außerdem diesen toten Ehemann.«

Esping klickte auf das nächste Bild.

»Dann haben wir das Ehepaar Modigh. Niklas hatte eine Affäre mit Jessie, aus der er verzweifelt versuchte herauszukommen, weil er eine eifersüchtige Ehefrau hat und keinen Ehevertrag. Aber Jessie ließ nicht locker. Sie benutzte ihr Geheimnis, um den Preis des Hauses in die Höhe zu treiben.«

»Und Daniella Modigh und Jessie verabscheuten einander offenbar«, ergänzte Vinston. »Ihre TV-Streitigkeiten waren kein Fake, sondern echt. Es ist im Übrigen nicht unmöglich, dass Daniella von der andauernden Untreue ihres Mannes wusste, denn sie hat sich mit einer Scheidungsanwältin getroffen.«

Esping musterte Vinston, bevor sie ein weiteres Bild auf den Schirm holte.

»Dann haben wir dieses Trio: Margit Dybbling, Jan-Eric Sjöholm und sein Mann Alfredo. Margit hasste Jessie, weil diese mithilfe der Skulptur den Widerstand gegen das Bauvorhaben unterbinden konnte. Sie lebt für den Dorfverein, und Jessie hat ihre Pläne durchkreuzt. Außerdem habe ich neulich Abend bei den Sjöholms eine interessante Entdeckung gemacht.«

Esping erzählte von dem Brandattentat, den Überwachungsbildern vom 17. Mai, dem Eindringling, den sie durch das Fenster der Baubaracke gesehen hatte, der Schmiererei und ihrer Beobachtung bei den Sjöholms.

»Der Tag der Abrechnung naht, das stand auf der Baubaracke. Die gleiche Botschaft wie auf den Zetteln, die Vinston und Elin Sidenvall in ihren Briefkästen gefunden haben. Ein Zitat aus einem Nicolovius-Leserbrief.«

»Interessant«, murmelte L-G. »Und du bist dir sicher, dass es Margit Dybbling war, die du im Gästehaus der Sjöholms gesehen hast?«

»Bombensicher.«

»Also, was ist deine Theorie?«

»Margit hat Jessie getötet«, sagte Esping. »Wahrscheinlich ist sie denselben Weg hereingekommen, den sie neulich hinausgeschlichen ist, nämlich durch den Zaun zu Sjöholms Grundstück. Fredrik Urdal hat sie von der Baubaracke aus gesehen. Sie sind entfernt verwandt, aber Margit hatte kein gutes Wort für Fredrik übrig. In jedem Fall beschloss er, Geld aus der Sache zu machen, besorgte sich ein Wergwerfhandy und erpresste Margit. Das Ergebnis kennen wir.«

Vinston war kurz davor, sich einzumischen, hielt sich aber im letzten Moment zurück.

»Und wo kommen die Sjöholms ins Bild?«, fragte L-G.

»Ich glaube, dass Margit eine Schwäche für Jan-Eric hat«, fuhr Esping fort. »Dass der Mord sowohl eine Möglichkeit war, sich an Jessie zu rächen, als auch, Jan-Eric zu imponieren. Denn der hasste Jessie mindestens so sehr wie Margit. Jan-Eric war beim Geburtstagsfest sogar bereit, ihr seinen Stock über den Schädel zu ziehen. Und außerdem spielt er noch eine andere wichtige Rolle in der Geschichte.«

Esping machte eine Kunstpause.

»Ich habe alle Texte von Nicolovius durch ein Programm laufen lassen, das die Universität Lund verwendet, um Plagiate zu entdecken. Ein paar Sätze fielen dabei auf.«

Sie klickte auf das nächste Bild der Präsentation. Es zeigte Scans der acht veröffentlichten Leserbriefe von Nicolovius sowie des neunten, der am Tag nach dem Mord mit der Post gekommen war.

Esping drückte auf eine Taste, wodurch ein paar einzelne Zeilen hervorsprangen und größer wurden.

Doch zu begreifen ist's bei bösen Wegen.

Ein andres ist, versucht zu sein, ein andres, zu fallen.

... auf dieser großen Narrenbühne

»Das sind alles Zitate von Shakespeare.« Esping konnte ihre Zufriedenheit nicht verhehlen. »Und dieses letzte, über die Narrenbühne, stammt aus ›King Lear‹. Demselben Stück, das Jan-Eric und Alfredo angeblich am Abend vor dem Mord an Fredrik Urdal im Freilichttheater Marsvinsholm gesehen haben. Jan-Eric liebt es außerdem, King Lear zu zitieren, sobald sich ihm die Gelegenheit dazu bietet. Nicht wahr, Vinston?«

Dieser nickte widerwillig.

»Um es nochmals zusammenzufassen«, sagte Esping. »Jan-Eric schreibt Drohbriefe, und Margit Dybbling sehen wir im Zusammenhang mit Vandalismus und Mord. Vermutlich mit Alfredos Hilfe. Die drei haben also zusammen ein Motiv und die Gelegenheit.«

Sie verstummte und wartete auf die Reaktionen der anderen.

»Aha ...« L-G kratzte sich ausgiebig am Nacken. Offenbar hatte er vergessen, dass die beiden anderen ihn sehen konnten. »Das ist zweifellos eine interessante Theorie, Tove. Haben wir irgendwelche handfesten Beweise, die sie unterstützen?«

»Noch nicht, ich bin noch auf der Suche danach. Aber wenn wir sie festnehmen und verhören, wird mit Sicherheit einer anfangen zu reden.«

Dies war der Moment, auf den Esping gewartet hatte. Sie hielt die Luft an, starrte auf den Schirm. Die Sekunden der Stille kamen ihr wie Minuten vor.

»Tja, jemanden ohne Beweise festzunehmen und zu verhören ...« L-G wand sich gequält. »Was denkst du, Peter?«

Vinston setzte sich auf.

»Ich glaube, es wäre ein Fehler«, sagte er. »Espings Theorie ist äußerst interessant und gut begründet, aber wir dürfen nichts überstürzen. Es gibt noch weitere Aspekte, die untersucht werden sollten, nicht zuletzt jetzt, wo Klas Mårtensson aus dem Schatten getreten ist und Elin Sidenvall unter seine Fittiche genommen hat. Und es ist viel zu früh, um Sofie Wram und das Ehepaar Modigh abzuschreiben. Außerdem ...« Er seufzte. »Werde ich das Gefühl nicht los, dass wir irgendetwas übersehen haben. Ein oder zwei Puzzleteile fehlen.«

Esping biss die Kiefer aufeinander und starrte Vinston, der ihrem Blick lieber auswich, böse an.

»Aha, ja«, brummte L-G. Es war wieder einige Sekunden lang still. Esping wusste schon, was ihr Chef sagen würde. Sie war kurz davor gewesen, aber Vinston hatte ihr auf der Ziellinie ein Bein gestellt.

»Dann machen wir es so«, sagte L-G. »Keine Festnahme, bevor wir nicht etwas Konkreteres haben. Wir brauchen Beweise, die Margit, Jan-Eric oder einen von den anderen mit den Gewalttaten in Verbindung bringen. Außerdem müssen wir klären, wie der Täter Fredrik Urdal ermorden konnte. Ich kann nicht zum Staatsanwalt gehen und behaupten, dass eine kleine siebzigjährige Frau allein einen Handwerker niedergeschlagen hat, wenn ich nicht eine verdammt gute Erklärung dafür habe, wie das zugegangen sein soll.«

»Ja, das ist allerdings etwas, was wir herausfinden müssen«, stimmte Vinston zu.

Falsch, dachte Esping wütend. Etwas, was *ich* herausfinden muss.

45

Nach der Videokonferenz hatte Esping keine Lust mehr, sich auf der Wache zu zeigen, und fuhr stattdessen nach Hause. Sie war unglaublich wütend darüber, dass Vinston ihr den Boden unter den Füßen weggezogen hatte. Er hatte ihre Autorität vor L-G untergraben, obwohl er weder ihr Chef war noch überhaupt im Dienst.

Kurz hatte es sich so angefühlt, als seien sie auf dem Weg, Freunde zu werden. Dass ihre Gegensätzlichkeit eher von Vorteil war. Dieses Gefühl war jetzt wie weggeblasen.

Momentan wollte sie nichts lieber, als diesem arroganten alten Knacker zu beweisen, dass sie richtiglag und er nicht. Alles, was sie zu tun hatte, war, Margit und ihre Kumpane beweiskräftig mit dem Mord in Verbindung zu bringen. Und dann musste sie noch herausfinden, wie sie Fredrik Urdal getötet hatten.

Sie kam gerade zur Tür herein, als ihr Handy klingelte. Es war Felicia.

»Hej, Liebling«, sagte sie. »Ich habe die Mikrowelle auf die Arbeitsplatte an der hinteren Küchenwand umgestellt, aber jetzt ist das Kabel nicht mehr lang genug. Kannst du nachschauen, ob wir in der Abstellkammer ein Verlängerungskabel haben?«

»Klar.«

Es dauerte fünf Minuten, bis Esping das Kabel gefunden hatte, und weitere zehn, um zum Kaffeehaus zu fahren. Das Wetter war dabei umzuschlagen. Die Luft war drückend und schwül. Aber Felicia zu sehen verbesserte ihre Laune ein wenig.

Sie half ihrer Freundin, die Mikrowelle anzuschließen, wozu sie sich auf einen Hocker stellen musste, denn die Steckdose für das Kabel befand sich relativ weit oben an der Wand. Mitten in der Bewegung erstarrte sie. Natürlich, warum hatte sie nicht gleich daran gedacht!

»Ich muss los«, sagte sie aufgeregt zu Felicia. »Weißt du eigentlich, wo unsere Taucherausrüstung ist?«

Vinston nutzte den Vormittag, um am Küchentisch durch seine Kopie der Ermittlungsunterlagen zu blättern. Esping war wegen seiner Äußerung eindeutig sauer gewesen. Dennoch hätte er nichts anderes sagen können. Er war überzeugt davon, dass sie sich in etwas verrannt hatte. Dass sie etwas übersahen.

Die Befragung aller Verdächtigen, die technischen Rapporte, die Obduktionsprotokolle, Espings zeitlicher Ablauf – das alles hatte er vor sich ausgebreitet. Der ganze Fall war ein einziges großes Puzzle, ein Ravensburger mit 5000 Teilen, die jemand vor ihm ausgekippt hatte, um dann den Karton zu nehmen und damit zu verschwinden.

Und genau wie er vorhin zu L-G gesagt hatte, war er sich außerdem ziemlich sicher, dass noch ein paar Teile fehlten. Die Frage war, welche?

Wenn er in Stockholm gewesen wäre, hätte er sich zu diesem Zeitpunkt mit seinem gesamten Team zusammengesetzt und wäre alles noch einmal durchgegangen. Hätte sich jedes Detail angeschaut. Aber nun war er auf sich selbst gestellt.

Nachdem er ungefähr eine Stunde lang ergebnislos herumgeblättert hatte, spürte er eine gewisse Unruhe und beschloss, spazieren zu gehen.

Es war schwül und windstill, deshalb verzichtete er auf sein Jackett und krempelte, ganz gegen seine Prinzipien, die Ärmel hoch. Er nahm den Weg durch den Garten und überquerte den Bach. Auf der anderen Seite führte ein schmaler Pfad durch das Gehölz.

Vinston versuchte, den Kopf frei zu bekommen.

Normalerweise fiel es ihm nicht schwer, sich zu konzentrieren, aber dieser Fall war anders. Oder er war einfach nicht derselbe.

Er erreichte die andere Seite des Waldstücks. Große, grüne Felder erstreckten sich, so weit sein Auge reichte. Hoch über ihm segelte ein einsamer Milan. Vinston beneidete das Tier um seine

Vogelperspektive und den scharfen Blick, zwei Fähigkeiten, die er normalerweise auch besaß. Aber nichts war wie immer.

Er fühlte sich rastlos und zugleich seltsam erschöpft, was kein gutes Zeichen war. Die letzte Schwindelattacke lag nur ein, zwei Tage zurück, es war daher vielleicht nicht überraschend, dass er nicht so messerscharf dachte wie sonst. Er beschloss, zum Ferienhaus zurückzukehren und ein Nickerchen zu machen, um seine Batterien aufzuladen.

Als er ein paar Minuten später ins Schlafzimmer kam, entdeckte er Pluto ausgestreckt am Fußende des Bettes. Nach Christinas Besuch hatte er, entgegen ihren Instruktionen, die Katzenklappe wieder sorgfältig zugeklebt. Wie um alles in der Welt war es der Katze also gelungen, ins Haus zu kommen?

»Weg!«, zischte er. Die Katze sprang vom Bett und stürzte an ihm vorbei ins Wohnzimmer.

Vinston flog herum, um zu sehen, wohin sie verschwand, vergaß aber einmal mehr den niedrigen Türrahmen und schlug sich mit voller Wucht die Stirn an. Er sah Sterne, stolperte nach hinten und musste sich auf das Bett setzen.

»Déjà-vu«, murmelte er und rieb sich den Kopf.

Als er ins Wohnzimmer kam, war Pluto verschwunden. Das Küchenfenster, das er vorhin angelehnt hatte, stand weiter offen, als er es in Erinnerung hatte, sodass er davon ausging, dass die Katze auf diesem Weg rein- und rausgekommen war.

Vinston schloss das Fenster und setzte sich wieder an den Küchentisch. Der Mittagsschlaf musste warten, jetzt war er viel zu aufgeregt.

Er griff nach seinem Handy und versuchte Amanda zu erreichen, allerdings ohne Erfolg.

Stattdessen suchte er auf dem Handy nach Daniellas Instagram-Konto mit den Fotos, die Amanda ihm gestern beim Essen gezeigt hatte.

Insgesamt gab es fünf Bilder von dem Streit. Vier ähnelten sich sehr, aber das fünfte war aus einem anderen Winkel aufgenommen worden. Jan-Eric hielt den Stock hoch, als wäre er tatsächlich kurz davor, Jessie den schweren Silberknauf auf den Kopf zu schlagen.

Im Unterschied zu den anderen Bildern sah Jessie darauf eher ängstlich als überrascht aus. Als hätte sie ihre selbstsichere, künstliche Maske verloren und wäre für einen kurzen Moment eine andere Person geworden.

Vinston vergrößerte das Foto. Schräg hinter Jessie, ein Stück entfernt an der Bar, erkannte er zwei dunkle, aber bekannt aussehende Gestalten, die ins Gespräch vertieft schienen. Daniella Modigh und Sofie Wram. Das bedeutete, dass jemand anderes den Streit fotografiert und Daniella die Bilder geschickt haben musste. Aber worüber konnten sie und Sofie Wram geredet haben, was so fesselnd war, dass sie den Streit, der sich wenige Meter vor ihnen abspielte, nicht bemerkten?

Ihm fiel ein, dass Amanda erwähnt hatte, Daniella würde ebenfalls bei Sofie Wram trainieren.

Das Telefon unterbrach seine Gedanken.

»Peter Vinston«, antwortete er.

»Hallo, hier ist Elin Sidenvall.«

Vinston richtete sich auf.

»Ich wollte mich nur für Ihre Hilfe am Samstag bedanken«, sprach sie weiter. »Ihre Kollegin hat mich nach Hause gefahren und mir ein paar Tipps gegeben, sodass ich inzwischen einige zusätzliche Riegelschlösser angebracht habe. Das fühlt sich schon sicherer an.«

»Ah, gut. Wer hat Ihnen dabei geholfen?«

»Niemand. Das war schnell erledigt. Ich habe immer einen Schraubendreher im Auto. Mein Vater ist Handwerker, zwei meiner Brüder auch, ich bin handwerkliche Arbeit also gewohnt.«

Vinston musste daran denken, dass Amanda mit ihm geschimpft hätte, weil er davon ausgegangen war, dass eine junge Frau bei praktischen Tätigkeiten Hilfe benötigte. Zumal seine eigene praktische Kompetenz gerade einmal reichte, um ein IKEA-Regal zusammenzuschrauben.

»Dann haben Sie das natürlich im Blut«, sagte er schnell in dem Versuch, seinen Fauxpas wiedergutzumachen.

»Na ja, Bengt ist nicht mein biologischer Vater …«

Vinston stöhnte innerlich. Sein Großvater hatte immer gesagt, wenn man ins Fettnäpfchen getreten war, dann sollte man lieber stillstehen. Wenn er diesen Rat bloß ein wenig öfter befolgen könnte.

»Ich habe gehört, dass Sie das Projekt in Gislövsstrand übernehmen«, sagte er, um das Thema zu wechseln. »Dass Sie den Gebäuden ein neues, weicheres Profil geben wollen.«

»Ja, das stimmt. Nach allem, was passiert ist, haben wir umgedacht und beschlossen, die Richtung zu verändern. Es war Klas' Idee, das jetzt publik zu machen. Ich hätte mich lieber noch bedeckt gehalten, wenn man bedenkt, dass …« Elin holte hörbar Luft. »Dass der Mörder immer noch frei herumläuft.«

Es blieb ein paar Sekunden lang still im Hörer, als wolle die junge Frau nicht, dass ihre Stimme ihre Angst verriet. Es gelang ihr beinahe.

»Glauben Sie, dass Sie ihn bald haben?«, fragte sie.

Vinston wusste nicht recht, was er erwidern sollte. Der Vater in ihm wollte Ja sagen, Elin beteuern, dass sie keine Angst haben musste. Der Polizist in ihm war hingegen sehr viel vorsichtiger, was solche Versprechen anging.

»Wir tun unser Bestes«, murmelte er. »Wir tun wirklich unser Bestes.«

46

»Und du bist dir ganz sicher, dass ihr am Tatort nichts dergleichen gefunden habt? Okay, danke, Thyra. Ich melde mich wieder.«

Esping beendete das Gespräch mit der Kriminaltechnikerin. An sich waren es nur noch fünf Minuten bis zu der Hütte, in der sie Fredrik Urdal am Freitag gefunden hatte, aber jetzt fuhr sie hinter einem Traktor her und konnte nicht überholen.

Ihr Herz klopfte vor Aufregung.

Vor ein paar Jahren hatten sie und Felicia in Thailand an einem Tauchkurs teilgenommen. Felicia hatte es besonders gefallen, und als sie nach Hause gekommen waren, hatte sie Tove davon überzeugt, gemeinsam einen Tauchschein zu machen. Einen ganzen Sommer lang hatten sie daraufhin in den Buchten von Vårhallarna, Fortet und Prästens Badkar verbracht. Sie hatten sich sogar getraut, bei Simrishamn nach einem Wrack zu tauchen.

Aber dann hatte Felicia das Kaffeehaus übernommen und sowohl die Zeit als auch das Interesse verloren. Die Tauchausrüstung war in ihrer Abstellkammer immer weiter nach hinten geschoben worden, und sie hatten mehr als einmal davon gesprochen, sie zu verkaufen.

Aber heute war Esping froh darüber, dass sie noch da war.

Sie war zu einem Tauchladen gefahren, um die Sauerstoffflaschen auffüllen zu lassen, und als sie schließlich die Wendeplatte vor dem alten Haus erreichte, war es schon fast halb fünf.

Alles war still, die Tür war noch mit einem Absperrband versehen. Fredrik Urdals Leiche erschien wieder vor Espings innerem Auge. Die ausgestreckte Hand, von der es noch ungefähr ein Meter bis zum Sicherungskasten war. Sie schauderte. Zum Glück brauchte sie diesmal nicht in die Hütte zu gehen.

Sie parkte so nah am See wie möglich und suchte im Wald nach einem meterlangen Stock. Dann zog sie den Tauchanzug, die Weste und den Bleigürtel an, schwang sich die Sauerstoffflasche auf den Rücken und versuchte, im Kopf die Checkliste für die Ausrüstung durchzugehen.

Als sie bereit war, warf sie den Stock so weit wie möglich über den See. Den Ort, an dem er aufschlug, benutzte sie als Richtmarke und glitt ins kühle Wasser.

Der See war nur etwa drei Meter tief, aber die Sicht war schlecht, und Esping musste auf die Knie gehen und sich auf dem schlammigen Boden vorantasten. Es dauerte länger, als sie gedacht hätte, und mit der Zeit drang die Kälte in den Tauchanzug, sodass sie allmählich zu frieren begann. Aber nachdem sie eine Stunde im Schlamm gewühlt hatte, stießen ihre Finger endlich gegen etwas Glattes, Längliches.

»Yes!«, zischte Esping in den Atemregler.

Jetzt wusste sie, wie Fredrik Urdal gestorben war. Blieb nur noch, den Mörder mit der Tat in Verbindung zu bringen.

Danach konnte Peter Vinston seine Siebensachen packen und zurück nach Stockholm fahren.

Vinston hatte den Nachmittag damit zugebracht, die Ermittlungsunterlagen weiter durchzugehen. Espings Sprachanalyse von Nicolovius' Briefen war zweifellos interessant und deutete tatsächlich auf Jan-Eric Sjöholm. Es ärgerte Vinston, dass er nicht selbst die Shakespeare-Referenzen in Nicolovius' Texten erkannt hatte.

Aber konnte es ein Narziss wie Jan-Eric wirklich aushalten, sich hinter einem Pseudonym zu verbergen? Seine Einstellung gegenüber Gislövsstrand war allgemein bekannt, warum sollte er die Leserbriefe also nicht unter eigenem Namen schreiben und die Aufmerksamkeit genießen, die er offenbar so sehr liebte?

Und wie hätte Margit Dybbling wissen können, dass Jessie Anderson in den wenigen Minuten zwischen dem Aufbruch der Modighs und Vinstons Eintreffen allein im Haus sein würde? Margit war, abgesehen von ihren eventuellen Mittätern Jan-Eric und

Alfredo Sjöholm, die Einzige unter den Verdächtigen, die vorher nie einen Fuß ins Haus gesetzt hatte. War Margit auf gut Glück hineingeschlichen und hatte einfach die günstige Gelegenheit beim Schopf ergriffen?

Das war freilich eine Möglichkeit. Aber es fühlte sich nicht schlüssig an, vor allem nicht, wenn man bedachte, dass der Täter groß und stark genug gewesen sein musste, um Fredrik Urdal am Sicherungskasten zu platzieren.

Das Wetter war gegen Abend immer schwüler geworden. Die Luft schien geladen, und Vinstons Hemd klebte ihm am Rücken. Schwere Wolken zogen sich allmählich am Himmel über dem Ferienhäuschen zusammen, und aus der Ferne war Donnergrollen zu hören.

Die Rastlosigkeit, die er den ganzen Tag verspürt hatte, wollte sich nicht legen. Zugleich fühlte er sich wieder schwach. Außerdem bekam er ärgerlicherweise Kopfschmerzen. Ob er wohl krank wurde? Kranker, korrigierte er sich widerwillig. Oder hieß es »kränker«? Nicht einmal sein Sprachgefühl funktionierte mehr ordentlich.

Vinston beschloss, eine Kopfschmerztablette zu schlucken und noch einmal den Versuch zu unternehmen, kurz die Augen zuzumachen. Aber zuerst würde er das Bett von Katzenhaaren befreien müssen.

Esping kam gerade noch vor der Dämmerung nach Hause. Nach ihrem Fund im See war sie voller Enthusiasmus und Entschlossenheit und hatte die Autofahrt genutzt, um ihre nächsten Schritte zu planen.

Alles, was sie brauchte, war etwas, das Margit Dybbling mit den Taten in Verbindung brachte. Entweder mit den Morden oder dem Brandanschlag. Und da Esping eine der drei Taten auf Video hatte, wollte sie damit anfangen.

Sie lud den Filmausschnitt vom Brandanschlag auf den viel zu teuren Mac, den Felicia unbedingt hatte kaufen wollen. Dort verwendete sie das Bildbearbeitungsprogramm des Rechners, um die schwarz gekleidete Gestalt mit der Sturmhaube deutlicher erkennbar zu machen.

Indem sie den Täter mit der Höhe von Jessies Porsche verglich, versuchte sie auszumachen, wie groß die Person war. Da die Gestalt aber gebeugt ging, gelang es ihr nicht.

Stattdessen probierte Esping eine andere Taktik. Sie ließ das Programm die Sequenzen in einzelne Bilder unterteilen, die sie dann Stück für Stück durchschaute. Die Kamera machte dreißig Bilder pro Sekunde, und da der Videoclip ungefähr eine Minute lang war, hatte sie fast zweitausend Bilder durchzugehen.

Esping holte sich eine Tasse Tee. Das hier würde eine Weile dauern.

Sie setzte sich wieder an den Computer. Nahm sich die Zeit, jede Aufnahme zu vergrößern und genau zu studieren, bevor sie zur nächsten klickte.

Draußen hatte es begonnen zu regnen, anfangs langsam und rhythmisch. Später immer heftiger, bis es donnerte und krachte, als das Gewitter dramatisch von der Ostsee angerollt kam.

47

Vinston schlief unruhig. Im Traum befand er sich wieder im Musterhaus. Dort jagte er die ihm entwischende Katze durch die Küche über die Steinplatten und hinaus auf den Treppenabsatz.

Das Wohnzimmer unten war voller Leute. In der einen Ecke spielte ein Jazztrio, Menschen plauderten miteinander, genau wie in seinen früheren Träumen. Das Ehepaar Modigh, Margit Dybbling, Jan-Eric und Alfredo Sjöholm. Aber es gab auch neue Gesichter. Klas Mårtensson stand dort und unterhielt sich mit Jonna Osterman, dann bekamen sie Gesellschaft von Elin Sidenvall und L-G.

Die schöne Felicia stand neben einer rausgeputzten Frau, die Vinston kaum wiedererkannte. Es dauerte einige Sekunden, bis er begriff, dass es Esping war. Sie und Felicia sprachen mit einem hochgewachsenen Mann.

»Vinston«, rief Esping. »Das ist König Lear!«

Der Mann drehte sich um. Er hatte einen Bart, langes graues Haar und ein faltiges Gesicht. Er sah aus wie eine Mischung aus Fredrik Urdal und Hasse Palm. Auf dem Kopf trug er eine Königskrone aus Apfelblüten. Lear prostete Vinston zu.

Die Lampen im Raum knisterten. Einmal, zweimal. Das Licht begann zu flackern.

Plötzlich bemerkte Vinston, dass sich jemand hinter ihm befand.

Er flog herum.

Jessie Anderson stand vor ihm und hielt Pluto im Arm.

»Na?«, sagte sie und hob fragend eine Augenbraue. »Haben Sie es schon gelöst? Wir haben nicht den ganzen Abend Zeit. Schauen Sie wirklich in die richtige Richtung?«

Sie machte eine Kopfbewegung zum Wohnzimmer hin. Dort standen Amanda, Christina und Poppe beieinander.

»Skål, lieber Peter!«, rief jemand. »Willkommen in Österlen!«

Die Lampen flackerten wieder, gespenstische Schatten bewegten sich über die Gesichter der Gäste. Einen Augenblick lang wurde alles schwarz.

»Nicht vergessen«, flüsterte Jessie in der Dunkelheit. »Das Schwein beißt zurück.«

Dann war das Licht wieder da und Jessie weg.

»Skål, Peter!«, riefen die Gäste unten im Wohnzimmer.

Als Peter das Glas heben wollte, das er soeben noch in der Hand gehalten hatte, war es verschwunden. Stattdessen hielt er die schwarze Katze im Arm.

»Wie bist du reingekommen?«, murmelte er.

Irgendwo in der Ferne klingelte ein Handy.

Es war kurz nach Mitternacht, Esping hatte es bisher geschafft, knapp die Hälfte der Bilder durchzusehen. Draußen prasselte der Gewitterregen gegen die Fensterscheiben.

Langsam wurde sie müde. Die Energie, die sie nach ihrem Fund im See verspürt hatte, war beinahe aufgebraucht. Sie beschloss, drei weitere Bilder anzuschauen, bevor sie für heute Schluss machte.

Auf dem ersten Bild war nur die Rückseite der Sturmhaube zu sehen und ein Teil der Hand mit der Spraydose. Esping zoomte heran, spielte mit dem Licht und den Kontrasten, genau wie bei den anderen Bildern. Ohne Ergebnis.

Auf dem zweiten Bild hatte die Gestalt den Kopf zehn, zwölf Zentimeter gedreht. Auch hier entdeckte sie nichts Neues.

Auf dem dritten war der Kopf noch ein paar Grad mehr zur Kamera hingedreht. Esping vergrößerte den Kopf der Person. Da war etwas, was es auf den anderen Bildern nicht gegeben hatte. Ein kleiner Lichtpunkt, etwa in Höhe der Augenhöhlen in der Sturmhaube.

Esping sprang noch ein Bild weiter. Der Lichtpunkt war weg. Ihr Herz schlug schneller.

Sie ging zum vorherigen Bild zurück, vergrößerte es und regulierte Helligkeit und Kontrast. Dadurch trat der kleine helle Punkt mal stärker, mal schwächer hervor.

Es dauerte eine Weile, bis Esping erkannte, was sie da sah. Der Lichtpunkt war ein Reflex der Außenbeleuchtung am Haus. Ein Reflex, der sich nur für eine Millisekunde in etwas spiegelte, das sich im Gesicht des Täters befand.

Sie zoomte so nah heran wie möglich, sodass die Sturmhaube den gesamten Bildschirm ausfüllte. Ihr Herz klopfte wie wild, aber sie versuchte, ihren Eifer zu bändigen. Sie musste ganz sicher sein, dass ihr Hirn ihr keinen Streich spielte.

»Felicia!«, rief sie.

Espings Lebensgefährtin kam ins Arbeitszimmer. Sie hatte eine Decke über die Schultern gelegt und hielt ein Buch in der Hand.

»Was glaubst du, worin sich das Licht hier spiegelt?« Esping zeigte auf den Bildschirm. Sie vergrößerte und verkleinerte das Bild ein paarmal, damit ihre Freundin erkennen konnte, worauf sie gerade schaute.

Felicia legte den Kopf schief.

»Tja«, sagte sie. »Ich vermute, das ist eine Brille.«

Esping stand auf, zog Felicia zu sich heran und küsste sie auf den Mund.

Das Telefonklingeln riss Vinston aus dem Schlaf. Es war schon nach Mitternacht.

Er lag auf der Decke. Sein Hemd war verschwitzt, der Mund staubtrocken, und sein Kopf pochte. Regen peitschte ans Fenster. Ein Blitz erhellte den Raum, wenige Sekunden später ließ ein lang anhaltender grollender Donner die Scheibe erzittern.

Vinston schaltete die Nachttischlampe ein und tastete nach seinem Handy.

»P-Peter Vinston«, murmelte er.

»Hier Elin Sidenvall.« Die Stimme war nur ein Flüstern, klang aber trotzdem verängstigt. »Ich glaube, da ist jemand im Haus!«

»Was?« Einen Augenblick lang meinte Vinston, er würde noch träumen.

»Ich habe im Erdgeschoss Glas zerbrechen hören. Da unten ist jemand. Kommen Sie bitte schnell!«

Vinston war schlagartig hellwach. Der Schreck packte ihn.

»Frau Sidenvall? Elin?«

Die Verbindung war unterbrochen. Er rief Elin Sidenvalls Nummer an, während er gleichzeitig versuchte, sich Schuhe und Jacke anzuziehen. Aber das Telefon gab nur ein Besetztzeichen von sich. Vinston probierte es immer wieder, aber mit demselben Ergebnis.

Daraufhin versuchte er es bei Esping. Sie ging nach dem dritten Klingeln dran.

»Hier ist Vinston. Elin Sidenvall hat mich gerade angerufen. Jemand versucht, bei ihr einzubrechen. Ich bin jetzt auf dem Weg zu ihr.«

»Ich rufe die Streife und schicke sie sofort dorthin«, sagte Esping.

Vinston stürzte zur Tür. Der Regen schlug ihm draußen wie eine Wand entgegen, aber er kümmerte sich nicht darum. Als er in den Saab sprang, war er trotz der kurzen Distanz zwischen Haus und Wagen bereits vollkommen durchnässt.

Er schaltete das Handy auf Lautsprecher und versuchte noch einmal, Elin Sidenvall zu erreichen. Es war immer noch besetzt. Ein Einbrecher befand sich in ihrem Haus, just an dem Tag, an dem die Zeitung darüber geschrieben hatte, dass sie Gislövsstrand übernahm. Das konnte kein Zufall sein.

Er hätte voraussehen müssen, dass sie in Gefahr war.

Elin hatte ihm gesagt, dass sie um ihr Leben fürchtete, und das Einzige, was er dagegen getan hatte, war, sie von Esping nach Hause fahren zu lassen.

Er startete den Wagen und fuhr so rasant los, dass der Kies um die Kotflügel spritzte. Der Regen prasselte mit solcher Wucht auf die Windschutzscheibe, dass Vinston die Scheibenwischer auf

Maximalgeschwindigkeit stellen musste. Regen und Dunkelheit verschluckten die schmale Schotterstraße fast.

Da klingelte sein Handy. Espings Nummer.

»Der Streifenwagen ist in Brösarp. Er braucht mindestens zwanzig Minuten, bis er dort ist. Ich fahre auch. Haben Sie noch etwas gehört?«

»Nein. Verdammt!« Durch Vinstons nasse Kleider beschlugen die Scheiben von innen, und er hätte beinahe eine Kurve übersehen und wäre im Graben gelandet. Blitze erhellten den Himmel.

»Sind Sie noch dran?«, fragte Esping.

»Ja«, antwortete Vinston angespannt, während er an der Klimaanlage herumhantierte.

»Ich weiß, wer die Mörderin ist«, sagte Esping. »Es ist Margit Dybbling. Man sieht ihre Brille auf den Überwachungsbildern vom Brandanschlag.«

»Okay!« Vinston nahm noch eine Kurve in viel zu hohem Tempo. Der Regen trommelte gegen die Scheiben, und die Lüftung wurde mit dem Kondenswasser nicht fertig.

Sein Handy piepste, Elin Sidenvalls Name erschien blinkend auf dem Display.

»Sie ruft wieder an, ich muss Schluss machen!«

»Warten Sie! Schalten Sie auf Gruppenanruf um!«

Vinston fummelte am Telefon herum, während er gleichzeitig versuchte, den Wagen auf der Straße zu halten.

»Hallo! Hallo?«

»Herr Vinston? Sind Sie da?« Elin Sidenvall flüsterte wieder. »Ich höre Schritte im Erdgeschoss. Was soll ich machen?«

Vinston konnte keinen klaren Gedanken fassen. Das war alles seine Schuld. Der Mörder befand sich in Elins Haus. Sie war die Nächste auf der Liste, das hätte ihm klar sein müssen.

»Schließen Sie sich im Bad ein!«, rief Esping.

»Was, wer …?« Ein heftiger Blitz ließ es im Lautsprecher knistern.

»Hier ist Tove Esping. Wir sind auf dem Weg. Schließen Sie sich schnell im Bad ein!«

»O-okay«, keuchte Elin Sidenvall. »Ich habe solche Angst …«

Wieder ein Blitz, wieder knisterte die Leitung.

»Elin?«, rief Vinston. »Elin, hören Sie mich?«

Endlich erreichte er die große Landstraße. Er trat aufs Gaspedal. Der Saab schoss wie ein Pfeil durch Regen und Dunkelheit. Fast alle zwei Sekunden erhellte ein Blitz den Nachthimmel.

»Elin?«, rief er wieder.

»Ich glaube, wir haben sie verloren«, erwiderte Esping verbissen. Vinston konnte im Hintergrund das Heulen ihres Motors hören. Er wischte frenetisch mit der Hand über die beschlagene Windschutzscheibe, um sie vom Kondenswasser zu befreien, was die Sache eher verschlimmerte.

»… im Bad«, war plötzlich wieder Elins angstvolle Stimme zu hören. »Ich glaube, er ist auf dem Weg nach oben! Beeilen Sie sich!«

Eine große Pfütze ließ Vinstons Wagen ins Schlingern geraten. Er war davon überzeugt, in der Böschung zu landen, aber im letzten Moment griffen die Reifen wieder.

Aus dem Telefon waren laute Schläge zu hören. Es klang, als würde jemand gegen eine Tür hämmern.

»Die Polizei ist auf dem Weg!«, schrie Elin. »Sie ist jeden Moment hier!«

Das Klopfen hörte nicht auf, ging in ein Krachen über.

»Aufhören!«, schrie sie. »Neein …!« Wieder ein Schlag. Danach ein kurzes Tut-tut-tut.

»Elin? Elin!«

Keine Antwort.

»Esping, hören Sie mich?!«

Stille.

Vinston trat weiter das Gaspedal durch. Er war jetzt nicht mehr weit entfernt, nur noch ein, zwei Kilometer. Sein Herz raste, und ein wohlbekanntes Gefühl breitete sich in seinem Körper aus.

Vielleicht war es schon eine Weile da gewesen, ohne dass er es sich hatte eingestehen wollen. Ein unangenehmes Brausen im Kopf, das langsam hinter seine Stirn sickerte und weiße Flecken in seinem Gesichtsfeld bildete.

Vinston holte ein paarmal tief Luft und zwinkerte, wodurch sich die Flecken wenigstens teilweise zurückzogen.

Jetzt konnte er die Beleuchtung an Elin Sidenvalls Haus sehen. Er war fast da, glaubte im Regen die Einfahrt zu erkennen. Gleichzeitig kamen die Flecken zurück, sein Blickfeld flimmerte.

Und plötzlich wurde er von einem Licht geblendet – ein entgegenkommendes Fahrzeug, das aus dem Nichts auftauchte.

Er warf das Lenkrad herum und kam von der Straße ab. Kies und Erde spritzten gegen den Lack, der Wagen geriet ins Schleudern. Vinston trat auf die Bremse, hörte die Reifen quietschen. Er schloss die Augen und verkrampfte sich vor der unausweichlichen Kollision mit dem, was sich dort in der Finsternis befand.

Stattdessen geriet der Wagen wieder in die Spur und fuhr, ohne gegen irgendetwas zu stoßen, geradeaus weiter, bis er zum Stehen kam. Vinston öffnete die Augen. Er stand auf Elin Sidenvalls Einfahrt. Im Wageninneren roch es nach verbranntem Gummi.

Er wäre fast mit einem Fahrzeug zusammengeprallt, das jetzt nur wenige Meter rechts von ihm stand, auch dieses mit einer langen Bremsspur hinter sich.

Es war Espings klappriger Volvo. Vinstons Puls dröhnte ihm in den Ohren. Er stieß die Autotür auf und schnappte nach Luft, während der kalte Regen auf ihn niederprasselte.

»Vinston!« Esping stieg ebenfalls aus dem Wagen, aber er blieb nicht stehen, um auf sie zu warten. Das Rauschen in seinem Kopf wurde immer lauter, an den Rändern seines Gesichtsfelds flimmerte es wieder.

Er musste unbedingt auf den Beinen bleiben.

Das schmale Flurfenster rechts von der Eingangstür war kaputt. Die Tür selbst stand offen, dahinter hatte sich eine kleine Pfütze gebildet. Im selben Moment war ein hoher, gellender Schrei aus dem Obergeschoss zu hören.

Vinstons Puls galoppierte davon. Die Wirklichkeit begann sich aufzulösen.

Er stürzte zur Treppe, stieß mit der Hüfte ans Geländer und machte zwei stolpernde Schritte.

Das Rauschen strömte von seinem Haaransatz über sein Gesicht, sein Kinn, seine Brust.

Wieder ein Schrei. Die Beine gaben unter ihm nach. Er flog der Länge nach über die obersten Treppenstufen, hinein in tiefste Finsternis.

48

Vinston erwachte zu leiser Musik. »Änglamark« von Evert Taube. Einige Sekunden lang blieb er in der Dunkelheit liegen und lauschte der schönen Melodie.

Dann holten ihn seine Gedanken ein, und er schlug die Augen auf.

Er lag in einem Krankenhausbett, in einem Zimmer mit beigefarbener Textiltapete. Daneben war ein Ständer mit kleinen Apparaten, die alle seinen Gesundheitszustand kontrollierten.

Draußen vor dem Fenster schien die Sonne, und aus der Ferne hörte man Musik aus einem Radio. Die Uhr an der Wand zeigte neun Uhr.

Auf einem Stuhl direkt neben seinem Bett saß Amanda, hinter ihr Christina. Beide schienen zu schlafen. Weiter weg, in einer der Zimmerecken, saß Esping und schaute auf ihr Handy.

Vinston räusperte sich leise, wodurch Amanda erwachte.

»Papa!« Sie warf sich beinahe über das Geländer seines Bettes. »Wie geht es dir?«

Vinstons Körper fühlte sich schwer an, die Rippen schmerzten, und sein Kopf war immer noch träge.

»Ausgelaugt«, sagte er. »Und du?«

»Besser, jetzt, wo du wach bist.« Sie drückte seine Hand.

Esping stand von ihrem Stuhl auf und kam zu seinem Bett.

»Elin Sidenvall?«, fragte Vinston beunruhigt.

»Ihr geht es gut«, erwiderte Esping. »Der Mörder hatte gerade ein Loch in die Badezimmertür geschlagen und wollte zu ihr rein. Wir kamen im letzten Moment.«

Christina, die auch aufgewacht war, schaute sie alarmiert an. Amanda schien hingegen eher interessiert.

»Haben Sie ihn erwischt?«, wollte Vinston wissen. »Oder sie …«, fügte er hinzu.

Esping schüttelte den Kopf.

»Der Mörder ist in Elins Zimmer aus dem Fenster gesprungen. Wir fanden eine Axt auf dem darunterliegenden Garagendach. Der Hundeführer versuchte, der Spur zu folgen, aber das war bei dem Sturzregen sinnlos.«

»Wir wissen also nicht, wer es war?«

»Elin hat nur eine schwarz gekleidete Person mit Sturmhaube durch das Loch in der Tür erkennen können«, erklärte Esping. »Aber es muss Alfredo gewesen sein. Margit hätte es weder geschafft, eine Axt zu schwingen noch durch das Fenster zu klettern und vom Dach hinunterzuspringen.«

Vinston bemerkte, dass Amanda aufmerksam zuhörte.

»Jessies Arbeitszimmer war komplett auf den Kopf gestellt, alle Schubladen herausgezogen«, fuhr Esping fort. Wahrscheinlich um es wie einen Einbruch aussehen zu lassen. Der Notruf, der die Streife nach Brösarp geschickt hat, war im Übrigen falsch, also war dies vermutlich Teil des Plans. Aber der Täter rechnete offenbar nicht damit, dass Elin Sie direkt anrufen würde und wir so schnell dort sein konnten.«

»Du hast ihr das Leben gerettet, Papa!« Amanda drückte seine Hand fest.

Vinstons Gedanken flossen immer noch sehr schleppend.

»Und was passiert jetzt?«, erkundigte er sich.

»Wie ich gestern schon sagte, habe ich eine Filmsequenz vom Brandanschlag gefunden, die Margit Dybbling als Täterin identifiziert. Außerdem habe ich herausgefunden, wie sie Fredrik Urdal töten konnte. Es war viel einfacher, als wir gedacht hatten. Margit brauchte den Körper überhaupt nicht in Kontakt mit dem Sicherungskasten zu platzieren. Alles, was sie brauchte, war ein Verlängerungskabel. Sie schälte ein bisschen Plastik ab, sodass das Metall frei lag. Das eine Ende kam dann in den Sicherungskasten, das andere in Fredriks Hand. Er muss bewusstlos gewesen sein. Wie genau Margit das hinbekommen hat, weiß ich noch nicht. Aber wie der Mord selbst vonstattenging, das kann ich beweisen.«

Sie hielt kurz inne, damit Vinston Zeit hatte, ihr zu folgen.

»Gestern Nachmittag bin ich im See vor der Hütte getaucht«, fuhr sie dann fort. »Ich habe dort gesucht und ein Kabel von etwa einem Meter Länge gefunden, bei dem an beiden Enden die Plastikverschalung entfernt wurde und das deutliche Brandspuren aufweist. Es ist jetzt zur Untersuchung in der KTU.«

»Schön«, nickte Vinston und bemerkte, dass das Lob Esping offensichtlich freute.

»L-G lässt mich Dybbling und die beiden Sjöholms zum Verhör einbestellen«, sagte sie. »Er wollte heute Morgen alles mit dem Staatsanwalt klären, aber ich glaube nicht, dass es Widerspruch geben wird, also irgendwann heute Nachmittag. Wir lassen zur Sicherheit alle drei beobachten, damit sie nicht versuchen abzuhauen.«

Vinston hatte keine Einwände. Nach den Ereignissen der letzten Nacht war das der richtige Spielzug. Ein Mörder lief frei herum, hatte beinahe ein drittes Opfer gefordert.

»Und wie geht es Elin Sidenvall?«

»Mitgenommen, aber erstaunlich gefasst. Onkel Klas hat sie in seinem Gästehaus untergebracht und versprochen, sie nicht aus den Augen zu lassen, bis alles aufgeklärt ist. Ich glaube, er hat sogar eine Art Bodyguard besorgt.«

Die Tür ging auf, und eine junge Ärztin kam herein. Sie trug das dunkle Haar in einem langen Zopf auf dem Rücken. Das Schildchen auf ihrem Kittel verriet, dass ihr Name Gilani war.

»Also, Herr Vinston. Das war ein echter Warnschuss, oder?« Die Ärztin blätterte in ihrem Journal. »Sie sind bereits wegen ähnlicher Anfälle behandelt worden, richtig?«

»Ja, das ist richtig.«

Vinston schielte beschämt zu Amanda hinüber.

»Anfangs waren wir in Sorge, dass Sie sich eine Schädelverletzung zugezogen haben könnten«, fuhr die Ärztin fort. »Glücklicherweise stellte sich das als falscher Alarm heraus. Ihr Blutdruck war hoch, als Sie eingeliefert wurden, aber jetzt ist er wieder normal, und wir haben sonst nichts gefunden. Offenbar hatten Sie wegen der Schwindelanfälle schon Kontakt zu einem Spezialisten in Stockholm? Tegnér vom Karolinska Institut?«

Doktor Gilani sah Christina fragend an, die mit einem Nicken antwortete. Vinston mochte es nicht, dass man über seinen Kopf hinweg über ihn sprach, aber er wusste auch, wann es angebracht war, den Mund zu halten. Außerdem machte er sich um Amandas Reaktion Sorgen. Aber sie wirkte nicht sonderlich überrascht, vermutlich, weil Christina ihr schon von seiner Krankheit erzählt hatte.

»Gut«, nickte die Ärztin. »In dem Fall hindert Sie nichts daran, nach Hause zu fahren, sobald Sie sich bereit fühlen. Ruhen Sie sich aus!«

Christina und Amanda brachten Vinston nach Hause.

Esping musste zur Polizeiwache zurück, hatte aber dafür gesorgt, dass Vinstons Saab zur Bäckastuga gebracht wurde. Der Wagen war bis hinauf zu den Seitenfenstern komplett verschmutzt und sah genauso fertig aus, wie Vinston sich fühlte.

Auf der Treppe stand eine Kiste mit Apfelmost. Darin steckte eine Karte.

Mit der Hoffnung auf baldige Genesung, Grüße Klas Mårtensson.

Als Vinston, Christina und Amanda in die Diele kamen, stürmte ihnen Pluto entgegen und strich um ihre Beine.

»Wie zum Teu…«, zischte Vinston. Dann biss er sich auf die Lippe. Die Katzenklappe war zugeklebt, und er war sich sicher, dass kein Fenster offen stand, wie war die verdammte Katze also hier hereingekommen?

Amanda hob die Katze hoch und schmuste mit ihr.

»Hallo, Pluto. Wie schön, dass du Papa Gesellschaft leistest.«

Vinston unterdrückte ein Schaudern.

»Du hast nichts da«, konstatierte Christina beim Blick in den Kühlschrank. »Ich gehe einkaufen, dann kannst du dich eine Weile mit Amanda unterhalten.«

Als Christina gefahren war, setzte Amanda Teewasser auf. Die Kopfschmerzen ließen nicht nach, und am liebsten hätte sich Vinston eine Weile hingelegt, aber Christina hatte recht damit, dass er zuerst ein paar Dinge mit Amanda besprechen musste.

Sie nahmen ihre schiefen Teetassen mit auf die Terrasse. Pluto verschwand blitzschnell zwischen den Büschen, kam aber nach wenigen Minuten zurück und schlabberte durstig Regenwasser aus einem Blumentopf-Untersetzer. Dann sprang sie auf Amandas Schoß und legte sich dort gemütlich zurecht.

»Ich ...« Vinston musste sich sammeln. »Es tut mir leid, dass ich dir nichts von den Schwindelanfällen erzählt habe. Ich wollte nicht, dass du dir deswegen Gedanken machst. Oder glaubst, dass die Krankschreibung der einzige Grund wäre, warum ich hierhergekommen bin.«

Sie sahen sich an, und Vinston spürte eine leichte Unruhe bei seiner Tochter. »Es geht mir so weit gut«, versicherte er ihr.

Amanda sah ihn vorwurfsvoll an.

»Es war nicht gerade schlau zu lügen. Sagst du das nicht auch immer?«

»Doch. Und so im Nachhinein sehe ich auch ein, dass es dumm war. Es tut mir leid.«

Sie nahmen beide einen Schluck aus ihrer Tasse.

»Bist du sauer auf mich?«, wollte Vinston wissen. »Ich meine nicht nur deswegen, sondern auch sonst? Weil ich in Stockholm wohne. Weil wir uns nicht so oft sehen?«

Amanda strich Pluto gedankenverloren über den Rücken.

»Wenn Mama und ich streiten, sagt sie immer, dass Kinder auf ihre Eltern unverhältnismäßig wütend werden. Das hat damit zu tun, dass man als Kind denkt, die Eltern wären perfekt. Dann, als Jugendliche, wollen wir uns befreien, und später, wenn wir erwachsen sind, haben wir Angst, so zu werden wie ihr. Typisches Psychologengerede.« Sie verzog die Mundwinkel zu einem Grinsen. »Deshalb versuche ich, nicht sauer auf dich zu sein. Denn dann bekommt Mama recht, und so darf es nicht sein!«

Vinston musste lachen.

»Nein, so darf es nicht sein.« Er hob seine Teetasse. »Ich verspreche hiermit, dich nicht mehr wie ein Kind zu behandeln. Ab jetzt heißt es, ehrlich zu sein.«

»Gut! Darauf trinken wir.« Amanda stieß mit ihrer Teetasse an seine. »So, und weil du jetzt ehrlich bist. Was hältst du von Espings Theorie? Sind es Margit und ihre Freunde, die Jessie und diesen Elektriker umgebracht haben?«

Der schnelle Themenwechsel überraschte Vinston. Eigentlich hatte er keine Lust, über den Fall zu sprechen, aber jetzt blieb ihm natürlich keine andere Wahl.

»Ich weiß nicht recht«, versuchte er auszuweichen, aber Amanda ließ ihn nicht so leicht davonkommen.

»Aber du hast doch ein Gefühl. Erzähl schon, denk daran, was du gerade versprochen hast!«

Vinston versuchte, seine Gedanken zu sortieren.

»Ich glaube, dass mehrere Dinge gleichzeitig vor sich gehen«, sagte er. »Dass wir irgendetwas übersehen. Etwas Wichtiges. Aber ich weiß immer noch nicht, was.«

»Und was willst du dagegen tun?«

»Nichts. Wie du weißt, bin ich krankgeschrieben. Außerdem ist es nicht mein Fall.«

»Aber der Mörder hätte heute Nacht fast wieder zugeschlagen. Ohne dich wäre es ihm auch gelungen. Und jetzt willst du einfach aufgeben?«

Vinston wich ihrem Blick aus.

»Du musst das zu Ende bringen, Papa. Sonst werde ich wirklich wütend. Du musst Esping helfen, den Mörder zu fassen!«

Kurz darauf kehrte Christina zurück. Sie und Amanda verstauten gemeinsam das Essen in Vinstons Kühlschrank.

»Wir müssen jetzt los«, sagte Christina, sobald sie fertig waren. »Poppe und ich haben einen Termin in Gislövsstrand. Die neuen Richtlinien werden präsentiert, es werden wohl einige Leute da sein. Unter anderem Sofie Wram und die Modighs, soweit ich gehört habe.«

»Ja, Poppe hat neulich etwas von einer Investition erzählt. Er sagte, du seist Feuer und Flamme.«

»Na ja, wir sind auf jeden Fall neugierig darauf, mehr über das Projekt zu erfahren. Vor allem jetzt, wo Klas Mårtensson die Fäden in der Hand hält. Da weiß man nie, was passiert.«

49

Als Christina und Amanda gefahren waren, legte sich Vinston ins Bett. Sein Körper und sein Kopf schmerzten, das Hemd war verschmutzt, und in der Armbeuge klebte noch das Pflaster aus dem Krankenhaus. Aber obwohl er vollkommen erschöpft war, konnte er lange nicht einschlafen.

Junge Elstern zankten sich vor seinem Fenster, und sein Hirn erwachte allmählich. Es spielte den dramatischen Verlauf der Nacht noch einmal durch. Das Telefonat, die Fahrt durch den Regen, Elins angstvolle Hilferufe, das Geräusch der Axt gegen die Badezimmertür.

Er war so nah dran gewesen. Nur zwei Schritte, und er hätte den Mörder mit eigenen Augen gesehen. Ein kurzer Blick hätte genügt, um festzustellen, ob es wirklich Alfredo Sjöholm war, wie Esping behauptete.

Stattdessen hatte Vinston sich lächerlich gemacht. Er war wieder ohnmächtig geworden, in der absolut unmöglichsten Situation. Und jetzt lag er hier und bemitleidete sich.

Amanda hatte recht. Er konnte nicht einfach aufgeben.

Er verließ das Bett, holte eine Flasche Apfelmost aus dem Kühlschrank, setzte sich an den Küchentisch und breitete wieder einmal die Ermittlungsunterlagen vor sich aus. Irgendwo fand sich das Detail, welches verriet, wer sich auf das Grundstück geschlichen, Jessie in den sicheren Tod gestoßen hatte und dann wieder davongeschlichen war, gerade rechtzeitig, um nicht entdeckt zu werden. Dieselbe Person, die Fredrik Urdal getötet und es letzte Nacht auf Elin Sidenvall abgesehen hatte.

Wer hasste das Bauprojekt so sehr, dass er oder sie bereit war zu töten, und zwar nicht nur einmal, sondern dreimal, um das Ganze zu stoppen?

Vinston blätterte durch die Verhöre, die technische Untersuchung der Tatorte, die Obduktionsprotokolle und die Fotos von Instagram. Sogar durch die überambitionierte Transkription von Jessies Sommertalk, die Esping angeordnet hatte. Aber er fand noch immer nicht das Puzzlestück, nach dem er suchte.

Sein Kopf pochte, seine Gedanken waren träge. Heute war definitiv nicht der richtige Tag zum Arbeiten. Aber es gab auf jeden Fall eines, was er erledigen konnte.

Er holte seine Schuhe. Sie waren feucht und lehmverschmiert. Dann schob er die Akten beiseite und breitete eine Zeitung sowie sein Schuhputzzeug auf dem Tisch aus. Es fühlte sich gut an, den Kopf leer zu bekommen und sich nur auf eine einzige, leichte Aufgabe zu konzentrieren. Der Geruch nach Schuhcreme verbesserte wie immer seine Laune.

Gerade als Vinston fertig war, fühlte er, dass etwas sein Bein streifte. Er zuckte zusammen. Pluto stand neben dem Stuhl und starrte ihn mit ihren gelben Katzenaugen an.

Einem Impuls folgend hob Vinston die Katze hoch und stellte sie neben die frisch geputzten Schuhe. Dieser Einfall überraschte ihn.

»Hier ist gleich noch eine Frage, auf die es keine Antwort gibt«, sagte er zu der ebenso erstaunten Katze. »Ich hatte alle Türen, Klappen und Fenster der Bäckastuga zugemacht, wie bist du wieder ins Haus gekommen? Kannst du mir das erklären?«

Pluto starrte Vinston an. Dann miaute sie leise, als wolle sie die Frage beantworten.

»Wie bist du reingekommen?«, wiederholte Vinston. Dabei wurde ihm bewusst, dass er der Katze die gleiche Frage schon im Traum gestellt hatte.

Vielleicht lag es an der Gehirnerschütterung, aber plötzlich glaubte er ein Geräusch in seinem Kopf zu hören. Das leise Klicken eines Puzzleteils, das seinen Platz fand.

»Verdammt«, flüsterte er.

Er schob das Schuhputzzeug weg und griff erneut nach der Ermittlungsakte.

Pluto miaute wieder, klang diesmal aber energischer, als wollte sie Vinston erklären, dass die Antwort da war, direkt vor seinen Augen. Dass er sie die ganze Zeit gesehen haben müsste.

Er überprüfte ein weiteres Mal den zeitlichen Ablauf.

Der Ablauf stimmte. Aber warum? Warum war Jessie gerade an diesem Tag gestorben?

Was war an diesem Sonntag besonders gewesen, abgesehen von der Hausführung? Er hätte sich diese Frage schon lange stellen sollen. Die Antwort war klar: der Sommertalk!

Vinston ging die Abschrift des Interviews durch und suchte dann Jessies Obduktionsbericht hervor. Mit dem Finger fuhr er die Zeilen entlang, bis er den Teil gefunden hatte, der das Becken beschrieb. Und da stand es. Schwarz auf weiß. Die Worte, die sowohl er als auch Esping übersehen hatten, da sie ganz auf die Todesursache fokussiert gewesen waren.

Anzeichen für Symphysiolyse.

Ein weiteres Puzzlestück fiel klickend an seinen Platz, dann noch eins.

Plötzlich füllte sich Vinstons Kopf mit Stimmen. Espings, Jessie Andersons, Margit Dybblings und vieler anderer.

»*Der Tag der Abrechnung.*«

»*Sie war nicht besonders echt.*«

»*Das Schwein beißt zurück.*«

»*Diesen Fluch hat sie von ihrer Mutter geerbt.*«

Er blätterte noch einmal nach Daniella Modighs Instagram-Bildern. Suchte nach dem letzten, auf dem Jan-Eric mit seinem silbernen Stock herumfuchtelte, Daniella Modigh und Sofie Wram im Hintergrund miteinander flüsterten und Jessie nicht wie sie selbst aussah. Trotzdem kam ihm etwas an ihr bekannt vor.

Ein Sammelsurium bekannter Stimmen hallte durch seinen Kopf. Von Elin Sidenvall, Jan-Eric Sjöholm, Jonna Osterman.

»*Da ist jemand im Haus!*«

»*Wie es schärfer nage als Schlangenzahn …*«

»*Er muss gedacht haben, ich sei Jessie.*«

»*Den Täter zu fassen ist doch wohl Ihr Job?*«

Er hob die Schuhe von der Zeitung und suchte nach einem Artikel vom Vortag. Dabei ließen ihn die Stimmen nicht los. Mårtenssons, Espings und seine eigene.

»*Vorbeugen ist besser als heilen.*«

»*… furchtbare Migräneanfälle.*«

»*Ihr großer Schmerz.*«

»*Dann haben Sie das im Blut!*«

Die Stimmen wurden immer mehr von dem Niederprasseln der Puzzleteile übertönt, die nach und nach an ihren Platz fielen.

Vinston griff nach seinem Handy und wählte die Nummer eines Kollegen bei der Kriminalpolizei in Stockholm.

»Hier Vinston«, meldete er sich. »Ich möchte, dass du etwas für mich überprüfst. Es ist dringend.«

Während er auf die Antwort wartete, zog Vinston seine schmutzigen Kleider aus. Er duschte, rasierte sich sorgfältig und zog anschließend ein sauberes Hemd und einen gebügelten Anzug an.

Als er gerade fertig wurde, rief der Kollege aus Stockholm zurück und gab ihm die gewünschte Information.

»Danke«, sagte Vinston. »Das war genau das, was ich vermutet hatte.«

Eine seltsame Ruhe breitete sich in seinem Körper aus. Die Kopfschmerzen waren wie weggeblasen. Die Luft fühlte sich klar an. Nicht einmal mehr die Katze störte ihn.

Er zog seine frisch polierten Schuhe an, bevor er sich vor dem Spiegel eine Krawatte umband.

Ein doppelter Windsorknoten.

»Na, was hältst du davon?«, fragte er Pluto.

Die Katze legte den Kopf schief.

»Du hast vollkommen recht«, bekannte Vinston. »Es ist höchste Zeit, Esping anzurufen. Wir schaffen den letzten Akt nicht ohne sie.«

50

Eine gute Stunde später klingelte Vinston am Tor von Gislövsstrand.

»Ja, hallo?«, vernahm er Elin Sidenvalls Stimme.

»Hallo, hier ist Peter Vinston. Können Sie mich bitte reinlassen? Und lassen Sie das Tor offen. Es kommen noch andere Gäste.«

»Wir sind mitten in einer Besprechung ...«

»Ja, ich weiß. Aber es geht um eine dringliche polizeiliche Angelegenheit.«

Das Tor glitt langsam auf, und Vinston fuhr auf das Haus zu. Dort parkten bereits einige Fahrzeuge. Er erkannte unter anderem Niklas Modighs Tesla und Sofie Wrams grünen Land Rover. Poppes E-Jaguar stand neben einem Wagen mit dem Logo des *Cimbrishamner Tagblatts*.

Vinston richtete im Rückspiegel ein letztes Mal seine Krawatte, bevor er ausstieg.

Er öffnete die Haustür, ging durch die Eingangshalle und an der riesigen Küche vorbei. Auf dem Treppenabsatz blieb er stehen, wo er die neue Glasscheibe bemerkte. Aber das war nicht der einzige Unterschied zum letzten Mal.

Die Hakenskulptur war verschwunden, und die kalten Stahlrohrmöbel waren durch Holzmöbel ersetzt worden, die in Kombination mit den neuen Teppichen und Bildern dem Haus einen deutlich wärmeren Anstrich verliehen. Genau wie in seinem Traum war das Wohnzimmer unter ihm voller Leute.

Außer dem Ehepaar Modigh und Sofie Wram sah er Poppe, Christina und Amanda, die jeweils ein Glas in der Hand hielten. Klas Mårtensson war auch da sowie eine Handvoll Menschen, die Vinston nicht kannte. In einer Ecke stand Jonna Osterman mit ihrem schweigsamen Kollegen, und in einer anderen befand sich der muskulöse junge Mann mit Dutt und Headset, der sich auf

Amandas Fest um die Gästeliste gekümmert hatte. Seiner todernsten Miene nach zu urteilen war er wahrscheinlich der Bodyguard, den Mårtensson zu Elins Schutz angeheuert hatte. Zwischen den Gästen lief ein Kellner herum und schenkte Champagner ein.

An einer Wand war eine Leinwand angebracht, und Elin Sidenvall schien sich mitten in einer Präsentation zu befinden.

»… deshalb haben Klas Mårtensson und ich uns entschieden, dem gesamten Projekt eine neue Marke zu verpassen«, hörte Vinston sie sagen. »Anstelle von Luxusvillen mit Eigentumsrecht planen wir eine sogenannte Time-Share-Anlage, das gleiche Konzept, das man beispielsweise in Spanien verwendet. Ein Österlen für alle anstatt für wenige Privilegierte.«

Elin schwieg kurz, damit Jonna Ostermans Kollege ein paar Aufnahmen machen konnte. Dann zeigte sie einige Diagramme und begann über die Rendite zu sprechen. Die Gäste hörten interessiert zu, während Jonna Osterman etwas in einen Notizblock kritzelte.

Vinston hörte Geräusche aus dem Eingangsbereich. Es war Esping. Sie hatte Margit Dybbling und die Sjöholms abgeholt, so wie sie es am Telefon vereinbart hatten. Hinter ihnen erschien L-G mit besorgter Miene.

»Okay«, sagte Esping leicht außer Atem. »Alle sind am Platz. Und ich habe meinen Computer dabei. Wir sind bereit!«

Vinston trat ans Treppengeländer vor.

»Entschuldigen Sie mich!«, sagte er mit fester Stimme.

Alle Blicke wandten sich ihm zu, und Elin verstummte.

»Ich bedaure, dass ich die Präsentation unterbrechen muss. Aber es sind leider ein paar Dinge zu klären.«

Er stieg die Treppe hinunter, dicht gefolgt von Esping und den anderen. Jan-Eric sah sich neugierig um.

»Ah, *the belly of the beast!*«, sagte er unnötig laut, bevor er sich vom Tablett eines Kellners ein Sektglas schnappte. »Lieber Peter Vinston. Jetzt müssen Sie aber doch erklären, worum es hier geht. Man wird schließlich nicht alle Tage in seinem eigenen Heim von der Polizei abgeholt. Oder warten Sie ...« Jan-Eric Sjöholms Gesicht zeigte ein breites Lächeln. »Ah, ich glaube, ich verstehe. Sie haben alle Verdächtigen für die große Enthüllung versammelt. Genauso wie bei *Mord im Orientexpress*. Bravo, lieber Vinston! Bravo!«

Der kräftige Mann hob sein Glas, und die übrigen Gäste begannen miteinander zu tuscheln, verstummten aber wieder, als Vinston die Hand hob.

»Jan-Eric Sjöholm hat in der Tat recht. Wir sind hier, um ein Rätsel zu lösen, und wir werden es gemeinsam tun.«

»Hätte das nicht bis morgen warten können?«, unterbrach ihn Klas Mårtensson verärgert. »In etwas geordneteren Formen? L-G, was sagt du dazu?«

»Nein!«, entgegnete L-G und klang dabei überraschend entschlossen. »Das hier kann nicht warten.« Er nickte Vinston zu. »Bitte, mach ruhig weiter, Peter!«

Vinston erwiderte das Nicken und ließ den Blick durch den Raum wandern, bis er sicher war, wieder die Aufmerksamkeit aller Versammelten zu haben.

»Dieses Rätsel handelt von vielen Dingen«, sagte er. »Von starken Gefühlen, ungelösten Problemen.« Er schaute Sofie Wram an, danach Klas Mårtensson, bevor er fortfuhr: »Liebe und Hass.« Er nahm wahr, dass die Modighs unangenehm berührt waren. »Aber es geht auch um König Lear, den Sommertalk und eine freche Katze. Und nicht zuletzt – um Familienbande.«

Vinston sah, dass Amanda ihn erwartungsvoll anschaute.

»Die Geschichte beginnt damit, dass Sofie Wram auf einem wertlosen Stück Land hier in Gislövshammar sitzt. Daher kontaktiert sie ihren alten Freund, den Apfelkönig Klas Mårtensson.«

Er deutete auf Wram, dann auf Mårtensson.

»Klas kommt auf die Idee, exklusive Villen zu bauen, aber um unnötiger Aufmerksamkeit zu entgehen, brauchen sie eine Person an der Front. Jemanden, der keine Angst vor Konflikten hat. Hier betritt Jessie Anderson die Bühne. Eine Selfmade-Maklerin und

Dokusoap-Darstellerin mit Haaren auf den Zähnen. Eine perfekte Fassade. Mit ins Spiel bringt Jessie ihre zwar dauernd schikanierte, aber kompetente Assistentin.«

Elin lächelte blass, während sie an ihrer Bluse herumnestelte.

»Dank Mårtenssons Kontakten passieren die Baugenehmigung und die Befreiung vom Naturschutz alle Instanzen«, erzählt Vinston weiter. »Und das, obwohl es heftigen und lautstarken lokalen Widerstand gibt. Am lautesten von allen sind Margit Dybbling und das Ehepaar Sjöholm, die auch die nächsten Nachbarn des Bauprojektes sind.«

»Hört, hört!« Jan-Eric Sjöholm hob sein Glas, wohingegen Alfredo und Margit sehr viel weniger belustigt aussahen.

»Aber Klas, Sofie und Jessie haben den Widerstand unterschätzt. Es wurden Petitionen eingereicht, Berufung eingelegt, und die Lokalpresse schrieb kritische Artikel.«

Vinston nickte Jonna Osterman zu und erntete einen neugierigen Blick.

»Die potenziellen Kunden werden vorsichtig. Es bleiben nur noch Sofie Wram, der als Dank für den günstigen Grundstückspreis beim Kauf eines Hauses Rabatt versprochen worden war, sowie das Ehepaar Modigh. Das Projekt steht kurz vor dem Konkurs. Aber da tritt Klas Mårtensson auf, der über eine zypriotische Firma mehr Geld ins Projekt pumpt und dadurch seine bereits vorhandenen und höchst anonymen Anteile deutlich erhöht.«

Klas Mårtensson bemühte sich um eine unbeteiligte Miene.

»Danach folgt ein Geniestreich«, fuhr Vinston fort, dem langsam warm wurde. »Jessie Anderson schnappt dem Dorfverein die Hakenskulptur vor der Nase weg und verspricht, sie dem Ort zu schenken. Dieses Unterfangen bringt ihr massenhaft positive Publicity, die öffentliche Meinung ändert sich, und es melden sich wieder Käufer. Zugleich stehen Margit Dybbling und die Sjöholms in ihrem Kampf immer isolierter da. Aber sie haben einen Verbündeten, einen anonymen Schreiber im *Cimbrishamner Tagblatt*, der sich Nicolovius nennt und böse, aber treffende Leserbriefe über das Projekt verfasst.«

Vinston gab Esping, die ihren Laptop am Beamer angeschlossen hatte, ein Zeichen.

»Am Abend des 17. Mai passiert hier draußen etwas. Ein Vandale setzt den Abfallcontainer in Brand und besprüht Jessies Wagen.«

Esping ließ den Mitschnitt der Überwachungskamera laufen. Die dunkel gekleidete Person mit Sturmhaube kam zwischen den Autos angeschlichen.

Von den Zuhörern war ein leises Raunen zu hören. Esping hielt den Film an und vergrößerte das Bild mit dem Lichtreflex.

»Der Missetäter ist –«, sagte Vinston langsam, »genau wie meine Kollegin Tove Esping so verdienstvoll herausgefunden hat – Margit Dybbling. Man kann Ihre Brille unter der Maske erkennen.« Die letzten Worte waren direkt an die alte Dame gerichtet.

Das Raunen nahm zu. Margit Dybbling sah zu Boden.

»Ich glaube, dass Sie beim ersten Mal auf eigene Faust agierten«, sprach Vinston weiter. »Sie kamen vom Strand her, zündeten den Container an, beschmierten den Wagen und schlichen auf demselben Weg wieder davon. Aber Sie konnten die Sache nicht für sich behalten. Sie mussten Jan-Eric und Alfredo davon erzählen. Als Sie dann hörten, dass das Projekt nicht wie erhofft zusammen mit Jessie gestorben war, beschlossen Sie, noch einmal zuzuschlagen. Diesmal drangen Sie von Sjöholms Grundstück aus durch das Loch unter dem Zaun ein und nahmen zurück ebenfalls diesen Weg. Esping sah Sie kurz im Fenster des Gästehauses.«

Esping richtete sich auf, als L-G ihr einen anerkennenden Blick zuwarf.

»War es dann auch Margit, die Jessie getötet hat?«, fuhr Vinston fort.

»Absolut nicht!«, protestierte Jan-Eric. »Margit würde keiner Fliege etwas zuleide tun. Sie hat lediglich kundgetan, wie wenig wir dieses verfluchte Projekt mögen. Nicht wahr, Margit?«

»Wir kommen später darauf zurück«, sagte Vinston, bevor Margit reagieren konnte. »Denn es gibt zuerst noch eine andere Sache, die wir klären müssen. Wissen Sie, Jan-Eric, der Grund, warum Margit Ihnen von ihren Taten erzählte, ja vielleicht sogar die Ursache, warum sie sie überhaupt beging, ist, dass sie Sie für Nicolovius hält.«

»Wie bitte!«, rief der Schauspieler aus. »Keineswegs. Das habe ich doch bereits erklärt.«

»Wir haben eine Sprachanalyse der Leserbriefe durchgeführt«, sagte Esping. »Es gibt an mehreren Stellen Zitate aus Shakespeares ›König Lear‹.«

»Das stimmt«, bekräftigte Vinston. »Auf den ersten Blick scheint Jan-Eric Sjöholm genau zu passen. Aber tatsächlich spricht er die Wahrheit. Er ist nicht derjenige, der die Leserbriefe verfasst hat. Nicolovius ist in Wahrheit eine falsche Fährte, der Schreiber hat mit den Morden nichts zu tun, er hatte nur Pech mit dem Timing bei manchen seiner Formulierungen.« Vinston wechselte einen Blick mit Jonna Osterman. »Allerdings hat der Mörder Nicolovius in dem Versuch benutzt, die Polizei zu täuschen.«

»Wer *ist* denn der Mörder?«, wollte Jonna Osterman ungeduldig wissen.

»Wir kommen noch dazu.«

»Gerne heute noch«, brummte Esping, gerade so laut, dass Vinston es hören konnte.

Aber Vinston hatte es nicht eilig. Er machte eine Kunstpause und genoss den Moment.

»Nun gut«, sagte er schließlich. »Wir sind jetzt am Tag des Mordes. Frau Wram, Sie sind die erste Besucherin im Haus.« Er wendete sich an die Pferdezüchterin. »Jessie weiß plötzlich nichts mehr davon, dass sie Ihnen ein Haus zu einem günstigeren Preis versprochen hatte. Sie beide streiten, und dann ziehen Sie sich aus allem zurück, was genau das ist, was Jessie geplant hatte, denn sie hat andere Käufer mit tieferen Taschen. Nicht wahr, Frau Sidenvall?«

Elin sah beschämt aus.

»Ich habe versucht, Jessie davon abzubringen. Es tut mir leid, Sofie.«

Sofie verzog verbittert das Gesicht.

»Anschließend aßen Sie, Elin, und Jessie zu Mittag und hörten den ersten Teil des Sommertalks«, führte Vinston weiter aus. »Sie stritten sich, und Jessie schickte Sie los, um mehr Champagner zu holen. In der Tür auf dem Weg nach draußen begegneten Ihnen Niklas und Daniella Modigh, die gerade kamen. Die beiden beschrieben Sie als verweint und aufgewühlt.«

Sowohl Elin als auch die Modighs nickten.

»Modighs bekamen ihre Führung, danach fuhr Daniella mit ihrem Wagen weg. Sie, Daniella, verabscheuten Jessie Anderson und wollten nicht mehr Zeit mit ihr verbringen als nötig. Andererseits hatten Sie schon eine Anzahlung geleistet, und Sie hatten in den sozialen Medien über das Projekt geschrieben, deshalb mussten Sie im Prinzip bei der Besichtigung anwesend sein.«

Daniellas Miene war ausdruckslos.

»Als Daniella gefahren war, gingen Sie, Niklas, zurück, um mit Jessie zu sprechen. Sie versuchten ihr zu verstehen zu geben, dass Ihre Affäre beendet war und Sie versuchten, Ihre Ehe zu retten.«

Wieder ging ein Gemurmel durch die Anwesenden. Niklas Modigh sah seine Frau an, deren Augen leer blickten.

»Ich habe Jessie nicht angerührt!«, sagte Niklas. »Sie hat mich ausgelacht und mich quasi aus dem Haus geschmissen, aber ich habe sie nicht angerührt.«

Vinston hob die Hand, und Esping wechselte zum zweiten Mitschnitt der Überwachungskamera.

»Auf diesem Ausschnitt sehen wir den Schatten des Mörders. Er wurde, nur eine Minute bevor ich selbst am Tor klingelte und von Jessie hereingelassen wurde, aufgenommen. Wir konnten uns lange nicht erklären, wie es der Mörder in dieser kurzen Zeit geschafft haben sollte, ins Haus zu kommen, Jessie vom Treppenabsatz zu stoßen und ungesehen wieder zu verschwinden.«

Vinston machte eine Pause.

»Aber es sollte sich zeigen, dass das Vorhaben des Mörders keineswegs unbemerkt geblieben war. Denn drüben in der Baubaracke saß Fredrik Urdal, der seinen Wagen unten am Strand geparkt hatte. Er nutzte die Tatsache aus, dass die Alarmanlage ausgeschaltet war, um einige teure Motherboards zu stehlen. Fredrik war von Jessie gefeuert worden und sah die Boards als eine Art Trostpflaster an. Aber während er in der Baracke war, entdeckte er den Mörder. In dem Moment begriff er noch nicht, was er sah, erst als die Zeitungen über den Mord schrieben, zählte er eins und eins zusammen und traf eine idiotische Entscheidung. Statt zur Polizei zu gehen, verlangte er Schweigegeld. Der Mörder vereinbarte ein Treffen mit ihm in der Hütte, in der er gerade arbeitete, wo es ihm irgendwie gelang, Fredrik außer Gefecht zu setzen. Dann benutzte der Täter ein Verlängerungskabel, um es wie einen Unfall aussehen zu lassen. Esping hat das herausgefunden und im See bei der Hütte das Kabel gefunden.«

Vinston zeigte auf Esping, die wieder ganz zufrieden dreinschaute.

»Und dann sind wir bei gestern Abend. Der Mörder bricht in Elin Sidenvalls Haus ein, durchsucht das Büro und versucht, sich mit einer Axt Zutritt zu ihr zu verschaffen, nachdem sich Elin im Bad versteckt hat.«

Alle Blicke richteten sich auf Elin Sidenvall, die verkniffen nickte. Klas Mårtensson tätschelte ihr vorsichtig die Schulter.

»Aber Elin ist trotzdem stark genug, heute herzukommen und diese Veranstaltung abzuhalten. Sie hat den Immobilienmarkt im Blut, nicht wahr, Herr Mårtensson?«

»Worauf wollen Sie hinaus, Vinston?«, brummte Mårtensson. »Wir haben nicht den ganzen Tag Zeit.«

»Ja, wie gesagt, konnten wir uns nicht erklären, wie der Mörder in so kurzer Zeit ins Musterhaus hineinkommen und wieder verschwinden konnte. Wenn Pluto nicht gewesen wäre, wäre ich nicht darauf gekommen.«

»Pluto?«, fragte Jan-Eric, der offenbar fand, er hätte lange genug geschwiegen.

»Eine Katze«, entgegnete Vinston. »Ein ungebetener Gast, der ständig in mein Ferienhaus kam. Gestern fand ich sie wie gewöhnlich auf meinem Bett. Ich jagte sie davon und schloss hinterher jede erdenkliche Öffnung im Haus. Aber als ich heute Morgen aus dem Krankenhaus zurückkam, war das Katzenvieh trotzdem wieder drinnen.«

Vinston machte eine Pause, um den Moment in die Länge zu ziehen.

»Ich konnte das nicht verstehen. Ich war mir ganz sicher, dass ich jede Möglichkeit, ins Haus zu kommen, versperrt hatte. Und das hatte ich auch wirklich. Verstehen Sie ...«

»Pluto war nie draußen!«, rief Amanda. »Du hast sie versehentlich drinnen eingesperrt. Deswegen war sie heute Morgen so durstig. Und musste aufs Klo.«

Vinston verzog den Mund zu einem Lächeln.

»Ganz genau, Amanda. Und das Gleiche gilt für unseren Mörder. Wir waren völlig darauf fokussiert, wie der Mörder hinein- und wieder herausgekommen sein konnte, aber in Wirklichkeit hat die Person das Grundstück nie verlassen. Oder ...?«

»Oh, jetzt kommt die Auflösung«, seufzte Jan-Eric genüsslich.

51

»Oder … Elin?«, sagte Vinston und wandte sich an Elin Sidenvall. »Sie sind die Katze in dieser Geschichte. Sie haben Jessie Anderson und auch Fredrik Urdal getötet.«

Elin war rot geworden und fuchtelte aufgeregt mit den Händen herum.

»Wie können Sie so etwas glauben! Ich habe Jessie geliebt. Und außerdem sieht man auf der Kamera, wie ich wegfahre. Und dass ich erst wieder ins Haus gekommen bin, als Sie schon da waren.«

»Richtig«, mischte sich Klas Mårtensson ein und legte den Arm um Elin. »Und außerdem hat jemand heute Nacht versucht, sie umzubringen. Haben Sie das bereits vergessen, Vinston? Diesen Unsinn brauchen wir uns nicht anzuhören.« Er tippte sich an die Stirn. »Sie müssen sich ordentlich den Kopf gestoßen haben …«

»Onkel Klas«, sagte Esping spitz. »Kannst du bitte die Klappe halten, damit Vinston zu Ende sprechen kann?«

Klas Mårtensson schloss beleidigt den Mund.

»Ich glaube, dass es folgendermaßen ablief, Elin«, fuhr Vinston fort.

»Sie und Jessie haben sich beim Mittagessen gestritten, aber nicht wegen einer Champagnerflasche, sondern wegen etwas sehr viel Ernsterem. Der Streit endete damit, dass Jessie Sie feuerte. Deshalb kamen Sie den Modighs so aufgelöst vor, als sie Sie trafen, denn das waren Sie auch. Sie stiegen in Ihren Wagen, wie man es auf der Überwachungskamera sieht.«

Esping zeigte den Videoausschnitt, auf dem Elin in ihrem kleinen grauen Golf zwischen den beiden Autos der Modighs zurücksetzte und verschwand.

»Dann fuhren Sie zum Tor, wodurch sich dieses öffnete, was vom Sicherheitssystem registriert wurde. Aber während Sie dort standen und darauf warteten, dass das Tor aufging, kam Ihnen ein anderer Gedanke. Sie dachten nicht daran, sich von Jessie einfach so rausschmeißen zu lassen. Sich von ihr abweisen zu lassen. Schon wieder.«

Bei den letzten Worten zuckte es an Elins einem Auge.

»Anstatt also durch das Tor hinauszufahren, fuhren Sie mit Ihrem Wagen um die Baubaracke herum, wo Sie außer Sichtweite von Haus und Kamera landeten. Sie saßen da und gingen die Lage noch einmal durch, während Jessie die Modighs herumführte. Die Besichtigung dauerte ungefähr eine halbe Stunde, Sie hatten also ausreichend Zeit zu planen, was Sie als Nächstes tun würden. Als erst Daniella und dann Niklas Modigh das Grundstück verlassen hatten, schlichen Sie sich durch die Hintertür wieder hinein. Oben in der Küche stellten Sie Jessie zur Rede. Vielleicht hatten Sie nicht vorgehabt, sie zu stoßen, aber im Eifer des Gefechts war es jedenfalls das, was Sie taten. Und Jessie fiel über das provisorische Geländer und landete direkt auf ihrem eigenen Haken.«

Vinston holte tief Luft. Im Raum war es mucksmäuschenstill geworden. Das einzige Geräusch, das man hörte, war Jonna Ostermans Stift, der über ihren Notizblock kratzte.

»Was sollten Sie tun?«, fragte Vinston sanft. »Entweder die Polizei anrufen und gestehen oder versuchen, alles wie einen Unfall aussehen zu lassen und das zu vollenden, womit Sie im letzten Jahr begonnen hatten, nämlich Jessies Leben zu Ihrem zu machen.«

Das Zucken an Elins Auge nahm zu. Ihre Gesichtsfarbe war von Rot zu Weiß übergegangen.

»Sie wussten, dass Christina und ich gleich auftauchen würden, also holten Sie eine Flasche Champagner aus dem Kühlschrank, nahmen Jessies Handy an sich und liefen durch die Hintertür zurück zum Auto. In dem Moment fängt die Kamera Ihren Schatten ein, nicht auf dem Weg hinein, wie wir dachten, sondern auf dem Weg nach draußen. Sie setzen sich mit Jessies Handy ins Auto, und als ich am Tor klingle, antworten Sie und geben sich für Jessie aus. Genau wie das eine Mal, als Niklas Modigh Sie mit Jessie verwechselte, dachte ich, ich würde mit ihr sprechen, da Ihre Stimmen sich ziemlich ähnlich sind. Außerdem öffneten Sie das Tor von Jessies Handy aus, sodass das Sicherheitssystem die Aktivität registrierte und damit bewies, dass Jessie noch lebte. Dabei war sie bereits seit einer Viertelstunde tot.«

Vinston machte einen Schritt zurück, bevor er weitersprach.

»Über die Überwachungskamera in der App konnten Sie sehen, wann wir ins Haus gingen, und alles, was Sie dann tun mussten, war, das Tor noch einmal zu öffnen, diesmal von ihrem eigenen Handy aus, um Ihre Rückkehr zu faken. Danach fuhren Sie mit dem Auto wieder vor und parkten an der gleichen Stelle wie vorher. Dann kamen Sie angerannt, die Champagnerflasche deutlich sichtbar in der Hand, sodass Sie von der Kamera erfasst wurden. Zum Schluss blieb noch die letzte Vorstellung: Sie zeigten sich schwer schockiert, ließen die Champagnerflasche fallen, und während Christina und ich von dem Glas abgelenkt waren, legten Sie Jessies Handy zurück auf die Küchenarbeitsfläche, wo Esping es anschließend fand.«

Vinston schaute Elin Sidenvall an, die keine Miene verzog.

»Was Sie nicht wussten«, sagte er dann, »war, dass Urdal sich in der Baubaracke versteckt hatte und Sie sah. Urdal versuchte daraufhin, Sie zu erpressen, sodass Sie gezwungen waren, ihn zum Schweigen zu bringen.«

»Aber der Einbruch gestern«, protestierte Klas Mårtensson. »Der Mörder, der versucht hat, sich Zutritt zu verschaffen, um sie zu töten?«

»Radiotheater«, sagte Esping. »Elin wollte früher einmal Schauspielerin werden, und diese Vorstellung war wirklich geschickt ausgeführt. Tatsächlich fing sie bereits vor ein paar Tagen an.«

Vinston nickte und ergänzte:

»Sie, Elin, waren es, die den Zettel mit dem Nicolovius-Zitat in meine Zeitung gesteckt hat, um uns zu verwirren. Als wir nicht glaubten, dass Fredrik Urdals Tod ein Unfall war, zeigten Sie mir, dass Sie auch solch einen Zettel bekommen hatten, und ich zog automatisch den Schluss, dass jemand Sie bedrohte. Was sagte Jessie doch gleich in ihrem Sommerinterview? *Wenn die Kunden nicht mögen, was man ihnen zeigt, lenke ihre Aufmerksamkeit auf etwas anderes.* Genau das haben Sie getan. Sie brachten uns dazu zu glauben, Sie seien in Gefahr, und als Sie mitten in der Nacht anriefen und Angst um Ihr Leben zu haben schienen, sind wir direkt darauf hereingefallen. Sie hatten vorher alles vorbereitet. Die zerbrochene Scheibe, die Schäden an der Tür. Alles, was Sie tun mussten, war, Theater zu spielen und das Gespräch in den richtigen Momenten zu unterbrechen. Als Sie unsere Autoscheinwerfer sahen, warfen Sie die Axt aufs Garagendach und schlossen sich im Badezimmer ein. Der Schrei, bevor wir die Treppe hochrannten, war das i-Tüpfelchen auf dem Ganzen.«

Im Haus war es vollkommen still. Alle Blicke waren auf Elin gerichtet.

»Aber warum?«, fragte Klas Mårtensson, der offensichtlich noch nicht überzeugt war. »Tötet man wirklich jemanden, nur weil man rausgeworfen wurde?«

»Oh, das ist nicht der Grund«, entgegnete Vinston. »In Wahrheit hat Jan-Eric das Motiv kürzlich schon erklärt. Oder besser gesagt, König Lear. *Wie es schädlicher nage als Schlangenzahn, ein undankbares Kind zu haben.*«

Bei den Worten zuckte Elin Sidenvall zusammen.

»Die Information fand sich in den Ermittlungsakten, genauer gesagt im Obduktionsbericht, aber wir haben sie übersehen«, erklärte Vinston. »Jessies Becken zeigte Spuren einer Symphysiolyse.«

»Eine Beckeninstabilität?«, fragte Christina verwundert. »Dann muss sie ein Kind bekommen haben.«

»Richtig! Jessie wurde schwanger, da war sie erst siebzehn«, sagte Vinston. »Ihre streng religiöse Familie erlaubte ihr nicht, abzutreiben. Kurz nach der Geburt wurde Jessie volljährig, zog nach Stockholm und dann weiter in die USA. Das Kind wurde von der

Familie Sidenvall adoptiert, die schon zwei Söhne hatte, aber sehr gern noch eine Tochter wollte.«

Wieder wurde unter den Gästen getuschelt. Elins Augen verdunkelten sich.

Vinston wandte sich an sie:

»Ist es nicht interessant, wie leicht man im Nachhinein Ähnlichkeiten entdeckt? Jessie Anderson hatte sich die Haare blond gefärbt und eine Reihe von Schönheitsoperationen durchführen lassen. Aber aus manchen Blickwinkeln, vor allem, wenn sie die Fassung verlor, wie beim Streit mit Jan-Eric Sjöholm, sah man die Verwandtschaft doch. Außerdem haben Sie Jessies Migräne geerbt, so wie sie selbst sie von ihrer Mutter hatte.«

Er hielt kurz inne. Im Raum herrschte angespannte Stille. Elin wich Vinstons Blick aus.

»Vorhin habe ich mit Ihren Adoptiveltern gesprochen«, fuhr Vinston dann fort. »Sie erzählten, dass Sie immer davon besessen gewesen seien zu erfahren, wer Ihre biologische Mutter war. Und vor ein paar Jahren hätten Sie sie gefunden. Und Sie schrieben ihr einen Brief, ohne eine Antwort zu erhalten.«

Elins Gesicht verzog sich zu einer verbitterten Grimasse.

»Ich vermute, dass Sie daraufhin den Plan fassten, sich Jessie anonym zu nähern. Dass Sie sich langsam in ihr Leben schleichen wollten, bis sie unentbehrlich und geliebt wären und es wagen könnten, Ihre wahre Identität zu lüften. Und ich denke, dass Sie genau das getan haben, als sie gemeinsam den Sommertalk hörten. Vielleicht nach der Stelle, wo Jessie ihre Kinderlosigkeit bedauerte? Eine perfekte Gelegenheit für ein tränenreiches Happy End. Sie erzählten ihr, dass Sie in Wahrheit ihre Tochter seien, dass sie überhaupt nicht kinderlos sei.«

Vinston schüttelte langsam den Kopf.

»Aber leider hatten Sie eine viel zu hohe Meinung von Jessie. Anstatt überglücklich zu sein, schmiss sie Sie raus, beschimpfte Sie vielleicht sogar als Stalkerin und Psychopathin. Sie wies Sie ein zweites Mal ab.«

Elins Blick war schwarz geworden. Ihre bittere Miene verzerrte sich noch mehr.

»Im Auto beschlossen Sie, Jessie eine letzte Chance zu geben, nachdem die Modighs gefahren waren. Sie kehrten zum Haus zurück, um ihr begreiflich zu machen, dass Sie ihre Liebe wollten. Ein Teil ihres Lebens sein wollten. Aber manche Menschen sind einfach nicht fähig zu lieben. Und vielleicht war Jessie einer von denen. Also stießen Sie sie über den Rand. Denn wenn Sie schon nicht in ihr Leben gelassen wurden, konnten Sie zumindest das Zweitbeste tun. Es übernehmen. Sie wechselten die Frisur, den Kleiderstil, begannen, Jessies Auto zu fahren und in Jessies Bett zu schlafen. Aber zugleich war Ihnen klar, dass wir Ihnen auf die Schliche kommen könnten und Sie etwas tun mussten, um ein für alle Mal Ihre Unschuld zu beweisen. Deshalb veranstalteten Sie diese kleine Scharade gestern. Und tatsächlich hätten Sie damit wohl Erfolg gehabt, wenn diese Katze nicht gewesen wäre.«

Vinston beendete seine Ausführung und posierte mit ernstem Gesicht, als der Fotograf des *Cimbrishamner Tagblatts* ein paar Bilder schoss.

Elin Sidenvall kramte in ihrer Handtasche nach einem Taschentuch, so dachte Vinston zumindest. Aber stattdessen zog sie einen Gegenstand heraus, der Ähnlichkeit mit einem Rasierapparat hatte. Vorne standen zwei Spitzen ab, und als Elin auf einen Knopf drückte, entstand zwischen ihnen mit einem elektrischen Knistern eine blaue Flamme.

Das Raunen unter den Anwesenden klang diesmal ängstlich.

»Zur Seite!« Elin wedelte verzweifelt mit der Waffe. Klas Mårtensson und die Personen, die ihr am nächsten standen, machten ein paar Schritte zurück. Daniella Modigh stieß einen Entsetzensschrei aus. Der Fotograf knipste ein Bild nach dem anderen, sodass sein Blitzlicht auf Hochtouren lief.

»Weg hier. Keine Fotos!« Elin bewegte sich auf die Hintertür zu.

Die übrigen Gäste wichen erschrocken zur Seite, nur Vinston blieb stehen.

»Diesen Elektroschocker haben Sie benutzt, um Fredrik Urdal bewusstlos zu machen, richtig? Er stammt aus der Kiste mit den Selbstverteidigungswaffen, die Jessie nach dem Brandanschlag in den USA bestellt hat.«

»Gehen Sie weg, sonst bekommen Sie auch was davon ab«, zischte sie.

»Sie können nirgendwohin, Elin«, sagte Vinston ruhig. »Denken Sie doch nach!«

»Aus dem Weg!«

Elin machte mit dem Elektroschocker einen Ausfallschritt Richtung Vinston und hätte ihn beinahe getroffen.

»Vinston«, sagte Esping. »Ich denke, Sie sollten Elin in Ruhe gehen lassen.«

Vinston sah sie fragend an.

»Tun Sie einfach, was ich sage«, erklärte sie überraschend ruhig.

Vinston machte einen Schritt zur Seite, und Elin bedachte ihn mit einem hasserfüllten Blick, bevor sie an ihm vorbeilief und durch die Hintertür verschwand. Vinston wollte ihr sofort hinterherrennen, aber Esping hielt ihn am Arm fest.

»Warten Sie!« Sie streckte einen Finger in die Luft, als würde sie auf etwas horchen.

Nach wenigen Sekunden war von draußen ein gellender Schrei zu hören. Danach ein Schlag.

Esping griff nach dem Funkgerät, das sie in der Jackentasche trug.

»Alles in Ordnung da draußen, Svensk?«, fragte sie.

»Alles okay, wir haben sie festgenommen.«

Esping lächelte zufrieden.

»Ich habe mir schon gedacht, dass Elin nicht einfach aufgeben würde. Sie ist immerhin Jessies Tochter und tough genug, es mit einem arroganten Hünen wie Urdal aufzunehmen. Deshalb habe ich sicherheitshalber Svensk und Öhlander draußen im Garten postiert. Tüchtige Kerle, wenn man ihnen nicht allzu schwierige Aufgaben überträgt. Sind wir hier jetzt eigentlich fertig, oder war noch was?«

Vinston schüttelte den Kopf.

»Nein, das ist das Ende der Geschichte«, sagte er.

EPILOG

Die Sonne strahlte von einem hellblauen Sommerhimmel herab. Sie saßen im Garten von Felicias Kaffeehaus auf zwei Bänken an einem Tisch unter einem gestreiften Sonnenschirm. Amanda, Christina und Poppe auf der einen Seite, Vinston, Esping und L-G auf der anderen.

»Und, was passiert jetzt mit den anderen?«, wollte Amanda wissen. »Mit Margit Dybbling und den Sjöholms?«

»Margit Dybbling wird wegen Sachbeschädigung angeklagt«, erwiderte L-G. »Aber in Anbetracht ihres Alters bleibt es sicher bei einer Bewährungsstrafe. Das Gleiche gilt für die Sjöholms, wenn der Staatsanwalt sie überhaupt wegen Mittäterschaft anklagt.«

»Jan-Eric wäre bestimmt sehr enttäuscht, wenn es zu keiner Anklage käme«, spottete Esping. »Bad Boy mit über siebzig, und dazu noch Zeuge in einem Mordfall. Das ist doch garantiert eine Eintrittskarte in jede Talkshow, ganz zu schweigen vom nächsten Sommertalk.«

Über den Kommentar mussten alle Anwesenden lachen.

»Ein extragroßer Cappuccino für Sie, Vinston«, sagte Felicia, die mit einem Tablett an den Tisch gekommen war. »Nach den vielen Artikeln im *Cimbrishamner Tagblatt* sind Sie jetzt eine lokale Berühmtheit. Und so nett wie Jonna Osterman sich über Sie äußert, könnte man fast meinen, dass Sie ihr heimlicher Schwarm sind.«

»Aber ich bin immer noch kein Stammgast.«

Vinston zeigte auf Bob, der im Schatten lag und ihn wie immer ignorierte.

»Du musst Geduld haben, Papa. Du bist doch erst seit etwa einer Woche hier«, sagte Amanda.

»Und du solltest vielleicht üben, nicht sofort nach deiner Fusselrolle zu greifen, sobald ein Tier in die Nähe kommt«, fügte Christina hinzu, was zu erneutem Gelächter führte.

Seltsamerweise störte es Vinston aber nicht, dass sich die anderen über ihn lustig machten. Im Gegenteil.

»So, lieber Vinston, und wie groß soll die Tasse Tee sein, die Tove bekommt?« Felicia zog fragend die Augenbrauen hoch.

»Die größte, die Sie haben«, sagte Vinston. »Wenn Esping Margit nicht auf dem Video identifiziert und das Elektrokabel im See gefunden hätte, hätten *wir* den Fall nicht gelöst.«

Felicia hob die Augenbrauen noch ein Stück, als wäre sie mit der Antwort nicht ganz zufrieden.

»Und außerdem hat sie noch eine Reihe anderer Qualitäten«, fügte Vinston hinzu, wobei er und Esping es vermieden, einander anzuschauen.

»Das brauchen Sie mir nicht zu erzählen.« Felicia setzte sich neben Esping und küsste sie auf die Wange.

»Aber ich habe mich im Mörder geirrt«, gab Esping zu und errötete leicht.

»Dieses Mal, ja. Aber Sie werden noch andere Gelegenheiten bekommen«, antwortete Vinston.

»Ach, das passiert sicher nicht. Ich meine, wie groß ist schon die Wahrscheinlichkeit, dass in Österlen mehr als ein Mord stattfindet?«

»Tja«, sagte Vinston. »Man weiß ja nie.«

Als sein Handy klingelte, entschuldigte er sich und entfernte sich rasch außer Hörweite.

»Hallo, hier ist Doktor Tegnér vom Karolinska.«

»Hallo!«, erwiderte Vinston viel zu munter. Sein Herz pochte plötzlich heftig.

»Also …« Der Arzt räusperte sich. »Es tut mir wirklich leid, dass es so lange gedauert hat. Ferienzeit, Sie wissen schon. Jetzt haben wir Ihre Ergebnisse jedenfalls …«

Vinston hörte das Rascheln von Papier. Sein Herz klopfte laut, sein Mund war trocken. Jetzt würde das Urteil über ihn gefällt werden.

»All Ihre Werte sind ganz normal«, sagte Tegnér. »Die einzige

Erklärung, die ich für Ihre Schwindelanfälle finden kann, ist Stress. Ich verlängere Ihre Krankschreibung daher um vier Wochen, und dann vereinbaren wir einen neuen Termin. Was halten Sie davon?«

Vinston verspürte eine Welle der Erleichterung, und er musste sich zusammenreißen, um eine vernünftige Antwort zu geben.

»Dann bleibt es dabei«, beendete der Arzt das Gespräch. »Ruhen Sie sich gründlich aus. Schönen Sommer noch!«

Vinston blieb mit dem Handy in der Sonne stehen und grinste vor sich hin. Ihm fiel ein Stein vom Herzen, und der Tag fühlte sich auf einmal noch viel besser an.

Er verspürte den plötzlichen Wunsch, Jonna Osterman anzurufen und sie auf einen Drink einzuladen. Aber bevor er seinen Plan umsetzen konnte, kam Poppe langsam über die Wiese auf ihn zu geschlendert.

»Können wir ein paar Worte wechseln, Peter? Ganz unter uns?«, fragte er leise.

Vinston ahnte bereits, was kommen würde.

»Selbstverständlich.«

Poppe sah sich über die Schulter um, als wolle er sich vergewissern, dass niemand von den anderen zuhörte.

»Es gibt etwas, was ich dir sagen muss. Etwas, das mit dem Fall zu tun hat.«

»Du meinst, dass du Nicolovius bist?«

»Woher weißt du das …?« Poppes Gesicht war ein einziges Fragezeichen.

»Das Schwein«, sagte Vinston. »Esping fand mehrere Shakespeare-Zitate in Nicolovius' Texten. Das roch schon von Weitem nach Jan-Eric. Aber im letzten Brief fand sich der Ausdruck *Das Schwein beißt zurück*. Das ist ein Terminus aus dem Kartenspiel Kille oder Cambio. Christina zufolge deine neueste Passion. Deshalb wolltest du alleine mit mir in der Bibliothek sprechen, richtig? Du wolltest herausfinden, ob Nicolovius, das heißt, du selbst, im Verdacht stand, in den Mord verwickelt zu sein.«

Poppe nickte verlegen.

»Ich hatte wirklich nichts mit der Sache zu tun«, versicherte er. »Ich liebe Gislövshammar und fand das ganze Projekt fürchterlich. Ich konnte bloß nicht laut protestieren, weil Sofie Wram eine gute Freundin ist. Aber ich hatte das Gefühl, etwas tun zu müssen. Deswegen habe ich Nicolovius erfunden. Ich hätte gleich die Wahrheit sagen sollen, sowohl dir als auch Christina.«

»Tja.« Vinston zuckte mit den Achseln. »Wir machen alle unsere Fehler. Das Wichtige ist wohl, dass wir sie nicht wiederholen.« Er warf einen Blick zu Amanda hinüber.

»Wirst du es Christina sagen?«, fragte Poppe.

Vinston schüttelte den Kopf. »Das überlasse ich gerne dir.«

Als sie zu den anderen zurückkamen, lag ein großes Paket auf dem Tisch.

»Von der Polizei Simrishamn«, erklärte L-G. »Als kleines Dankeschön für deine Hilfe.«

»Das ist doch wohl kein Honig?«, fragte Vinston.

»Nein, aber die Fuhre, die du bestellt hast, ist in meinem Wagen. Dieses Geschenk war Toves Idee. Sie hat gesagt, dass du das dringend gebrauchen kannst.«

»Aha, was kann das wohl sein?«

Vinston riss das Papier auf.

»Ein Paar Gummistiefel«, stellte er belustigt fest.

»Für den Fall, dass Sie noch weitere Abenteuer mit mir bestehen müssen«, sagte Esping mit einem breiten Lächeln. »Denn wie Sie selbst gesagt haben: Man weiß ja nie …«

Sie blieben noch lange zusammen sitzen und genossen sowohl den Kaffee als auch die Gesellschaft. Aus einem Radio irgendwoher war Musik zu hören, und ein lauer Südwind versprach einen langen, heißen Sommer. Hoch über ihnen schwebten zwei Milane am Österlen'schen Himmel.

Entdecken Sie auch die anderen spannenden Schwedenkrimis von SPIEGEL-Bestsellerautor Anders de la Motte!

SOMMERNACHTSTOD

Ein Kind verschwindet. Ein Dorf schweigt. Jahre später kehrt die Therapeutin Vera Lindh in ihren Heimatort zurück. Ein neuer Patient hat ihr eine beunruhigende Geschichte über einen verschwundenen Jungen erzählt, und sie hofft, endlich zu erfahren, was ihrem Bruder damals zugestoßen ist. Doch nicht allen im Dorf gefallen ihre hartnäckigen Fragen …

SPÄTSOMMERMORD

Eigentlich will Anna Vesper als neue Polizeichefin im beschaulichen Nedanås vor allem einer persönlichen Tragödie entfliehen. Doch als ein Mord geschieht, der offenbar mit einem seit Jahrzehnten ungeklärten Todesfall zusammenhängt, muss Anna ermitteln. Was sie herausfindet, ist ebenso erschütternd wie gefährlich für ihr eigenes Leben …

WINTERFEUERNACHT

Auf dem traditionellen Luciafest gerät die junge Laura mit ihrer besten Freundin Iben in Streit. Am Ende des Abends brennt der Festsaal lichterloh. Iben stirbt in den Flammen.
   Erst dreißig Jahre später kehrt Laura in das Dorf zurück. Sie weiß, dass sie sich endlich der Vergangenheit stellen muss: Was ist in jener Nacht wirklich geschehen?

BLUTEICHE

In der Walpurgisnacht 1986 wird in einem Schlosswald nahe dem Dorf Tornaby ein Mädchen getötet. Alles deutet auf einen Ritualmord hin. Als über dreißig Jahre später die Ärztin Thea Lind in das Schloss einzieht, entdeckt sie ein vergilbtes Foto. Es zeigt eine Gruppe Jugendlicher, die sich um das tote Mädchen schart. Thea kennt sie alle …